John Gapper
Die Diagnose

PIPER

Zu diesem Buch

Für Dr. Ben Cowper wird ein Albtraum Wirklichkeit. Auf Drängen seiner Vorgesetzten entlässt der junge, aufstrebende Psychiater den suizidgefährdeten Wall-Street-Banker Harry Shapiro wider besseres Wissen nach Hause – wo kurz darauf ein tödlicher Schuss fällt. Als Ben für die Fehldiagnose allein verantwortlich gemacht und suspendiert wird, begibt er sich auf die Suche nach der Wahrheit hinter der Tat und gerät dabei immer tiefer in ein tödliches Netz aus Intrigen und Niedertracht. Zu spät erkennt er, dass längst nicht mehr nur seine Karriere auf dem Spiel steht – sondern sein Leben.

John Gapper, geboren 1959, ist Mitherausgeber der »Financial Times« und Chefredakteur des Wirtschaftsressorts. Der mehrfach preisgekrönte Wirtschaftsjournalist lebt mit seiner Frau und zwei Töchtern in Brooklyn, NY. »Die Diagnose« ist sein erster Roman.

John Gapper

DIE DIAGNOSE

Thriller

Aus dem Amerikanischen von
Elvira Willems

Piper München Zürich

Mehr über unsere Autoren und Bücher:
www.piper.de

FSC
www.fsc.org
MIX
Papier aus verantwortungsvollen Quellen
FSC® C083411

Deutsche Erstausgabe
März 2014

Titel der amerikanischen Originalausgabe:
»A Fatal Debt«, Ballantine Books, ein Imprint der Random House Publishing Group, New York, 2012

Umschlaggestaltung: Johannes Wiebel/Punch-Design, unter Verwendung von Motiven von Shutterstock
Satz: Greiner & Reichel, Köln
Gesetzt aus der Minion
Papier: Munken Print von Arctic Paper Munkedals AB, Schweden
Druck und Bindung: CPI – Clausen & Bosse, Leck
Printed in Germany ISBN 978-3-492-30077-3

Für Rosie in Liebe

1

New York City besitzt ein ganz eigenes Licht, grell und strahlend und vollkommen anders als die dunstigen, wolkenreichen Sommer dort, wo ich aufgewachsen bin. Früher fand ich dieses Licht – genau wie die Stadt – bestürzend in seiner Intensität, doch jetzt vermisse ich es. Es herrschte auch an diesem Maimorgen, als ich aus dem Haus trat. Die Sonne schien auf die Blattknospen im Gramercy Park und spiegelte sich auf den Art-déco-Wasserspeiern am Chrysler-Gebäude in der Ferne, die Lexington Avenue runter.

Ganz in der Nähe lag mein Fitnessstudio, ein Kasten mit Fenstern an einer Ecke des Irving Place, in dem New Yorker Tag und Nacht auf langen Reihen von Laufbändern stampften. Einige hatten den Blick auf Fernsehbildschirme gerichtet und trugen Kopfhörer, die Kabel baumelten von ihren Ohren und schwangen im Rhythmus ihrer Schritte. Es war der Sonntag am Ende einer unwirklichen, stressigen Woche voller belastender Vorfälle, die ich hoffentlich geklärt hatte. Ich ging bewusst langsam, um zu entspannen und diese Vorfälle in mein Unterbewusstsein sinken zu lassen.

Auf dem Gehweg kam ich an zwei Männern vorbei, die in eine Partie Schach vertieft waren. Beide waren schlank und hager und hatten schütteres Haar, einer hatte einen gepflegten weißen Bart. Während sie spielten, beklagten sie den Zustand der Stadt, die Preiserhöhungen bei der U-Bahn und die Gentrifizierung der Bowery. Der, der Schwarz spielte, rückte mit einem Springer auf den weißen König vor. Als er die Figur losließ, schnappte sich der andere quer übers Brett seine Königin, nahm mit zwei Fingern einen Turm hoch und knallte die weiße Königin so heftig auf das Schachbrett, dass es über die Straße hallte.

»Ach«, murmelte Schwarz.

»Hast du das gesehen?«, rief Weiß.

Die ersten zehn Minuten auf dem Laufband, als ich schließlich im Fitnessstudio loslegte, waren schmerzhaft – meine Muskeln knirschten, und meine Kehle brannte. Nach etwa fünfzehn Minuten ging das Verlangen aufzuhören in einen Zustand der Langeweile über, und meine Gedanken machten sich selbstständig. Diesen Punkt spürte ich immer ganz deutlich, bevor ich den Countdown zum Ende hin begann, wenn das Laufen angenehm wurde. Als sich dieses kleine, aber wohltuende Fenster öffnete, schaute ich rüber auf den Fernseher an einem Laufband in der Nähe, auf dem Fox News liefen.

Und schlug abrupt auf den roten »Stopp«-Schalter.

Über den Bildschirm flimmerten Liveaufnahmen aus einem Hubschrauber – eine polizeiliche Verfolgungsjagd oder ein Verbrechen vor laufenden Kameras. Die Aufnahmen waren verwackelt, als der Hubschrauber kreiste, doch die Szene war deutlich zu erkennen: Harry Shapiros Haus in East Hampton. Dort waren der Rasen an den Dünen, der blaue Swimmingpool, das Muster des mit Zedernholzschindeln gedeckten Daches, die Stühle, auf denen wir gesessen hatten. Die Stühle waren leer, und es war niemand in Sicht – nur Haus, Rasen, Dünen, Strand und schwarz-weiße Fahrzeuge, die die Einfahrt verstopften. Harrys Range Rover parkte neben dem Haus, weit weg von dem Gedränge.

»Trainieren Sie an diesem Gerät?«, fragte mich jemand von links. Ohne es zu merken, war ich von meinem Laufband gestiegen, wie magisch angezogen von dem Bildschirm.

»Nein«, sagte ich. »Machen Sie nur.« Andere Kanäle zeigten dasselbe Bild, doch ich war ganz auf Fox mit dem roten Nachrichtenticker am unteren Bildrand konzentriert: TOD IN DEN

HAMPTONS. Als ich den Kopfhörer aufsetzte, der an dem Gerät hing, hörte ich die aufgeregten Kommentare der Nachrichtensprecher, die wie im Fieberwahn redeten, ohne dass es viel Sinn ergab.

»Wir schalten zu Bruce Bradley«, sagte eine weibliche Stimme, »der am Ort des Geschehens ist. Bruce, was können Sie uns sagen?«

Das Bild wechselte zu einem Mann in einem blauen Blazer mit nichtssagendem Gesicht, der am Eingang zu der schmalen Straße stand, in der das Haus der Shapiros lag, und professionell ernst wirkte. In der Ferne konnte ich verschwommen den niedrigen Umriss des Gästehauses erkennen.

»Melissa, ich bin in East Hampton, dem Ort am Strand von Long Island, der als Rückzugsort der Reichen bekannt ist«, sagte er volltönend. »Kriminalbeamte wurden gestern Abend zu einem Haus in dieser Straße gerufen, wo, wie ich erfahren habe, eine Leiche gefunden wurde.«

Die Moderatorin setzte zu einer Frage an, doch eine Männerstimme übertönte sie. »Bruce, hier spricht Jack. Können Sie uns etwas über die Identität des Opfers sagen?«

»Die Polizei hält sich bedeckt, doch meine Quellen berichten mir, dass der Tote ein Bankier ist, der an der Wall Street kein Unbekannter war.«

»Jesus«, sagte ich wegen des Kopfhörers laut vor mich hin. Eine Frau auf einem Laufband in der Nähe bedachte mich mit einem missbilligenden Blick. »Tut mir leid«, meinte ich und hob eine Hand, die vor Angst zitterte, als ich sie auf das Geländer des Laufbands legte.

Noch Wochen danach war das bedrohliche Gefühl, dass die Welt um mich herum zusammenbrach, nie weit weg; und selbst jetzt noch kann, wenn ich in New York bin, ein kurzer Blick auf Fox News mein Herz aus dem Takt bringen. Denn es stand nicht nur meine Lebensgrundlage auf Messers Schneide, es kam auch die Gefahr dazu, aus meinem sicheren Gefüge herausgerissen zu werden, der Distanziertheit, die ich zwischen mir und anderen Menschen mit ihren ganzen verworrenen Gefühlen aufgebaut hatte. Liebe. Eifersucht. Verzweiflung.

Hass.

Nachdem ich den Kopfhörer abgesetzt hatte, kehrte ich dem Laufband den Rücken und ging in die Umkleide. In der Nähe der Tür zum Geräteraum überkam mich eine Welle der Übelkeit, und ich setzte mich, um den Kopf zwischen die Knie zu stecken. Ich brauchte nicht mehr zuzusehen, ich wusste schon, was passiert war: Harry Shapiro hatte sich umgebracht. Ich war mir auch völlig sicher, dass es meine Schuld war.

Wenn Rebecca Dienst hatte, kam sie manchmal in den frühen Morgenstunden nach Hause und setzte sich schweigend in die Küche, bevor sie ins Bett kam. Dann wusste ich, dass ihr ein Patient auf dem OP-Tisch gestorben war. Wir Psychiater verlieren nicht viele Patienten, also gewöhnen wir uns nicht so daran, wie Chirurgen es vermutlich tun. Es hatten schon Patienten von mir Selbstmord begangen, aber sosehr es mich auch mitgenommen hatte, so hatte ich doch nie geglaubt, es sei meine Schuld. Sie hatten eine chronische Erkrankung, hatten lange Zeit gegen ihren Todeswunsch angekämpft, und ich hatte alles getan, um ihnen zu helfen.

Bei Harry war das anders. Ich hatte gewusst, dass er in Gefahr war, und ich hatte ihn sterben lassen. Ich hatte mich einschüchtern und dazu erpressen lassen, ihn im Stich zu lassen.

Ich hatte den Kopf noch zwischen den Knien, doch der Speichel lief mir nicht mehr im Mund zusammen, und die Übelkeit ließ langsam nach. Als ich den Kopf hob, fiel mein Blick auf einen Trainer, der mich besorgt betrachtete. Er dachte wohl, ich hätte es auf dem Laufband übertrieben. Ich verzog das Gesicht, als hätte er recht, stand auf und schnappte mir ein Handtuch. Dann ging ich unter die Dusche und blieb lange darunter stehen.

2

Harry kam ins Episcopal, als ich am Freitag Nachtdienst hatte. Ich war oben auf Zwölf Süd und versuchte gerade, einen Patienten mit paranoider Schizophrenie aus einer Weichzelle zu locken, als Maisie Knox mich aus der psychiatrischen Notaufnahme anpiepste.

Der Schizophrene war vor ein paar Stunden auf einer Fahrtrage aus dem Central Park eingeliefert worden, wo er den Verkehr angebrüllt und Passanten, die ihre Hunde spazieren führten, belästigt hatte. Nach einer Spritze mit Haldol und Ativan, dem Cocktail aus Neuroleptikum und Beruhigungsmittel, mit dem wir gefährliche Patienten bändigten, hatte ich ihn stationär aufgenommen – bei einer goldenen Krankenversicherungskarte brauchten wir uns mit niemandem herumzuschlagen, um ein paar Dollar zu sparen. Als er eine Stunde später wieder zu sich kam, war er ruhiger, aber immer noch halsstarrig.

Maisie war eine vierzigjährige Assistenzärztin, die gutes Aussehen – freundliche Augen und ungebärdige blonde Locken, die sie sich immer hinters Ohr strich –, Gelassenheit und vor allem Kompetenz in einer perfekten Symbiose vereinte. Ich war froh, ihre Stimme zu hören, doch angepiepst zu werden bedeutete immer eine Unterbrechung, und ich hatte selbstsüchtig gehofft, den Rest der Schicht ungestört hinter mich bringen zu können.

»Hier ist ein Patient, den Sie sich vermutlich ansehen sollten«, sagte sie, als ich sie anrief. Ihr Tonfall war ruhig wie immer, doch ich spürte etwas: Nervosität? Aufregung?

»Was ist los mit ihm?«

»Er ist deprimiert.«

»Ich fühle mich auch ein wenig deprimiert. Kann er nicht warten?«

»Ich glaube nicht.«

Trotz meiner Schwäche für Maisie war ich allmählich ein wenig genervt. In der Notaufnahme gibt es eine gewisse Reihenfolge: zuerst eine Krankenschwester, dann ein Assistenzarzt und erst dann der Oberarzt. Ich war im Dienst, aber ich konnte mich nicht um jeden Gestörten kümmern, der von der Straße hereinspazierte. Man brauchte doch nur mal U-Bahn zu fahren, um zu erkennen, wie viele von denen es gab.

»Wer ist er?«, fragte ich mit einem Seufzer.

»Ein gewisser Harold Shapiro. Harold L. Shapiro. Und seine Frau, Nora Shapiro, hat ihn hergebracht«, sagte sie, als sei mit der Nennung der Namen alles gesagt. Und das war es.

»Ich bin in einer Minute da«, sagte ich.

Machen Sie keine Ausnahmen, wurde uns immer wieder eingeschärft, *es kommt nichts Gutes dabei heraus*. Doch wenn es jemanden gab, der als Sonderfall zu behandeln war, dann Harry Shapiro. Ich kannte ihn nicht, obwohl ich in der *New York Times* gelesen hatte, dass er in der Finanzkrise seinen Posten als Vorstandsvorsitzender einer Wall-Street-Bank verloren hatte. Der Artikel deutete an, er habe es verdient, weil ihm nicht bewusst gewesen sei, welche Risiken seine Bank einging. Doch eines wusste ich: In diesem Augenblick stand ich im Harold-L.-und-Nora-Shapiro-Pavillon, einem Flügel des New Yorker Episcopal Hospital, der verschiedene Stationen beherbergte, darunter Zwölf Nord und Süd.

Die Shapiros hatten dem Krankenhaus 35 Millionen Dollar gespendet, damit es sich über den Franklin D. Roosevelt Drive ausdehnen konnte, und eine Plakette mit ihren Namen begrüßte jeden Fahrer, der durch den Tunnel unter dem Krankenhaus durch nach Norden fuhr. Sie waren also auf jeden Fall ernst zu nehmen, besonders wenn er krank war. Ich hatte miterlebt, was passierte, wenn Spendengeber in das Krankenhaus kamen, das sie mitfinanziert hatten. Heimliche Anrufe aus der Chefetage oder sogar von Verwaltungsratsmitgliedern würden nicht lange auf sich warten lassen. *Überschlagen Sie sich nicht*, würden sie sagen, *aber tun Sie alles, was in Ihrer Macht steht*. Normalerweise befolgten wir den Hinweis.

Ich beschloss, meinen schizophrenen Patienten eine Weile sich selbst zu überlassen. Er war nicht in Gefahr, auch wenn er nicht ganz auf dem Damm war. Als ich runter in die Notaufnahme kam, fand ich Maisie im Arztzimmer am Ende des Flurs.

»Ja … ja … ich sorge dafür, dass er es erfährt«, sagte sie im Tonfall von jemandem, der mit den Autoritäten focht, ins Telefon.

Maisie sah mich fragend an, und ich schüttelte den Kopf. Ich wollte nicht, dass irgendjemand an der Behandlung herumkritisierte, bevor ich den Patienten überhaupt gesehen hatte. Stumm hob sie vier Finger: Zimmer vier. Harry saß auf der Liege in dem Behandlungszimmer, er trug ein Ralph-Lauren-Poloshirt, eine Hose und einen Blazer. Die Schultern und den Kopf ließ er hängen, und er zitterte. Das Zittern konnte ein Symptom für Angst oder Unruhe sein, doch es war eiskalt im Raum. Ich schwöre, die kühlen diese Räume absichtlich runter. Wie oft hatten wir den Hausmeisterdienst schon gebeten, sich darum zu kümmern, doch nichts geschah.

Zimmer vier war identisch mit den anderen Behandlungszimmern im Flur. Es enthielt eine harte Liege, die so konstruiert war, dass niemand sich selbst oder dem Personal damit etwas antun konnte, und einen Plastikstuhl. Zum Flur hin war ein großes Fenster, damit das Pflegepersonal denjenigen, der darin saß, nach Belieben beobachten konnte. Was es von den anderen Zimmern unterschied, war ein schlechtes Ölgemälde einer italienischen Küstenstadt mit roten Dächern, das an die Wand geschraubt war, falls jemand versuchen sollte, damit Schaden anzurichten. Ein nicht ganz rechtschreibfester Patient hatte daraufgekratzt: »Zug nach Tijooana«. Auch darum hatte sich der Hausmeisterdienst nicht gekümmert.

Die Tatsache, dass Harry noch seine eigene Kleidung trug, war ein Grund zur Sorge, und mir entging nicht, dass Pete O'Meara, der Sicherheitsmann der Notaufnahme, sich mit unglücklicher Miene in der Nähe der Tür herumdrückte. Er hatte ein großes, hängebackiges Gesicht und war in der Lage, die meisten bedrohlich wirkenden Patienten in den Griff zu bekommen. Doch in Harry hatte er seinen Meister gefunden.

»Hallo, Mr Shapiro«, sagte ich. »Ich bin Dr. Cowper, Oberarzt der Psychiatrie. Ich würde mich gern mit Ihnen unterhalten, aber würde es Ihnen etwas ausmachen, vorher einen Kittel anzuziehen? Das ist hier bei uns so üblich.«

Als Harry den Kopf hob, sah ich zum ersten Mal seine dunklen Augen und wusste sofort, warum Pete einen Rückzieher gemacht hatte: Sie waren wie die Kohlen eines Feuers, das erstorben war, das aber jeden Augenblick wieder aufflammen konnte, wenn man es schürte. Von allen Eigenschaften war Harrys Fähigkeit einzuschüchtern die eindrucksvollste. Selbst in diesem Zustand hatte ich keine Lust, mich mit ihm anzulegen. Er war kräftig gebaut und gut in Form, als hätte nervöse Energie sämtliches überflüssiges Fett verbrannt. Seine Augen saßen tief in einem schmalen Gesicht mit schräger Stirn und Adlernase. Er sah aus wie ein römischer Zenturio, Anführer einer gnadenlosen Legion, die sich gerade durch Gallien gekämpft hatte, ohne Gefangene zu machen.

»Was für ein Blödsinn«, murmelte er. »Ich bin nicht verrückt.«

»Natürlich nicht«, sagte ich. »Aber wir haben Regeln, die dem Schutz aller dienen. Sie sind am Flughafen doch sicher auch schon durch die Sicherheitskontrolle, oder? Sie wollen doch bestimmt nicht der eine sein, der Terz macht.«

Das sagte ich immer, und die Analogie war gar nicht schlecht – genau wie am Flughafen waren wir immer auf der Hut vor versteckten Waffen. Harry war lange nicht auf dem Flughafen LaGuardia gewesen, wie ich später herausfand, aber es funktionierte. Er sah mich ein paar Sekunden lang an, bevor er nickte.

»Okay, bringen wir es hinter uns«, knurrte er.

»Gut. Mr O'Meara nimmt Ihre Sachen und besorgt Ihnen einen Kittel, und ich bitte die Krankenschwester, Ihnen Blut abzunehmen. Dann komme ich wieder.«

Im Arztzimmer war Maisie mit Harrys Krankenakte beschäftigt, die der Computer gerade ausgespuckt hatte. Alle Patienten bekamen den Blutdruck gemessen, und ihre Krankenversicherung wurde überprüft, bevor sie zu uns durchgelassen wurden.

»Ich glaube nicht, dass er Probleme hat, den Scheck zu bezahlen«, sagte sie.

»Fragen Sie für alle Fälle mal nach, ob im Four Seasons ein Zimmer frei ist.«

Das war unser Spitzname für York Ost, eine Station mit sechs Betten im dreizehnten Stock, die Luxusvariante von Zwölf Süd für die, die bereit waren, zusätzlich zur Krankenversicherung noch 700 Dollar für mehr Annehmlichkeiten zu berappen. Das Essen war besser, und sie bekamen ein Einzelzimmer mit eigenem Bad; die Türen allerdings waren genauso fest verschlossen wie anderswo, damit sie sich nicht einfach davonmachten. Es erinnerte mehr an ein Hotel, aber auschecken war nicht möglich.

»Wer war das am Telefon?«, fragte ich.

»Sarah Duncan. Mrs Shapiro hat sie angerufen, bevor sie hergekommen sind. Sie wollte wissen, wie der Stand der Dinge ist. Ich habe ihr gesagt, Sie hätten alles unter Kontrolle.«

Sarah Duncan war die Verwaltungsdirektorin des Krankenhauses, eine Chicagoerin mit grauem Haar, die ihre forsche Art zur Führungskunst erhoben hatte. Ich rief mir in Erinnerung, dass Nora Shapiro im Verwaltungsrat des Episcopal saß, was die Sache weiter verkomplizierte, denn es hieß, dass Duncans Karriere in ihren Händen lag. Ein Blick in Harrys Krankenblatt verriet mir, dass er achtundfünfzig war und schon im Episcopal behandelt worden war, aber nur für Routineuntersuchungen wie etwa Koloskopie. Sein Blutdruck war ein wenig hoch, und er nahm einen Cholesterinsenker, doch abgesehen davon, war er bei guter Gesundheit.

Als ich zurück in Zimmer vier kam, saß Harry immer noch auf der Liege, doch jetzt in einem Krankenhauskittel, und eine Krankenschwester rollte gerade den Behandlungswagen raus, nachdem sie ihm Blut abgenommen hatte.

»So«, sagte er. »Dr. Cooper, richtig?«

»Ja. Es schreibt sich ›Cow-per‹, aber das ›W‹ ist stimmlos«, sagte ich und kam mir so dämlich vor wie immer, wenn ich meinen Namen erklären musste.

»Ein ausgefallener britischer Name?«, bemerkte er leicht eingeschnappt.

»Vielleicht könnten Sie mir erklären, warum Sie hier sind?«, sagte ich.

Harry überlegte einen Augenblick und senkte den Kopf. Er wirkte matt und sprach langsam, beides Symptome einer Depression. Ich bekam schon langsam ein Gefühl dafür, was in seinem Kopf vor sich ging. Es sah aus wie eine männliche Midlife-Crisis von der Art, mit der wir es tagein, tagaus zu tun hatten. Ich musste herausfinden, was unter der Oberfläche lag, aber ich machte mir keine allzu großen Sorgen. Er litt vermutlich unter größeren psychischen Qualen als je zuvor in seinem Leben, doch es würde vorübergehen.

»Mir geht's nicht besonders«, sagte er niedergeschlagen. »Die letzte Zeit war hart. Ich habe meinen Job verloren.«

Er starrte in den Flur hinaus, und ich wartete ab, ob er noch mehr sagen wollte, doch er schwieg. Er verriet mir nicht mehr, als er musste, was es mir erschwerte, seinen Zustand genauer einzugrenzen. Ich hielt mich an die Liste der in so einem Fall üblichen Fragen.

»Ich würde Ihnen gern ein paar Fragen über Ihre Gesundheit stellen, Mr Shapiro. Wie ist Ihr Appetit?«

»Okay. Ich esse.«

»Trinken Sie?«

»Ein wenig. Ein Glas Wein zum Abendessen.«

»Nehmen Sie Drogen?«

»Nichts dergleichen.«

»Wie viel Schlaf bekommen Sie?«

»Ich komme so mit fünf Stunden aus. Früher war ich normalerweise gegen sechs im Büro, um den Tag mit Schwung zu beginnen.«

»Haben Sie früher schon einmal längere Phasen durchgemacht, in denen Sie traurig oder hoffnungslos waren?«

»Noch nie.«

»Hatten Sie je längere Perioden, in denen Sie wie aufgekratzt waren, sehr viel Energie hatten, als würde Ihnen die Welt gehören?«

Harry betrachtete mich ruhig, denn inzwischen hatte er begriffen, worauf ich hinauswollte. Viele Patienten, die mit Depressionen herkamen, litten unter einer nicht diagnostizierten bipolaren Störung, und ihre manischen Phasen waren so leicht gewesen, dass sie damit zurechtgekommen waren – sie hatten sie ganz nach oben gebracht. Ich kannte einige solcher Patienten von der Wall Street und auch den einen oder anderen Arzt.

»Ich bin nicht verrückt. Das habe ich Ihnen schon gesagt.«

»Das möchte ich auch nicht andeuten. Aber eine Frage muss ich Ihnen noch stellen. Bei allem, was Sie durchgemacht haben, haben Sie da je daran gedacht, sich das Leben zu nehmen?«

Er hielt inne, als müsste er sorgfältig über diese Frage nachdenken, was mir im Grunde alles verriet. *Deswegen hat seine Frau ihn hergebracht*, dachte ich.

»Das könnte ich Nora niemals antun«, sagte er schließlich.

»Gut«, sagte ich, obwohl er nicht ganz ehrlich geantwortet hatte und mir nicht alles sagte. Ich hatte trotzdem genug erfahren, um ihm erst einmal helfen zu können. »Ich werde Ihnen einen Tranquilizer verordnen, der Ihnen hilft zu entspannen. Die Krankenschwester wird ihn bringen. In der Zwischenzeit würde ich gern kurz mit Ihrer Frau reden, wenn das in Ordnung ist.«

Ich verließ das Untersuchungszimmer und ging durch eine abgeschlossene Tür am Ende des Flurs in das Wartezimmer, das dahinterlag. Dort saß auf einem schmutzigen Stuhl unter einer trostlosen Neonröhre Nora Shapiro. Harry war keine große Überraschung gewesen, seine Gemahlin sehr wohl. Sie war jünger, vielleicht fünfundvierzig, aber sie entsprach ganz und gar nicht dem Typ der dünnen, blonden, zweiten Gattin eines Wall-Street-Giganten – sie wirkte eher wie eine Lehrerin oder eine Professorin. Dunkelbraunes Haar rahmte ein katzenartiges Gesicht mit hohen Wangenknochen, und sie trug eine gelehrt wirkende Schildpattbrille. Sie blickte ruhig zu mir auf, ihre Augen sanft und melancholisch.

Manche Frauen, die ich auf diesem Stuhl erlebt hatte, waren nicht nur von der Unsicherheit und Angst einer Ehefrau überwältigt gewesen, deren geliebter Mann krank war, sondern hatten auch ihren Zorn kaum unter Kontrolle halten können. *Sie verstehen das nicht*, hatte eine mir mal gesagt. *Das war so nicht abgemacht.* Die Frau hatte toleriert, dass sie oft einsam war und die Kinder allein großziehen musste, sie hatte den Haushalt geführt und an langweiligen Dinners teilgenommen und so getan, als amüsierte sie sich. Dafür genoss sie den Status, mit einem Alphamann verheiratet zu sein, der für ihren Wohlstand und ihre gesellschaftliche Stellung sorgte, sodass New Yorker Stiftungen und Verwaltungsräte um ihre Gunst buhlten. Doch all das hatte sie nicht getan, damit ihr Ehemann sich am Ende in einen Schwächling verwandelte, der jegliches Selbstvertrauen verloren hatte.

Nicht so Nora. Sie zeigte keine Wut und keinen Groll über diesen erzwungenen Aufenthalt in der Notaufnahme. Das Einzige, was sie ausstrahlte, waren Liebe und Sorge um Harry, als könnte nichts, was er tat, ihrer Zuneigung zu ihm etwas anhaben. Wie sie da geduldig auf Nachrichten über ihren kranken Mann wartete, hatte sie etwas an sich, was mich rührte. So sollte eine Ehefrau sein, hatte ich immer geglaubt: Meine Mutter war auch so gewesen – bis mein Vater sie betrogen hatte.

»Mrs Shapiro? Ich bin Dr. Cowper. Ich habe mir gerade Ihren Mann angesehen, und ich würde gern kurz mit Ihnen reden, wenn das in Ordnung ist.«

»Vielen Dank, Doktor.«

Nora knetete nervös die Hände, als ich mich zu ihr setzte. Sie trug einen antiken Silberring mit einem komplizierten Muster an einem Finger. Er sah aus, als hätte sie ihn sich selbst in einem abgelegenen Laden gekauft, nicht nur automatisch bei Tiffany danach gegriffen. Sie sah mich traurig an, als wären wir alte Freunde und sie vertraute auf meinen Rat.

»Ich dachte, ich sollte Harry herbringen, nur für alle Fälle«, sagte sie. »War das richtig?«

»Ich bin mir sicher, es war das Beste. Können Sie mir sagen, was Ihnen Sorgen bereitet hat?«

»Ich weiß nicht, wie ich es beschreiben soll. Er hat seinen Job verloren, wissen Sie. Es war nicht fair, wie sie mit ihm umgesprungen sind. Das war letzten Herbst. Danach ging es ihm immer schlechter, er zog sich immer mehr zurück. Er wurde viel stiller als früher, und er machte den Eindruck, als hätte er die ganze Zeit Schmerzen. Er wachte nachts sehr oft auf. Manchmal fand ich ihn um drei Uhr in der Frühe, wie er in der Wohnung auf und ab ging. Er wurde nicht damit fertig, was passiert war.«

»Warum sind Sie hergekommen?«

»Wir waren über das Wochenende in East Hampton. Wir haben dort ein Haus. Heute Nachmittag habe ich einen Strandspaziergang gemacht, und als ich ins Haus zurückkam, hörte ich aus seinem Arbeitszimmer Musik. Ich ging rein, und er saß da und starrte aus dem Fenster. Er hielt ein Cocktailglas in der Hand und …«, sie kramte in ihrer Handtasche, »… das lag auf dem Tisch.«

Während sie das sagte, zog sie ein schimmerndes Objekt aus der Tasche und reichte es mir. Ich richtete den Blick auf das Ding in meiner Hand – eine vernickelte Pistole mit Walnussholzgriff. Sie hatte einen kurzen, dicken Lauf mit U-Kimme. Mir fiel auf, dass auf der Seite »Made in Italy« stand. Sie war kalt und schwer, und vor Schock ließ ich sie beinahe zu Boden fallen.

»Pete?«, rief ich, stand, die Waffe in der Hand, vom Wartezimmerstuhl auf und machte einen Schritt nach hinten, um an die verschlossene Tür zu klopfen. Pete öffnete sie, und ich hielt ihm die Waffe mit dem Griff entgegen, um nicht auf ihn zu zielen. Ich wusste nicht, wie man mit Waffen umging, doch ich hatte das Gefühl, so sei es besser.

»Ist die sicher?«, fragte ich.

Pete nahm die Waffe und untersuchte sie, dann löste er eine Arretierung und holte das Magazin heraus. Die beiden Teile reichte er mir einzeln zurück.

»Kein Problem. Die Waffe ist gesichert«, sagte er. »Eine Beretta Cheetah. Hübsche Waffe.«

Ich wusste nicht, was ich darauf antworten sollte, also nickte ich nur, und er zog sich zurück. Ich setzte mich wieder zu Nora und versuchte, unser Gespräch fortzusetzen, als wäre nichts

Ungewöhnliches passiert. Pete fand an Patienten, wenn sie herkamen, immer wieder versteckte Messer, doch mir war noch nie eine Schusswaffe ausgehändigt worden.

»Wessen Waffe ist das, Mrs Shapiro?«

»Das ist eigentlich meine. Also, ich habe sie noch nie benutzt. Ich wüsste nicht, was ich damit machen sollte. Und der Waffenschein lautet auf Harry. Es gab einige Einbrüche in der Nähe, und er meinte, wir bräuchten eine, falls ich mal allein im Haus bin. Er verwahrt sie in seinem Arbeitszimmer in einer verschlossenen Schublade …«

Nora schluchzte auf, und ihre Augen füllten sich mit Tränen, als angestauter Kummer sich Luft machte. Ich hatte Mitleid mit ihr, weil jetzt die Verantwortung für einen Mann auf ihr lastete, der noch nie den Schutz anderer gebraucht hatte.

»Sie müssen sie irgendwo aufbewahren, wo sie sicher ist«, sagte ich. »Es ist wichtig, dass Ihr Mann sie im Augenblick nicht in die Finger bekommt.«

Sie nickte und schluckte noch einmal. »Das ist kein Problem. Ich habe einen Tresor für meinen Schmuck, dessen Kombination er nicht kennt.«

»Bitte legen Sie sie sofort hinein«, sagte ich und reichte ihr die Waffe und das Magazin und sah zu, wie sie sie wieder in ihre Tasche steckte, zu Make-up und anderen gewöhnlichen Dingen. »Es war gut, dass Sie ihn hergebracht haben.«

Das war natürlich untertrieben. Ein Weißer mittleren Alters mit mehreren Symptomen einer schweren Depression – darunter Selbstmordabsichten –, der getrunken hatte und im Besitz einer Waffe war? Ganz zu schweigen von seiner Bedeutung für das Krankenhaus und Duncans Verstrickung: Wenn das kein todsicherer Grund war, jemanden herzubringen, dann wusste ich auch nicht. Die Frauen, die von Selbstmord sprachen, waren im Allgemeinen nicht die, um die man sich Sorgen machen musste – es waren die einsamen Männer, die nie ein Wort sagten, sondern eines Tages einfach im Wald verschwanden und dem Ganzen ein Ende setzten. Blieb nur noch die Frage, ob Harry freiwillig hierbleiben würde oder ob ich ihn gegen seinen Willen aufnehmen musste.

»Sie waren sehr verständnisvoll, Doktor. Ich bin Ihnen sehr dankbar«, sagte sie.

Sie legte ihre Hand auf meine. Ihre Handfläche war warm, und in dem kurzen Moment, als sie sie dort liegen ließ, sah ich Tränen in ihren Augen. Wenn ich gekonnt hätte, hätte ich ihren Mann an Ort und Stelle geheilt, doch ich ging davon aus, dass wir ihn innerhalb von ein, zwei Monaten wieder einigermaßen auf die Beine bringen würden. Ich entschuldigte mich und ging zu Maisie, um mit ihr zu reden. Gute Nachricht: Auf York Ost war ein Bett frei. Ich wagte nicht, mir Duncans Reaktion auszumalen, wenn Harry gezwungen wäre, ein Doppelzimmer mit einem Psychotiker auf Zwölf Süd zu teilen.

Doch manche Menschen sind schwer zufriedenzustellen.

»Ausgeschlossen«, erwiderte Harry auf meinen Vorschlag, er solle freiwillig hierbleiben. Er war noch in Zimmer vier, war jedoch aufgestanden. Der Kittel reichte ihm halbwegs über die Knie, die Waden waren nackt, und das Zittern war schlimmer geworden.

»Mr Shapiro, ich verstehe Sie ja, aber ich halte es wirklich für das Beste, wenn Sie hierbleiben, damit wir Ihnen möglichst schnell helfen können.«

»Und wenn ich mich weigere?«, fragte er und starrte mich trotzig an.

Eine schwierige Frage, und die ehrliche Antwort lautete: *Dann muss ich Sie einsperren.* Ich versuchte es behutsamer zu formulieren. »Wenn ich ehrlich bin, dann bin ich sehr besorgt um Ihre Gesundheit, und es ist meine Pflicht, Sie zu schützen. Wir haben die Befugnis, Sie auch gegen Ihren Willen hierzubehalten.«

»Das klingt nach einer Drohung«, sagte er mit bebenden Nasenflügeln.

»So würde ich es nicht formulieren«, erwiderte ich besänftigend. »Aber ich halte es aus verschiedenen Gründen wirklich für das Beste, wenn Sie bei uns bleiben. Ihre Frau hat mir gesagt, dass sie Sie heute Nachmittag mit einer Waffe angetroffen hat, und das bereitet mir große Sorgen.«

Ich hoffte, wenn ich die Waffe erwähnte, würde er offen damit herausrücken, was er in dem Zimmer gedacht hatte, doch er antwortete nicht direkt. Er senkte den Kopf, bis der schlaff zwischen den Schultern hing. Dann seufzte er, sein Kampfgeist wich.

»Ich muss mit Nora reden«, sagte er.

Zehn Minuten später waren wir uns einig, und ich telefonierte mit der Stationsschwester von York Ost. Wir schickten Patienten aus der Notaufnahme nicht mit einem ausführlichen Bericht nach oben, sondern nur mit einer Zusammenfassung der Anfangsdiagnose und einer kurzen Einschätzung der psychischen Verfassung: Gefahr für sich selbst, Gefahr für andere, nicht in der Lage, für sich selbst zu sorgen – was auch immer der Grund war, jemanden auf der Geschlossenen einzuweisen, statt ihn mit ein paar Pillen und einem Termin zur ambulanten Behandlung nach Hause zu schicken. Sobald der Patient auf der Station einem Oberarzt und einem Assistenzarzt zugeteilt worden war, wurde er noch einmal untersucht. Meine Aufgabe war so gut wie erledigt.

»Ich nehme einen achtundfünfzigjährigen Mann mit Anpassungsstörung und Angst und depressiver Verstimmung oder schwerer Depression auf«, sagte ich und ging Harrys Symptome und Gemütserregung kurz durch. »Seine Frau befürwortet das und wird ihn morgen besuchen.«

Ich trat hinaus und sah, wie Pete Harry in einem Rollstuhl in Richtung Aufzug fuhr. Nora blickte ihnen nach. Alle Patienten, die aufgenommen wurden, wurden mit der Krankenakte auf dem Schoß im Rollstuhl nach oben gebracht, damit sie auf dem Weg dorthin nicht so leicht die Biege machen konnten. Ich dachte, es wäre das Letzte, was ich von ihm zu sehen kriegen würde.

3

In der Zeit waren viele wie Harry bei uns – nicht so bekannt und so mächtig wie er, und ihre Namen standen auch nicht außen auf dem Krankenhaus, doch alle umweht von derselben niedergeschlagenen, verwirrten Aura von abgestürzten Überfliegern.

Als Assistenzarzt hatte ich nicht gewusst, wie viele Fälle von klinischem Narzissmus ich behandeln würde, aber plötzlich war ich davon umzingelt. Man hatte uns einiges über das Krankheitsbild der narzisstischen Kränkung beigebracht, ein herber Schlag gegen das Ego des Egozentrikers und Manipulationskünstlers, dessen Persönlichkeit geformt worden war von Eltern, denen er nur mit Leistung Anerkennung abringen konnte und die ihm nie bedingungslose Liebe hatten zuteilwerden lassen. Die Wall Street schien eine große Anziehungskraft auf solche Menschen auszuüben, denn das Krankenhaus war voll davon – alle wollten eine Sonderbehandlung und behaupteten, mehr über Therapie zu wissen als ich, und im Allgemeinen waren sie unausstehlich.

Der Verlust ihres Status war für sie ein schrecklicher Schlag. Sie kamen unter Höllenqualen über die Notaufnahme ins Episcopal, nachdem der Crash Angst oder Depressionen bei ihnen ausgelöst hatte. Sie saßen schweigend allein, mit bleichem Gesicht und zitternd, und ihre Gehirne ratterten, um zu begreifen, was da schiefgelaufen war. Doch eines war klar: Sie wollten nicht von einem dreißig Jahre alten Psychiater behandelt werden, der erst vor zwei Jahren seinen Facharzt gemacht hatte. Ich wirkte zu jung, obwohl ich so alt war wie einige von ihnen. Doch ich war nicht wichtig genug.

So einer war einige Wochen vor Harry zu uns gekommen, ein Mann Mitte dreißig, der an der Madison Avenue einen Immobilienfonds geleitet hatte. Das Fondsvermögen hatte zu seinen besten Zeiten bei zwei Milliarden Dollar gelegen, doch jetzt war er wertlos, ausgequetscht von den Banken, die ihm Geld geliehen hatten. Ein Freund brachte ihn eines Nachts zu uns, nachdem er ihn aus einem Hotel geholt hatte, wo er sich verkrochen und, bis oben hin voll mit Wodka und Kokain, den Etagenkellner angebrüllt hatte. Ich nahm ihn auf, doch als er am nächsten Tag wieder nüchtern war, würdigte er mich keines Blickes, sondern verlangte, einen richtigen Arzt zu sehen.

Deshalb war ich überrascht, als ich am Montag zur morgendlichen Visite auf Zwölf Süd kam, von Jim Whitehead, Stationsarzt von York Ost und Chefarzt der Stationären Psychiatrie, angepiepst zu werden. Wenn ich mit meiner Karriere weiterkommen wollte, konnte ich es mir nicht leisten, Jim zu verärgern, doch als ich ihn zurückrief, klang er genervt.

»Ich habe hier einen Patienten, der von Ihnen behandelt werden möchte, Doktor«, sagte er formell. »Mr Shapiro.«

Jim war groß und ernst und hatte dickes schwarzes Haar mit ein paar grauen Strähnen; selbst diese zeichneten sich sorgfältig ab. Hemd und Anzug waren immer makellos sauber und knitterfrei, als würden Schmutz und Krümel von ihnen abgleiten. Unfassbar, wie er die messerscharfen Bügelfalten in seiner Hose über den Tag rettete, obwohl er doch die meiste Zeit am Schreibtisch saß. Wenn er nicht auf York Ost war, hatte er eine lukrative Privatpraxis, in der er einige seiner Patienten aus dem Episcopal um sich scharte. *Er würde Harry wahrscheinlich gern dorthin überweisen,* dachte ich, *und ich bin ihm im Weg.*

Trotz Jims Stimmung und der Schwierigkeiten, die mir womöglich daraus erwachsen konnten, versetzte mir die Nachricht, dass Harry nach mir gefragt hatte, einen Kick, den ich mir möglichst nicht anmerken lassen wollte. Ich hatte am Wochenende ein paarmal an Harry gedacht und sogar kurz darüber phantasiert, dass er mein Patient würde – hatte Nora nicht angedeutet, es wäre ihr sehr recht? Trotz seiner Gereiztheit verfügte Harry über viele attraktive Eigenschaften. Er war wohlhabend und bekannt, und dass der ganze Flügel nach ihm benannt war, machte ihn zur Trophäe, die die Begehrlichkeit der anderen Ärzte wecken würde. Abgesehen davon, war er faszinierend. Ich war überzeugt, dass hinter den Schlagzeilen noch eine andere Geschichte steckte, und die wollte ich hören. Vor allem aber war ich zuversichtlich, dass ich ihm helfen konnte, denn Depressionen im mittleren Alter sind sehr gut zu behandeln. Wie es aussah, sollte meine Phantasie wahr werden.

Ich überließ es den Assistenzärzten auf Zwölf Süd, sich um alles zu kümmern, und verließ die Station, indem ich die doppelte Sicherheitstür mit dem klimpernden Schlüsselbund, der an meinem Gürtel hing, auf- und hinter mir wieder zuschloss. Wenn Patienten entwischten, bezeichneten wir das als »Durchbrennen« und nicht als »Flucht«, als wäre es ein romantisches Abenteuer, doch ich kam mir eher vor wie ein Gefängniswärter. York Ost lag eine Etage höher, mit Ausblick über den Fluss in Richtung eines neuen Apartmentblocks in Long Island City, auf dem ein Schild ZU VERMIETEN kündete. Ich fand Jim in seinem Büro auf der Station, wo er Notizen auf dem Klemmbrett las, das er immer bei sich trug. Ich trat ein und setzte mich vor seinen Schreibtisch.

»Mr Shapiro?«, sagte ich.

Jim beendete seelenruhig, womit er gerade beschäftigt war, bevor er aufblickte, womit er mir zu verstehen gab, dass er sich von der Angelegenheit nicht ablenken ließe. »Mr Shapiro«, sagte er, bevor er still wartete, als wäre es an ihm zuzuhören und an mir zu erklären.

»Ich befürchte, ich weiß nicht viel über den Patienten. Ich habe ihn am Freitag aus der Notaufnahme aufgenommen. Gefahr für sich selbst. Da habe ich ihn zum ersten Mal gesehen, und ich bin überrascht, dass er nach mir gefragt hat. Ist er weiter untersucht worden?«

Jim runzelte die Stirn, offener würde er seine Verärgerung nicht zeigen.

»Nicht dass wir es nicht versucht hätten«, sagte er. »Ich bin am Freitagabend darüber informiert worden, dass er aufgenommen wurde, und bin am Samstagmorgen hergekommen, um unverzüglich mit der Behandlung zu beginnen. Es klang, als gehe es ihm nicht gut.«

Jim war also an einem Samstag hier, dachte ich. Nicht vielen Patienten wurde eine solche Behandlung zuteil. Harry war unglücklich gewesen, doch das waren die meisten, die am Freitagabend in die Notaufnahme gebracht wurden – genau dann, wenn die Psychiater sich ins Wochenende verabschiedeten. Da sie unter Beobachtung des Pflegepersonals standen, bestand kein Grund zur Eile, und sie mussten Beruhigungsmittel nehmen, die sie erst einmal runterholten, und bis Montag auf den Stationen ausharren. Doch Jim hatte sich die Zeit genommen, sich Harry am Morgen nach seiner Aufnahme anzusehen. Entweder hatte Sarah Duncan ihn überredet, unserem neuen stationären Patienten die VIP-Behandlung zukommen zu lassen, oder Jim hatte das Potenzial, das in Harry lag, selbst erkannt.

»Er war nicht kooperativ?«

»Als ich kam, war seine Frau bei ihm, und sie wollten allein sein. Ich bin gestern wiedergekommen, doch Mrs Shapiro sagte, er würde warten, bis Sie heute Zeit für ihn hätten. Sie hat sich entschuldigt, meinte aber, es sei typisch für Harry. Er setzt sein Vertrauen wohl immer auf einen kleinen Kreis von Menschen, und er hat, wie es scheint, eine gewisse Zuneigung zu Ihnen gefasst.«

»Interessant«, antwortete ich und versuchte, Harrys Zurückweisung gegenüber Jim als Einblick in seine Persönlichkeit zu deuten, die wir uns zusammen vornehmen konnten. Doch Jim wirkte immer noch vergrätzt. Harry war sicher so daran gewöhnt, andere nach seiner Pfeife tanzen zu lassen, dass er vermutlich gar nicht begriffen hatte, was es bedeutete, dass Jim am Wochenende gekommen war, um nach ihm zu sehen.

»Also«, sagte Jim und schaute auf seine Uhr. »Ich muss heute am frühen Nachmittag in Westchester sein. Ich überlasse ihn Ihrer Obhut.«

Für die Begüterten, die sich in einer idyllischeren Umgebung erholen wollten, hatten wir eine Außenstelle in den Randbezirken von New York. Ich hatte am Freitag kurz überlegt, Harry dorthin zu schicken, doch es war spät gewesen.

Jim schloss die Station auf und führte mich zu Harrys Zimmer, das in etwa das Beste war, was wir im Episcopal hatten – die medizinische Entsprechung einer Penthouse-Suite. Das Bett war breiter als die Bettstellen auf Zwölf Süd, und an einem Fenster mit Blick über den East River standen ein paar Sessel in institutionellem Braun. Harry ging in ihrer Nähe auf und ab und ballte immer wieder eine Hand zur Faust. Er trug ein frisch gebügeltes Hemd mit Monogramm und machte einen vitaleren Eindruck, doch seine Miene war nicht freundlicher als am Freitag.

»Dr. Cowper ist hier, Mr Shapiro. Ich lasse Sie allein, damit Sie sich unterhalten können«, sagte Jim und verließ das Zimmer. Ich hörte, wie die Tür zur Station hinter ihm ins Schloss fiel.

»Hallo, Mr Shapiro. Wie fühlen Sie sich?«, fragte ich.

Harry blickte mich finster an, seine Augen loderten.

»Ich will gehen«, sagte er leise.

»Verstehe. Gut, reden wir darüber«, sagte ich, ging zu ihm hinüber und setzte mich auf einen Sessel.

Er blieb noch kurz mit mürrischem Blick stehen, bevor er sich mir gegenüber niederließ. Es war ein wunderschöner Morgen, und die Sonne warf ein Rechteck aus Licht auf den Boden. Es gab weitaus schlimmere Orte, um zu stranden – ein Flughafen, ein Polizeirevier –, doch seine Reaktion war typisch für Menschen, die beim Aufwachen feststellten, dass sie auf einer geschlossenen Station waren, nachdem sie sich hatten überreden lassen, die Papiere zu unterzeichnen. Sie waren eingesperrt, aus Sicherheitsgründen waren sämtliche spitzen oder scharfen Gegenstände entfernt worden und sie mussten für alles um Erlaubnis bitten, was sie, falls sie es nicht schon waren, schier verrückt machte. Ich warf einen Blick in Harrys Krankenakte. Sie gab nicht viel her, außer einer Verordnung für Klonopin, ein länger wirkendes Beruhigungsmittel als das Ativan, das ich ihm in der Notaufnahme verabreicht hatte. Seine psychische Verfassung war noch nicht weiter untersucht worden, er war nicht nach seiner Geschichte befragt worden und hatte auch noch keine Antidepressiva bekommen. Der einzige Psychiater, mit dem er überhaupt ein paar Sätze gewechselt hatte, war ich gewesen, am Freitagabend.

»Wie haben Sie geschlafen?«, fragte ich.

»Ich will gehen«, wiederholte er langsam, als hätte ich ihm beim ersten Mal nicht zugehört. Es fiel mir schwer, seinem eindringlichen Blick standzuhalten.

Ich machte Ausflüchte. »Ich kann mir vorstellen, dass es schwer ist, hier zu sein, aber ich finde, wir sollten uns unterhalten, damit ich ein Gefühl dafür bekomme, wie es Ihnen geht. Dann können wir mit der Behandlung beginnen, und Sie können gehen, in ein, zwei Tagen vielleicht. Wir wollen Sie nicht länger hierbehalten, als es Ihnen lieb ist, glauben Sie mir.«

Harry zuckte verärgert zusammen und stand auf, um aus dem Fenster zu blicken. »Ich glaube, Sie haben nicht gehört, was ich gesagt haben«, knurrte er über die Schulter.

Was ich hier sah, gefiel mir nicht. Harry war genauso mürrisch wie in der Notaufnahme, aber um einiges unruhiger, und das war keine gute Kombination. Patienten, die unter starken Depressionen leiden, mögen an Selbstmord denken, doch ihnen fehlt die Energie, es zu tun. Der schwierigste Augenblick ist der, wenn sie sich ein wenig besser fühlen und ihre Handlungsfähigkeit zurückgewinnen. Zudem war er wütend, und das beunruhigte mich. Selbstmord ist ein feindseliger Akt, nicht nur gegenüber sich selbst, sondern auch gegenüber dem Menschen, dem der Selbstmörder die Schuld an seiner Misere gibt.

Alles in allem war ich nicht geneigt, Harry zu entlassen, bevor er nicht stabiler war und ich ein besseres Gefühl dafür hatte, was in seinem Kopf vorging. Rein rechtlich war ich in einer sehr viel besseren Position als er. Da er sich selbst eingewiesen hatte, konnte er jederzeit um seine Entlassung bitten. Doch das Krankenhaus hatte die Möglichkeit, ihn zweiundsiebzig Stunden festzuhalten, bevor seine Anwälte ihn rausholen konnten. Es wäre eine Katastrophe, wenn es so weit kommen würde, schließlich hatte Harry den Krankenhausflügel finanziert, in dem er festgehalten wurde, doch ich ging nicht davon aus, dass es so weit kommen musste. Drei Tage müssten reichen, sofern er sich beruhigte.

»Was macht Ihnen Sorgen, hier zu sein?«

»Ich kann nicht schlafen«, antwortete er und wandte sich zu mir um. »Das Bett ist unbequem, die Decken sind dünn, ich habe die ganze Nacht gefroren. Der Verkehrslärm hat mich wach gehalten. Es geht mir gut, begreifen Sie das nicht? Mit mir ist alles in Ordnung.«

Ich lauschte dem Rauschen des Verkehrs auf dem Franklin D. Roosevelt Drive. Für New York war es ziemlich normal – und um einiges leiser als in meiner Wohnung, doch darum ging es hier nicht. Angst und Wohlstand hatten Harry hypersensibel gemacht. Die Fadenzahl der Laken war nicht so hoch, wie er es gewohnt war, und es gab keine Daunendecke. Wenn es ihm wirklich gut ginge, hätte er all das nicht bemerkt.

»Es tut mir leid, Mr Shapiro. Vielleicht können wir das zusammen mit Ihrer Frau besprechen und einen Behandlungsplan aufstellen. Wir werden uns sicher einig, wie es weitergehen soll.«

Harry stieß ein zynisches Grunzen aus, doch er erklärte sich wenigstens bereit, auf Nora zu warten. Auf dem Weg zurück nach Zwölf Süd überdachte ich meine missliche Lage. Da Jim nach Westchester abgerauscht war, oblag die Verantwortung für Harry allein mir. Obwohl ich mir gewünscht hatte, ihn behandeln zu können, erwies sich die Sache als knifflig. Ich konnte ihn nicht guten Gewissens sofort entlassen, doch er besaß sehr viel mehr Macht als die meisten Patienten – und keinerlei Gewissensbisse, sich ihrer zu bedienen.

Meine größte Hoffnung war Nora.

Eine Stunde später befand ich mich in einem Raum, den wir großzügig die Bibliothek nannten, mit ein paar Büchern und einem Computer, von dem Patienten E-Mails verschicken konnten, und hörte Lydia Petrovsky zu, einer Patientin, die mich an einen Vogel erinnerte und die seit einer Woche bei uns war. Im Gegensatz zu Harry zeigte sie keinerlei Anzeichen, uns verlassen zu wollen – ganz im Gegenteil –, doch ihre Versicherung drohte, nicht länger für die Kosten aufzukommen, und die Verwaltung wollte sie loswerden. Während ich sie davon zu überzeugen versuchte, zurück in ihre Wohnung zu gehen und sich in einer Tagesklinik weiterbehandeln zu lassen, vibrierte mein Pager – eine Aufforderung, die Verwaltungsdirektorin aufzusuchen.

Sarah Duncans Büro lag in einer Ecke des Shapiro-Pavillons mit Blick über die Queensboro Bridge, der hier völlig vergeudet war. Ihre beiden Assistentinnen – Zwillinge – waren blass und hübsch, Mitte zwanzig und mit kurzen Röcken und klobigem Modeschmuck makellos gekleidet. Eine reichte mir eine Flasche Wasser aus einem kleinen Kühlschrank und entschuldigte sich pro forma, weil Duncan mich warten ließ, was der normale Lauf der Dinge zu sein schien. Dann wandte sie sich wieder ihren E-Mails zu. Da sonst niemand die Aussicht bewunderte, betrachtete ich die Autos, die über die Brücke von Queens nach Manhattan rumpelten. Zwischen den Stahlträgern waren die Williamsburg Bridge und die fernen Ausläufer von Brooklyn zu sehen, während eine Seilbahn in einer Schleife nach Roosevelt Island fuhr.

»Dr. Cowper?«, sagte eine leise Stimme von der Tür, und ich fuhr überrascht zusammen. »Kommen Sie bitte herein.«

Duncan hatte durchscheinende Augen, graue Haare, die zu einem Bubikopf geschnitten waren, und ein Gesicht, das zu glatt war, um natürlich zu sein. Sie machte mir Angst. Ich folgte ihr in ein kühles Eckbüro, das akribisch aufgeräumt war – kein Blatt Papier am falschen Ort, ein Sofa, zwei Sessel und ein Glastisch, auf dem zwei dicke Akten lagen, ein Füllfederhalter ordentlich daneben. Die Möbel waren nicht das Standardzeug, mit dem der Rest des Krankenhauses zugestellt war. Duncan stand an ihrem Schreibtisch, rückte ein Blatt Papier zurecht und studierte es sorgfältig.

»Dr. Cowper, ich habe hier gerade über Ihre Arbeit gelesen.« Sie tippte auf die Akte. »Sehr beeindruckend, muss ich sagen. Sie sind eindeutig ein sehr geschätztes Mitglied des Teams«, sagte sie, als würde sie mir eine unbedeutende Medaille ans Revers heften.

»Vielen Dank, Mrs Duncan. Das ist sehr freundlich.«

»Ich habe Sie doch nicht bei irgendwas gestört, oder? Sie haben doch sicher ein paar Minuten für mich?«

»Es klang, als wäre es dringend.«

»Das ist etwas, was ich an Ärzten liebe – stets auf einen Notfall gefasst«, sagte sie mit einem kurzen Lachen und bedeutete mir, mich ihr gegenüber aufs Sofa zu setzen. Es gab eindeutig ein paar andere Dinge, die sie an Ärzten nicht liebte. »Dies ist wohl eine der kniffligsten Situationen, mit denen ich in meiner Zeit hier konfrontiert war.«

»Ich nehme an, Sie meinen Mr Shapiro?«

»Ich bin mit Nora Shapiro befreundet, und ich konnte sie für unseren Verwaltungsrat gewinnen, also liegt mir natürlich daran, alles für sie zu tun, was wir können. Sie haben recht daran getan, ihn aufzunehmen, doch wie ich höre, würde er es jetzt vorziehen, entlassen zu werden.«

»Das hat er mir heute Morgen gesagt.«

»Ich nehme doch an, wir können seinem Wunsch nachkommen.« Sie sah mich unverwandt an.

Es entstand eine Pause, während derer ich überlegte, was ich sagen sollte, abgesehen von: *Kümmern Sie sich um Ihren eigenen Kram. Sie sind Bürokratin, keine Ärztin.* Ich hatte den hippokratischen Eid geschworen, Patienten zu heilen, während sie dafür verantwortlich zeichnete, dass die Finanzen stimmten. Man hatte uns stets versichert, wenn die beiden einmal kollidieren sollten, werde Hippokrates gewinnen.

»Das ist im Augenblick nicht unbedingt angeraten. Ich mache mir Sorgen, ihn in so einem labilen Zustand zu entlassen. Das verstehen Sie sicher.«

Sie seufzte und tippte mit den Fingern auf die Armlehne des Sofas. »Dr. Cowper, Sie sind ein junger Mann, und Sie haben eine lange und hoffentlich bemerkenswerte Karriere vor sich, lassen Sie mich Ihnen also etwas erklären, ganz unter uns. Die Shapiros sind sehr wichtig für die Zukunft dieses Krankenhauses. Ich habe kürzlich mit Nora über unsere Pläne für einen neuen Krebsflügel diskutiert, und sie hat von einer großzügigen Spende gesprochen, die helfen könnte, Tausenden von Menschen das Leben zu retten.«

»Verstehe«, erwiderte ich und verlagerte das Gewicht auf dem Sofa.

Ich erinnerte mich, dass ich Duncans Anruf in der Notaufnahme nicht entgegengenommen hatte, sondern Maisie mit Gesten zu verstehen gegeben hatte, ich sei nicht verfügbar. Wie schlau war ich mir da vorgekommen und wie dumm stand ich jetzt da, inmitten dieses politischen Durcheinanders. Wie konnte ich meine Pflicht, Harry zu helfen, gegen das Leben anderer Menschen aufwiegen, die durch sein Geld gerettet werden könnten? In der Psychiatrie hatten wir oft das Problem, dass die Patienten überzeugt waren, sie könnten ihren eigenen Seelenzustand ziemlich gut einschätzen, und je gestörter sie waren, desto eher glaubten sie, es ginge ihnen gut. Hier stand Harrys Meinung gegen meine.

»Wenn wir ihre Unterstützung verlieren würden, wäre das eine Tragödie, nicht nur für uns, sondern für viele Patienten.«

»Das verstehe ich, aber …«

»Also, schauen Sie. Das Letzte, was ich will, ist, mich in Ihre Behandlung einzumischen, aber es gibt doch sicher eine Möglichkeit, sich außerhalb dieser Mauern um Mr Shapiro zu kümmern?«

»Nun …« Ich hielt inne, während ich fieberhaft nach einem Ausweg suchte. »Ich habe mit Mr Shapiro besprochen, dass wir später mit seiner Frau reden und gemeinsam einen Behandlungsplan aufstellen.«

Duncan bedachte mich mit einem frostigen Lächeln und stand auf. »Gut. Die Entscheidung liegt ganz bei Ihnen.« Sie ging zu ihrem Schreibtisch, und ich war schon halb zur Tür hinaus, als sie noch leise hinzufügte: »Aber sorgen Sie dafür, dass es die richtige ist.«

Harry saß mit Nora in der an eine Hotellobby erinnernde Patientenlounge auf York Ost. Sie war halbwegs anständig möbliert und verfügte über einen Flachbildfernseher – gegenüber dem alten Kasten, der in Zwölf Süd an die Decke montiert war, ein echter Fortschritt. Sonst war niemand im Raum, nur die beiden, die mit verschränkten Händen auf einem Sofa saßen.

Nora löste ihre Hand und stand auf, Harry blieb allein sitzen. »Freut mich sehr, Sie wiederzusehen, Dr. Cowper«, sagte sie.

Als ich ihr gegenüberstand, hatte ich dasselbe Gefühl wie beim ersten Mal. Sie war nicht wie Harry oder Duncan, die andere, ohne zu zögern, einschüchterten. Sie verhielt sich nicht wie ein Mensch mit Macht oder jemand in einer höheren gesellschaftlichen Position – sie wirkte eher überrascht, überhaupt in dieser Position zu sein. Nach meiner Begegnung mit Duncan war mir klar, wollte ich nicht entweder etwas tun, womit ich sehr unglücklich war, oder etwas, womit ich mich bei meinem Arbeitgeber unbeliebt machte, bestand meine einzige Chance darin, Nora davon zu überzeugen, dass ihr Mann ein paar Tage hierbleiben sollte. Das erforderte, dass ich offen mit ihr sprach.

»Vielleicht sollten wir uns kurz unter vier Augen unterhalten. Hätten Sie etwas dagegen, wenn wir Ihr Zimmer zehn Minuten in Beschlag nehmen, Mr Shapiro?«

Harry nickte vorsichtig, als wären ihm meine Absichten nicht ganz geheuer, doch er wusste auch nicht, mit welcher Begründung er es mir abschlagen sollte. Ich schloss Harrys Schlafzimmertür hinter uns und wandte mich um. Nora saß schon auf dem Bett, die Beine überkreuzt, ein Fuß auf dem Boden. Mich neben sie aufs Bett zu setzen erschien mir zu vertraulich, und ich überlegte, stehen zu bleiben, doch das hätte leicht sehr formell gewirkt. Ich musste ihr ein wenig schmeicheln, um sie davon zu überzeugen, Harry bei uns zu lassen, also wählte ich einen Kompromiss und setzte mich möglichst weit weg ans Kopfende des Betts.

»Ihr Mann hat mir gesagt, dass er nach Hause will, Mrs Shapiro. Wie stehen Sie dazu?«, setzte ich vorsichtig an.

»Ich weiß nicht, was das Beste für ihn ist, Doktor. Er ist sehr durcheinander, und ich glaube, er macht mir Vorwürfe, weil ich ihn hergebracht habe. Dabei wollte ich doch nur helfen.«

Sie wirkte zerbrechlich, und ich sah, dass sich um ihre Augen winzige Fältchen bildeten, als sie die Stirn runzelte. Es gefiel mir, dass sie sich nicht – wie es bei Duncan der Fall zu sein schien – den Chirurgen an der Upper East Side anvertraut hatte. In ihren Kreisen erforderte es ein gewisses Maß an Nervenstärke, sich dem Gruppendruck, ein vollkommen ausdrucksloses Gesicht zu haben, zu widersetzen.

»Sie haben das Richtige getan, aber ich mache mir Sorgen um die augenblickliche Gemütslage Ihres Mannes. Ich bin überzeugt, dass er genesen wird, aber ich wäre um einiges froher, wenn Sie ihn überzeugen könnten, ein paar Tage hierzubleiben, um wenigstens mit seiner Behandlung beginnen zu können.«

»Haben Sie Sorge, dass er …?«

Ihre Stimme verlor sich, und ich sah fest in ihre sanften Augen, um meine Chance nicht zu vertun.

»Ganz offen gesagt, mache ich mir immer noch Sorgen, dass er sich etwas antun könnte. Wenn Sie ihm raten würden hierzubleiben, würde er sicher auf Sie hören.«

Nora senkte zögernd den Blick. »Ich weiß nicht, ob ich das kann. Er ist sehr unglücklich, und er hört nicht mehr auf mich. Kann er nicht ambulant behandelt werden? Ich sorge dafür, dass er in Sicherheit ist. Die Waffe habe ich weggeschlossen, wie Sie gesagt haben.«

Ich schürzte die Lippen und dachte nach. Ich war nicht glücklich darüber, Harry in diesem Zustand gehen zu lassen, doch wenn Nora nichts ausrichten konnte, musste ich mich gegen Harry und Duncan stellen, um ihn hierzubehalten. Hier stand die geringe Chance, dass Harry Selbstmord beging, gegen meinen sicheren beruflichen Selbstmord, wenn ich mich ihm in den Weg stellte. Nora sah mich flehentlich an, und ich merkte, dass ich schwach wurde. *Sie hat gezeigt, dass sie sich um ihren Mann kümmern wird*, dachte ich. Es ist ja nicht so, als würde ich jemanden entlassen, der niemanden hat, um auf ihn aufzupassen.

»Also, wenn Sie ihn nicht dazu bringen können, seine Meinung zu ändern … Aber wir brauchen einen Plan, er muss sich unbedingt sofort in Behandlung begeben. Kennen Sie einen Psychiater, zu dem er bereit wäre, regelmäßig zu gehen?«

»Harry möchte von Ihnen behandelt werden«, sagte sie. »Er mag Sie.«

Ich muss zugeben, dass mich das freute, schließlich hatte ich gehofft, dass Harry von mir behandelt werden wollte. Jim würde nicht begeistert sein, doch das war mir egal. In gewisser Weise war ich auch erleichtert – und so rechtfertigte ich es vor mir –, denn wenn ich Harry schon entlassen musste, war ich so wenigstens in der Lage, auf ihn achtzugeben. Egal, es gab keine Alternative: Er ließ sowohl Nora als auch Duncan nach seiner Pfeife tanzen. Ich würde ihn auf Lexapro setzen, ein Antidepressivum, das ihn nicht noch mehr aufwühlen würde, und 50 Milligramm Klonopin zweimal am Tag. Ich verabredete mit Nora einen Termin für ihn in zwei Tagen in meinem Büro und gab ihr meine Telefonnummer für den Fall, dass seine Stimmung sich verschlechterte.

Dann unterzeichnete ich die Entlassungspapiere und ließ ihn gehen.

4

Am Dienstag wurde ich kurz nach der Morgendämmerung vom Klingeln des Telefons aus dem Schlaf gerissen. Ich tastete nach dem Hörer, der immer noch auf Rebeccas Seite lag.

»Ben?«, sagte eine hohe Stimme – die zweite Frau meines Vaters. »Hast du geschlafen? Oder ist es Abend?« Jane hatte keine rechte Vorstellung von den Zeitzonen und addierte oft die Fünfstundendifferenz zwischen London und New York, statt sie abzuziehen.

»Nein, kein Problem. Ich bin wach«, log ich instinktiv und kniff die Augen zusammen, um auf meinen Wecker zu schauen. »Es ist sechs. Sechs Uhr morgens.«

»Es geht um deinen Vater«, sagte sie und bemerkte gar nicht, dass meine Verneinung recht unlogisch klang. »Er hatte einen Herzinfarkt, aber ich glaube, es geht ihm gut. Er liegt im Middlesex Krankenhaus …«

Ihre Stimme verlor sich unsicher, als wüsste sie nicht recht, wo sie war und was sie tun sollte, und ich empfand plötzlich Mitgefühl, was ungewöhnlich war. Meine Müdigkeit war verflogen, doch ich hatte Mühe zu begreifen, was passiert war, während meine Gefühle sich unsicher im Hintergrund drängelten. Ich wollte, dass es ihm gut ging, aber da war auch noch etwas Düsteres – eine schuldgefühlbeladene Genugtuung, dass selbst er sterblich war. Selbst er konnte aus seinem triumphalen Kurs geworfen werden.

»Beim Aufstehen ging es ihm gut. Er war in der Küche, wo er sich einen Kaffee machte und mir von einem Fall erzählte. Plötzlich sagte er, er hätte Schmerzen im Arm. Er wollte sich hinsetzen, doch da wurde er schon ohnmächtig. Ich habe den Krankenwagen gerufen.«

»Ist er jetzt bei Bewusstsein?«

»Ja, im Krankenhaus ist er wieder zu sich gekommen. Sie machen etliche Untersuchungen. Ist Rebecca da? Ich dachte, sie wüsste, was man tun muss.«

Meine Freundin – oder Exfreundin, wie ich langsam zu akzeptieren lernte – hatte vor zwei Wochen ihre Sachen ausgeräumt und ihre Ratlosigkeit und Verletztheit an der Wohnzimmerwand ausgelassen. Ihr Tisch und ihre Regale waren fort, und in der Wand war ein gutes Dutzend Löcher zurückgeblieben, die der Mieter – in dem Fall ich – reparieren musste. Ich hatte mir den kaputten Putz angesehen an den Stellen, wo sie eindeutig die Fassung verloren und die Schrauben einfach rausgerissen hatte, und hatte gedacht, wie ungewöhnlich das doch war. Schließlich war sie als Chirurgin berühmt für ihre Ruhe und Präzision.

»Sie ist weg. Was haben sie über seinen Zustand gesagt?«, fragte ich und empfand einen Stich, weil sie mich als Arzt abgeurteilt hatte, der kein richtiger Arzt war und folglich nichts beitragen konnte.

»Nur dass er einen Herzanfall hatte.«

»Wollen sie ihn operieren?« Ich wusste immerhin so viel über Herzerkrankungen, um zu wissen, dass es eine gute Nachricht war, dass sie ihm nicht unverzüglich mit einem Herzkatheter eine verengte Arterie geöffnet hatten. Sie waren noch dabei, das Ausmaß der Schädigung zu bestimmen.

»Ich weiß nicht. Ich müsste dir eigentlich mehr sagen können, aber die Hälfte von dem, was der Arzt gesagt hat, habe ich nicht verstanden.«

»Das ist doch nicht deine Schuld«, sagte ich unaufrichtig. Es hatte keinen Sinn, sie weiter auszuquetschen, mehr konnte sie mir nicht sagen.

Es war mir stets ein Rätsel gewesen, was mein Vater in Jane sah – abgesehen von ihrer Jugend, ihren schönen Brüsten und ihrer Schwärmerei für ihn. Sie hatten sich kennengelernt, als er zweiundvierzig gewesen war und Jane eine dreißigjährige Praktikantin in seiner Kanzlei. Bald darauf hatte er meine Mutter verlassen, die beträchtlich mehr Geschmack, Freundlichkeit und Sensibilität besessen hatte als ihre Nachfolgerin. Vielleicht bin ich als Sohn nicht der beste Zeuge, doch es hat mich schier zur Raserei getrieben, dass sie seinen Betrug so passiv hingenommen hatte.

»Urteile nicht zu hart über deinen Vater«, hatte sie mich eines Tages ermahnt.

»*Hart?* Wie kannst du das sagen, nach dem, was er gemacht hat?«, hatte ich zurückgebrüllt und war aus dem Zimmer gestürmt, blind vor Wut und Schuldgefühlen wegen meiner Rolle in der Affäre, die ich ihr nicht gebeichtet hatte.

»Wo ist Guy?«, fragte ich Jane. Mein Bruder war Berater für Markenentwicklung, äußerst nachgefragt in exotischen Ländern auf der ganzen Welt.

»Ich glaube, er ist geschäftlich irgendwo unterwegs. Malaysia, vielleicht auch Vietnam. Roger hat mich gebeten, ihn aufzustöbern, aber es ist mir noch nicht gelungen.«

»Will er *mich* dort haben?«, fragte ich gereizt, weil ich so eindeutig am unteren Ende der Liste rangierte, selbst noch hinter meiner Exfreundin.

»Oh … Ja. Natürlich«, erwiderte sie.

»Ich komme. Ich versuche, für heute Abend einen Flug zu kriegen.«

Ich legte mich wieder zurück und schlug frustriert auf die Daunendecke. Selbst im Krankenhaus, viertausend Meilen weit weg, besaß mein Vater noch die beispiellose Fähigkeit, mich auf die Palme zu bringen. Aber das sollte mich nicht daran hindern, mich um ihn zu kümmern. Es klang, als könnte er mich wirklich brauchen. Ich schleifte schon einen Koffer durchs Zimmer, als mir Harry wieder einfiel.

Mein Vater lag in einem Bett in einem überraschend freundlichen Privatzimmer im West Middlesex. Er trug einen kurzen Kittel über seinem Schlafanzug und war in die Lektüre des *Daily Telegraph* vertieft. Einiges von dem Geld, das London überflutete, seit ich weggegangen war, fand, wie es schien, den Weg ins Gesundheitswesen, und er wurde in einem sauberen, hellen Gebäude behandelt, das zwischen den viktorianischen Nachbargebäuden wie ein Raumschiff wirkte.

»Hallo, Kumpel. Komm rein«, sagte er, als ich an die Tür klopfte und den Kopf ins Zimmer steckte.

Dieses leicht spöttische »Kumpel« für seine Freunde und Kollegen hatte er sich in den letzten ein, zwei Jahren angewöhnt, als wollte er seinen Wohlstand und seinen Erfolg mit anbiedernder Vertraulichkeit kompensieren. In den letzten Jahren seiner Karriere hatte er ungeheuerliche Summen von Firmen bekommen, die ihre Steuerbescheide im Zaum halten wollten und seinen gerissenen, aber rechtlich wasserdichten juristischen Rat brauchten, wie man über den Umweg über kleine Karibikinseln Geld wusch. Er schüttelte mir die Hand, als ich mich zu ihm setzte, und das Plastikbändchen an seinem blassen Handgelenk zitterte dabei. Ich musterte ihn mit professionellem Blick. Sein Gesicht war bleich, und sein schütteres graues Haar stand in alle Richtungen, doch er schien keine Schmerzen zu haben.

»Moment, zuerst würde ich mir gern deine Krankenakte ansehen«, sagte ich und holte sie am Fußende des Betts aus der Halterung. Mein Instinkt hatte mich nicht getrogen. Er hatte einen leichten Myokardinfarkt gehabt, und sie hatten Bluttests gemacht, bevor sie einen Katheter in eine Arterie in seine Leiste eingeführt, eine Blockade in der Nähe des Herzens geöffnet und einen Stent eingesetzt hatten. Er bekam Plavix, Aspirin und einen Betablocker und würde schon bald wieder entlassen werden.

»Du wirst es überleben«, sagte ich.

»Ich schätze schon, falls ich noch Blut übrig habe. Sie zapfen mir andauernd welches ab. Ein Haufen Vampire, wie's aussieht.«

»Sie müssen eine Reihe von Blutuntersuchungen machen, um die Herzenzyme zu bestimmen. Die zeigen an, ob der Herzmuskel geschädigt ist.« Ich merkte, dass ich mir Mühe gab, meine medizinische Expertise zu beweisen, doch er wirkte unbeeindruckt.

»Sie scheinen zu wissen, was sie tun. Ich mag meine Ärztin. Ich muss sagen. Sie kennt sich aus auf ihrem Gebiet, hat mir einen ganz schönen Schrecken eingejagt von wegen Sport und was ich essen darf. Sehr fähig. Erinnert mich an deine Rebecca.«

»Du solltest auf sie hören«, meinte ich und ging nicht darauf ein, dass er Rebecca erwähnt hatte. Er und Jane schienen sie als eine Art Retterin anzusehen, aber was ging es sie überhaupt an? Ich hatte gedacht, meine Mutter wäre eine gute Frau, doch mein Vater war da anderer Meinung gewesen. »Es ist gerade noch einmal gut gegangen. Ich hab mir Sorgen um dich gemacht, Dad.«

Er sah mich an, als wüsste er mit meiner Gefühlsäußerung nicht so recht etwas anzufangen, so sehr war er es gewohnt, dass wir Vertrautheit um jeden Preis vermieden. Er räusperte sich. »Ende gut, alles gut, was? Du warst schnell hier.«

»Ich hatte Glück mit dem Flug«, sagte ich und wich seinem Blick aus. »Wo ist Jane?«

»Sie war heute Morgen hier, und dann hat sie Lizzie zur Schule gebracht. Normalerweise fährt sie mit dem Bus. So sind die Mädels heute.«

Lizzie war meine Stiefschwester, sie war sechzehn Jahre alt, und als ich bei meinem letzten Besuch mit ihr zu Madame Tussauds gegangen war, hatte sie eine beeindruckende Reihe von C-Promis erkannt.

»Sie werden schnell groß, was?«, meinte ich.

»Das kannst du laut sagen.«

Da die unmittelbare Krise überstanden war, fielen wir wieder in die alte Gewohnheit, uns zu unterhalten wie Fremde im Pub. Fast fühlte ich mich ein wenig übertölpelt, dass ich so schnell hergeflogen war, wo er doch eindeutig gut ohne mich zurechtkam. Ein vertrautes Gefühl: Wie einfältig von mir, dass mir etwas an ihm lag.

Lügen ist leicht, und es ist einfach, den Menschen, den man am meisten liebt, zu betrügen. Das fand ich heraus, als ich zwölf Jahre alt war, und der Mann, der es mich gelehrt hat, war Roger Cowper.

Wenn meine Rechnung stimmt, dann hat er die Affäre mit Jane angefangen, als ich elf war. Vielleicht auf meiner Geburtstagsparty, zu der sie eines Nachmittags kam, um ein paar Akten aus dem Büro vorbeizubringen. In unserem Garten war ein Clown, und meine Mutter machte Jane einen Tee. Dann kamen sie heraus und standen zusammen an der Küchentür, wo sie den Blick durch den Garten schweifen ließen und über die Possen des Clowns lachten und einander anlächelten.

Ein paar Monate später kam ich wegen einer Erkältung, die im Laufe des Tages schlimmer geworden war, früher von der Schule nach Hause. Es war ein windiger Herbsttag, und die Rosskastanien hatten halb geöffnete stachelige grüne Kugeln aufs Pflaster geworfen, ein ganzes Feld von Kastanien, die darauf warteten, von den Kindern auf dem Heimweg aufgelesen zu werden. An diesem Nachmittag war ich allein, lief zwischen den Bäumen herum und stapfte auf die stachligen Kugeln, um die glänzenden braunen Samen herauszulösen.

Als ich nach Hause kam und die Haustür mit dem Schlüssel

öffnete, den meine Eltern mir gegeben hatten, schlug ich die Tür hinter mir zu und ging in die Küche, um zu schauen, ob ich ein Stück Kuchen fand. Als ich damit ins Wohnzimmer kam, hörte ich auf dem Treppenabsatz etwas, und dann kam mein Vater herunter und dahinter noch jemand. Ich weiß noch, dass Janes Gesicht gerötet war, doch ich war zu jung, um zu begreifen, worüber ich gestolpert war.

Es war komisch, meinen Vater um diese Tageszeit zu Hause anzutreffen. Er erklärte mir, er habe einen Fall im Westen von London gehabt. Ich weiß noch gut, dass Jane irgendwie seltsam war und nicht wusste, wie man mit einem Kind redet, so wie die meisten Erwachsenen, die ich kannte – meine Eltern und die Eltern meiner Freunde –, eben mit Kindern redeten. Sie strahlte etwas Befremdliches aus, etwas, was ich erst im Nachhinein als etwas Sexuelles erkenne.

Wir gingen in die Küche. Mein Vater war ungewohnt fröhlich, er schnitt mir noch ein Stück Kuchen ab und fragte mich, wie es in der Schule gewesen sei, während Jane kaum ein Wort sagte. Nach einer Weile stand sie auf und sagte, sie müsse zurück ins Büro, und mein Vater brachte sie zur Tür. Irgendwann kam auch mein Bruder nach Hause, und wir schauten fern, bis mein Vater sagte, er werde meine Mutter vom Bahnhof Paddington abholen.

»Ich nehme Ben mit«, sagte er, »Guy kann hier die Stellung halten.«

Mein Vater hatte sich einen Rover gekauft, und ich durfte vorn sitzen, was er mir vorher noch nie erlaubt hatte. Die Sitze waren mit Leder gepolstert, und der Geruch stieg mir in die Nase, während wir fuhren und die Scheibenwischer quietschend den leichten Nieselregen von der Windschutzscheibe entfernten. Ich betrachtete die farbigen Abschnitte des Displays im Armaturenbrett, bis wir nach Paddington kamen und gegenüber dem Eingang zum Bahnhof am Bordstein warteten, wo meine Eltern sich verabredet hatten. Das Radio lief, und mein Vater beugte sich rüber, um es leiser zu drehen.

»Hör mal, Benny, tust du mir einen Gefallen?«, fragte er.

»Was denn, Dad?«

»Also, Jane, die du gerade kennengelernt hast – erwähn sie Mum gegenüber nicht, ja? Ich glaube, das bleibt besser unter uns.«

Ich verstand nicht ganz, was er meinte, doch ich sah seine Verlegenheit und das Flehen in seiner Miene – so hatte ich ihn noch nie erlebt. Es war das Gesicht eines Erwachsenen, ganz anders als ein Kindergesicht, mit seinen fleischigen Falten und Pockennarben, den Stoppeln und dem Schweiß. Mir kam er immer riesig vor – allein wegen schierer Körpermasse nicht aus der Bahn zu werfen –, doch in diesem Augenblick wirkte er verletzlich. Ich freute mich, dass er mich ins Vertrauen zog und meine Zustimmung erbat. Die Gegenwart einer anderen Frau in unserem Haus nicht zu erwähnen schien mir keine große Sache zu sein.

»Okay, Dad«, sagte ich.

Kurz darauf kam meine Mutter aus dem Bahnhof und lief in der Lücke hinter einem Bus über die Straße. Als sie mich sah, steckte sie den Kopf durch das runtergekurbelte Fenster auf der Beifahrerseite und lachte vor Erleichterung, wieder mit uns zusammen zu sein. Sie war damals nur ein paar Jahre älter als ich jetzt. Sie war in Virginia geboren, doch sie hatte ihr ganzes erwachsenes Leben in London verbracht, nachdem sie als Studentin in den Siebzigerjahren meinen Vater kennengelernt hatte. Die Briten sind angeblich vornehm und die Amerikaner Rüpel, doch sie widerlegte das. Sie hatte britische Gewohnheiten angenommen – Gartenpflege, den Besuch von Badeorten –, besaß aber nicht die amerikanische Grobheit.

»Na, wie ist es euch ergangen, Jungs?«, fragte sie fröhlich.

»Wir sind ohne dich gerade mal eben so zurechtgekommen«, antwortete mein Vater.

»Dann hat euch keine Frau im Haus gefehlt?«

»Was meinst du, Benny?«, fragte mein Vater mit einem warnenden Blick.

»Es war okay«, murmelte ich.

Er fuhr uns nach Hause, und meine Mutter bestand darauf, dass ich vorn sitzen blieb, während sie auf dem Rücksitz fröhlich plauderte. Sie war zwei Tage bei einer Freundin in Oxford zu Besuch gewesen. Als wir uns dem Haus näherten, hielten wir auf der Chiswick High Street, um Fisch und Chips mitzunehmen – eine Belohnung für gutes Betragen, wie mein Vater bemerkte.

Zeitweilig vergaß ich es, ja aalte mich in der Vertrautheit mit meinem Vater – der Tatsache, dass er sich in einer Angelegenheit, die ihm sichtlich etwas bedeutete, auf mich verließ. Jane war in meinem Kopf irgendwo abgelegt, bis die Streitereien meiner Eltern, die bis dahin selten und kurz gewesen waren, ein paar Monate später laut und gemein wurden. Aus meinem Schlafzimmer hörte ich, wie Drohungen und Beschuldigungen hin- und herflogen.

Mein Bruder, der drei Jahre älter war als ich, verachtete mich ob meiner Schwächlichkeit und verhöhnte mich, weil ich mitten in einer Vulkaneruption in Tränen ausbrach. Halb fasziniert und halb verängstigt, reichte er den Klatsch von seinen Ausflügen auf die halbe Treppe weiter, wo er belauschte, was meine Eltern sich brüllend an den Kopf warfen. Eine Frau namens Jane, berichtete er.

Kurz war ich versucht, damit zu prahlen, dass ich sie kannte, doch etwas hielt mich davon ab. Damit hätte ich verraten, dass ich Jane verschwiegen hatte, nicht nur vor ihm, sondern auch vor meiner Mutter. Als die Affäre meines Vaters ihrem unvermeidlichen Ausgang zustrebte – meine Eltern riefen uns nach unten, um uns eine geschraubte Erklärung abzugeben, mein Vater packte seinen Koffer und umarmte uns zum Abschied im

Flur –, schwollen meine Schuldgefühle wegen der Komplizenschaft gewaltig an.

Nachdem er fort war, verbarg meine Mutter ihren Kummer vor uns – mit einer Ausnahme. Eines Tages – ich war inzwischen sechzehn und die auf die Scheidung folgenden Absprachen über Wochenenden, Geburtstage und Weihnachten waren zur Routine geworden – fand ich sie in unserem Wohnzimmer, wo sie ein Foto von uns vieren betrachtete, auf dem mein Vater den Arm um uns gelegt hatte.

»Ich wünschte, ich hätte es gemerkt, Ben. Dann hätte ich was tun können«, sagte sie.

Mein Herz krampfte wieder. Sie weinte nicht. Ich glaube, ihre Tränen hatte sie längst vergossen.

»Es war nicht deine Schuld«, sagte ich, mehr brachte ich in dem Alter nicht heraus.

Von diesem Augenblick an hatte ich in Gegenwart meines Vaters ein unsicheres Gefühl, als säßen wir wegen unseres gemeinsamen Betrugs in der Falle, und er wusste nicht, ob ich ihr die Wahrheit gesagt hatte. Es war uns beiden unmöglich, offen darüber zu reden, erst recht nach ihrem Tod.

Zehn Jahre nach der Scheidung starb meine Mutter an Krebs, während ich in London Medizin studierte. Es war für mich der Auslöser, nach New York zu gehen, um der schuldbeladenen Jovialität meines Vaters zu entkommen und Janes Erleichterung darüber, dass sie nicht mehr konkurrieren musste. Bei der Beerdigung saß Jane zwei Reihen weiter hinten, während mein Vater mit meinem Bruder und mir die vordere Reihe einnahm; erst am Grab trat sie näher, um neben ihm zu stehen – was ihre Anwesenheit nicht weniger schmerzlich machte.

Im Kiosk, der Zeitungen, Süßigkeiten und schimmernde Heliumballons mit fröhlichen Botschaften für die Patienten verkaufte, stieß ich auf dem Weg aus dem Krankenhaus auf Jane.

Sie drehte mir den Rücken zu, als sie nach einer Zeitschrift griff. Der weiße Träger ihres BHs zeichnete sich auf eine Art unter ihrer cremefarbenen Bluse ab, die sowohl Verlangen als auch Feindseligkeit in mir weckte. Das war, wie ich als Erwachsener gelernt hatte, kein Widerspruch. Ich gab ihr lässig einen Kuss auf die Wange, streifte dabei kaum ihre Haut und meinte, mein Vater sehe gut aus.

»Hast du wenigstens Zeit für eine Tasse Kaffee?«, fragte sie, als wäre es typisch für mich, dass ich davonrauschte.

Ich bin gerade über den verdammten Atlantik geflogen, um ihn zu sehen, dachte ich, behielt es jedoch für mich und nickte nur. Wir fanden einen Platz im Lichthof des Krankenhauses, in der Hand zwei Becher geschäumte Milch, mit braunem Puder bestäubt. Ein wolkiger Himmel lieferte von oben ein wenig Helligkeit.

»Wie geht es *dir*?«, fragte sie. »Wir haben dich ja *Ewigkeiten* nicht gesehen. Ich hoffe, du hast Roger gesagt, er muss seine Ernährung umstellen. Du weißt ja, wie er ist.«

»Klar«, sagte ich und erwiderte ihr Lächeln, trotz der leisen Rivalität, die ich immer noch empfand, wenn sie so besitzergreifend über meinen Vater sprach. Wir verblieben in vorübergehender Eintracht, während ich ihr in einfachen Begriffen erklärte, was mit seinem Herz passiert war. Sie machte den Eindruck, als wäre sie froh darüber.

Doch die Entspannung hielt nicht lange. »Wann sehen wir Rebecca mal wieder?«, fragte sie und leckte mit der Zunge am Milchschaum. »Ich finde sie toll, Ben. Lass sie bloß nicht gehen.«

»Ich fürchte, wir machen eine Pause«, sagte ich steif.

»Oh, *Ben*. Warum? Sie ist so eine nette junge Frau.«

So war Jane. Kein bisschen Sensibilität, kein Gefühl dafür, dass es Dinge gibt, die man besser auf sich beruhen lässt. Ich hatte nicht dafür bezahlt, dass ein Seelendoktor in meinen schuldbeladenen Geheimnissen herumstocherte – ich wollte bloß in Ruhe gelassen werden. Mir brach der Schweiß aus, und ich sehnte mich hier raus, um nicht länger emotional Rechenschaft ablegen zu müssen.

»Ja, ist sie. Du hast recht, Jane. Es ist alles meine Schuld«, sagte ich und stand auf.

Von dem ganzen angestauten Groll gegen sie fing mein Herz an zu rasen. Es brauchte nicht viel, um ihn zu entfachen, und mir war klar, dass ich unser Gespräch beenden musste, bevor ich etwas sagte, was ich später bereuen würde. In dem Augenblick schaute ich auf und sah einen schwarzen Audi vor dem Eingang halten. Ich erkannte ihn. Er hatte dort nichts verloren, aber ich war froh, dass er so dreist vorgefahren war.

»Ich muss los. Ich werde mitgenommen«, sagte ich entschlossen. »Ich rufe später an, um zu schauen, wie es Dad geht. Mach's gut.«

Ich eilte durch den Lichthof, bevor Jane mich aufhalten konnte, und die Eingangstüren glitten gehorsam auf und ließen mich entkommen.

5

Als ich mich dem Audi näherte, stieg ein schlanker junger Mann in dunkelblauer Livree aus und öffnete die hintere Tür. Auf dem Rücksitz hatte ein Mann es sich bequem gemacht. Er war etwa Mitte fünfzig, hatte lange Beine, eine breite Brust und ein rosa Gesicht. Sein grau gesprenkeltes Haar war für einen Banker relativ ungepflegt, strich hinten über seinen Kragen und hing ihm in die Stirn, sodass seine Nase herausragte wie die eines Maulwurfs. Sein dunkelgrauer Anzug sah teuer aus, war aber leicht zerknittert. Er hatte eine klangvolle Stimme, Produkt einer englischen Privatschule, und strahlte die entsprechende Selbstsicherheit aus.

»Hallo«, sagte er und schüttelte mir die Hand. »Ich bin Felix.«

Er hatte mich am Morgen angerufen, als ich gerade am Krankenhaus angekommen war, um mir Bescheid zu sagen, dass er, wenn es mir nichts ausmachen würde, mit mir zurückfliegen würde. Er hieß Felix Lustgarten, hatte er gesagt, und war ein alter Kollege und Freund von Harry. Ich hatte mich nicht in der Position gesehen, es ihm auszuschlagen – nicht dass es dafür einen Grund gegeben hätte –, zudem war ich noch damit beschäftigt, den Schock dessen, was passiert war, nachdem ich Nora am Dienstagmorgen angerufen hatte, zu überwinden.

Ich hatte ihr erklärt, dass ich den Termin mit Harry am Mittwoch absagen musste, sie gebeten, einen anderen Psychiater für ihn zu suchen, und ihr Jim Whitehead vorgeschlagen. Nora hatte Verständnis gezeigt, war aber unerbittlich geblieben. Nachdem sie sich nach meinem Vater erkundigt und ihr

Mitgefühl zum Ausdruck gebracht hatte, hatte sie gemeint, sie werde sich um alles kümmern. Nach einer halben Stunde hatte sie zurückgerufen, um mir mitzuteilen, dass sie einen Flug nach London und zurück für mich arrangiert habe, damit ich Harry wie verabredet am Mittwoch sehen konnte. Ich hatte gedacht, das könnte nicht ihr Ernst sein, doch sie hatte Wort gehalten.

»Nora hat mir gesagt, dass es Ihrem Vater nicht gut geht. Ich hoffe doch, er erholt sich«, bemerkte Felix.

»Es geht ihm schon besser, danke«, erwiderte ich.

Während der Audi vom Krankenhaus losfuhr und auf die A4 zurück Richtung London bog, stellte Felix die Klimaanlage für hinten ein. Das Auto war so lautlos wie der Fahrer, und in den tiefen Lederpolstern zu sitzen war wie gewindelt zu werden. Ich spürte, dass ich mich entspannte, als der Fahrer beschleunigte und leise an einem lahmen LKW vorbeizog. Dies war der Kokon, nach dem ich mich gesehnt hatte, als Jane so taktlos in meinen rohen Gefühlen herumgestochert hatte. Selbst Felix' Gegenwart hatte etwas Tröstliches: Er strahlte eine Aura amüsierter Distanz aus, die mir sympathisch war.

»Wir bringen Sie jedenfalls bequem zurück«, sagte er. »Nora hat darauf bestanden, dass ich mich gut um Sie kümmere.«

»Das ist sehr aufmerksam von Ihnen, Mr Lustgarten.«

»Felix, bitte. Niemand nennt mich Mister, nicht einmal der Portier meines Apartmenthauses. Also, ich wünschte, er würde es tun. Vielleicht sollte ich ihm zum Urlaub mehr Trinkgeld geben.« Er beugte sich vor, um den Fahrer anzusprechen. »Wie sieht's mit dem Verkehr aus, Frank?«

»Ein bisschen unangenehm am Embankment, aber wir fahren in die entgegengesetzte Richtung«, antwortete der Mann.

»Hervorragend. Sie können George sagen, wir sind unterwegs und müssten gegen elf da sein.« Er wandte sich mir wieder zu und betrachtete mich neugierig. »Also, ich weiß ja, dass Sie mir nichts sagen dürfen, aber ich kann doch reden, oder?«

»Ich kann Sie nicht daran hindern.«

»Ha! Also, das kann wirklich niemand, außer meiner Frau, die Gute. Egal, Nora hat mir von Harry erzählt, der Arme. Er ist nicht gut drauf, was?«

»Hat Mrs Shapiro Ihnen das erzählt?«

Wie Jane bohrte Felix nach Dingen, über die ich nicht reden wollte, doch ich fühlte mich dabei nicht unbehaglich, denn hier ging es nicht um mich. Hier war es die Privatsphäre eines Patienten, die es zu schützen galt, nicht meine eigene. Daran war ich gewöhnt.

»Himmel, Sie verraten aber nicht viel«, murmelte Felix.

»Arbeiten Sie hier?«, fragte ich.

»Nein. In New York, im Zentrum des Geschehens. Wohlgemerkt, in letzter Zeit war's mir ein bisschen zu lebhaft. Jedes Mal, wenn ich den Blick hebe, ist eine weitere Bank verschwunden. Wenn das in der Geschwindigkeit so weitergeht, ist am Ende kein Geld mehr übrig für meinen Bonus.«

Er schwieg ein paar Minuten und tippte auf seinem BlackBerry herum, und ich sah aus dem Fenster. Wir kamen zum Embankment und fuhren Richtung Osten am London Eye vorbei. Das Summen des Teerbelags unter den Reifen war hypnotisierend, und ich merkte, wie ich ins Dösen glitt, als Felix' BlackBerry schrill klingelte und ich zusammenfuhr.

»Herrje«, sagte er und las den Namen auf dem Display. »Haben Sie *Wind in den Weiden* gelesen? Sobald der Kröterich ins Gefängnis geht, besetzen die Wiesel sein Anwesen Toad Hall. Wir kriegen noch mehr Gesellschaft.« Er hielt den BlackBerry ans Ohr. »John? … Ich bin entzückt, dich mit an Bord zu haben. Ja, ja, Platz genug. Wir sind bald da.«

Er legte auf und sah mich unglücklich an. »Die Hölle sind die anderen Menschen. Ich fürchte, zwei Investmentbanker möchten einen Flug schnorren. Nachdem Harry alles in den Sand gesetzt hat, waren sie hier, um den Arabern die Bettelschale hinzuhalten – unseren neuen Meistern, fürchte ich. So viel zu unserer gemütlichen Plauderei. Ich würde John niemals ein Geheimnis anvertrauen, obwohl es eigentlich sein Job ist, Geheimnisse zu wahren. Aber wenn ich ehrlich bin, traue ich ihm nicht, Punkt.«

»Ich dachte, *Sie* wären Investmentbanker«, sagte ich, verdutzt über seine Verachtung gegenüber seinem Kollegen.

»Banker? Ich? Nein, Doktor, ich bin bloß ein bescheidener PR-Mann, der dafür bezahlt wird, die Kerle in ein gutes Licht zu stellen. Ein schmutziger Job, aber irgendjemand muss ihn machen. Wo waren wir? Oh, Harry. Ja, der arme alte Harry, mein Chef und Beschützer. Ohne ihn weiß ich nicht, wie viel Zeit mir noch bei Seligman vergönnt ist. Die neue Garde wird vermutlich nicht begeistert sein über unseren kleinen Ausflug. Ich hatte gehofft, ihn unter Verschluss zu halten, aber dafür stehen die Chancen jetzt schlecht.«

Wir hatten nördlich die Tower Bridge passiert und fuhren jetzt an der Themse vorbei, vor uns Canary Wharf. Felix zeigte durch die Windschutzscheibe darauf.

»Sehen Sie, da vorn? Der zweite Turm von links, ein Drittel nach oben? Da habe ich vor zwanzig Jahren gearbeitet. Wir waren die Einzigen im ganzen Gebäude, so kam es einem jedenfalls vor. Ein trostloser Scheißladen. Das Londoner Geschäft war ein einziges Chaos. New York hat Harry rübergeschickt, um die Briten auf Vordermann zu bringen. Gott, er hat die Bude fast zusammengebrüllt. Für die anderen war es ein Schock, aber zu mir hat er eine gewisse Zuneigung gefasst.«

»Mochten Sie ihn?«

»Seltsamerweise ja. Er ist ein warmblütiges Geschöpf, Harry, kein Reptil wie manche von ihnen. Er hat ein Herz.«

Felix schlug sich mit der Faust auf die Brust, dorthin, wo sich nach Ansicht der meisten Menschen das Herz befindet. Dann, als der Goldfisch auf dem Dach des Old Billingsgate Market vorbeischwamm, zeichnete er mit einem Finger ein Muster auf die Fensterscheibe.

»Wissen Sie, was Harrys Fehler war?«, fragte er. »Er glaubte, er hätte Seligman eigenhändig gerettet – was er mehr oder weniger tatsächlich getan hat. Und dann dachte er, er könnte auch die Wall Street und Amerika retten, ja, er könnte es mit allem aufnehmen. Er achtete nicht mehr auf potenzielle Gefahren, weil er meinte, er wäre unschlagbar. Wohlgemerkt, er war nicht der Einzige, der sich an sich selbst berauschte. Wie sich herausgestellt hat, war keiner von uns so clever, wie wir gedacht hatten.«

Während er sprach, fuhren wir links an einigen blauen Betonblöcken vorbei und einer Sicherheitsschranke am Rand des City Airport. Direkt vor uns parkte vor einem niedrigen Gebäude ein kleiner weißer Jet mit zwei Triebwerken links und rechts vom Heck und großen ovalen Fenstern auf der ganzen Länge des Rumpfs. Der Fahrer hielt neben einem Mann in einer gelben Sicherheitsjacke, der ein Klemmbrett in der Hand hielt. Ich war wieder da, wo ich am Morgen angekommen war, bei Harrys Gulfstream IV.

Harrys Jet erinnerte nur entfernt an ein normales Flugzeug, wirkte wie ein reinrassiges Pferd neben einem Esel. Als wir zur Startbahn rollten und uns hinter einer Turboprop-Maschine einreihten, saß ich in einem Ledersessel, eine Tasse Kaffee in einer mit Kork ausgekleideten Halterung. Überall in der Kabine goldene Beschläge, von den Düsen der Klimaanlage bis hin zu den Kanten der Walnussholzverkleidung. Michelle, die blonde Flugbegleiterin, die auf dem Weg hierher meine einzige Reisebegleitung gewesen war, hatte sich nicht damit aufgehalten, uns die Sicherheitsvorkehrungen zu erklären. Ich hatte instinktiv den Sicherheitsgurt angelegt, doch weder Felix noch die beiden Banker hinten, die ganz in ihre Blackberrys vertieft waren, hatten sich die Mühe gemacht. Zusammen nahmen wir ein Drittel der ein Dutzend Sitze des Flugzeugs ein.

»Sagen Sie ihm, er soll den Blödsinn lassen und mit mir reden. Ich dachte, der Deal stünde«, zischte der Ältere der beiden in ein Telefon, als die Gulfstream sich am Beginn der langen Startbahn in Position begab. »Wenn sie einunddreißig anbieten, warum bieten sie dann nicht einunddreißig? … Nein, Sie hören mir nicht zu … Nein.«

Er sprach weiter, als die Motoren aufdrehten, doch ich war verloren im Adrenalinrausch des Abhebens. Statt der rumpelnden Plackerei, mit der ein Passagierflugzeug, schwer beladen mit Treibstoff für die Atlantiküberquerung, Geschwindigkeit aufnahm, rasten wir so schnell über das Rollfeld, dass mein Kopf gegen die Kopfstütze gepresst wurde. Und schon hatten wir abgehoben. Als wir einen Bogen über Canary Wharf zogen, war vor dem Fenster die Stadt zu sehen, und mir wurde schwindlig. Wir stiegen so schnell auf, mit einem Goldfischglas-Blick über Himmel und Stadt, dass mein Gehirn die vielen Informationen gar nicht verarbeiten konnte.

Der Jet stieß durch die Wolken ins klare Licht, und immer noch stiegen wir unverwandt. Felix hatte sich mir gegenüber in die *Financial Times* vertieft, er wirkte gelangweilt, während die Männer hinter mir immer noch ihre E-Mails abfragten. In rund vierzehntausend Meter Höhe gingen wir in einer Schicht des Himmels, mit der ich auf dem Herflug zum ersten Mal Bekanntschaft geschlossen hatte, in die Horizontale. Sie war von einem tiefen Azurblau, und von den Wolken unter uns stiegen dunstig weiße Ranken auf.

»Hübsch, was?«, sagte Felix und schaute herüber.

»Ich könnte mich daran gewöhnen.«

Der Kaffee hatte mich wach gemacht, und das Gefühl, sicher und geborgen zu sein, wich langsam der Angst über die Art und Weise, wie ich mich in die Welt der Shapiros hineinsaugen ließ. Als ich begriffen hatte, was Nora mit ihrem Angebot gemeint hatte, war es zu spät gewesen. Ein Wagen war bereits losgeschickt worden, um mich zum Flughafen Teterboro auf der anderen Seite des Hudson zu bringen, von wo ich nach London fliegen würde. Man musste sich nicht an einen Flugplan halten. Die Gulfstream war mit Michelle und mir an Bord in den Nachthimmel aufgestiegen, sobald ich durch die Sicherheitskontrolle war.

In dieser Nacht hatte ich völlig ungestört in einem Bett geschlafen, das Michelle mir gerichtet hatte. Die Piloten lenkten die Gulfstream durch den Himmel, während sie über mir wachte. Ich hatte mich gefühlt wie ein Müßiggänger in einer vergoldeten Welt, die zu verlassen ich nicht genug Energie aufbrachte. Doch selbst als ich im Luxus schwelgte, bereitete mir das Ganze Sorgen. Die psychiatrische Behandlung hat einen fest umschriebenen Rahmen. Der Patient muss pünktlich zu den Sitzungen erscheinen und die Rechnung pünktlich begleichen – er muss etwas zu seiner Genesung beitragen. Wir ließen uns weder von den Wohlhabenden noch von der Krankenversicherung die Bedingungen diktieren, und doch war ich hier und entfernte mich mit jedem Schritt, den ich tat, um Harry zu helfen, weiter vom vorgeschriebenen Protokoll.

»Hier sind wir über den Turbulenzen«, sagte Felix. »Früher ist die Concorde in dieser Höhe geflogen, heute sind es die Typen mit ihren Privatjets. Kommen Sie, ich stelle Sie vor.«

Er führte mich drei Schritte den Gang hinunter zu den Bankern. Der Ältere, Gesprächigere war groß gewachsen, und sein zurückgekämmtes blondes Haar war dicht, wurde an den Schläfen aber allmählich grau. Sein Gesicht war lang und aufmerksam, und er hatte scharf geschnittene Gesichtszüge, die gut ausgesehen hätten, wären sie nicht ein wenig zu perfekt gewesen. Neben ihm saß ein Mann Anfang dreißig in Anzug und dunkler Krawatte und mit einer Brille auf der Nase. Er sah sich auf einem Laptop eine Tabelle an und nickte stumm, wie es einem Juniorpartner zustand.

»Ben, dies ist John Underwood«, sagte Felix und zeigte auf den älteren Mann.

»Schön, Sie kennenzulernen, Ben«, sagte Underwood. »Dies ist Peter Freeman, er ist in meinem Team.« Er zeigte auf den jüngeren Mann. »Felix, ich dachte, wir würden nach Teterboro fliegen. Was hat es mit Bangladesch auf sich?«

»Doch nicht Bangladesch. Bangor, Maine«, sagte Felix geduldig. »Wir gehen dort durch den Zoll, um Ben auf Long Island abzusetzen. Das geht schneller. Da ist sonst niemand.«

Von Long Island hörte ich jetzt zum ersten Mal – ich war davon ausgegangen, dass wir zurück nach New York fliegen würden –, und es verstärkte mein ungutes Gefühl noch.

Underwood wandte sich mir zu. »Ich habe Ihren Nachnamen nicht verstanden, Ben«, sagte er.

Ich zögerte. Ich wollte nicht, dass noch mehr Leute wussten, wer ich war und in welcher Beziehung ich zu Harry stand. Es war für meinen Geschmack schon ein viel zu offenes Geheimnis.

»Ben ist ein Freund«, mischte Felix sich ein. »Gewähren wir ihm seine Privatsphäre.«

»Dann also Ben, der Geheimnisvolle«, sagte Underwood mit einem Funkeln in den Augen.

»John ist FIG-Banker für die Stars und Vertrauter unseres neuen Vorstandsvorsitzenden«, fügte Felix hinzu, was in meinen Ohren beides verdächtig klang.

»Fig?«, fragte ich.

»Financial Institutions Groups, das sind Bankengruppen«, erwiderte Felix. »Ein Banker, der andere Banken berät. Stellen Sie sich das mal vor.« Er schüttelte den Kopf. »Hier sind wir also, eine glückliche Schar von Brüdern. Es hat sich angehört, als hätten Sie da ein paar Probleme, John.«

»Leider ja. Deals, die früher in Wochen über die Bühne waren, brauchen jetzt Monate. Nichts ist mehr einfach.«

Freeman tippte auf einen Stapel von Dokumenten. »Ich habe, als ich alles noch mal durchgegangen bin, etwas gefunden«, sagte er zu Underwood. »Könnte sein, dass wir die Steuerhaftung abstoßen können.«

»Zwei Banker, die eine kluge Möglichkeit ersinnen, Steuern zu umgehen«, flüsterte Felix mir zu. »Was soll da schiefgehen? Überlassen wir die Zahlenkünstler ihrer Arbeit.«

Nach einer Stunde servierte Michelle Platten mit Schinken und Käse, und Felix trank, während er las, ein Glas Rotwein. Ich machte ein Nickerchen. Bald tauchte unter uns die gezackte Küstenlinie von Maine auf, dahinter das Grün der vielen Wiesen und die zahllosen größeren und kleineren Seen, als hätte Gott Cornwall genommen und auf die andere Seite des Atlantiks gestreut. Wir überflogen einen Kiefernwald und eine kleine Stadt, die gesprenkelt war mit dem Blau von Swimmingpools in den Gärten hinter den Häusern, bevor wir sanft auf einer Landebahn aufsetzten.

Bangor Airport hatten wir ganz für uns. Abgesehen von zwei Tankflugzeugen der Luftwaffe, die neben Wellblechhangars standen, waren keine anderen Flugzeuge zu sehen. Wir rollten zum Terminalgebäude und hielten. Michelle öffnete die vordere Tür, und Felix las weiter, ohne davon Kenntnis zu nehmen, dass wir nicht mehr in der Luft waren. Ein Lieferwagen fuhr vor, und ein rundlicher Beamter mit Igelfrisur betrat das Flugzeug.

»Hallo, Officer Jones«, sagte Felix und las sein Namensschild. »Was macht das Wetter heute?«

»Bis um die einundzwanzig Grad, glaube ich«, sagte der Mann und blätterte in Felix' Reisepass. Seine Aussprache verriet, dass wir unweit der kanadischen Grenze waren. Nachdem er sich unsere Papiere angesehen hatte, ging er nach hinten, um einen flüchtigen Blick auf das Gepäck zu werfen.

»Genießen Sie den Flug, Ben?«, fragte Underwood, kam den Gang hoch und stützte sich mit den Armen auf zwei Sitzlehnen, um mich genauer zu betrachten.

»Ich wünschte, ich hätte auch so eine Kiste.«

»Freunde von mir haben eine, aber die machen sich dann wieder Sorgen, dass sie nur rumsteht und Geld kostet. Wenn es fliegt, schwimmt oder … na ja, dann miete es – das ist meine Devise.«

»Oder schnorr dich durch, was, John?«, meinte Felix. Sein BlackBerry klingelte. »Ich bin in Maine … Ja, Maine. Sehe mir ein paar Sommerlager an«, sagte er. *Meine Frau*, bedeutete er mir stumm.

»Ich wünsche den Herren noch einen guten Flug«, verabschiedete Officer Jones sich, bevor er ging. Wie es aussah, hatte ich, in einem Sessel sitzend, die Kontrolle der Zoll- und Grenzschutzbehörde passiert. Innerhalb weniger Minuten waren wir wieder in der Luft und folgten der Küste nach Süden.

»Felix, wohin fliegen wir?«, fragte ich.

»Oh, hab ich das nicht erwähnt? Tut mir leid«, sagte er und sah sich nach den anderen um. Sie arbeiteten wieder mit gesenkten Köpfen, und er sprach leise weiter. »Nora dachte, es wäre das Beste, mit Harry nach East Hampton zu fahren. Ich habe gesagt, ich würde Sie dort absetzen.«

»Okay«, meinte ich. Die Kontrolle entglitt mir immer mehr, aber ich konnte nichts dagegen machen. Im Episcopal erwartete man mich erst in ein paar Tagen zurück, also war ich frei, den Hamptons einen Besuch abzustatten, doch dies war ein weiterer Schritt ins Unbekannte. Es hatte damit angefangen, dass ich Harry gegen meine professionelle Einschätzung entlassen hatte, und als Nächstes hatte ich mich an Bord seines Privatjets wiedergefunden. Jetzt wurde ich zu ihm gebracht, wo die Regeln doch besagten, dass er zu mir ins Krankenhaus kommen müsste.

»Ist das wirklich Mr Shapiros Jet?«, fragte ich Felix.

»Nicht ganz. Er gehört der Bank. Wir haben ein paar davon, obwohl es politisch schrecklich inkorrekt ist, und einer der Jets steht dem Vorstandsvorsitzenden zur Verfügung. Harry durfte ihn noch für ein Jahr behalten, als er uns verließ. Um ihm den Abschied zu versüßen, wissen Sie. Wohlgemerkt«, sagte er und zeigte nickend auf die beiden Banker, »manche betrachten sie als öffentliche Verkehrsmittel.«

Es war Mittagszeit, und wir flogen über das Meer nach Long Island, am Himmel nur wenige Wolken. Ich sah die Spitze der South Fork in den Atlantik ragen wie ein lockender Finger und den Sandstreifen, der auf ganzer Strecke bis zu den Rockaways die Küste säumte. Eine Rollbahn war zu erkennen wie ein graues A in einem Kreis mitten in all dem Grün.

»Es war mir ein Vergnügen, Ben. Ich hoffe sehr, dass alles gut geht. Grüßen Sie Harry. Ich glaube, Nora hat ein Auto geschickt, um Sie abzuholen«, sagte Felix.

Wir flogen niedrig über das Meer, sanken dann über Wäldern und Feldern und landeten schließlich mit einem leichten Rums. Michelle öffnete mit trauriger Miene die Tür vorn, als würde sie mich schrecklich vermissen. Freeman telefonierte, als ich aufstand, um rauszugehen, und nickte noch einmal schweigend.

»Ich schnappe mal ein bisschen frische Luft«, sagte Underwood und folgte mir durch den Gang und die Stufen des Flugzeugs hinunter. Er blieb, einen Fuß schon auf dem Asphalt, stehen, als ich den Griff meines Koffers rauszog.

»Ich wünschte, ich könnte hier auch aussteigen«, sagte er. »Ich habe ein Haus in Sag Harbor. Harry ist in East Hampton, nicht wahr?«

Ich zuckte in vorgespielter Unwissenheit die Achseln.

»Eines sollten Sie wissen, Ben«, sagte er. »Glauben Sie Felix' rührselige Geschichten nicht. Harry hat diese Sache ganz allein sich selbst zuzuschreiben. Er trägt die volle Verantwortung.«

»Hat mich gefreut, Sie kennenzulernen, Mr Underwood«, sagte ich und machte mich auf den Weg zu dem niedrigen, mit Holzschindeln verkleideten Terminalgebäude, fest entschlossen, nicht lange zu bleiben.

6

Ich war schon ein paarmal in den Hamptons gewesen, um Freunde zu besuchen, die sich über den Sommer ein Haus gemietet hatten, oder um einen Tag am Strand zu verbringen, doch ich war noch nie in die makellosen Gärten hinter den hohen Hecken vorgedrungen. Wie denn auch? An allen Häusern an den Straßen südlich der Route 27, wo der Wind in den hohen Bäumen raschelte, standen auf Pfosten Schilder mit den Logos von Sicherheitsfirmen und weiße Tafeln mit Aufschriften wie *Privatbesitz, Privatweg, Kein Durchgang.*

Als ich also vom Beifahrersitz eines steingrauen Range Rovers den Blick über weiße Holztore und breite Einfahrten schweifen ließ, genoss ich es, diesmal willkommen zu sein. Ich schaute immer wieder nach links, nicht nur, um ein Cottage oder ein Miniaturschloss zu betrachten, sondern auch, um einen Blick auf meine Fahrerin zu erhaschen. Ich wusste lediglich ihren Vornamen: Anna. Mehr hatte sie mir bisher nicht verraten.

Als ich aus dem Flughafengebäude nach draußen auf den Parkplatz gegangen war, hatte sie beim Wagen gestanden, einen Fuß in einem schwarzen Flip-Flop gegen die Fahrertür gestemmt, auf einem Grashalm kauend und ihre strohblonden Haare zu einem Pferdeschwanz zusammengebunden. Sie war kaum zu übersehen gewesen, denn sie war die Einzige weit und breit, und sie hatte mir ein breites Lächeln geschenkt und gewunken und dabei die Lippen so weit auseinandergezogen und ihre Zähne gezeigt, dass es fast aussah wie der Trick eines Schlangenmenschen. Ich hatte dämlich zurückgegrinst und überlegt, was eine Frau wie sie hier machte – ich hätte eher erwartet, sie in der Großstadt anzutreffen.

Sie war Ende zwanzig, tippte ich, besaß aber eine mädchenhafte Ausstrahlung, von ihrem ungezähmten Lächeln bis hin zu ihrer taufrischen Haut und ihren roten Fingernägeln. Sie trug ein hellgrünes T-Shirt, und als sie sich umwandte, um in den Wagen zu steigen, fielen mir die winzigen blonden Härchen auf ihrem schwanengleichen Hals auf. Sie schien mit der Grenze zwischen Unschuld und Erfahrung zu spielen.

»Hübsche Gärten, was?«, sagte ich und blickte nach rechts.

Sie lachte. »Manche sind wirklich verrückt. Schauen Sie mal da drüben rechts, bei dem weißen Haus.«

Wir bogen um eine Ecke und kamen an einer langen Hecke vorbei, mittendrin ein hohes Tor. Auf beiden Seiten der Hecke standen sechs Platanen, deren Stämme von am Boden verankerten Stahlseilen in der Vertikalen gehalten wurden.

»Die waren letzte Woche noch nicht da. Sie wurden am Sonntag gepflanzt.«

»Sie machen Witze.«

»So sind die hier. Die glauben nicht an Belohnungsaufschub.«

»Hier gibt es jede Menge Sicherheitsvorkehrungen.«

Sie lachte. »Wem sagen Sie das. Die sind alle paranoid, jemand könnte in ihr kleines Paradies einbrechen. Ich war mal mit Nora auf einer Cocktailparty in einem Haus in der Nähe von Water Mill, das im Besitz eines Milliardärs ist, der in dritter Ehe mit einem ungarischen Model verheiratet ist – sie ist ungefähr zwei Meter zehn groß. Wir waren in einem Raum im hinteren Bereich des Hauses, und da hatten sie riesige Bildschirme mit Aufnahmen vom Strand und vom Meer. Nora fragte, wozu die dienten.«

Anna sprach mit osteuropäischem Akzent weiter. »›Von der Bucht her sind wir gut gesichert, aber von Süden sind wir angreifbar‹«, sagte sie und sprach dann mit normaler Stimme weiter. »Ha! Von Süden angreifbar! Wovor hatte sie Angst? Davor, dass ein Zug Marinesoldaten am Strand landet?«

Wir näherten uns dem Meer. Ich konnte die Seeluft riechen, und das Licht wurde milchig weiß, als würde die Sonne durch Mattglas gebrochen. Wir bogen in eine schmale Straße mit einer Reihe von Häusern auf der Meerseite, die auf einer hohen Düne standen. Am Ende bei einem grauen Bretterzaun bremste Anna. Zwei Trauerweiden flankierten den Eingang zu einer mit rosa Kies bestreuten Zufahrt, der sie in engen Kurven den steilen Anstieg zur Düne hinauf folgte. An dieser Seite des Hangs war die Natur gezähmt worden. Er war mit gestutzten Sträuchern und Rasen bewachsen, den ein gepflasterter Weg in der Mitte teilte. Wir kamen an zwei Gärtnern vorbei, die einer Hecke eine Morgenrasur verpassten, und hielten auf einem Kiesquadrat vor einem der schönsten Häuser, das ich je gesehen hatte.

Es war mehr Cottage als Haus, wie etwas aus einem Märchen: ein längliches Gebäude mit hellgrünem Außenputz, dieselbe Farbe wie die Flechten, die sich auf der Meerseite über die Steine legten. Das Dach war mit braunen Zedernholzschindeln gedeckt, die sich wie Reet sanft über das Dachgesims und oben über die Türdurchgänge legten. Im Westen, wo wir standen, erhob sich ein kleiner Turm mit einem Zaubererhut aus Schindeln. Auf der Seite zum Meer lag eine makellose Rasenfläche, die an einem Grat endete, von wo aus die Düne zum Strand abfiel. Ein Swimmingpool, von weißen Steinen gesäumt, gerade mal zehn Meter lang, war in den Rasen geschnitten, und dahinter ging der Blick über Dünen, makellosen Strand und endlos weiten Ozean.

Auf dem Rasen saß, den Blick aufs Meer gerichtet, Harry.

Die junge Frau ging zu einem kleinen Schild am Seiteneingang, auf dem SERVICE stand. Ich war mir nicht sicher, ob das ein Hinweis auf unseren Status war oder nur der einfachste Weg ins Haus, doch sie führte mich in eine lichtdurchflutete Küche mit geschieferten Arbeitsplatten und Edelstahlgeräten. An einer Wechselsprechanlage aus gebürstetem Stahl an der Wand drückte sie einen Knopf.

»Nora, dein Gast ist hier«, sagte sie kaum lauter als mit normaler Sprechstimme und bedeutete mir mit einer Geste, an ihr vorbei durch eine andere Tür zu gehen.

Dahinter lag ein großes Wohnzimmer mit zwei weißen Sofas, die einander gegenüberstanden, dazwischen ein großer Wollteppich mit einem geometrischen Muster in Grau und Schwarz. Auf einem niedrigen Tisch stand eine antike Messingskulptur einer Hand, die einen Ball packt. Darüber hing eine Lampe mit einem kugelförmigen Schirm aus farbigem Glas, der aussah wie ein Kunstwerk. Der Raum führte in einen Wintergarten mit einem langen Esstisch aus Holz, von dort ging es auf den Rasen. Der Tisch war mit Servietten gedeckt und Kerzenhaltern, die wie Schiffslaternen aussahen. Das Ganze war mit Sinn für Ästhetik perfekt angeordnet und gemütlich.

Nachdem ich eine Minute lang allein dort gestanden hatte, kam Nora von der anderen Seite herein. Sie trug eine helle Leinenbluse mit bestickter Vorderseite und eine Leinenhose, und sie wirkte sehr viel entspannter als im Krankenhaus. Sie kam auf mich zu, und bevor ich ihr mit professioneller Formalität die Hand schütteln konnte, gab sie mir einen Kuss auf die Wange. Er hinterließ einen angenehmen Eindruck von weicher Haut und teurem Duft.

»Wie geht es Ihrem Vater? Ich habe mir Sorgen um ihn gemacht«, sagte sie und bedeutete mir, mich auf einem der Sofas niederzulassen. Ihre Besorgnis kam mir höchst unwahrscheinlich vor, denn sie war ihm nie begegnet und kannte mich kaum. Trotzdem klangen ihre Worte ehrlich.

»Es geht ihm gut, danke. Ich glaube, wenn er sich an den Rat der Ärzte hält, kann er wieder auf die Beine kommen.«

Nora lächelte wissend. »Männer im mittleren Alter dazu zu bringen zu tun, was man ihnen sagt, kann ganz schön hart sein, nicht wahr?«

Es fiel mir schwer, ihr zu widersprechen, doch nach der Art und Weise, wie ich hierhergebracht worden war, hatte ich das Gefühl, ich müsste einen Teil meiner Autorität wiederherstellen. Also versuchte ich, einen strengen Ton anzuschlagen.

»Es war sehr freundlich von Ihnen, den Flug zu arrangieren, aber ich bin davon ausgegangen, dass ich Mr Shapiro in New York sehen würde, wie wir es besprochen hatten.«

Nora verzog verlegen das Gesicht. »Es tut mir leid. Harry wollte herkommen, um sich auszuruhen, und ich wollte ihn nicht aufregen. Das verstehen Sie hoffentlich. Möchten Sie ihn jetzt sehen?«

Vom Wohnzimmer ging ich durch den Wintergarten raus auf den Rasen. Es war ein seliges Gefühl, aus diesem wohlgeordneten Haus in die Unendlichkeit der Natur zu treten, während mir vom Ozean her die Brise ins Gesicht wehte. Harry hatte mir den Rücken zugewandt und las, eine Halbbrille auf der Nase, ein Buch. Als ich zu ihm trat, blickte er auf und musterte eine Weile mein Gesicht. Seine Miene war angespannt, aber nicht mehr so unruhig wie bei unserer letzten Begegnung.

»Setzen Sie sich«, sagte er.

Um einen niedrigen Tisch standen drei oder vier weiche Sessel mit Kissen. Ich sah mich nach einer festeren Sitzgelegenheit um – etwas, das Formalität andeutete –, doch es war nichts in Sicht, also ließ ich mich in einem Sessel nieder. Ich versuchte es zu kompensieren, indem ich mich vorn auf die Kante setzte und die Hände verschränkte.

»Setzen Sie sich da rüber, damit ich Sie sehen kann«, wies Harry mich an.

Ich zog den Sessel auf den Fleck, auf den er zeigte, und stellte fest, dass ich die Augen zusammenkneifen musste, um ihn im

Gegenlicht sehen zu können. Vermutlich eine bewährte Strategie. Es ärgerte mich, doch es war immerhin ermutigend, dass Harry wieder zu solchen Spielchen griff.

»Wie ist es Ihnen ergangen, Mr Shapiro?«, fragte ich.

Auf der Lehne seines Sessels stand eine Tasse Tee, und er zog ein paarmal am Faden des Teebeutels, während er über die Frage nachdachte. Dann lachte er bitter. »Ich hatte schon bessere Wochen. Versuchen Sie mal damit klarzukommen, dass Sie eingesperrt sind, dass Ihnen jeden Morgen der Rasierapparat wieder weggenommen wird und nachts jemand mit einer Taschenlampe in Ihr Zimmer leuchtet.«

»Patienten finden die Vorsichtsmaßregeln oft schwer zu akzeptieren, aber es gibt gute Gründe dafür.«

»Für manche Menschen vielleicht. Nicht für mich.«

Er hantierte noch ein bisschen mit dem Teebeutel herum und richtete den Blick hinaus aufs Meer. Er sprach schneller als im Krankenhaus, was ein gutes Zeichen war – die psychomotorische Verlangsamung ließ nach, während sein Gehirn wieder besser funktionierte.

»Wie geht es Ihnen?«

»Ich habe mehr geschlafen.«

»Sie hatten keine Gedanken an den Tod?«

Er sah mich mit hochgezogenen Augenbrauen an, als verstünde er nicht, worauf ich hinauswollte. Dann runzelte er die Stirn und senkte den Blick auf den Rasen.

»Ich werde mich nicht umbringen.«

Er hatte mir bei seinen Worten nicht in die Augen gesehen, doch es war immerhin ein klares Statement, wie er es bis dahin nicht abgegeben hatte. Gut. Harry drückte sich hoch und schaute über den Rasen dorthin, wo Blumenbeete den Rand der Düne säumten. »Gehen wir ein bisschen spazieren«, sagte er und steuerte auf eine Lücke zwischen den Beeten zu, durch die ein Holzsteg führte.

Als ich ihm folgte, sah ich, dass eine Treppe von hier durch die Dünen zu einer Reihe rissiger, verwitterter Bohlen führte, die sich als Pfad durch Dünen und Seegras wanden, bis sie nach knapp dreißig Metern ausliefen und nur noch ein Sandweg zum Strand führte. Es war ein wunderbarer Ort für Kinder, um Verstecken zu spielen, ein amorphes Territorium zwischen Behausung und Natur. Schweigend gingen wir die Stufen hinunter, die so schmal waren, dass ich hinter Harry hergehen musste.

Er hatte den Strand für sich. In der Ferne, wo die schmale Straße endete, von der Anna abgebogen war, um zum Haus zu fahren, warf eine Frau mit einem Schal um den Kopf ihrem Hund Stöckchen. Ansonsten glitt mein Blick nur über Sand und Wellen, die an den Strand prallten und Gischt aufwarfen. Der Sand nahe der Düne war feinkörnig, und es war schwer, darauf zu gehen, doch unten am Rand des Meeres bildete er eine glatte, feste Oberfläche. Als Harry diesen Bereich erreichte, lief er nach Westen.

»Erzählen Sie mir mehr über das, was passiert ist«, sagte ich im Gehen.

Es war mühsam, mit seinen langen Schritten mitzuhalten, doch seine neue Zielstrebigkeit beruhigte mich. Er schwieg sicher zwei- oder dreihundert Meter, und dann grunzte er ein paarmal, als wollte er etwas sagen. Der Nachteil, neben ihm zu gehen, war, dass ich ihm nicht richtig ins Gesicht sehen konnte, um seine Reaktion zu beobachten, doch das Gehen bot auch eine gewisse Distanz – wie die Analysecouch. Das Schweigen dehnte sich aus, bis er irgendwann dort, wo winzige Wellen in den Sand schäumten, stehen blieb und sich dem Meer zuwandte.

»Es hätte ein toller Deal sein können«, sagte er. »Ein phantastischer Deal. Es war keine sichere Sache, das ist es nie, aber wenn der Markt nicht zusammengebrochen wäre, wäre es gut gegangen. Es gab keine Möglichkeit, es vorher zu wissen. Ich konnte es nicht wissen.«

Er blickte zum Horizont und schien voller Bitterkeit auf die Stimmen in seinem Kopf zu antworten. Ich hatte keine Ahnung, wovon er sprach. Dann bückte er sich, um eine Muschel aufzuheben, und kratzte den Sand von der Unterseite, während er weitersprach.

»Es war vor einem Jahr, schätze ich. Die Dinge liefen phantastisch für Seligman, es war toll. Es gab Gerüchte um den Subprime-Markt, und einige Hedgefonds waren geschlossen worden, doch es kam uns vor, als wäre unsere Zeit gekommen. Wir hatten die kleine Bude zu etwas gemacht. Wissen Sie, was ich mir immer gewünscht habe? Ich wollte so werden wie Rosenthal. Doch das hätten sie niemals zugelassen. Jetzt weiß ich das.«

Selbst ich wusste, wer Rosenthal & Co. war – die kannte jeder. Es war die einzige Bank an der Wall Street, der die Immobilienkrise nichts hatte anhaben können und die den Crash überstanden hatte, ohne in die Knie zu gehen oder gar blaue Flecken abzukriegen. Alle schienen sie zu bewundern oder neidisch auf sie zu sein oder zu denken, sie hätte irgendeinen unfairen Vorteil gehabt. Ich kannte den Unterschied zwischen der einen und der anderen Bank nicht, aber ich begriff, was Harry angetrieben hatte. So einen Laden gibt es in jedem Bereich – der Ort, an dem alle arbeiten möchten. Episcopal war das Rosenthal der Medizin in New York, das redeten wir uns jedenfalls ein, und die Patienten glaubten es.

»Ich kannte einen Typen, der in Europa für Rosenthal die Abteilung Außerbörsliches Eigenkapital geleitet hatte. Marcus Greene«, sagte Harry. »Der versteht sein Handwerk. Bei Deals ein sturer Hund, der noch den letzten Cent aus einem rausquetschen konnte, aber ich dachte, er wäre ein anständiger Kerl. Nora war mit Margaret befreundet, seiner Frau. Wir haben uns am Wochenende hier mit ihnen getroffen. Sie haben ein Haus drüben in Sagaponack.

Greene hat Rosenthal Mitte der Neunzigerjahre verlassen und sein eigenes Unternehmen gegründet. Er nannte es Grayridge, nach einem Hügel in Georgia, wo er als Kind gelebt hatte. Hat er jedenfalls behauptet. Felix ist überzeugt, Greene hat sich das bloß ausgedacht. Er ist noch nie jemandem begegnet, der diesen Ort kennt. Der Zeitpunkt war günstig, fremdkapitalfinanzierte Übernahmen und Hedgefonds erlebten einen Riesenaufschwung. Ein Jahrzehnt später war er Milliardär. Auf seinem fünfzigsten Geburtstag haben die Rolling Stones gespielt. Es war lustig«, fügte er matt hinzu. »Eines Tages ruft er mich an, angeblich, um über CDS-Clearing oder so zu reden. ›Wissen Sie, Harry‹, sagt er, ›es wird Zeit, dass wir uns mal unterhalten. Ich glaube, Seligman und Grayridge würden gut zusammenpassen.‹ Ich hielt es für eine phantastische Idee, es konnte uns wie Rosenthal ganz nach oben bringen, also sagte ich: ›Klar, Marcus, wir sehen uns das mal an.‹ Ich hatte gehört, dass es bei ihm nicht so gut lief. Womöglich steckte er in Schwierigkeiten.«

»Und was haben Sie gefunden?«

»Ich sage Ihnen, was ich zu sehen glaubte: ein Unternehmen, das zu schnell gewachsen war und ein paar Probleme hatte, aber nichts, womit wir nicht klarkämen. Wir würden ein paar Fonds schließen, vielleicht eine Milliarde Kapital zuschießen und hätten ein gesundes Unternehmen. Zudem bräuchten wir keine Prämie zu zahlen, und es gäbe keine Rangeleien darüber, wer das Sagen hätte. Marcus würde den zweiten Platz einnehmen, und dann würden wir sehen, wie die Dinge liefen.«

»Aber es hat nicht funktioniert?«

Harry seufzte. Wir waren zu einem Bächlein gekommen, das von einem Teich hinter den Dünen herunterlief und nicht weiterkam. Er zog mit der Fußspitze einen Bogen in den Sand, und der Boden der Rinne füllte sich mit Wasser wie der Graben einer Sandburg.

»Wir haben den Deal abgeschlossen, doch der Markt ging baden, und es stellte sich heraus, dass Grayridge Anleihen in seinen Büchern hatte, von denen Greene mir nichts erzählt hatte. Hypothekentitel, die alle für sicher hielten. Wir waren als AAA eingestuft, um Himmels willen, so was liebten die Ratingagenturen doch. Wir erlitten Schiffbruch und verloren Milliarden. Ich hatte das Gefühl, runtergezogen zu werden, als würde ich ertrinken. Sie haben keine Ahnung, wie das ist, wenn man mitansehen muss, wie alles, was man aufgebaut hat, den Bach runtergeht.«

Bei der Erinnerung schauderte ihm, und als ich zu ihm rüberschaute, begriff ich endlich, was ihn ins Episcopal gebracht hatte. Ein Verlust ist ein schwerer Schlag für die Psyche. Wir sind nicht darauf eingerichtet, sofort damit klarzukommen, es erfordert eine Phase des Trauerns. Das Schlimmste ist das Gefühl, hilflos in der Falle zu hocken, weder kämpfen noch fliehen zu können. Jetzt ergab das Ganze einen Sinn – selbst die Waffe. Am Bächlein kehrte Harry um und machte sich auf den Rückweg. Ich folgte ihm und holte ihn nach knapp zehn Metern ein.

»Was haben Sie gemacht, als Sie dahintergekommen sind?«

»Wir hatten keine Wahl. Der Anteilspreis war ins Bodenlose gesunken, und wir hatten Probleme, Wertpapierpensionsgeschäfte zu verlängern. Nicht nur wir, die halbe Wall Street steckte in Schwierigkeiten. So etwas habe ich noch nicht erlebt. Am Ende haben wir an einem Wochenende die Bundesregierung bekniet, uns aus der Klemme zu helfen. Sie erklärte sich einverstanden, aber das Finanzministerium verlangte ein Opfer.«

Er fuhr sich mit der rechten Hand über den Hals. Dabei schloss er die Augen und schob den Unterkiefer vor, als würde er sich mit einem Messer die Kehle durchschneiden. Er sah aus, als erwartete er die Qualen des Todes.

»Da haben Sie Ihren Job verloren?«

»Alles habe ich verloren. Sie haben mich ruiniert.«

»Und die Verluste? Hat wirklich niemand etwas geahnt?«, hakte ich nach. Ich hatte gedacht, Leute, die an der Wall Street arbeiteten, wären klüger. Menschen wie ich machten dumme Fehler, wenn es um Geld ging, aber Banker doch nicht.

»Zwei Hedgefonds zogen Gewinn daraus, und Rosenthal kam natürlich auch gut durch. Dafür hat das Finanzministerium gesorgt«, sagte er frostig.

In diesem Augenblick hatte ich Mitleid mit Harry, denn mir ging auf, was Felix damit gemeint hatte, er habe ein Herz. Ihn umgab eine Aura von Verwirrung und Verlust, als hätte ihm jemand alles gestohlen, was er besaß. Langsam ging er ohne mich den Pfad zu den Stufen hinauf. Ich blieb zurück, um den Blick auf das Haus zu genießen, das jetzt auf der Düne über mir lag. Nora saß in dem Raum, wo wir uns vorhin unterhalten hatten, auf einem Sofa und blätterte in einer Zeitschrift. Weiter hinten sah ich ein Zimmer mit einer Bücherwand und einem Tisch mit einem Computer und zwei Bildschirmen. Das war wohl Harrys Arbeitszimmer, wo Nora ihn mit der Waffe gefunden hatte. Als ich hochkam und den Rasen betrat, saß er wieder in seinem Sessel. Er wirkte müde und niedergeschlagen.

Ich setzte mich zu ihm. »Ich glaube, es gibt vieles, worüber es sich zu reden lohnt.«

»Sie meinen eine Analyse?«, fragte er mit einem Hauch Verachtung in der Stimme, entweder für meinen Beruf des Psychiaters oder dafür, dass er so etwas nötig hatte.

»An diesem Punkt würde ich keine Therapie vorschlagen, eher Gespräche, aber regelmäßig, am Anfang zwei oder drei Termine die Woche.«

»Das ist okay. Ich habe Zeit. Alles, was ich habe, ist Zeit«, sagte er.

Ich ging zurück zum Haus. Es war das dritte Mal, dass ich

mich mit ihm unterhalten hatte, und das erste Mal, dass ich mich hinterher besser fühlte. Mein Unbehagen darüber, ihn aus dem Krankenhaus entlassen zu haben, wich ein wenig, und ich bildete mir ein, allmählich ein Gefühl dafür zu bekommen, was mit ihm los war. Zudem bestand sogar die Aussicht, Harry wieder zurück ins Episcopal zu bekommen, um ihn zu behandeln. *Es kann funktionieren*, dachte ich.

7

Ich fand Nora in der Küche, wo sie sich mit Anna unterhielt, die auf einer Arbeitsplatte saß und einen Apfel kaute. »Sie sind sich schon begegnet, nicht wahr?«, fragte Nora, und Anna nickte schweigend, denn sie hatte die Zähne in den Apfel vergraben.

»Anna war so freundlich, mich herzufahren«, sagte ich.

»Ich kann Sie in die Stadt zurückbringen, wenn Sie möchten«, sagte Anna, die ihren Bissen heruntergeschluckt und das Kerngehäuse in den Abfalleimer geworfen hatte. »Ich will einen Freund besuchen.«

»Bist du sicher, Anna?«, fragte Nora. »Ich meine, es wäre wunderbar. Ich weiß, dass er möglichst bald zurückwill. Du kannst mein Auto nehmen.« Sie machte einen Schritt auf Anna zu und legte ihr einen Arm um die Schultern, als wären sie Freundinnen und nicht Chefin und Hausangestellte. »Ich kann Ihnen gar nicht sagen, wie sehr ich mich auf sie verlasse.«

Anna blickte mich so kühl und abschätzig an, dass ich wegschauen musste. Die Aussicht, mehrere Stunden mit ihr im Auto zu verbringen, war entnervend, doch sie machte mich neugieriger, als ich zeigen mochte.

»Ich warte draußen auf Sie«, sagte sie, rutschte von der Arbeitsplatte und tappte leise aus dem Zimmer.

Nora wartete, bis die Tür hinter ihr zugegangen war, und sah mich dann nervös an. »Wie war er?«, fragte sie.

»Gut, glaube ich«, sagte ich. »Seine Stimmung scheint sich zu bessern, und er war einverstanden, am Montag zu mir zu kommen. Solange er seine Medikamente nimmt und regelmäßig zu mir kommt, ist die Prognose ausgezeichnet.«

Nach allem, was sie durchgemacht hatte, hoffte ich, sie beruhigen zu können, aber es stimmte auch. Harry schien nicht unter einer chronischen Depression zu leiden, und er zeigte schon wieder die ersten Zeichen für Lebendigkeit. Mit ein wenig Glück machte er gerade die einzige derartige Episode in seinem Leben durch, und dass ich das Risiko eingegangen war, ihn aus dem Krankenhaus zu entlassen, zahlte sich womöglich aus. Er musste den Verlust seines Jobs verkraften, doch den meisten Menschen gelang das mit der Zeit, und die Shapiros saßen nicht gerade auf der Straße. Vielleicht hatte ich soeben eine Karriere als Therapeut für Wall-Street-Milliardäre angestoßen.

»Das ist toll. Ich bin sehr erleichtert«, sagte Nora, atmete aus und entspannte die Schultern. Ich war froh, dass ich ihr gute Nachrichten hatte bringen können – sie verdiente es dafür, dass sie zu ihm gehalten hatte.

»Aber Sie müssen ihn trotzdem gut im Auge behalten«, sagte ich. »Wir wollen nicht, dass jetzt noch was schiefgeht.«

»Mache ich, Doktor. Absolut«, erwiderte sie strahlend.

Als ich nach draußen kam, stand Anna mit dem Rücken zu mir am Range Rover und schaute über das Meer. Ich gönnte mir noch einen Blick auf ihren graziös gebogenen Hals, bevor sie mich hörte und sich umdrehte. Im Licht des Ozeans wirkten ihre Augen hellblau.

»Bereit?«, fragte sie.

»Alles erledigt. Sehr nett von Ihnen, dass Sie mich mitnehmen. Wenn Sie mich am Bahnhof absetzen, wäre das sehr freundlich.«

»Wenn ich das machen würde, müssten Sie sehr lange warten. Hier pendeln die Leute per Hubschrauber, wissen Sie.« Sie kam herüber, legte den linken Zeigefinger auf mein Revers und schob mich sanft nach hinten. »Steigen Sie in den Wagen, Doc.«

Ich gehorchte ihr und erinnerte mich an das angenehme Gefühl des kurzen Körperkontakts, während sie den Range Rover die Zufahrt hinunter auf die schmale Straße lenkte. Sie wusste, was für einen Beruf ich hatte, ging mir auf, aber sie hatte es mir auf spielerische Art gezeigt. Zwischen ihr und Nora gab es sicher nicht viele Geheimnisse. Als wir an einem niedrigen Cottage vorbeifuhren, das ein Stück von der Straße zurück stand, zeigte sie nach links.

»Das ist das Gästehaus, falls sie Sie noch mal hier rausbeordern. Ich schleiche mich manchmal zum Yoga rüber oder für ein Nickerchen. Wie Goldlöckchen.«

»Sind Sie je von einem Bären aufgeweckt worden?«, fragte ich leichthin, froh darüber, das Anwesen der Shapiros endlich verlassen zu haben, und mit dem Gefühl, allmählich wieder Kontrolle über mein Leben zu bekommen. Natürlich hätte mir klar sein müssen, dass das eine Illusion war. In Noras Auto zu sitzen, mit Anna am Steuer, war nicht viel anders, als in Harrys Gulfstream zu sitzen mit Felix als Fremdenführer. Es blieb alles in der Familie.

Sie kicherte. »Nicht mal von einem kleinen. Egal, Nora muss nicht weit suchen. Er hat das ganze Anwesen verdrahten lassen. Ich bin nie außer Reichweite.«

»Wie ist das?«

»Ähm, schauderhaft? Es ist schön, für eine Nacht in die Stadt zu entkommen. Schauen Sie mal da drüben. Das ist im Augenblick das große Ding hier«, sagte sie und zeigte auf der Beifahrerseite aus dem Fenster. Wir waren durch ein Labyrinth von Straßen mit riesigen Rasenflächen gefahren und hatten die Kreuzung zur Hauptdurchgangsstraße erreicht. Dort lag inmitten einer makellosen Rasenfläche ein langer, geschwungener Teich.

»Was?«, fragte ich, denn mir fiel nichts Besonderes auf.

»Die Schwanenmutter sitzt auf ihrem Nest am Teich. Letztes Jahr hatte sie fünf junge Schwäne, und alle haben von nichts anderem mehr geredet. Ich hatte das Gefühl, den Verstand zu verlieren.«

Während sie das sagte, ging sie aufs Gas, und wir schossen aus dem Dorf, als würden wir verfolgt. Sie schien, genau wie ich, umso munterer zu werden, je weiter sie das Haus hinter sich ließ. Schweigend sausten wir eine Weile die Route 27 runter, und ich versuchte ab und an, unbemerkt einen kurzen Blick auf ihr Gesicht zu erhaschen. In mir regte sich etwas, was ich lange nicht gespürt hatte. Es war dumm, weil ich nichts dagegen machen konnte. Es wäre bestimmt nicht klug, eine Affäre mit Harrys Haushälterin anzufangen, selbst wenn ich Chancen bei ihr gehabt hätte – wovon ich nicht ausging. Doch ich wollte das aufregende Gefühl möglichst lange genießen, auch wenn nichts daraus werden konnte.

Ich dachte an den Blick, mit dem sie mich bedacht hatte, als sie in der Küche stand, ein Blick, der andeutete, dass sie alles über mich wusste, obwohl wir uns eben erst kennengelernt hatten. Sie konnte all die bösen Dinge in mir sehen – meine Grausamkeit, meine Kaltherzigkeit –, und es war ihr egal. Das spielte sich alles nur in meiner Phantasie ab, doch so ein Gefühl weckte sie in mir. Es war wie damals als Teenager, als ich mich zum ersten Mal verliebt hatte – das Gefühl, jemanden anzubeten aus Gründen, die ich nicht artikulieren konnte, und mich nach ihr zu verzehren. Laura Kendrick hatte sie geheißen, und es hatte ein Jahr angedauert. Laura war längst verheiratet und hatte zwei Kinder. Ich lächelte in mich hinein.

»Was?«, fragte Anna. Ich hatte nicht bemerkt, dass sie mich angesehen hatte.

»Nichts.«

Traurig war, dass dieses Gefühl mich nicht an Rebecca erinnerte. Ich hatte sieberngehabt, sie bewundert, sie sogar geliebt, doch ich hatte sie nie auf diese verzweifelte, unentrinnbare Art begehrt. Ich hatte immer Dinge vor ihr verborgen, und ich hatte Schuldgefühle, dass sie mich so sehr geliebt hatte. *Das bin nicht ich*, wollte ich zu ihr sagen. *Der Mann, den du liebst. Er ist ein besserer Mensch als ich*. Ich hatte diese Worte nie gesagt, denn ich hatte sie sehr gerngehabt und hatte sie nicht verletzen wollen, doch sie hatte es erkannt und war gegangen. Sie hatte mir den Schmerz erspart, sie fallen zu lassen.

Ich hatte einen wiederkehrenden Traum von Rebecca. Ich befand mich auf den Stufen des Metropolitan Museum of Art, neben mir stand meine Mutter, und ich sah ihre grauen Haare und ihr weiches, freundliches Gesicht. Wir unterhielten uns – ich wusste nicht, worüber, aber es machte mich glücklich. Dann blickte ich die Stufen hoch und sah Rebecca in einem Sommerkleid. »Komm«, sagte ich zu meiner Mutter, und wir gingen hinter ihr her. Doch drinnen konnten wir sie nicht finden und jagten durch die Ausstellungsräume, meine Mutter jetzt voran. Dann kamen wir in einen Raum, wo eine Party gefeiert wurde, es war voll, es wurde Champagner getrunken, die Menschen standen um ein Gemälde herum.

Ich trat näher und sah, dass das Gemälde eine nackte Frau darstellte, die auf einem Sofa lag. Sie war schön, und ich streckte den Arm aus und fasste nach ihrer Brust, die warm und weich war unter meiner Berührung. Dann rief meine Mutter mich und zeigte auf ein Fenster, durch das Rebecca geklettert war. Ich sah, dass Rebecca an einem Seil in den Central Park hinuntergeklettert war und jetzt über die Wiese zu einer Baumgruppe lief.

»Becca!«, rief ich, doch sie drehte sich nicht um.

Damit endete der Traum.

Wir waren uns im Episcopal begegnet, zwei Jahre nachdem ich nach New York gekommen war; meine Mutter und sie hatten sich nicht mehr kennenlernen können. Ich hatte mir immer eingebildet, sie wären gut miteinander zurechtgekommen – beide waren nett und loyal. Bei unserer ersten Verabredung sagte sie, ich sei anders als andere Psychiater, was ich als Kompliment verstand. Wir saßen in einem Restaurant an der Upper East Side, bei einem der Italiener, die Institutionen sind, obwohl sie es nicht mehr verdient haben. Ich verbrachte die Mahlzeit hauptsächlich damit, ihre Gegenwart zu genießen, und als wir gingen, drehte sie sich zu mir um, um geküsst zu werden.

Trotz der Fragen, die das aufwirft, hatte ich mich für Psychiatrie entschieden. Bei der Aufnahme an der medizinischen Fakultät suchen sie nach einem gewissen Maß an Empathie, denn sie wollen keine Wissenschaftler, die nicht mit Menschen reden können. Doch die heiß umkämpften Studienplätze sind die für Kardiologie, Radiologie oder HNO, der Einstieg in die plastische Chirurgie – alles, was teure Behandlungen einbringt und minimale Gespräche. Andere Assistenzärzte haben die Psychiater im Verdacht, faul zu sein oder verrückt. Faul, weil in der Psychiatrie, abgesehen von Notdiensten, wenige Nachtschichten anfallen. Verrückt, weil viele sich durch eine Affinität zu ihren Patienten davon angezogen fühlen. Entweder waren sie selbst komisch – arbeiteten sich an einem inneren Dämon ab, indem sie die inneren Dämonen anderer aufstöberten –, oder es gab da etwas in ihrer Familie. Schuldig in beiden Punkten.

Als Anna keine Anzeichen machte, das Schweigen zu brechen, tat ich es nach einer Weile. Ich verstand nicht, was sie in East Hampton machte, besonders angesichts ihrer Skepsis gegenüber dem Ort. Es schien nicht ihre natürliche Umgebung zu sein.

»Wie kommt es, dass Sie für die Shapiros arbeiten?«, fragte ich.

»Wie viel Zeit haben Sie?«

»Ähm, vermutlich bis wir in die Stadt kommen.«

»So lange dürfte es nicht dauern. Wollen mal sehen. Bin auf ein liberales Kunstcollege in Massachusetts gegangen, das sehr von sich überzeugt war, aber ich fand es Mist. Dann bin ich nach New York gekommen und habe eine Stelle als Assistentin des Herausgebers einer Zeitschrift bekommen. Es stellte sich heraus, dass ich gut war, unheimlich gut.«

»Toll.« Ich bemerkte, dass sie meine Frage genutzt hatte, um mir einen kurzen Überblick über ihr ganzes erwachsenes Leben zu geben.

»Allerdings habe ich so viel gearbeitet und mir so verdammt viel abverlangt, dass ich ein bisschen durchknallte. Ich bekam Panikattacken in meiner Bürozelle, bin in Schweiß ausgebrochen und ausgeflippt.«

»Haben Sie sich in Behandlung begeben?«

»Ich habe Medikamente genommen. Die haben mich ein bisschen beruhigt, aber inzwischen wusste ich, dass ich nicht glücklich war, und habe gekündigt.«

»Mutig.«

»Mutig, leichtsinnig, dumm – alles, was ich schon immer war. Egal, ich dachte, ich könnte doch auch Yoga unterrichten, und habe einen Kurs belegt. So hat Nora mich gefunden. Ich hatte bei einem Yogakurs im Y in der zweiundneunzigsten Straße die Vertretung übernommen, und sie war da und sprach mich an. Jetzt bin ich alles: Haushälterin, Köchin, Schuldknecht. Meine Aufgabe ist es, ihnen das Leben leichter zu machen, was auch immer dafür erforderlich ist.« Ihre Stimme hatte einen leicht sarkastischen Unterton, doch ich hörte auch einen Hauch Bitterkeit.

»Wie ist es, für sie zu arbeiten?«

Sie wandte die Aufmerksamkeit von mir ab, um in den Spiegel zu sehen und sich auf den Long Island Expressway einzufädeln. Wir kamen links und rechts an niedrigen Kiefernwäldern vorbei, als wir in Richtung Stadt fuhren. Sie überholte zwei LKWs und beantwortete dann meine Frage, als hätte sie eine Weile darüber nachgedacht.

»Nora ist toll. Ich liebe sie, und sie behandelt mich, als gehörte ich zur Familie. Manchmal ist es schon zu gemütlich mit ihr.«

»Und Mr Shapiro?«

»Harry ist okay«, sagte sie tonlos. »Egal, jetzt wissen Sie alles über mich. Was ist mit Ihnen?«

Als sie mich ansah, war in ihren Augen ein Funkeln. Sie schien mich unterhaltsam zu finden, was immerhin ein Anfang war.

»Was möchten Sie wissen?«

»Okay, Sie sind Psychiater, richtig? Nora hat gesagt, Sie behandeln Harry.«

»Ich fürchte, darüber kann ich nicht reden.« Die Worte kamen steif und schwerfällig aus meinem Mund, und ich wünschte, ich hätte ihr keinen Korb geben müssen.

»Frau, Kinder?«

»Nein.«

»Freundin?«

»Können wir bitte das Thema wechseln?«

Anna grinste. »Warum? Das ist alles, worüber mein Therapeut reden wollte: mein Exfreund. Er und meine Kindheit und ob ich eine Vaterfigur gesucht habe. Wenn dem so gewesen wäre, wäre Nathan eine schreckliche Wahl gewesen.«

»Dann waren Sie in Therapie?«

»Ich gebe es zu.«

»Und Sie hatten einen Freund?«

Sie lachte und warf mir einen amüsierten Blick zu, der mir guttat, doch dann hörte sie auf zu reden, als wir unter Brücken durchfuhren, an denen zum Gedenken an Soldaten, die im Irak gefallen waren, zerfetzte amerikanische Flaggen hingen. Als sie wieder das Wort ergriff, war sie ruhiger.

»Mein Therapeut meinte, er litte unter einer Borderlinestörung. Er hat sich mich geangelt, und dann hat er mich dafür leiden lassen, dass ich ihn liebte. Ich hätte endlos darüber reden können, aber am Ende musste ich aufhören. Ihr nehmt verdammt viel für eine Dreiviertelstunde Plauderei. Aber wissen Sie, was der wahre Grund ist, warum ich es beendet habe? Eines Tages hörte ich mir beim Reden zu und dachte: *Ich könnte mir das alles auch ausdenken.*«

»Haben Sie?«

»Nein, aber ich hätte doch, oder? Er hat mir jede Woche zugehört und alles, was ich sagte, ernst genommen und versucht, eine Bedeutung darin zu finden. Aber woher wollte er denn wissen, dass das, was ich ihm da erzähle, die Wahrheit war? Er dachte, er müsste dafür sorgen, dass es mir besser geht – alles, was ich als Reaktion auf meine Vergangenheit oder so getan hatte, wegerklären. Ich hätte ein schrecklicher Mensch sein können, und er hätte es nicht mal gemerkt.«

»Sie sind aber kein schlechter Mensch, oder?«

»Ich weiß nicht. Ehrlichkeit ist mir wichtig. Ich bin im Leben immer in Schwierigkeiten geraten, weil ich die Wahrheit sagen wollte. Die Leute halten mich für ein Miststück. Vielleicht bin ich das ja auch. Egal, ich bin nicht davon ausgegangen, dass er dafür sorgen kann, dass ich ehrlich bleibe, also habe ich aufgehört.«

Sie lachte betreten, als hätte sie mehr über sich verraten, als sie eigentlich wollte. Die Dämmerung brach herein, und vor uns verschmolzen die Rücklichter zu einem roten Band, während wir an den Kaufhäusern und Wohnblocks von Queens vorbeikamen. Die Fahrzeuge um uns herum passten sich nach und nach dem New Yorker Fahrstil an und wechselten häufiger zwischen den Spuren hin und her, worüber Anna leise fluchte. Wir fuhren in den Midtown-Tunnel und tauchten auf der anderen Seite im Straßengewirr der Innenstadt wieder auf. Ich hatte diese rasche Grenzüberschreitung schon sicher ein Dutzend Mal gemacht, doch sie überraschte mich immer wieder. Trotz meines halbherzigen Protests fuhr sie die Lexington Avenue runter und umschiffte den Gramercy Park, um mich vor dem Haus, in dem meine Wohnung lag, am Irving Place abzusetzen.

»Tschüs«, sagte ich und hielt ihr die Hand hin, als der Range Rover mit laufendem Motor am Bordstein hielt.

Sie nahm sie und schüttelte sie ein wenig spöttisch, als wäre ich übertrieben formell. Dann holte sie einen Zettel raus, schrieb eine Nummer auf und reichte ihn mir.

»Rufen Sie mich an, wenn Sie mögen. Ich bin manchmal in der Stadt.«

Ich hatte das Bedürfnis, vor mir selbst zu rechtfertigen, dass ich sie um eine Verabredung bat, aber ich widerstand der Versuchung. Es war keine gute Idee, so verlockend sie auch sein mochte.

»Ich glaube, das lasse ich besser. Beruf und Vergnügen, Sie wissen schon«, sagte ich verlegen.

»So«, meinte sie. »Sie finden mich also vergnüglich.«

Ich lachte unwillkürlich, als ich ausstieg. Schon fädelte sie den Range Rover wieder in den Verkehr ein, und ich stand da und beobachtete, wie sie verschwand.

8

Am Samstag ging ich auf den Obst-und-Gemüse-Markt auf dem Union Square, und als ich mit Papiertüten bepackt zurückkam, wurde ich im Foyer von Bob Lorenzo aufgehalten, dem Chefportier des Apartmentgebäudes. Bob hatte einen ordentlich gestutzten Bart und Augen wie ein Bluthund und eine Aura von unter Druck geratener innerer Stärke. Wir kamen gut zurecht, obwohl ich es vermied, über die New York Mets oder den Genossenschaftsvorstand zu reden, denn das waren Reizthemen.

»Dr. Kaufman war hier, Dr. Cowper«, sagte er und hielt mir einen Umschlag hin, auf dem in Rebeccas runder Handschrift »Ben« stand, unterstrichen. »Sie haben sie verpasst. Sie bat mich, Ihnen das hier zu geben.«

»Danke, Bob«, sagte ich. Ich hatte einmal versucht, ihn zu überreden, mich beim Vornamen zu nennen, doch es hatte nichts genützt. Der Umschlag wurde an einem Ende von etwas Schwerem nach unten gezogen, und ich tastete nach der Form: ihr Schlüssel zu meiner Wohnung. Bob bedachte mich mit einem missbilligenden Blick, als wüsste er, was das Päckchen bedeutete.

»Sie hat gesagt, sie wäre nicht mehr so oft hier. Tut mir leid, das zu hören.«

»Mir auch«, sagte ich, auch wenn mich seine stumme Verurteilung nervte, denn sie verstärkte meine Schuldgefühle noch. Was war los mit diesen Leuten? Zuerst mein Vater und Jane, und jetzt konnte ich nicht mal das Haus betreten, in dem ich wohnte, ohne dass man mir das Gefühl vermittelte, ich sollte mich schämen. Meine Mutter hätte vermutlich ähnlich reagiert. *Bist du dir ganz sicher, Ben?*, hätte sie mit tadelndem Unterton gesagt.

In meiner Wohnung legte ich mich aufs Bett, atmete tief durch und öffnete mit dem Daumen Rebeccas Umschlag. Darin war ein Blatt Papier, einmal gefaltet. Der Schlüssel war mit Tesafilm daran festgeklebt.

Ben,
es tut mir leid, dass ich gehen musste. Ich vermisse Dich jetzt schon, aber ich denke, es ist das Beste. Wir sehen uns sicher auf der Arbeit. Ich werde die sein, die aussieht, als hätte sie geweint.
R.

Ich wollte weinen, doch es kam nichts – mein emotionaler Tank war leer. Es wäre leichter gewesen, wenn sie sauer gewesen wäre. Ihre Zuneigung und traurige Würde waren ein Tritt in die Magengrube. Wenn ich sie nicht so gut gekannt hätte, wäre ich leicht auf die Idee gekommen, sie hätte mir damit absichtlich wehtun wollen, doch so war sie nicht.

Ich stand auf und ging eine Weile im Raum auf und ab, doch das trostlose Gefühl wollte nicht weichen. Ich war müde, aber zu Hause bleiben wollte ich auch nicht. Ich fühlte mich einfach mies: weil ich Rebecca so schlecht behandelt hatte, wegen meiner Verstrickungen mit Harry und aus Sorge um meinen Vater und sein Herz. Ich musste mir irgendeine Ablenkung suchen. Also legte ich ihren Brief aufs Bett, ging ins Wohnzimmer und rief einen Freund aus dem Krankenhaus an. Er war ein richtiges Partytier und hatte schon in der ersten Woche unserer Facharztausbildung gewusst, welche Bars angesagt waren und wohin man anschließend ging. Und tatsächlich wollte er später zu einer Party.

»Ein Bekannter von Emma hat uns zu sich nach Tribeca eingeladen. Es heißt, seine Partys sind toll. Er arbeitet an der Wall Street«, sagte er.

»Ich weiß nicht, Steve. Ich glaube nicht, dass ich meinen Samstagabend mit einem Haufen Bankern verbringen will.«

Nach meiner Woche mit Harry und seiner Entourage kam es mir nicht besonders entspannend vor, noch einmal in seine Welt einzutauchen.

»Okay. Du hast also die große Auswahl, was? Deswegen rufst du mich auch um sechs Uhr an. Komm schon, das wird lustig.«

Als die Sonne untergegangen war und die Lichter am Union Square an waren und ein Leuchten über die Hausdächer warfen, ging ich ins Bad. Ich öffnete ein Medizinschränkchen über einem Glas mit Muscheln, die Rebecca in einem gemeinsamen Urlaub auf Cape Cod gesammelt hatte, und kramte zwischen den Lotionen und Deos und hinter der Schachtel mit Ambien herum, das sie manchmal genommen hatte, um schlafen zu können. Endlich fand ich eine Flasche mit orangefarbenen ovalen Pillen: 30-Milligramm-Tabletten Adderall. Ärzte sollten sich nicht selbst etwas verschreiben, besonders kein Amphetamin, das eigentlich der Behandlung von ADS dient, doch ich brauchte etwas, was das Gedankenkarussell in meinem Kopf zum Stillstand brachte.

Als ich ein Taxi in die Innenstadt herbeiwinkte, kribbelte meine Haut, und auf den Handflächen war mir der Schweiß ausgebrochen, während das Amphetamin in mein Blut sickerte und Adrenalin und Dopamin in meinem Hirn freisetzte. Mein Mund war trocken, und ich merkte, wie die Sorgen der letzten Tage von mir abfielen und von einer benommenen Faszination für die Farben und Formen um mich herum abgelöst wurden. Der ganze emotionale Lärm, das brummende Unbehagen verstummte, das unharmonische Stöhnen der Klimaanlage in dem Taxi gerann zu einer angenehmen Harmonie. Als wir den Broadway runterschossen, kurbelte ich das Fenster herunter, und die Lichter strömten vorbei wie ein Kondensstreifen am blauen Himmel.

Ganze fünf Minuten drückte ich vergeblich auf die Klingel an der Metalltür zu dem Gebäude, bevor ein Paar auf dem Weg nach draußen die Treppe runterkam und mich einließ. Als ich in den zehnten Stock gelangte, wo mir das Stimmengewirr aus der Wohnung entgegenschlug, war mir klar, warum niemand auf mein Klingeln reagiert hatte. Es war ein riesiges Loft über mehrere Ebenen mit weiß angestrichenen Stahlträgern, in dem sich zahlreiche Gäste drängten und sich über hypnotisierender Musik, die ein DJ auf einem MacBook mixte, schreiend unterhielten. Wohin mein Blick auch fiel, überall urbaner Wohlstand, von den Leinwänden mit rostigen Brücken und verlassenen Landschaften an den Wänden bis hin zu den Kellnern in schwarzen Livreen, die Champagner ausschenkten. Ich trat durch die Türen auf eine Terrasse, die einen funkelnden Blick auf nahe Türme und die City Hall in der Ferne bot. Steve stand in einem Pulk Menschen, und ich ging zu ihm rüber.

»Da bist du ja. Ben, das ist Lucia«, sagte er.

Die junge Frau neben ihm lächelte. Sie war hübsch – dunkles, kurz geschnittenes Haar, Mascara und leuchtende Augen. Sie trug ein Seidenkleid, und das Amphetamin in meinem Blut ließ die dünnen Träger über ihren Schultern im Licht funkeln.

»Freut mich sehr, Sie kennenzulernen«, sagte ich und spürte ihre weiche Hand in meiner.

»Ist das nicht eine tolle Wohnung?«

»Absolut phantastisch.«

»Sie gehört Gabriel. Er steht da drüben bei Josh.«

Sie zeigte in eine Ecke der Terrasse, wo zwei Männer sich unterhielten. Der Mann, auf den sie wies, hatte ein rötliches Gesicht, ein flaches Kinn und wachsame Augen. Er schien sich über die ganze Sause zu amüsieren, als wäre er Gast und nicht der Gastgeber.

»Ich gehe mir was zu trinken holen. Soll ich Ihnen was mitbringen?«, fragte ich.

Später, in ihrer Wohnung im East Village, stand ich, nachdem sie eingeschlafen war, an ihrem Schlafzimmerfenster, das auf eine dunkle Gasse hinausging, und starrte auf eine gegenüberliegende Backsteinwand. Es war zwei Uhr, und die Wirkung des Adderall ließ nach und das machte mich unruhig und paranoid. Ich erinnerte mich an meinen Spaziergang am Strand, bei dem Harry mir erzählt hatte, wie er beim Crash alles verloren hatte, und zitterte, denn mit dem Medikament hatte sich auch mein Glaube an ihn verflüchtigt. Er hatte mir versichert, er werde sich nichts antun. *Warum sollte ich ihm vertrauen?*, dachte ich.

*

Heißes Wasser prasselte auf mich herab, als ich an diesem Sonntagmorgen im Fitnessstudio unter der Dusche stand und versuchte, die Nachricht zu begreifen. Ich hatte gerade im Fernsehen gesehen, was ich befürchtet hatte. Als ich gegangen war, war Harry, wie ich geglaubt hatte, in einem stabilen Zustand gewesen, und jetzt hatte er sich das Leben genommen. Wenn ich meinem Instinkt gefolgt wäre und an meiner Vorstellung von seiner Behandlung festgehalten hätte, statt Duncan nachzugeben, hätte ich ihn retten können. Ich dachte an Nora und die Qualen, die sie ausstand. Nach allem, was sie durchgemacht hatte, um ihn zu retten, hatte Harry sie verlassen. Wie konnte ich ihr je wieder unter die Augen treten?

Nach ein paar Minuten drehte ich das Wasser ab und trat aus der Dusche, um mich anzuziehen. Die Läufer keuchten noch auf den Laufbändern, wie ich vor einer halben Stunde, blind und taub für die Welt da draußen. Ich verließ das Fitnessstudio und sah dieselbe Frühlingsszenerie – die Schachspieler auf dem Gehweg, ein Paar, das mit einem Hund spazieren ging, eine alte Dame, die mit einem Portier sprach –, doch ich hatte jegliche Freude daran verloren.

Zu Hause legte ich mich für eine Minute aufs Bett und dachte über Harrys Tod nach und was er für mich bedeutete. Ich konnte nicht mit Rebecca sprechen, meinen Vater wollte ich in seiner Rekonvaleszenz nicht beunruhigen, und der Gedanke, im Episcopal anzurufen, war mir unerträglich. Dann erinnerte ich mich daran, dass ich Patienten immer riet, sich nicht in ihrem Elend zu suhlen, stand auf und ging eine Weile im Wohnzimmer auf und ab, bis ich zu dem Entschluss kam herauszufinden, was genau passiert war. *Felix*, dachte ich. *Er weiß es bestimmt.* Ich holte mein Handy aus meinem Jackett und scrollte die Liste der angenommenen Anrufe der vergangenen Woche durch. Da stand die Handynummer, von der er mich aus angerufen hatte, um den Rückflug in Harrys Jet mit mir auszumachen. Ich drückte auf Wählen und wartete.

»Lustgarten«, sagte eine Stimme ruhig nach dem zweiten Klingeln.

Wäre es jemand anderes gewesen und hätte ich im Hintergrund nicht laute Stimmen gehört, hätte ich gedacht, es wäre die Stimme von jemandem, der einen entspannten Sonntagnachmittag genoss. Für seine Verhältnisse klang er jedoch nervös.

»Felix, hier spricht Ben Cowper.«

»Ah, Dr. Cowper. Wie geht es Ihnen?«

»Gut, danke. Es tut mir leid, Sie zu stören. Es klingt, als wären Sie beschäftigt.«

»Ein wenig, ja. Könnten Sie eine Minute dranbleiben? Ich bin gleich für Sie da.«

»Sicher.«

Er legte eine Hand über das Handy, doch ich konnte seine gedämpfte Stimme durch den Raum rufen hören.

»Andrew! … Andrew! Sagen Sie ihm, er muss warten. Wir geben in zehn Minuten eine Stellungnahme ab … Nein, das ist mir egal. Es ist mir egal, und wenn er Gott der Allmächtige ist.«

Es raschelte, als Felix die Hand wegnahm, und dann sprach er wieder mit mir.

»Tut mir leid. Hier ist die Hölle los, wie Sie sich sicher vorstellen können.«

»Rufen die Zeitungen an?«, fragte ich begriffsstutzig.

»Ein paar. Das passiert, wenn der Vorstandsvorsitzende einer Wall-Street-Bank eines gewaltsamen Todes stirbt. Die Geier kreisen schon.«

Wenn ich in diesem Augenblick nachgedacht hätte, wenn mein Gehirn nicht erstarrt gewesen wäre vor Schock, hätte ich es begriffen. *Der Vorstandsvorsitzende*, hatte er gesagt, nicht *der Exvorstandsvorsitzende*. Doch ich fragte blind weiter, und es dauerte noch ein paar Sekunden, bis Felix die Nachricht unmissverständlich formulierte.

»Wie geht es Mrs Shapiro?«

»Nora ist ziemlich durcheinander und steht unter Schock. Sie ist im Augenblick bei der Polizei. Sie denkt, sie kriegt Harry auf Kaution raus. Viel Glück, würde ich sagen.«

»Kriegt ihn raus? Woraus?«

»Aus dem Gefängnis, meine ich. Woraus denn sonst?«

»Aber er ist doch tot, oder? Ich habe es in den Nachrichten gesehen.«

Bei meinen Worten stieß Felix ein seltsames Gurgeln aus, halb Erheiterung, halb Entsetzen. Dann erklärte er es mir. Das Eigentümliche ist, dass meine erste instinktive Reaktion Erleichterung war, als ich seine Worte hörte. Es stellte sich heraus, dass ich doch nicht zugelassen hatte, dass mein Patient Selbstmord begangen hatte. *Ich werde mich nicht umbringen*, hatte er mir am Strand in East Hampton versprochen, und er hatte die Wahrheit gesagt – wenn auch nicht die ganze Wahrheit.

»Harry?«, sagte Felix. »Nein, Harry geht es gut, abgesehen davon, dass er unter Mordverdacht verhaftet wurde. Marcus Greene ist tot. Harry hat ihn gestern Abend erschossen.«

9

Die Justizvollzugsanstalt Riverhead ragte aus dem Nebel in den kalten Morgen. Ich sah zwei Hänger, die vom Long Island Expressway rückwärts in den Wald gesetzt worden waren, und begegnete dem verdutzten Blick eines Hirsches, bevor ich vor dem Gefängnistor vorfuhr. Es war ein düsterer Ort, ungefähr sechs Etagen hoch, mit wenigen schmalen Schlitzen in den Wänden, um Licht hereinzulassen. Die Mauern schlossen oben mit schimmernden Stacheldrahtrollen ab, eine auf die andere getürmt, und die Fassade war in dem halbherzigen Versuch, es nicht ganz so langweilig aussehen zu lassen, mit Mustern versehen worden. Sorg bloß dafür, dass du nicht hier landest, strahlte das ganze Gebäude aus. Der Wachmann in der blauen Uniform warf einen Blick auf meinen Führerschein und winkte mich durch.

Drinnen erklärte mir ein Vollzugsbeamter mit stumpfen Augen, ich müsse meinen Gürtel und mein Jackett ausziehen und in einen Spind einschließen. Ich setzte mich zwischen andere Besucher – hauptsächlich Frauen und Kinder, die den Eindruck erweckten, mit diesem Ritual bestens vertraut zu sein – auf einen der Metallstühle, die im Wartebereich am Boden festgeschraubt waren. Zur vollen Stunde kam eine Schicht Besucher heraus, ein Paar scherzte zwanglos mit den Beamten.

Der Eingang zum Besuchszimmer war ein Käfig mit rot vergitterten Türen auf zwei Seiten. Die Besucher mussten hineingehen, und die Tür wurde hinter ihnen geschlossen, bevor die Wachmänner die andere Tür öffneten. Sie gingen kein Risiko ein. Bevor ich den Käfig betrat, stempelte mir ein Beamter einen kleinen grünen Kreis auf den Handrücken.

»Was ist das?«, fragte ich.

»Ultraviolett«, sagte er und hielt eine Taschenlampe drauf, um ihn zum Leuchten zu bringen. »Wir wollen ja nicht, dass die Falschen rausgehen.«

Das Besuchszimmer war groß und schwach beleuchtet, lange Tische liefen über die ganze Länge des Raums. In der Mitte waren die Tische mit einer Plexiglasscheibe unterteilt, die mit Löchern perforiert waren, damit der Schall durchkonnte. Häftlinge in gelben Overalls mit BESUCHERBEREICH in schwarzen Buchstaben auf dem Rücken saßen auf den Hockern auf der einen Seite und erwarteten ihre Besucher. Wenn Frauen und Kinder näher kamen, standen sie auf, um sie kurz zu umarmen und zu küssen, bevor sie sich wieder setzten. Zuerst sah ich Harry nicht, doch dann entdeckte ich ihn in der hinteren Ecke, ein Stück abseits von den anderen, wo er allein auf einem Hocker saß und mir mit seelenruhiger Miene entgegenblickte. Ein stämmiger Beamter stand neben ihm, wie sein persönlicher Bodyguard. Ich ging hinüber, um ihn zu begrüßen. Er blieb sitzen, wie auf seinem Rasen zwei Wochen zuvor, schüttelte mir jedoch über die Plexiglasabtrennung hinweg die Hand.

»Hallo, Doktor. Tut mir leid, das hier«, meinte er und zeigte auf die anderen Insassen. »Hier gibt's nicht viel Privatsphäre.«

»Kein Problem, Mr Shapiro. Wie geht es Ihnen?«

»Ach. Ich beschäftige mich.«

Ich betrachtete ihn durch die Scheibe. Es war erst das vierte Mal, dass ich ihm begegnete, doch es kam mir vor, als würden wir uns schon seit Monaten kennen. Ich hätte gedacht, wir wären uns nahegekommen, doch er hatte mich ganz offensichtlich getäuscht. Jetzt waren wir auch wieder in einer Institution, doch diesmal trug er einen gelben Overall und keinen blauen Kittel. Seit er vor zehn Tagen verhaftet worden war, hatte er sich auf eine Art verändert, die ich nicht erwartet hatte. Ich war davon ausgegangen, ihn verzweifelt und unglücklich anzutreffen, doch der harte Zug um sein Kinn war verschwunden, seine Augen waren wachsam und seine Haut leicht gerötet. Obwohl er unter dem Verdacht des Mordes in U-Haft saß, sah er besser aus.

Ich hatte meinen Besuchsantrag eingereicht, sobald er angeklagt worden war. Ein Team von Staranwälten und das Angebot, 20 Millionen Dollar als Kaution zu hinterlegen, hatten nicht ausgereicht, um ihn rauskriegen. Die Strafanstalt lag hinter dem Suffolk County Court, wo die Kapitalverbrechen auf Long Island verhandelt wurden. Sie war ein riesiger Knast für die im kriminellen Fegefeuer, die auf ihren Prozess oder das Urteil einer Jury warteten. Zu meiner Überraschung war meinem Antrag sofort stattgegeben worden, und man hatte mir innerhalb von einer Woche einen Termin gegeben. Harry wollte mich sehen.

Vielleicht sehnt er sich nach einem vertrauten Gesicht, hatte ich auf der Fahrt gedacht. Seit dem Mord war ein riesiger Medienzirkus ausgebrochen, und sämtliche Zeitungen und Fernsehnachrichten waren voll mit Spekulationen und Meinungen über Harrys Schicksal. Die Tatsache, dass ein Wall-Street-Baron des Mordes angeklagt worden war und nicht wegen Wirtschaftskriminalität, hatte zu dem öffentlichen Spektakel geführt, nach dem es die Menschen aus Rache gegen die ganze Bankenwelt dürstete. Ich hatte das Gefängnis darüber informiert, dass Harry mein Patient war, und er schien es bestätigt zu haben, doch ich glaubte nicht, dass es noch stimmte. Ich wusste, dass er einen Gefängnispsychiater aufgesucht hatte, um seine Medikamente zu bekommen – er brauchte mich nicht.

Trotzdem hatte ich das Gefühl, dass wir jetzt verwandte Seelen waren: Er war eingesperrt, und ich hing in der Luft. Der Explosion von Greenes gewaltsamem Tod war eine unheimliche Stille gefolgt. Als ich am Montag ins Episcopal gekommen war, nachdem ich die Leute in der U-Bahn auf der ersten Seite der *Post* Harrys Geschichte hatte lesen sehen, war es schon zum Tabuthema geworden. Die anderen redeten sicher hinter meinem Rücken darüber, doch niemand wagte es, es mir gegenüber offen anzusprechen. Am ehrlichsten war noch Maisie, die mich mit einem mitfühlenden Blick und einem »Wie geht es Ihnen?« bedachte, das aufrichtig klang.

Jim Whitehead hatte schließlich deutlich gemacht, was alle anderen dachten, als ich es nach dem Mittagessen nicht mehr aushielt und ihn in seinem Büro aufsuchte.

»Ben. Wie geht es Ihnen?«, fragte er.

Wenn Dr. Formalität mich beim Vornamen nannte, stand es schlimm.

»Es ging mir schon besser«, antwortete ich.

»Hat Mrs Duncan schon mit Ihnen gesprochen?«

So wie er das sagte, war klar, dass sie sich über die Angelegenheit unterhalten hatten. Sie würde mir das Urteil des Krankenhauses verkünden.

»Niemand hat irgendetwas gesagt.«

»Also«, sagte er und stand auf, um abzufangen, was sonst womöglich ein langes Gespräch werden würde. »Sie wird sich sicher bei Ihnen melden.«

Damit hatte sich wieder Schweigen über das Episcopal gesenkt, und es war Freitag geworden, ohne dass jemand mir gegenüber ein Wort verloren hatte. Selbst Steven hatte fürs Wochenende keine Partys anzubieten, als ich ihn tatsächlich anrief. Ich war mir selbst überlassen, um über die vergangene Woche nachzudenken und mich auf die Suche nach den Anhaltspunkten zu machen, die ich übersehen hatte. Wenn Harry von Anfang an geplant hatte, Greene umzubringen, hatte er es entweder gut verborgen, oder ich war völlig inkompetent. Ich zog eine dritte Möglichkeit vor, obwohl sie auch kein gutes Licht auf mich warf – dass er nicht gewusst hatte, was in seinem Kopf vor sich ging, bis er sein Opfer konfrontiert hatte. Viel besser war das auch nicht, aber dabei würde ich mich wenigstens nicht so beschissen fühlen.

»Sie sehen gut aus. Wie sind die Haftbedingungen?«, fragte ich.

Harry schmunzelte bei der Frage, als hätte er sich im Sommerlager versteckt und nicht im Gefängnis. »Es ist nicht wie im eigenen Bett schlafen, aber ich mache das Beste daraus. Die anderen Männer auf der Etage sind okay. Ich bin viel im Fitnessraum.«

Das war eine Veränderung im Vergleich zu dem Harry auf York Ost. Dort war ihm das Bett nicht gut genug gewesen, obwohl es das beste war, das wir ihm bieten konnten, doch eine Gefängnismatratze war okay.

»Ich wollte sehen, wie es Ihnen geht nach allem, was passiert ist.«

»Mir geht es gut. Um mich müssen Sie sich keine Sorgen machen.«

Dieses Gespräch wurde immer unwirklicher. Wir kehrten nicht nur die Tatsache unter den Teppich, dass Harry gerade jemanden erschossen hatte, seine Stimmung war auch völlig umgeschlagen. Ein gigantisches Gewicht schien von ihm genommen worden zu sein. Er war völlig fertig gewesen, weil er seinen Job verloren hatte, doch dass er womöglich den Rest seines Lebens im Gefängnis verbringen würde, schien ihm nichts auszumachen. Ich warf einen kurzen Blick auf den Beamten, doch der betrachtete durch das hohe Fenster im Raum den grauen Himmel und schien nicht zuzuhören. Trotzdem beugte ich mich vor und senkte die Stimme. Mein Atem schlug um die Löcher herum wie Nebel an das Plexiglas.

»Mr Shapiro, ich muss Sie das fragen … Haben Sie Mr Greene erschossen?«

Harry zögerte nicht und senkte auch nicht die Stimme. »Ja«, sagte er ruhig. »Ich war sauer. Ich habe die Kontrolle verloren.

Er rief mich an diesem Morgen an und sagte, wir müssten über etwas reden. Ich war in der Stadt, aber er machte mich nervös, ich konnte nicht aufhören, darüber nachzudenken. Ich habe ihm gesagt, ich würde rausfahren.«

»Was hielt Mrs Shapiro von der Idee?«

»Ich habe es Nora nicht gesagt. Ich wusste, dass sie versuchen würde, es mir auszureden. Sie haben sie so in Unruhe versetzt, dass sie mir nicht vertraut hat.«

Aus guten Gründen, dachte ich. Nora hatte mir versprochen, ein Auge auf Harry zu haben, doch sie hatte ihn entkommen und jemanden töten lassen. Ich erinnerte mich, wie ich ihr in der psychiatrischen Notaufnahme gesagt hatte, sie solle die Waffe vor Harry verstecken, und wie schockiert und bekümmert ihre Miene gewesen war. Als ich meine Bitte in East Hampton noch einmal wiederholt hatte, hatte sie mit demselben Wort geantwortet. *Absolut*, hatte sie mir versichert. Ich hatte ihr vertraut, doch sie hatte mich enttäuscht.

»Sie haben sich in Ihrem Haus getroffen?«

»Er hat gesagt, sie würden mir die Gulfstream wegnehmen, sie fühlten sich nicht mehr an die getroffene Vereinbarung gebunden. Washington würde Druck machen, meinte er. Es sehe nicht gut aus. Er war ein Feigling … Er wäre nicht für mich eingestanden. Ich war sauer auf ihn.«

»Und dann haben Sie ihn erschossen? Einfach so?«

Harry rieb mit der rechten Hand ein paarmal über die Tischplatte, seine Knöchel traten hervor. Als er mich ansah, war in seinen Augen kein Feuer mehr, ja nicht einmal mehr ein Glühen. Das Leben, das einst darin gewesen war, war mit Greene erloschen.

»Sie wissen, dass ich nicht normal reagiert habe. Die Pillen, die Sie mir gegeben haben, haben mir zugesetzt. Ich wusste nicht, was ich tue. Ich war verrückt.«

Ich war schockiert, wie offen er mir gerade die Schuld an der ganzen Sache in die Schuhe geschoben hatte. Er wirkte keineswegs beschämt, weil er mich an der Nase herumgeführt oder gezwungen hatte, ihn zu entlassen. *Es war also alles meine Schuld, es hatte nichts mit ihm zu tun?* Ich hätte am liebsten die Hände über die Plexiglasscheibe gestreckt, um ihn zu schütteln, doch sein Vollzugsbeamter stand dicht bei uns.

»Aber jetzt geht es Ihnen besser«, sagte ich, ohne meine Skepsis zu verbergen.

»Viel besser.«

Er lehnte sich zurück, und ich wusste: Das war's. Mehr würde ich nicht aus ihm herauskriegen. Wenn ich ehrlich war, hatte ich zu keinem Zeitpunkt gewusst, was wirklich in seinem Kopf vor sich ging, vom ersten Augenblick an nicht. Ich war von Anfang an blind gewesen. Die Vollzugsbeamten am Käfig riefen, die Zeit sei um, und machten sich daran, die Insassen Reihe für Reihe wegzuführen.

Harry streckte mir die Hand hin. »Ich weiß nicht, ob ich Sie noch mal wiedersehe, Doktor.«

»Ich weiß es auch nicht.« Ich nahm seine Hand und spürte seinen festen, entschlossenen Griff.

»Danke für Ihre Hilfe.«

»Ich glaube nicht, dass ich eine Hilfe war, Mr Shapiro.«

»O doch«, sagte er und wandte sich verhalten lächelnd ab.

Auf dem Parkplatz warteten ein Mann und eine Frau von etwa Mitte vierzig neben einem schwarzen Sedan. Er hatte ein rötliches Gesicht und dickliche Wangen, runde Schultern und einen Bauch, der sich über dem Gürtel wölbte – vermutlich einer, der in der Highschool Football gespielt hatte und dann auseinandergegangen war. Seine Partnerin war in besserer Verfassung: Ihre Halsmuskeln waren straff, als würde sie Gewichte stemmen. Sie hatte lockiges Haar, und ihre Hautfarbe ließ auf griechische oder italienische Vorfahren schließen.

»Dr. Cowper?«, sprach sie mich an, als ich zu meinem Wagen ging und den Schlüssel rausholte. Sie hatten neben mir geparkt; sie hatten gewusst, welches mein Auto war.

»Ja.«

»Okay«, sagte sie in ruhigem Tonfall. »Ich bin Detective Pagonis, und dies ist Detective Hodge. Wir sind von der Mordkommission des Suffolk County. Wir haben gehört, dass Sie hier sind, und dachten, wir fahren mal rüber. Wir würden Ihnen gern ein paar Fragen stellen. Sie sind Shapiros Seelenklempner, nicht wahr?«

»Warum sagen Sie das?«

Hodge verzog das Gesicht, hielt aber den Mund. Hier hatte Pagonis wohl das Sagen.

»Hey, kommen Sie schon, Doktor. Sie haben ihn gerade besucht, oder? Das hat er uns jedenfalls erzählt. Es steht in seiner Aussage.«

Sie griff durchs offene Beifahrerfenster in ihren Wagen und holte unter der Windschutzscheibe einen Stapel Unterlagen heraus. Es war die Fotokopie eines langen Dokuments, ordentlich von Hand geschrieben und auf der letzten Seite von Harry unterzeichnet. Pagonis zeigte auf einen Absatz irgendwo in der Mitte.

Ich wurde im Episcopal-Krankenhaus von Dr. Ben Cowper psychiatrisch behandelt. Dr. Cowper zeichnete dafür verantwortlich, dass ich auf eine geschlossene psychiatrische Station eingewiesen und am Montag, den 27. April entlassen wurde.

Pagonis zog die Papiere wieder weg.

»Verstehe«, sagte ich möglichst unbeeindruckt. »Wie kann ich Ihnen helfen?«

»Wir haben nur ein paar Fragen, auf dem Revier in Yaphank. Es ist nicht weit und liegt auf dem Weg zurück in die Stadt. Dauert nicht lange. Sie sind nicht verhaftet.«

Bis sie es sagte, hatte ich diese Möglichkeit gar nicht in Betracht gezogen, doch beim Anblick meines Namens in Harrys Geständnis ging mir auf, dass es nicht ganz ausgeschlossen war. Meine ganze Welt geriet ins Wanken, doch mir fielen keine Ausflüchte ein, ihrer Bitte nicht nachzukommen.

»Sie verstehen aber schon, dass ich Ihnen keine Auskunft über die Behandlung von Mr Shapiro geben kann. Ich bin zur Verschwiegenheit verpflichtet.«

»Vorläufig«, sagte sie abschätzig. »Wir nehmen die Schnellstraße. Sie können hinter uns herfahren.« Sie stieg auf der Beifahrerseite ein, während Hodge sich hinters Steuer setzte.

Zwanzig Minuten später bogen wir von der Schnellstraße auf eine flache Straße mit niedrigen Gebäuden auf beiden Seiten. Ich konzentrierte mich ganz darauf, einen sicheren Abstand vom Heck ihres Wagens einzuhalten, doch als sie rechts auf einen Parkplatz vor einem zweistöckigen Gebäude mit der Aufschrift SUFFOLK COUNTY POLIZEI abbogen, ließ ich den Blick über die Umgebung schweifen. Am Eingang hing das Sternenbanner, und ich sah Polizisten durch einen gelblichweiß erhellten Empfangsbereich gehen. Ich wollte schon bremsen, doch Hodge fuhr weiter um das Gebäude herum an mehreren Autoreihen vorbei und parkte auf der Rückseite.

»Wir können hier rein. Zu unseren Büros ist es hier durch schneller«, sagte Pagonis und führte mich zu einem Nebeneingang auf der Rückseite des Gebäudes.

Die Ecke war abgelegen, hier war sonst niemand, und ich fühlte mich umso mehr wie ein Verdächtiger. Hodge drückte einen roten Knopf neben einer Stahltür, und ich hörte, wie sich irgendwo im Gebäude der Aufzug in Bewegung setzte. Er zog die Tür knirschend auf, und wir traten in die Aufzugkabine, die uns im zweiten Stock in einem Flur wieder ausspuckte, wo in Großbuchstaben eines der Zehn Gebote an die Wand gepinselt war: DU SOLLST NICHT TÖTEN. Ich fragte mich, welcher Schlaumeier es zum Motto für das Dezernat bestimmt hatte:

Wenn alle sich daran hielten, hätten sie hier bald nichts mehr zu tun.

Warum war ich bloß einverstanden?, dachte ich bei mir, als Pagonis mich einen Flur hinunter in einen engen Raum führte, knapp drei mal vier Meter, nur mit einem Tisch und zwei Stühlen möbliert und einer deckenhoch verspiegelten Wand auf einer Seite. Ein Vernehmungszimmer, das wusste ich aus unzähligen Fernsehkrimis. Ich sah mich nach dem Aufzeichnungsgerät um, konnte aber keines entdecken.

»Setzen Sie sich«, sagte Pagonis, löste ihren Gürtel mit dem Holster und reichte ihn Hodge. »Kaffee? Milch, Zucker?«

Ich setzte mich auf den Stuhl, auf den sie gezeigt hatte, und als ich den Blick senkte, sah ich, dass unter meinen Füßen am Boden eine knapp einen Meter lange Kette festgeschraubt war. Es sah so aus, als wären an einem Ende Schellen dran, und mir dämmerte, dass es wohl Fußfesseln waren. *Gütiger Himmel*, dachte ich. *Haben sie Harry angekettet, als sie ihn hergebracht haben?* Hodge kam mit zwei Pappbechern Kaffee zurück, setzte sich stumm neben Pagonis und bedachte mich mit einem misstrauischen Blick. Ihr Gesicht war faltig vor Erschöpfung, doch das Adrenalin hielt sie auf Trab – es war sicher der größte Fall ihrer Karriere.

»Wir untersuchen den Tod von Marcus Greene«, sagte sie und rührte Zucker in ihren Kaffee. »Wir werden nicht oft nach East Hampton gerufen. Um die meisten Sachen dort kümmert sich die örtliche Polizei: Tennisspielerlaubnisse, Einbrüche, so was in der Art. Wir haben hier sonst nicht viel zu tun, dies ist also eine rechte Herausforderung. Shapiro hat Ihnen wahrscheinlich erzählt, was passiert ist.«

»Wie ich schon sagte, kann ich darüber nicht reden.«

»Klar, klar. Hör mal, Mike, warum holst du nicht die Fotos? Dr. Cowper ist doch Arzt, richtig? Er will sicher wissen, was sein Patient getan hat.«

Nein, will ich nicht, dachte ich, doch mir blieb nichts anderes zu tun, als zu warten, während Hodge sich noch einmal hochstemmte und auf der Suche nach den Beweismitteln den Raum verließ. Pagonis betrachtete mich mit oberflächlicher Freundlichkeit, als würden wir in dieser Sache alle im selben Boot sitzen. Zwei Minuten später kam ihr Kollege wieder herein und warf ein halbes Dutzend Fotos auf den Tisch.

»Hübsche Sauerei, was?«, meinte Pagonis und sah mich an.

Zögernd nahm ich ein Foto und betrachtete es. Das Wohnzimmer der Shapiros erkannte ich sofort. Die Aufnahme war ungefähr von da gemacht worden, wo ich während meiner Unterredung mit Nora gesessen hatte. War das erst zwei Wochen her? Es kam mir vor wie eine Ewigkeit. Das Sofa, auf dem sie gesessen hatte, war im Hintergrund zu sehen, dahinter der Wintergarten. Vorn war der grau-schwarze Wollteppich, auf dem ein Mann lag, den linken Arm zur Seite ausgestreckt, die rechte Hand auf die Brust gedrückt wie in dem vergeblichen Bemühen, die Wunde, die ihn getötet hatte, zuzuhalten. Auf der linken Seite des Brustkorbs war eine kleine Eintrittswunde zu sehen, wenige Zentimeter über dem Herzen. Der Mann lag in einer großen dunklen Blutlache, die in den Teppich gesickert war. Es sah aus, als hätte das Geschoss auf dem Weg durch seinen Körper eine Arterie zerrissen. Wenn er nicht augenblicklich tot gewesen war, dann innerhalb weniger Minuten.

»Das ist er«, sagte Pagonis und reichte mir ein anderes Foto.

Ich hatte Greenes Gesicht seit seiner Ermordung auf vielen Zeitungsfotos gesehen, und ich erkannte es wieder. Es war von oben aufgenommen, die Haut war schneeweiß, die Augen starrten ins Leere. Die Oberlippe stand hoch, wie erstarrt, als er sich sein letztes Wort abrang – er wirkte ein wenig spöttisch, aber auch verächtlich. Sein Kopf ruhte in der Blutlache, in der ein paar Strähnen seines leicht angegrauten Haares klebten. Ich war es vom Krankenhaus her gewohnt, Gesichter von Toten zu sehen, doch dieses hier war anders, persönlicher, als wäre er ein Verwandter von mir, dessen letzte Qualen konserviert worden waren. Speichel sammelte sich in meinem Mund, und Übelkeit stieg auf.

»Was halten Sie vom Werk Ihres Patienten?«, fragte sie. *Ihr Patient. Ihre Schuld.* Pagonis ging alles andere als behutsam vor. »Shapiro hatte eine Neun-Millimeter. Kein schlechter Schuss. Er muss ein paar Meter weg gestanden haben. An der Kleidung sind keine Schmauchspuren. Er hat zweimal geschossen, aber das andere Geschoss haben wir nicht gefunden. Muss einmal vorbeigeschossen und ihm beim zweiten Mal erwischt haben. Hier, sehen Sie.«

Sie schob das Foto näher zu mir und tippte darauf, als hätte ich beim ersten Mal nicht genug gesehen. Zögernd studierte ich noch einmal Greenes Gesicht. Diese kalten, starren Augen sagten mir, was für einen Fehler ich gemacht hatte: Ich hatte dazu beigetragen, dass dieser Mann unter Qualen gestorben war.

»Wir können Ihnen gern die Waffe zeigen«, sagte Pagonis unbarmherzig. »Mike?«

Hodge erhob sich wieder, und sie bedachte mich erneut mit ihrem dünnen, harten Lächeln, während wir auf seine Rückkehr warteten. Ich erwiderte ihren Blick ausdruckslos, doch innerlich war ich in Aufruhr. Ich dachte an die Waffe, die ich in der Notaufnahme in der Hand gehalten hatte, als Nora sie mir gereicht hatte – eine Beretta Cheetah, hatte Pete O'Meara mir erklärt, wie mir jetzt einfiel. *Meine Fingerabdrücke sind darauf,* dachte ich. *Deswegen hat Pagonis mich hergeholt. Ich wusste doch, dass da noch mehr war als Harrys Aussage. Sie wissen alles, was passiert ist – die Anzeichen, die ich ignoriert habe.*

Die Minuten verstrichen, während wir auf Hodge warteten. Pagonis sah aus, als würde sie mein Unbehagen spüren und es genießen. Ich hörte seine Schritte im Flur und sah den vertrauten Umriss in seiner rechten Hand, als er wieder hereinkam –

eine Waffe, die sicher in einem Asservatenbeutel verstaut war, um Verunreinigungen zu vermeiden.

»Da wären wir«, sagte sie, als Hodge sie auf den Tisch legte. »Eine Glock. Shapiros Fingerabdrücke sind darauf, und er hatte Schmauchspuren an den Händen.«

Ich zog sie schweigend zu mir heran. Es war nicht dieselbe Waffe. Die Form war ähnlich, doch die hier war ein wenig größer und von einem stumpfen Grau, und der Lauf war eckig, wie die Waffen der New Yorker Polizei. *Gott sei Dank*, dachte ich. Ich hatte mich doch nicht in Nora getäuscht: Sie hatte die Waffe sicher verwahrt, wie ich ihr gesagt hatte. Dann dachte ich an Harry. Wie war er in den Besitz dieser Waffe gekommen? Nora hatte keine zweite Waffe erwähnt, wo kam sie her?

»Sie sind Seelenklempner im Episcopal?«, fragte Pagonis.

»Oberarzt der Psychiatrie, ja.«

»Shapiro sagt, Sie hätten ihn im Krankenhaus aufgenommen, richtig?«

»Ich fürchte, darüber kann ich Ihnen keine Auskunft geben.«

»Haben Sie ihn als gefährlich eingestuft?«

»Auch das fällt unter die ärztliche Schweigepflicht.«

»Aber Sie haben ihn wieder entlassen«, sagte Hodge mit mattem Blick.

Ich überlegte, ob er allen Psychiatern misstraute oder nur mir gegenüber eine besondere Feindseligkeit empfand. Vermutlich Ersteres: Die meisten Polizisten waren der Meinung, wir würden nichts anderes tun, als uns bescheuerte Ausreden für Straftäter auszudenken.

»Ich habe Ihnen bereits gesagt, dass ich darüber nicht sprechen kann«, sagte ich ungehalten. »In New York State gibt es strenge Gesetze über die ärztliche Schweigepflicht.«

»Was Sie gemacht haben, war sehr praktisch«, sagte Pagonis, ohne auf meinen Einwand zu achten. »Sie nehmen ihn im Krankenhaus auf, stellen fest, dass er nicht ganz richtig ist im

Kopf, und lassen ihn wieder raus. Zwei Tage später zieht er los und richtet die Waffe auf Greene. Dann ruft er seine Frau in New York an und erzählt es ihr. Als Nächstes ruft er die Polizei in East Hampton an und stellt sich. Beide Anrufe wurden aufgezeichnet. Für mich sieht das nach einem Plan aus und kein bisschen durchgeknallt, aber Sie haben dem Typen die perfekte Verteidigung geliefert.«

Ihre Stimme triefte vor Zynismus, und ich konnte es ihr nicht verübeln. Harry hatte in Riverhead versucht, sich von der Verantwortung für sein Tun freizusprechen, indem er die Schuld auf mich und meine Behandlung geschoben hatte. Ich hatte genauso reagiert wie Pagonis.

»Detective«, sagte ich. »Ich kann Ihnen nicht helfen.«

Bevor Pagonis aufstand, bedachte sie mich mit einem langen, kalten Blick. »Okay, wir unterhalten uns wieder. Hier ist meine Karte«, sagte sie und reichte sie mir. »Rufen Sie mich an, wenn Sie es sich anders überlegen. Mike bringt Sie zur Tür.«

Im Erdgeschoss zog Hodge die Aufzugtür auf und sah mir hinterher, wie ich zu meinem Wagen ging. Meine Finger zitterten so stark, dass es mir erst beim dritten Anlauf gelang, den Schlüssel ins Zündschloss zu stecken.

10

Als ich zwei Tage später Duncans Bitte nachkam, in ihrem Büro zu erscheinen, waren ihre beiden Assistentinnen in der Arbeit vergraben, als hätten sie in dieser Position verharrt, seit ich das letzte Mal hier gewesen war. Das Klappern der Tastaturen wurde nur kurz unterbrochen, als eine von ihnen zischend eine Dose Coke Zero öffnete, während die andere auf einen Stuhl deutete, wo ich warten sollte.

Meine Gefühle gegenüber Duncan, die nie besonders warm gewesen waren, waren seit Greenes Tod weiter abgekühlt. Wenn sie sich nicht eingemischt hätte, wenn sie mich Harry hätte behandeln lassen, hätte ich diese Katastrophe verhindern können. Ich hätte ihn auf York Ost behalten, bis die Medikamente erste Wirkung gezeigt hätten und er nicht mehr so gefährlich gewesen wäre. Er hatte mich bezüglich der Person, die er umzubringen gedachte, an der Nase herumgeführt – ich hatte geglaubt, er habe Selbstmordabsichten, dabei hatte er Greene im Visier gehabt –, aber ich hatte gewusst, dass er gefährlich war und wir ihn in diesem Zustand nicht hätten entlassen sollen. Obwohl ich sauer war, dass er die ganze Sache auf die Medikamente und seinen Zustand geschoben hatte, würde es bei Gericht ins Gewicht fallen. Er war mein Patient gewesen, und ich hatte meine ärztlichen Pflichten vernachlässigt.

Nach zehn Minuten wurde ich aus der Quarantäne erlöst. Duncan spähte um die Tür und winkte mich in ihr Büro.

»Also«, sagte sie und zog eine angespannte Grimasse, als sie so dastand und mich ansah, »eine hübsche Sauerei, was?«

Ihre Miene war eine Mischung aus einem Teil Mitgefühl zu

drei Teilen eiserner Entschlossenheit. Wenn irgendjemand im Episcopal am Ende wegen Greenes Tod zu leiden hätte, dann nicht sie.

»Es ist sehr bedauerlich. Ich …«

»Ich habe einen Anruf von der Versicherung bekommen«, unterbrach sie mich und ging zum Fenster. »Sie erwarten natürlich einen Prozess. Damit ist zu rechnen.«

Ich machte mich auf das Schlimmste gefasst. »Wer soll uns verklagen?«

»Die Familie des Opfers. Vielleicht die Shapiros. Schadensersatzansprüche wegen schuldhaft verursachten Todes, Vernachlässigung der ärztlichen Sorgfaltspflicht. Die Möglichkeiten sind endlos.« Sie unterbrach sich kurz. »Das Ganze hat uns alle sehr erschüttert. Nora ist meine Freundin, und ich kann nur ahnen, was sie durchmacht, aber ich muss meine eigenen Gefühle zurückstellen.«

Ich hatte nicht den Eindruck, dass ihr das allzu schwer fiel – sie passten bestimmt bequem in eine kleine Schachtel. *Und was ist mit meinen Gefühlen?,* dachte ich. Um die schien sie sich keine Gedanken zu machen. Sie kam zurück und setzte sich mir gegenüber auf das Sofa.

»Sie besorgen sich einen Anwalt – unsere Versicherung kommt für die Kosten auf. Sie erwartet keine Zivilklage, bevor nicht die strafrechtliche Seite geklärt ist, aber Sie müssen auf alles gefasst sein. Haben Sie so etwas schon einmal durchgemacht?«

»Nichts dergleichen.«

Zwei Patienten hatten halbherzige Anzeigen wegen ärztlicher Behandlungsfehler gegen mich angestrengt – so etwas war in New York nicht zu vermeiden –, aber sie hatten mich nicht allzu sehr gequält. Die Grundlage für die Vorwürfe war in beiden Fällen schwach, und der Anwalt des Krankenhauses war kaum in Schweiß ausgebrochen, als er sie abgeschmettert hatte.

Es waren vor allem juristische Therapien für gequälte Seelen gewesen.

»Eine Frage muss ich Ihnen stellen«, sagte sie. »Hat Mr Shapiro einen Hinweis auf Mordabsichten fallen lassen? Ich bin die Notizen durchgegangen, aber die geben nicht viel her.«

Das hätte eine neutrale Bemerkung sein können, doch aus ihrem Mund klang es wie der Vorwurf ärztlichen Fehlverhaltens.

»Ich habe ihn bei uns aufgenommen, weil ich fürchtete, er könnte eine Gefahr für sich selbst sein«, sagte ich vorsichtig. »Wie Sie wissen, hatte Mrs Shapiro ihn deswegen hierhergebracht. Es gab kein Indiz dafür, dass er eine Gefahr für andere sein könnte.«

»Das ist gut. Es tut mir leid, dass ich das fragen muss, aber es muss klar sein. Über einige Aspekte des Falls fühle ich mich nicht umfassend informiert.« Sie strich eine Fluse von ihrem Rock. »Egal, Sie sollen wissen, dass wir hinter Ihnen stehen. Sie haben unsere volle Unterstützung.«

Die Wendung, die das Gespräch nahm, gefiel mir nicht. Was sollte das heißen, ich sollte auf alles vorbereitet sein und das Krankenhaus stünde hinter mir? Mein Arbeitgeber müsste doch eigentlich direkt an meiner Seite stehen oder sich, eingedenk ihrer Einmischung, sogar vor mich stellen. Ich kam zu dem Schluss, dass ich unmöglich passiv dahocken und zulassen konnte, dass sie sich jeglicher Verantwortung entzog.

»Ich hoffe, die Sache schadet dem Krankenhaus nicht zu sehr. Sie haben erwähnt, dass Mrs Shapiro in Erwägung gezogen hat, dem Krankenhaus einen beträchtlichen Betrag zu spenden. Um den neuen Krebsflügel zu bauen, haben Sie gesagt.«

Als ich sie so daran erinnerte, dass sie mich gedrängt hatte, Harrys Wunsch auf Entlassung nachzukommen, musste sie ein paarmal blinzeln, wie ein Computer, der innehält, um Daten zu verarbeiten. Sie betrachtete mich teilnahmslos, wie aus großer Distanz.

»Daran erinnere ich mich nicht«, erwiderte sie.

Ihre Unverschämtheit schockierte mich – sie wirkte nicht im Geringsten beschämt. Es war, als hätte sie die Vergangenheit im Geiste so schnell und so gründlich neu geschrieben, dass keine Erinnerungen mehr existierten. Im Kontext meines Berufes hätte ich es als adaptiv bezeichnet, die Fähigkeit, das eigene Verhalten blitzschnell an Veränderungen in der Umgebung anzupassen.

»Aber wir haben uns doch …«

»Woran ich mich erinnere«, unterbrach sie mich, »ist, dass Nora mir als Freundin von der schwierigen Lage ihres Mannes erzählt hat, und wir haben darüber diskutiert. Zu keinem Zeitpunkt habe ich Sie angewiesen oder Sie unter Druck gesetzt, Mr Shapiro zu entlassen. Ja, ich habe Sie noch besonders darauf hingewiesen, dass diese Entscheidung eine rein medizinische sei, die allein Ihnen obliege.«

Wir blickten einander ein paar Sekunden lang an, und ich sah in ihren grauen Augen nichts als kalte Entschlossenheit. *Deswegen hast du mich so schnell hier raufbestellt. Nicht um mich zu beruhigen oder mir zu sagen, dass du hinter mir stehst, sondern um mir diese falsche Version der Vergangenheit aufzuzwingen und dich aus der Verantwortung zu stehlen.*

»So war das meines Wissens aber ganz und gar nicht«, versetzte ich.

Sie starrte mich an, und die Raumtemperatur schien um mehrere Grad zu sinken. Sie sprach langsam, als hätte sie eingeübt, was sie zu sagen hatte. »Ich bin die Ereignisse seither mehrfach durchgegangen, und ich bin davon überzeugt, dass ich mich korrekt verhalten habe. Sobald Sie die Gelegenheit hatten, darüber nachzudenken, werden Sie sicher erkennen, dass es stimmt. Sie möchten doch gewiss keine wilden Anschuldigungen zu Protokoll geben, Dr. Cowper. Das wäre Ihrer Karriere nicht förderlich.«

Ihre Drohung war so offenkundig wie ihre Lügen, und ich hatte Mühe, mich zu beherrschen. »Ich würde niemals in irgendeinem Punkt die Unwahrheit über Mr Shapiros Fall sagen. Ich halte mich an die Wahrheit.«

Duncan öffnete den Mund, als wollte sie noch etwas erwidern, doch dann überlegte sie es sich wohl anders, denn sie lehnte sich zurück und atmete aus. Wie es schien, wollte sie die Konfrontation nicht noch weiter treiben. Sie hatte deutlich gemacht, wie hart sie im Notfall werden könnte. Jetzt stand sie auf, ging zu ihrem Schreibtisch und stützte sich mit beiden Händen auf die Tischplatte.

»Regen Sie sich nicht auf, Dr. Cowper«, sagte sie, als sei mein unbeherrschtes Naturell das Problem und nicht ihre Lügen. »Die Versicherung wird sich bei Ihnen melden, und mit ein bisschen Glück geht die Sache gar nicht vor Gericht. Wir haben eine starke Verteidigung.«

»Ja, Mrs Duncan«, sagte ich und stand auf. Erwartete sie jetzt, dass ich ihr die Hand schüttelte? Doch sie machte keine Bewegung in meine Richtung. Nach zwei Sekunden zog ich mich verwirrt zur Tür zurück.

»Vielen Dank, dass Sie hier waren«, sagte sie, richtete den Blick auf eine Akte auf ihrem Schreibtisch statt auf mich und griff nach dem Telefon. Auf dem Weg nach draußen kam ich an ihren beiden Assistentinnen vorbei, die immer noch, ohne aufzublicken, am selben Fleck saßen.

Mit einem Plopp zog Felix den Korken aus einer Rotweinflasche, schenkte zwei Gläser ein und schwenkte den Wein im Glas, bevor er einen Schluck trank.

»Ein 2005er Pomerol. Kein großartiger Jahrgang, aber zur Pizza allemal gut genug. Ein Purist würde auf Bier bestehen, aber so einer bin ich nicht. Ich habe zwei Flaschen gekauft, weil ich finde, wir haben es verdient. Prost«, meinte er.

Wir waren in meiner Küche, und ich verteilte Teller, Messer und Gabeln auf dem Tisch für das Essen, das Felix mitgebracht hatte. Er hatte tagsüber angerufen, ob wir uns nicht treffen wollten, und ich fand, es könnte nichts schaden, mehr über Greenes Tod herauszufinden. Doch im Laufe des Tages und während ich in der 6-Uhr-Bahn vom Krankenhaus nach Hause im Stehen durchgerüttelt wurde, war mir aufgegangen, dass ich mich auch auf seine Gesellschaft freute. Die meisten Leute im Episcopal wechselten – aus Verlegenheit oder Misstrauen – höchstens noch ein paar Höflichkeiten mit mir, und Rebecca hatte mich exakt in dem Augenblick verlassen, als ich sie gebraucht hätte. Die Gespräche mit denen, die sich länger mit mir unterhalten hatten – Harry, Pagonis und Duncan –, hatten mich noch mehr runtergezogen.

»Oh, gut, Besteck. Ich wusste doch, dass das hier ein zivilisierter Laden ist«, sagte er und schob sich auf die gepolsterte Bank. »Ich bin wirklich froh, dass ich hergekommen bin. Nicht dass es nicht eh eine Freude wäre, Sie zu sehen, Ben, aber meine Frau hat die ganze Aufregung satt und ist mit den Kindern zu einem Besuch zu den Großeltern gefahren, also bin ich allein.«

»Auch ich bin froh darüber. Und danke für das alles hier«, sagte ich und tat ihm ein Stück Pizza auf. »Wie geht es Ihnen?«

Das war keine müßige Frage. Felix sah müder aus als bei unserer letzten Begegnung in der Gulfstream. Sein Gesicht war aufgedunsen, und seine Haare hätten einen Schnitt nötig gehabt. Seufzend nahm er eine Gabel und spießte einen Happen Pizza auf. Er hob ihn an den Mund, ließ ihn dann aber wieder sinken, um etwas zu sagen.

»Wissen Sie was? Ich würde sagen, ich halte den Kopf über Wasser. Der Laden ist ein einziges Chaos, die beiden letzten Vorstandsvorsitzenden sind in einem Streich ausgefallen, und ich sitze den ganzen Tag in irgendwelchen Besprechungen mit Anwälten. Was stimmt nicht mit diesem Land, dass man sogar als Zeuge einen ganzen Trupp Anwälte braucht? Wenn ich mich am Ende des Tages nach Hause schleppe, werde ich mit Anrufen von Journalisten bombardiert.«

»Und was haben Sie als Zeuge tatsächlich mitbekommen, Felix?«, fragte ich.

Er kaute auf seiner Pizza herum und sah mich an, als wäre meine Direktheit taktlos, doch das war mir inzwischen egal – ich hatte keine Energie mehr für nichtige Höflichkeiten. An seiner Oberlippe hing ein wenig Tomatensoße, und einen unbehaglichen Augenblick lang erinnerte mich das Rot an das Blut auf dem Tatortfoto unter Greenes Leiche.

»Keine schöne Erinnerung, muss ich sagen. Nora rief mich am Nachmittag an. Sie war ganz außer sich und meinte, Harry sei ihr irgendwie entwischt und sie brauche Hilfe, um ihn zu suchen. Er war zwei Stunden zuvor aus der Wohnung verschwunden. Sie hatte Angst, er würde sich etwas antun. Wir hätten Sie beinahe angerufen.«

»Ich wünschte, das hätten Sie getan.«

»Es war gegen fünf Uhr. Wir haben Harry auf dem Handy und in dem Haus auf Long Island angerufen. Nichts. Gegen acht Uhr rief er aus East Hampton an. Nora war am Apparat. Es war schrecklich.« Felix schauderte es bei der Erinnerung an diesen Augenblick so sehr, dass er kurz die Augen schloss. »Eine verdammte Sauerei. Ich habe Nora hingefahren. Ich fand, sie sollte nicht allein mit allem klarkommen müssen. Als wir hinkamen, war überall Polizei, und Harry hatten sie schon weggebracht. Nora war hysterisch, sie sagte immer wieder, es sei alles ihre Schuld … Sie hätten sie gewarnt.«

»Das klingt schrecklich.« Das tat es, doch einen Trost gab es: Nora war offensichtlich bewusst, dass sie auf mich hätte hören sollen, und sie war bereit, es offen einzugestehen. Ich hoffte, dass sie sich vor mich stellen würde – ich konnte es gut gebrauchen.

Felix nahm noch einen Bissen Pizza und kaute ein oder zwei Minuten nachdenklich. »Ja, allerdings. Und wie läuft es im Krankenhaus? Ich kann mir vorstellen, dass die eine Heidenangst haben wegen der ganzen Sache. Ich hoffe doch, die unterstützen Sie.«

»Nicht unbedingt.«

»So schlimm?« Er zuckte zusammen, schob seinen Teller zur Seite und schenkte uns Wein nach.

»Ich habe ihn entlassen. Meine Unterschrift ist auf dem Entlassungsschein, und niemand will die Verantwortung mit mir teilen. Ich hoffe nur, es geht nicht vor Gericht.«

Er zuckte die Achseln und zog die Augenbrauen hoch, um anzudeuten, dass ich da wohl Pech hatte. »Ich denke, darauf sollten Sie nicht bauen. Sagen wir mal so: Ich glaube, Marcus hat Margaret geheiratet, weil sie der einzige Mensch auf der Welt war, der ihm Angst machen konnte.«

»Dann bin ich geliefert«, sagte ich düster und trank einen Schluck Wein.

»Da ist noch Nora. Vielleicht kann sie bei Margaret etwas ausrichten. Der Klub der Wall-Street-Frauen. Auch wenn ihre Mitgliedschaft eigentlich erloschen ist.«

Er sah mich an, unsicher, ob er zu weit gegangen war, doch wir schnaubten beide vor Lachen – wie Kinder, die sich außerhalb der Hörweite der Erwachsenen einen Witz erzählen. Ich stand auf, und wir gingen ins Wohnzimmer, wo er sich die Schuhe auszog und es sich in einem Sessel gemütlich machte. In einem Socken hatte er ein Loch, durch das ein Zeh rausschaute.

»Was glauben Sie, warum hat Harry das getan?«, fragte ich. »Er hat mir nicht viel erzählt in Riverhead, nur dass die Bank ihm die Gulfstream wegnehmen wollte. Vermutlich kam ihm das vor wie eine Bestrafung. Aber trotzdem war es doch eine extreme Reaktion, den Boten zu erschießen.«

Felix schaute in sein Weinglas, als könnte er darin lesen wie ein Wahrsager. »Eines sage ich Ihnen über Harry, Ben. Sie kennen ihn erst, seit er krank ist, aber er ist eine zarte Seele. Er hat sich an der Wall Street immer als Außenseiter gefühlt, als gehörte er nicht dem Klub an. Als er rausgeworfen wurde, hatte er das Gefühl, alle lachten über ihn.«

Wie es schien, besaß Felix ein gewisses Talent zum Psychiater. *Das könnte der Auslöser sein, warum Harry ausgeflippt ist,* dachte ich, *das Gefühl, von dem Mann, der seine Bank übernommen hatte, auch noch beraubt zu werden.* Es klang so logisch wie alles andere in dieser Affäre.

»Marcus konnte ganz schön hart sein, wenn er wollte«, fuhr er fort. »Vielleicht hat er etwas gesagt, was Harry unter die Haut gegangen ist, immerhin war er labil.«

Ich wusste, dass er es nicht böse meinte, als er das sagte, doch ich warf verzweifelt die Hände in die Luft. »Himmel, wenn das noch jemand zu mir sagt, fange ich an zu schreien. Ich *weiß*, dass er labil war. Ich hätte ihn nicht entlassen sollen.«

Felix zuckte zusammen. »Es tut mir leid … ich hätte nicht so unsensibel sein sollen.«

Ich atmete tief durch. »Vergessen Sie es, ich bin einfach nervös.«

»Ich weiß, ich sollte das nicht sagen, aber ich vermisse ihn nicht. Sie können ihn in Aktion sehen, wenn Sie wollen. Harry und Marcus mussten letztes Jahr vor dem Senat als Zeugen aussagen. Auf C-SPAN ist sicher noch irgendwo ein Video davon. Dann bekommen Sie eine Vorstellung.«

Felix verabschiedete sich nach Mitternacht, nachdem wir die beiden Flaschen Wein und eine halbe Flasche Whiskey ausgetrunken hatten, die ich noch im Schrank gefunden hatte.

Ich schlief nicht gut, wälzte mich von einer Seite auf die andere, schlief ein und wurde schnell wieder wach. Ich stand auf, um eine Ambien zu nehmen in der Hoffnung, dann schlafen zu können, doch ich sank nur in einen unruhigen Dämmerzustand.

Ich träumte, ich würde mitten in der Nacht der schmalen Straße zum Haus der Shapiros folgen und in die Zufahrt biegen. Die Haustür stand offen, und ich betrat das Haus von einer Seite, die ich noch nicht kannte. Nach dem groben Kies in der Einfahrt war der Teppich angenehm weich unter meinen nackten Füßen. Das Wohnzimmer lag im Dunkeln, nur vom Meer kam ein blasser Schimmer. Harry saß mit gesenktem Kopf in einem blauen Kittel auf dem Sofa im Wohnzimmer. Als ich eintrat, blickte er auf. Blut lief ihm aus einer offenen Kopfwunde über das Gesicht, und er starrte mich wütend an, seine Augen loderten wie an dem Abend in der Notaufnahme. Er öffnete den Mund, doch es kam kein Laut heraus. *Er will mir etwas sagen. Ich muss näher herangehen*, dachte ich, doch meine Füße fanden keinen Halt auf dem Holzfußboden.

Schweißgebadet von dem Traum und dem Alkohol wurde ich wach. Es war drei Uhr, und ich setzte mich im Bett auf und schlang die Arme um die Knie. *Ich muss mich schützen … Ich kann nicht zulassen, dass sie mich opfern*, dachte ich, nahm das Telefon und wählte.

»Dad, ich bin's«, sagte ich, als er abhob.

»Du bist aber spät auf. Ist alles in Ordnung?«, fragte er in seinem weichen Bariton. Im Hintergrund hörte ich Janes Stimme. »Es ist Ben«, erklärte er ihr. »Bleib dran, ich nehme das Gespräch im anderen Zimmer an.«

Nach dreißig Sekunden hob er den Hörer in seinem Arbeitszimmer ab. »Hey, Benny, wir frühstücken gerade. Du bist neulich ganz schön schnell wieder abgerauscht. Was gibt's?«

»Ich stecke in Schwierigkeiten, Dad«, sagte ich, und meine

Stimme fing an zu zittern. »Ein Patient hat jemanden umgebracht, und man gibt mir die Schuld. Ich hätte es nicht verhindern können. Es war nicht meine Schuld.«

Durch meine Erschöpfung und den ganzen Stress brach jetzt alles aus mir heraus. Der Klang seiner Stimme und meine nächtliche Einsamkeit trugen noch zusätzlich dazu bei.

»Wow, langsam, langsam. Ich bin mir sicher, dass es nicht deine Schuld war, aber fang noch mal ganz vorn an.«

Ich erzählte ihm die ganze Geschichte. Es dauerte zwanzig Minuten, und er unterbrach mich hier und da, um eine Frage zu stellen, aber hauptsächlich hörte er zu. Mit jemandem reden zu können, den ich auf meiner Seite wusste, erfüllte mich mit einem überwältigenden Gefühl der Dankbarkeit.

»Hm«, meinte er am Ende. »Also, ich habe einen Freund da drüben, der dir sicher gern hilft, aber du musst mir etwas versprechen. Es ist wichtig.«

»Ja, Dad«, sagte ich, wieder Kind.

»Sprich weder mit dem Krankenhaus noch mit der Versicherung noch mit der Polizei, bis du mit ihm geredet hast. Und keine Besuche im Gefängnis mehr. Du brauchst einen Anwalt.«

11

Die New Yorker Wohnung der Shapiros lag in einem Turm am Central Park West in der Nähe des Columbus Circle, im retro-klassischen Manhattan-Stil erbaut – ganz aus Kalkstein und Marmor – und berühmt geworden dafür, dass dort vor dem Crash etliche Banker und Hedgefondsmanager Wohnungen gekauft hatten. Die Adresse war ein Symbol für den neuen Wohlstand der Stadt, und Zeitschriften berichteten in Ehrfurcht gebietenden Einzelheiten, wann immer eine Wohnung für 30 Millionen Dollar den Besitzer wechselte.

Ich hatte Nora angerufen, um mich mit ihr zu verabreden, und sie hatte geklungen, als wäre sie dankbar, von mir zu hören. Mein Vater hatte mir zwar eingeschärft, mit niemandem zu reden, aber sie war immerhin die Frau meines Patienten – oder ehemaligen Patienten –, und ich hatte das Gefühl, es ihr schuldig zu sein. Außerdem wollte ich herausfinden, was schiefgelaufen war. Sie hatte eine Waffe vor Harry versteckt, wie ich sie gebeten hatte, doch er war ihr entwischt und hatte sich eine andere besorgt, um Greene zu töten. Ich empfand immer noch Mitleid mit ihr, doch es stimmte, was sie zu Felix gesagt hatte: Sie hätte auf mich hören sollen und nicht auf ihren Mann.

Die Dämmerung brach herein, als ich ankam, und brachte die Mercedes Sedans und BMWs im Hof zum Funkeln. Alles war glänzend poliert, bis hin zu den Knöpfen an den Livreen der Pförtner im Gebäude, die alle Besucher genau unter die Lupe nahmen. Nachdem einer oben angerufen hatte, um Bescheid zu sagen, dass ich da war, zeigte ein anderer auf den Aufzug in den siebenunddreißigsten Stock. Der Aufzug beförderte mich in einen privaten Empfangsbereich mit einer großen Eichentür, die mir von Anna geöffnet wurde. Sie war barfuß und trug ein blau geblümtes Kleid. Sie bedachte mich mit einem kleinen, schmerzlichen Lächeln.

»Dr. Cowper?«, fragte eine Stimme von irgendwo in der Wohnung, und Nora kam aus einem Zimmer und trat zu uns. Anna überließ ihr ihren Platz, doch bevor sie sich abwandte, blieb sie kurz stehen und formulierte stumm mit den Lippen: *Rufen Sie mich an.*

Ich hatte kaum Zeit, es mitzukriegen, bevor Nora mich mit einem Kuss auf die Wange begrüßte – ihre Haut war kühler als in East Hampton – und einen Schritt zurücktrat, um mich anzusehen. Sie trug eine graue Hose und eine cremefarbene Bluse und wirkte blass und zerbrechlich, wie eine trauernde Witwe.

»Freut mich, Sie zu sehen, Doktor«, sagte sie mit zitternder Stimme.

»Mich ebenfalls, Mrs Shapiro. Was passiert ist, tut mir sehr leid. Es ist gewiss nicht leicht für Sie.«

»Ja«, sagte sie nur. Ich fragte mich, ob sie anfangen würde zu weinen, doch sie fing sich und bat mich mit einer Geste, ihr zu folgen.

Die Wohnung war eindrucksvoll mit ihren hohen Decken und endlos vielen Räumen wie in einem Herrenhaus. Durch deckenhohe Fenster sah ich, wie die Sonne ein letztes Glühen auf Central Park South warf, dessen Hotels und Wohnblocks das grüne Rechteck des Central Park säumten. Nora führte mich in ein walnussgetäfeltes Arbeitszimmer, an dessen Wänden eine Auswahl moderner Gemälde hing. Mein Blick fiel auf einen Jasper Jones und eine Lithografie, die an Warhol erinnerte, die ich aber nicht zuordnen konnte. Ein großes Foto über dem Kaminsims aus schwarzem Marmor dominierte den Raum: ein Marlboro-Cowboy, der vor einem endlosen, wolkenverhangenen Himmel galoppierte.

»Ein Richard Prince. Ich habe ihn Harry gekauft«, sagte Nora, als sie bemerkte, dass ich es betrachtete.

»Es ist toll«, sagte ich höflich.

»Ich weiß nicht, was Harry denkt. Er war schockiert, was ich dafür bezahlt habe.«

»Sie sind die Sammlerin?«

»Meine Mutter war Bildhauerin, und ich habe die Angewohnheit von ihr übernommen, obwohl ich mir, bevor ich Harry kennenlernte, nicht viel leisten konnte«, sagte sie. Sie setzte sich auf ein Sofa mit dem Prince im Rücken, und ein Schatten fiel über ihr Gesicht. Zum ersten Mal lächelte sie. Es schien, als wollte sie reden.

»Wie lange sind Sie beide verheiratet?«

»Im Juni sind es zehn Jahre. Am neunten. So haben wir uns unseren Hochzeitstag nicht vorgestellt.«

»Wie haben Sie sich kennengelernt?«

Nora lächelte. »Harrys erste Ehe war in die Brüche gegangen. Er hatte lange gezögert, sie zu beenden. Sie hatten sich seit dem College gekannt, doch wirklich glücklich war er nie gewesen. Das hat er mir erzählt.« Sie lachte leise.

»Vielleicht stimmte es ja.«

»Vielleicht. Mein Leben war damals ein einziger Murks – nichts klappte. Ich war Anfang dreißig, keine Kinder, keine Beziehung und ein Job, der mir verhasst war. Ein Freund lud mich zu einer Party in den Hamptons ein, und am Ende plauderte ich in einem Hinterzimmer mit einem zwölfjährigen Jungen. Es war Harrys Sohn Charlie. Er ist jetzt in Harvard. Harry hatte große Schuldgefühle als Vater, er war dankbar, dass ich mich mit seinem Sohn beschäftigte. Er hängte sich an mich. Er war so lange verheiratet gewesen, er hatte keine Ahnung, wie man sich mit Frauen unterhielt.«

»Aber Sie mochten ihn?«

»Ja. Ich traf mich ab und zu mit einem Typ Mitte zwanzig,

und im Vergleich dazu war Harry einfach *erwachsen*. Bei unserer zweiten Verabredung hat er mir einen Antrag gemacht. Ich lebte in einer winzigen Wohnung an der Upper West Side. Er war ein einziges Mal bei mir, danach weigerte er sich, meine Wohnung noch einmal zu betreten. Stattdessen buchte er mir eine Suite im Pierre.« Sie lachte über die Extravaganz. »Mein Freund war jung und meinte: ›Ich will Künstler werden, aber ich bin mir nicht sicher. Ich liebe dich, aber ich bin mir nicht sicher.‹ Harry wusste immer genau, was er wollte. Er hat sich neulich übrigens gefreut, Sie zu sehen.«

Jede Wette, dachte ich, bemühte mich jedoch, meine Verärgerung nicht zu zeigen. »Er hält sich gut.«

Ihr Gesicht bekam wieder etwas Zerbrechliches, und sie wandte sich ab und ließ den Blick auf einer Stahlskulptur auf einem Beistelltisch ruhen. Mit dem Finger wischte sie eine Träne fort.

»Er ist glücklicher, wenn er etwas hat, woran er arbeiten kann, also, ich meine seine Verteidigung. Darüber wollte ich mit Ihnen reden. Wir haben mit den Anwälten gesprochen, und sie glauben, er hat gute Argumente für seine Verteidigung. Er konnte nicht klar denken, das ist für jeden offensichtlich. Es ging ihm nicht gut, und Marcus zu sehen war einfach zu viel. Der arme Marcus.«

Arme Nora, armer Harry, armer Marcus. Und was ist mit dem armen Ben?, dachte ich. Ich mochte Nora und hatte Mitgefühl mit ihr, doch ich befürchtete, dass sie mir, wenn es hart auf hart kam, auch nicht mehr helfen würde als Harry oder Duncan. Ihre Loyalität galt in erster Linie ihrem Mann, und ich war Harrys Alibi dafür, dass er Greene erschossen hatte, seine größte Hoffnung darauf, nicht für den Rest seines Lebens im Gefängnis zu landen. Ich hatte ihn aus dem Krankenhaus entlassen, und das war, wie Pagonis richtig bemerkt hatte, sehr praktisch gewesen. Wenn Nora zwischen Harry und mir wählen müsste, dann würde sie nicht zögern, dann wäre Liebe stärker als Mitgefühl.

»Ich habe mit den Detectives gesprochen. Sie haben mir erzählt, Mr Shapiro habe die Wohnung ohne Ihr Wissen verlassen. Wie ist ihm das gelungen?«

Es war eine unverblümte Frage, aber so war sie auch gemeint. Ich wollte Nora wachrütteln, damit sie zugab, dass sie einen Fehler gemacht hatte, indem sie meine Warnungen in den Wind geschlagen hatte. Meine Frage hatte die beabsichtigte Wirkung, Nora wurde blass.

»Es tut mir leid, Dr. Cowper. Sie haben gesagt, ich müsste ihn im Auge behalten. Ich weiß das. Ich war in der Küche, und Harry machte ein Nickerchen. Das Telefon klingelte, und er ging ran. Dann nichts. Als ich zwanzig Minuten später nach ihm schaute, war er fort.«

»Also, Ms …« Ich zögerte, denn ich wollte nicht allzu vertraulich klingen, doch als ich den Satz begann, merkte ich, dass ich ihren Nachnamen nicht kannte. »Anna. Sie hat auch nicht mitbekommen, wie er die Wohnung verlassen hat?«

»Sie war bei einer Freundin in East Hampton. Ich wünschte, sie wäre hier gewesen … dann wäre alles anders gelaufen. Anna wäre das nicht passiert, das weiß ich ganz genau.« Sie sah mich traurig an, aber ich war nicht bereit, sie so leicht davonkommen zu lassen.

»Sie haben dann Mr Lustgarten angerufen?«

»Er ist rübergekommen, aber wir haben Harry nicht gefunden. Die Männer unten sagten, der Wagen stehe nicht in der Garage. Die wissen so was. Als er endlich anrief, war es Abend. Es war schrecklich. Ich verstehe immer noch nicht, wo Harry die Waffe herhatte. Sie hatten gesagt, ich solle die Beretta wegschließen, und das habe ich gemacht. Sie ist immer noch in meinem Safe in East Hampton. Er hat sich irgendwo eine andere besorgt; ich weiß nicht, von wem.«

Mir fiel auf, dass sie *von wem* gesagt hatte, nicht, *woher*. Sagte sie wirklich die ganze Wahrheit, oder wusste sie mehr, als sie zugab? In der Therapie ist ein einziges Wort manchmal der Schlüssel zu dem, was der Patient verbirgt.

Nora sah mich zerknirscht an. »Dr. Cowper. Ben. Sie sollten wissen, wie leid es mir tut, dass ich Ihrem Rat im Krankenhaus nicht gefolgt bin. Ich habe seither viel darüber nachgedacht, und ich werde es stets bedauern. Wenn ich irgendetwas tun kann, um es Ihnen gegenüber wiedergutzumachen, werde ich das tun.«

Es waren nur Worte, doch nach der Aggression und den Anschuldigungen, die mir in den letzten Tagen um die Ohren geflogen waren, bedeuteten sie mir etwas. Sie klang, als wäre sie ehrlich bekümmert über ihren Fehler.

»Sie können tatsächlich etwas tun«, sagte ich, denn ich wollte die Gelegenheit nicht ungenutzt verstreichen lassen. »Sie kennen doch Sarah Duncan, nicht wahr? Sie hat mir gesagt, Sie seien befreundet.«

Sie wirkte besorgt. »Um ganz ehrlich zu sein, schüchtert sie mich ein. Ich habe einmal versucht, von meinem Posten im Verwaltungsrat zurückzutreten, aber das hat sie nicht zugelassen. Vermutlich dachte sie, Harrys Geld wäre dann auch weg. Sie ist mit mir essen gegangen und hat mich gezwungen zu bleiben.«

Darüber musste ich lächeln – ich konnte mir die Szene in einem Restaurant an der Upper East Side gut vorstellen, Duncan war sicher unerbittlich gewesen.

»Es ist für mich von immenser Bedeutung, dass das Krankenhaus hinter mir steht. Wenn Sie in dieser Hinsicht auf sie einwirken könnten, wäre ich Ihnen sehr dankbar«, sagte ich.

Noras Gesicht hellte sich auf, als ich das sagte, als wäre sie froh über die Gelegenheit, ihre Schuld wiedergutzumachen. »Selbstverständlich. Das muss sie. Es ist nur richtig.«

Sie brachte mich zum Aufzug. Auf dem Weg dorthin spähte ich in der Hoffnung, Anna noch einmal zu sehen, in die Küche. Doch sie war woanders, irgendwo in den Tiefen der Wohnung.

Harry saß mit starrem Gesicht an einem mit grünem Fries bespannten Tisch, die rechte Hand steif über der linken. Vor ihm drängten sich Fotografen – einige standen, andere hockten, und zwei beugten sich weit vor, um ihre Linsen möglichst dicht an ihn ranzubringen – und klickten ununterbrochen; es klang wie ein ganzer Schwarm Zikaden. Harry sah aus, als könnte er sich gerade eben beherrschen, keinen von ihnen niederzuschlagen.

Er trug das typische Bankeroutfit, in dem ich ihn noch nicht gesehen hatte – schwarzer Anzug, weißes Hemd mit Button-down-Kragen und rote Krawatte mit einem Muster, das auf dem Bildschirm meines Computers schwer zu erkennen war. Ich hatte im Archiv von C-SPAN eine Aufnahme der Anhörung vor dem Senat gefunden, von der Felix gesprochen hatte. Sie hatte im vergangenen Herbst stattgefunden, kurz nachdem Seligman gerettet worden war und Harry seinen Posten aufgegeben hatte. An diesem Abend saß ich allein vor dem Computer und suchte in der Vergangenheit nach dem, was Harry zu diesem Akt der Gewalt getrieben hatte.

Der Mann links von Harry war völlig entspannt. Er war groß – oder wäre es jedenfalls, wenn er aufstünde – und wirkte gepflegt. Sein braunes Haar war so ordentlich, dass es aussah wie gegossen, fast wie bei einer Ken-Puppe. Er hatte blasse, klare Haut und einen starken Kiefer mit einem Grübchen im Kinn. Die Fotografen bedrängten auch ihn, doch er wirkte nicht gestresst. Sein Verhalten deutete an, dass er sicher war, für ihn werde alles gut ausgehen. Er beugte sich vor und rückte die Karte vor ihm sorgfältig zurecht: MARCUS GREENE. Ich hätte ihn nicht erkannt.

Die Fotografenmeute eilte zurück, um sich vor einen halbrunden Tisch zu hocken, an dem zwanzig Senatoren saßen. Der Raum war riesig und zeremoniell, üppig mit Mahagoni und Marmor ausgestattet, und über dem Podium hingen ein Adler und die amerikanische Flagge. Angestellte mit teigigen Gesichtern in kastenförmig geschnittenen Anzügen, die aussahen, als bekämen sie zu wenig Licht und zu wenig Schlaf, kamen durch eine messingbeschlagene Tür unter dem Adler. Der Senatspräsident sah kränklich aus – rundlich und zerknittert, mit dichtem weißem Haar, Hängebacken und einer Stupsnase –, doch er strahlte Zufriedenheit darüber aus, im Zentrum der Aufmerksamkeit zu stehen, als wäre dieser Augenblick der Lohn für seine Plackerei bis ins hohe Dienstalter. Er ließ den Hammer niedersausen.

»Ich erinnere alle daran, dass dies eine Anhörung ist. Wir werden hier keinerlei Störungen dulden, ungeachtet dessen, was Sie empfinden«, sagte er heiser. »Aber glauben Sie mir, ich bin genau wie alle der hier Anwesenden entschieden der Meinung, dass wir den Exzessen an der Wall Street, deren Zeugen wir geworden sind, Einhalt gebieten müssen. Dazu werden wir den Finanzminister später befragen, doch unsere erste Zeugengruppe hat viele Fragen zu beantworten. Ich fordere sie auf, offen zu sprechen und nicht den Versuch zu unternehmen, das amerikanische Volk hinters Licht zu führen.«

Die Kamera schwenkte auf Harry und Greene und die Anwälte und Funktionäre, die in stummer Unterstützung hinter ihnen versammelt waren. Direkt neben Harrys Kopf, etwa zwei Reihen hinter ihm, war Nora zu sehen. Weiter vorn, genau zwischen Harry und Greene, wie um seine Neutralität zwischen seinem alten und seinem neuen Chef zu unterstreichen, saß Felix. Selbst hier vor dem Computer, Monate nachdem dieser Schauprozess inszeniert worden war, wollte ich Harry drängen, ruhig zu bleiben. Der Versuch, die Vergangenheit zu beeinflussen, war sinnlos, doch ich konnte nicht anders. Fast als würde er mich hören, nickte Harry, als Greene das Mikrofon nahm.

»Senator, ich verpflichte mich im Namen von Seligman Brothers, auf ganzer Ebene zu kooperieren, um die von uns gemachten Fehler aufzudecken, denn es sind gravierende Irrtümer vorgekommen, die wir alle bedauern, und dafür zu sorgen, dass die Investitionen der Steuerzahler zurückgezahlt werden«, sagte Greene ernst.

Da ich mir noch nie eine Anhörung vor dem Senat angesehen hatte, wusste ich nicht, was mich erwartete, doch es stellte sich heraus, dass der erste Tagesordnungspunkt darin bestand, dass alle Senatoren eine Rede hielten, während die Zeugen schweigend dasaßen. Greene setzte eine unterstützende Miene auf, während Harry finster blickte. Ich spulte vor, bis ich sah, dass die Kamera Harry in den Fokus nahm, der etwas von einem Blatt Papier ablas, das er mit beiden Händen festhielt. Er hatte eine Brille aufgesetzt. Ich ließ es im normalen Tempo laufen. Seine Rede klang gut. Vermutlich hatte Felix ihm etwas Zerknirschtes aufgesetzt.

»Ich möchte dem Ausschuss versichern, dass ich zwar bitter bedauere, was passiert ist, dass ich aber stets in dem Glauben gehandelt habe, das Beste für Seligman Brothers und für dieses Land zu tun.« Er sprach mit ruhiger Stimme, doch als er an das Ende des Satzes kam, ließ er erleichtert die Schultern sinken. Es sah ganz so aus, als habe er es nur unter großer Anstrengung hinter sich gebracht.

Der Senator, der als Erster Fragen stellen durfte, hatte einen Bürstenhaarschnitt, eine Hakennase und einen harten Blick. Er starrte Harry und Greene an, als stünden sie weit unter ihm – nicht nur körperlich, sondern vor allem moralisch –, und hob die Hand, um sich an der Schläfe zu kratzen, während er sprach.

»Mr Shapiro, das klingt ja alles ganz schön und gut, aber eines verstehe ich doch nicht ganz. Wenn alles, was Sie gemacht haben, richtig war, warum sind Sie dann zurückgetreten?«

»Senator, ich war der Meinung, Seligman brauche einen Neuanfang, nachdem …«

»Kommen Sie, Sie sind doch nicht freiwillig abgetreten, oder? Sie wurden gefeuert. Sie wurden rausgeworfen, weil Sie Mist gebaut haben, ist es nicht so?«

Zuerst zuckte Harry zusammen, doch dann schienen die Anschuldigungen ihn anzuheizen. Er senkte den Kopf in Richtung des Senators wie ein Bulle, der jeden Augenblick auf das rote Tuch des Matadors losstürmt, und sprach in scharfem, kontrolliertem Tonfall.

»Angesichts des Misserfolgs des Unternehmens und der Tatsache, dass es auf Kapital vom Steuerzahler angewiesen war, habe ich es als eine Sache der Ehre betrachtet, mein Amt niederzulegen.«

Guter Satz, dachte ich. Während die Kamera verharrte, spähte ich an Harry vorbei auf Felix, doch seine Miene war unergründlich. Jetzt waren die Republikaner dran, eine Frage zu stellen, angeführt von einem molligen Senator mit stramm sitzendem Hemd, der sich bequem auf seinem Stuhl zurückgesetzt hatte. Er lächelte Greene entschuldigend an, als wäre er schockiert über die vorangegangene Grobheit.

»Mr Greene, Sie haben in Ihren Eröffnungsworten gesagt, dass Sie aus einer Mittelklasse-Familie stammen?«

»Das ist richtig, Senator Highfield. Mein Vater war nicht an der Wall Street, er war Autoschlosser. Ich habe ein Stipendium fürs College bekommen und habe zudem während der Ferien gearbeitet.«

»Ich nehme an, dass Sie hart gearbeitet haben«, sagte der Senator ermutigend.

»Ja, Senator. Mein Vater wollte immer, dass ich einen guten

Job bekomme, um einmal mehr zu erreichen als er. Er war GI, hat in der Normandie gekämpft. Für mich war er ein Held.«

»Sie sind also zur Wall Street gekommen. Wie kam das?«

»Ich hatte Glück. Rosenthal hat mich direkt von Rutgers angeworben. Sie waren vorurteilslos, haben Menschen von überall genommen, solange sie klug und rauflustig waren.«

Einige Senatoren stießen ein grölendes Gelächter aus, doch andere blieben mit versteinerten Mienen sitzen, als wollten sie nicht im Fernsehen dabei gesehen werden, wie sie mit der Wall Street sympathisierten.

»Dann waren Sie so unternehmungslustig, Ihre eigene Investmentbank zu gründen. Hier steht, Sie müssten Milliardär sein.«

»Auf dem Papier mag das immer noch stimmen. Ich fühle mich aber nicht mehr so reich wie früher«, sagte er. Diesmal fielen ein paar mehr Senatoren in das Gelächter ein.

»Und warum haben Sie Ihre Bank letztes Jahr an Mr Shapiro verkauft? Ich hätte gedacht, Sie sind gern unabhängig.«

»So habe ich das nicht gesehen, Senator. Harry und ich haben uns zusammengetan, um ein größeres Unternehmen auf die Beine zu stellen, eines, von dem wir glaubten, es könnte ganz oben bei den Großen mitspielen. Ich war der Meinung, ich könnte viel von Harry lernen, er würde mir den einen oder anderen Trick beibringen.«

Harry bedachte Greene mit einem zweideutigen Blick, halb Anerkennung für die Bemerkung, halb Unbehagen. Ich dachte daran, was sechs Monate später passiert war – die Sauerei, die Harry mit Greenes Körper angerichtet hatte. Vielleicht hätte ich die Spannung gar nicht bemerkt, wenn ich das Ende nicht gekannt hätte, doch es hatte etwas Zermürbendes, wie steif sie da nebeneinandersaßen, wie durch eine unsichtbare Barriere getrennt.

Als Nächstes kam eine Demokratin an die Reihe, eine Frau

in den Sechzigern, die technokratisch und streng auftrat. Sie spuckte ihre Fragen forsch heraus und sah den Zeugen, der antwortete, kaum an, doch Greene schien das nichts auszumachen.

»Mr Greene, können Sie einigen von uns, die immer noch vor einem Rätsel stehen, erklären, wie es dazu kam, dass Sie die Hilfe des Steuerzahlers brauchten?«

»Senatorin, die Sache ist kompliziert, und ich glaube nicht, dass irgendjemand hier – ich eingeschlossen – wirklich wusste, welche Risiken wir eingingen. Wie ich schon sagte, es wurden Fehler gemacht, und dafür trage ich die volle Verantwortung.«

»Ich bin froh, dass Sie das sagen …«, unterbrach sie ihn scharf, doch Greene redete einfach weiter, und sie ließ ihn.

»Lassen Sie mich versuchen, es Ihnen, so gut ich kann, zu erklären«, fuhr er fort. »Unsere Handelsabteilung besaß Hypothekentitel, die sie für vollkommen sicher hielt. Sie waren als AAA eingestuft, niemand ging davon aus, dass die Gefahr bestand, sie könnten abstürzen. Folglich wurden diese Positionen auch nicht dem Risikoausschuss berichtet.«

»Sie meinen, die wussten nicht mal, dass es sie gab?«

Greene seufzte schwer und schloss einen Augenblick die Augen, als schmerzte ihn der Schnitzer immer noch. »Leider nicht. Im Risikomanagement bei Seligman gab es Mängel. Der Ausschuss untersuchte die Anlagen, die er als riskant einstufte, und darunter fielen diese CDOs nicht. Die Abkürzung steht übrigens für Collateralized Debt Obligations, besicherte Schuldverschreibungen. Ich fürchte, an der Wall Street wimmelt es nur so von Abkürzungen.«

Greene hat was, dachte ich. Ganz unmerklich übernahm er die Kontrolle über die Anhörung, er setzte sich über die Frage hinweg, um die Geschichte zu präsentieren, die er vorbereitet hatte. Er besaß eine natürliche Autorität, der andere sich unterwarfen, ohne dass sie es merkten. Es klang, als würde er einem aufmerksamen Publikum einen Vortrag halten, und nicht, als würde er sich verteidigen.

»Was ist mit diesen CDOs passiert?«, fragte die Senatorin fügsam.

»Dieses Frühjahr stürzten hypothekenbesicherte Wertpapiere zusammen mit den Immobilienpreisen ins Bodenlose, auf eine Weise, wie es niemand vorausgesehen hatte. Im Mai wurde der Führungsstab darüber informiert, dass es bei den CDO-Tranchen schwere Verluste gab. Ich glaube, ersten Hochrechnungen zufolge würden sie bei fünf Milliarden Dollar liegen. Unsere jetzigen Schätzungen …«, Greene blickte auf ein Blatt Papier und las leidenschaftslos eine Zahl ab, »belaufen sich auf 21,6 Milliarden Dollar.«

Die Senatorin sah Greene mit offenem Mund an. »Und Sie hatten keine Ahnung davon, bevor Sie diese Milliarden verloren haben? Sie sind vollkommen im Dunkeln getappt?«

Greene hatte die rechte Hand halb zur Faust geballt und stieß damit nach vorn, um seine Worte zu betonen. »Lassen Sie mich darauf antworten, denn es ist absolut die richtige Frage. Als ich den Posten als Vorstandsvorsitzender übernommen habe, habe ich unsere Bilanzen gründlich unter die Lupe genommen. Dabei habe ich festgestellt, dass wir zu viel Fremdkapital aufgenommen hatten und dass wir einige der Wertpapiere, die wir eingekauft hatten, nicht ganz beherrschten. Dem habe ich sofort Einhalt geboten.«

Die Senatorin staunte immer noch, doch Greene war es gelungen, die Aufmerksamkeit geschickt von sich abzulenken. Er war zum Sachverständigen geworden, der seinen Zuhörern die Komplexität der Finanzmärkte erklärte, und nicht derjenige, der sich für die Sauerei zu verantworten hatte.

»Wer hat Seligman geleitet, während die Bank dies tat und die Regierung um zehn Milliarden Dollar anbettelte, um im Geschäft zu bleiben? Wer hatte die Verantwortung inne?«

Greene zögerte und wandte den Blick ganz leicht zur Seite in Harrys Richtung, als wollte er es nicht aussprechen. Die Kamera zoomte auf Harry, der am Boden zerstört war. Er setzte sich aufrecht hin, und seine Zunge schoss wie bei einem Reptil zwischen den Lippen hervor, um sie zu befeuchten. Dann beugte er sich, während Greene immer noch schwieg, zum Mikrofon vor.

»Ich, Senatorin«, krächzte er.

Sie schüttelte angewidert den Kopf. »Es klingt, als hätte es sehr gute Gründe dafür gegeben, dass Sie das Amt niedergelegt haben, Mr Shapiro. Sie haben Ihre Bank an die Wand gefahren.«

Ich sah über Harrys Schulter hinweg, dass Felix sich konzentrierte, während er auf eine Erwiderung wartete. Harry sah aus, als würde er jeden Augenblick die Kontrolle verlieren, doch er riss sich unter sichtlicher Mühe zusammen. Während er dies tat und bevor er etwas sagen konnte, verzog Greene das Gesicht und fasste über die unsichtbare Barriere, um Harry, anscheinend voller Mitgefühl, die Hand auf die Schulter zu legen.

»Harry hat getan, was er zum damaligen Zeitpunkt für richtig hielt«, sagte Greene. »Er war nicht der einzige Vorstandsvorsitzende an der Wall Street, der einen Fehler gemacht hat.«

Harry blieb steif sitzen, und ich hörte das Rascheln der Fotografen im Hintergrund, die ihre Aufnahmen für die Zeitungen am nächsten Tag machten. Die Kamera zoomte zurück, um Harry und Greene zu zeigen, die aufstanden und im Nu von verschiedenen Grüppchen von Ratgebern umgeben waren. Underwood tauchte an Greenes Seite auf. Nora ging zu Harry und nahm seine Hand, als wäre er ein Kind, das vor Schaden geschützt werden müsste, während er trostlos in die Ferne blickte.

Ich wollte nach der Maus greifen, um die Aufzeichnung anzuhalten, doch meine Hand verharrte, als das letzte Bild gezeigt wurde. Ein paar Meter hinter Harry entdeckte ich Anna. Sie war wohl mit Nora und Harry zu der Anhörung gekommen, doch sie war nicht nach vorn gegangen. Sie unterhielt sich mit einer Frau mittleren Alters mit spitzer Nase und hagerem Gesicht, die ich nicht kannte. Sie standen nah beieinander, als würden sie sich gut kennen, und das Letzte, was ich sah, bevor die Aufzeichnung zu Ende war und das C-SPAN-Logo den Bildschirm füllte, war, dass sie eine Hand hob und Annas Arm streichelte. Es wirkte wie eine tröstliche Geste.

12

Der Freund meines Vaters hatte seine Anwaltskanzlei im Rockefeller Center, hoch über den hupenden Taxis und unzähligen Touristen der Innenstadt. Ein schwankender Aufzug katapultierte mich mit einem Zischen fünfundvierzig Etagen über der düsteren Lobby in eine lichtdurchflutete, luftige Welt. Ein paar Minuten saß ich im Empfangsbereich, dann hörte ich Schritte und ein paar Worte zur Begrüßung, und um die Ecke kam raschen Schrittes ein Mann. Ich stand auf, und obwohl wir uns nie begegnet waren und er fünfzehn Zentimeter kleiner war als ich, drückte er mich und schlug mir auf den Rücken.

»Ben, freut mich sehr, Sie kennenzulernen«, rief er. »Ich bin Joe Solomon. Sie sind Ihrem Vater wie aus dem Gesicht geschnitten. Es ist mir eine Ehre, Sie kennenzulernen. Er hat immer viel von Ihnen gesprochen. Er ist stolz auf Sie, wissen Sie. Schauen wir mal, was ich für Sie tun kann.«

Er war sehr elegant in seinem Anzug und Seidenkrawatte, doch seine Haare standen in grauen Locken in alle Richtungen, und seine blauen Augen wölbten sich in einem runden, rötlichen Gesicht, das andeutete, dass die Kleider ihn gerade eben so fassten. Sein Akzent klang nach Südstaaten. Ich hatte noch nie von ihm gehört. Mein Vater hatte ihn als Freund bezeichnet, aber ich wusste nicht, ob das wirklich stimmte oder ob es nur sein Begriff für jemanden war, der nützlich sein konnte. Doch was Joe mir über die Wertschätzung meines Vaters berichtete, rührte mich. Selbst gesagt hatte der es mir nämlich nie.

Wir gingen in Joes Büro, das in einer Ecke lag mit Blick nach Süden über den Hafen. Was auch immer er tat, um seinen Lebensunterhalt zu verdienen, es schien ihm zu gelingen. Er lehnte sich auf seinem Stuhl zurück und legte die Füße, ein Bein über das andere, auf den Tisch.

»Was hat Ihr Vater Ihnen über mich erzählt?«, fragte er.

»Nur dass Sie ein Freund sind und dass er Ihnen vertraut.«

Er strahlte. »Also, das ist schrecklich nett von ihm. Er ist ein Gentleman, Ihr Vater. Wir haben uns vor ein paar Jahren bei einer juristischen Tagung in Las Vegas kennengelernt. Tagsüber war das eine ganz schön trockene Angelegenheit, aber nachts haben wir uns amüsiert, ich sag's Ihnen.«

Ich lächelte höflich. In Las Vegas konnte das alles bedeuten, und ich kannte Joe nicht gut genug, um Vermutungen anzustellen – und meinen Vater womöglich auch nicht. Ich war erleichtert, hier zu sein, und froh, jemanden zu haben, der mich beschützte, doch ich war unsicher, was ich ihm erzählen sollte. Ich hatte meinen Patienten in Riverhead besucht, wie es meine Pflicht war, und ich hatte mit Harrys Frau gesprochen. Beides war nicht unvorschriftsmäßig gewesen. Doch ich hatte auch etwas getan, wovon er mir wahrscheinlich abraten würde, wenn er es wüsste. Ich hatte Anna angerufen, nachdem sie mich an der Wohnungstür der Shapiros stumm dazu aufgefordert hatte. Den Fall mit jemandem zu diskutieren, der womöglich ein Zeuge war und meinem ehemaligen Patienten nahestand, war weder juristisch noch medizinisch angeraten, aber ich hatte mich nicht beherrschen können. Ich wollte mehr über Harry wissen. Und wenn ich ganz ehrlich war, sehnte ich mich auch nach ihr.

»Es ist sehr freundlich von Ihnen, mich zu empfangen, Mr Solomon.«

»Zum Teufel, vergessen Sie es. Abgesehen davon, dass ich Rogers Sohn sehr gern helfe, um beim Fall Shapiro dabei zu sein, würde ich sogar kostenlos arbeiten. Also, jedenfalls für das, was die Versicherung zahlt. Was ungefähr auf dasselbe hinausläuft.

Ich erzähle Ihnen erst einmal etwas über mich. Ich bin ein etwas ungewöhnliches Tier. Die Kanzlei macht hauptsächlich Zivilsachen, Gesellschaftsrecht, Steuerrecht und so weiter. Viel Geld, aber wenig Spaß. Und dann hat sie mich. Wenn unsere Mandanten erfinderisch werden, übernehme ich die Strafverteidigung. Ich bin wie die Typen, die in der U-Bahn werben, nur ein bisschen exklusiver.«

»Freut mich zu hören«, sagte ich, und er kicherte und schlug mit der Hand neben seinen Beinen auf den Tisch, als wären wir schon die besten Kumpel.

»Was für eine Geschichte, eh?«, meinte er und setzte ein ernstes Gesicht auf. »Wir werden uns in nächster Zeit häufiger sehen. Roger hat mir erzählt, was passiert ist. Klingt, als wären Sie da in eine ernste Sache hineingeraten, aber ich weiß, dass es nicht Ihre Schuld war. Sie haben Ihr Bestes getan, um diesen Typ zu behandeln, nicht wahr?«

»Ja«, antwortete ich. Er hatte es besser formuliert, als ich es gekonnt hatte. Wie tröstlich, einen Profi an meiner Seite zu wissen.

»Roger sagte, die Polizei von Suffolk County hat Ihnen förmlich aufgelauert. Sollte das noch einmal vorkommen, sagen Sie denen, Sie bräuchten Ihren Anwalt, und sonst nichts. Bei solchen Methoden überrascht es nicht, dass ihre Aufklärungsquote bei siebenundneunzig Prozent liegt. Viele Menschen gestehen alles Mögliche an diesem Ort, bevor sie dazu kommen, einen Anwalt anzurufen. Und wissen Sie was? Die zeichnen nichts auf. Sie schreiben das Geständnis nieder und bringen den armen Tropf dazu, es zu unterzeichnen. Der hat keine Chance.«

Ich dachte an das ordentliche niedergeschriebene Geständnis, das Pagonis mir vor dem Riverhead Gefängnis gezeigt hatte, in dem gestanden hatte, dass ich Harry entlassen hatte. Es hatte nicht nach Harrys Handschrift ausgesehen.

»Ich habe ihnen nichts gesagt.«

»Gut, das ist immer das Beste. Also, ich habe mit der Staatsanwaltschaft gesprochen, die so hilfreich war wie immer – mit anderen Worten: überhaupt nicht –, und mit Henry Barber, Harrys Anwalt. Er ist ein alter Freund, und er hat den einen oder anderen Hinweis fallen lassen. Sieht wohl so aus, als würden sie die Tötung eingestehen und auf extreme Affektstörung plädieren. Sagt Ihnen das was?«

»Kommt mir bekannt vor.« Wir waren in der Facharztausbildung auch über die rechtlichen Aspekte unseres Berufes unterrichtet worden, doch da hatte ich gerade Rebecca kennengelernt und hatte nicht besonders gut aufgepasst. »Aber vielleicht könnten Sie es mir noch einmal erklären.«

»Das ist quasi eine abgemilderte Version der Berufung auf Schuldunfähigkeit«, sagte Joe. »Wenn er verrückt wäre, sagen wir mal, wenn er halluzinieren würde oder schizophren wäre, würde er in einer staatlichen psychiatrischen Klinik eingesperrt werden statt im Gefängnis. Um eine Affektstörung zu haben, muss der Angeklagte nicht verrückt sein. So etwas überkommt einen innerhalb von Sekundenbruchteilen, und dann weiß man nicht, was man tut. Etwa ein Mann, der nach Hause kommt und seine Frau mit einem anderen im Bett erwischt und ihn umbringt. Da Harry gestanden hat, würde ich mich an seiner Stelle auch darauf berufen.«

»Was bringt es?«

»Wenn die Geschworenen der Argumentation folgen, bricht es Totschlag auf Körperverletzung mit Todesfolge runter. Ich kann mir nicht vorstellen, dass die Staatsanwaltschaft sich auf einen Deal einlassen würde. So könnte Shapiro zehn Jahre kriegen statt lebenslänglich, vielleicht sogar weniger. Aber Geschworene mögen es nicht. Es deutet an, der Angeklagte sei nicht verantwortlich gewesen für sein Tun, und Harry ist nicht gerade ein sympathischer Typ, aber es könnte funktionieren. Ihr bestes

Argument ist die Tatsache, dass er aus dem Krankenhaus entlassen wurde. Sie können sagen, der Typ war labil, er hat starke Medikamente genommen. Er war ins Krankenhaus eingewiesen worden, um ihn vor sich selbst zu schützen. Das ist gut für sie.«

»Richtig«, sagte ich grimmig.

»Also, das ist die strafrechtliche Seite, und danach kann dann eine Zivilklage folgen. Greenes Familie kann das Krankenhaus und Sie wegen schuldhaft verursachten Todes anzeigen. Sie wartet, bis Shapiro verurteilt worden ist, dann hat die Polizei schon mal alle Beweise ausgegraben. Dann behauptet sie, Sie seien verantwortlich dafür, weil sie ihn fahrlässig entlassen hätten. Es gibt eine Arzt-Patienten-Beziehung, und es ist Schaden angerichtet worden, also müssen sie Ihnen nur die Vernachlässigung der ärztlichen Sorgfaltspflicht nachweisen und beiläufig auf die Tötung verweisen. Die gute Nachricht ist, dass so etwas sehr lange dauern kann, also, wer weiß, was bis dahin passiert? Die Klage könnte auch außergerichtlich beigelegt werden. Versicherungen sind risikoscheu. Sie kämpfen nicht gern.«

Mir war, als prasselten die schlechten Nachrichten nur so auf mich ein. Ich hatte erwartet, dass etwas in der Art auf mich zukommen würde, doch es so sachlich dargelegt zu bekommen, als könnte ich nichts tun, um mein Schicksal abzuwenden, war ein Schock. Doch das Schlimmste hatte Joe sich bis zum Schluss aufgehoben.

»Der Aspekt der Vernachlässigung der ärztlichen Sorgfaltspflicht kann noch zu einem weiteren Punkt führen«, sagte er. »Mrs Greene könnte sich bei der Ärztekammer des New York State beschweren, Sie hätten sich fahrlässig verhalten, und darauf einwirken, dass Ihnen die ärztliche Approbation entzogen wird. Ich glaube nicht, dass das passiert, Ben«, fügte er hinzu, denn er sah mich besorgt die Stirn runzeln. »Sie sind jung und haben vielleicht einen kleinen Fehler gemacht. Solange das Krankenhaus auf Ihrer Seite steht, werden Sie das überleben.«

»Ich habe da eine Frage«, sagte ich. »Spielt es eine Rolle, dass die Verwaltungsdirektorin des Episcopal mir quasi befohlen hat, Mr Shapiro zu entlassen?«

Es verschaffte mir eine kleine Befriedigung, Joe damit zu überraschen. Er hob die Füße vom Tisch, wo sie während seiner kleinen Ansprache gelegen hatten, und setzte sich im Stuhl auf.

»Hat sie das?«, fragte er.

»Ja, allerdings. Harry wollte unbedingt nach Hause, und sie hat mich darauf hingewiesen, dass die Shapiros dem Krankenhaus in der Vergangenheit großzügige Summen gespendet haben. Sie hat mich aufgefordert, nach bestem Ermessen zu handeln, aber dafür zu sorgen, dass ich die richtige Entscheidung treffe.«

»Sorgen Sie dafür, dass Sie die richtige Entscheidung treffen«, wiederholte er skeptisch, und mir ging auf, wie nichtssagend es so aus dem Zusammenhang gerissen klang.

»Sie hat ›aber‹ gesagt«, erwiderte ich und kam mir dämlich vor. »›Aber sorgen Sie dafür, dass es die richtige ist.‹ Es war klar, was sie gemeint hat. Sie hat mich in ihr Büro beordert, um sicherzugehen, dass ich gehorche.«

»Mhm.« Joe rieb sich das Kinn. »Ich weiß nicht. Das ist schwierig. Es könnte als strafmildernder Umstand bei einem Verfahren wegen Vernachlässigung der ärztlichen Sorgfaltspflicht helfen, aber Sie müssten es beweisen, und wie wahrscheinlich ist es, dass sie es unter Eid zugibt?«

»Sie behauptet, sie könne sich nicht daran erinnern.«

Er lachte ironisch. »Jede Wette erinnert sie sich daran. Gedächtnisschwund befällt viele, die bei Gericht aussagen müssen. Die Frage ist, ob wir es uns leisten können, sie gegen uns aufzubringen. Wir brauchen das Krankenhaus auf Ihrer Seite.«

»Ist das nicht alles sowieso vertraulich? Kann ich nicht einfach den Mund halten?«

»Ich fürchte nicht. Sobald sich die Verteidigung auf den Geisteszustand des Angeklagten beruft, ist es vorbei mit der ärztlichen Schweigepflicht. Jeder bekommt die Krankenakte zu sehen und Ihre Notizen über die Behandlung. Wenn Sie als Zeuge aufgerufen werden, müssen Sie aussagen. Ich will versuchen, das zu verhindern. Deswegen ist es wichtig, dass Sie denen nichts sagen. Wenn sie nicht wissen, was Sie im Zeugenstand aussagen werden, rufen sie Sie auch nicht auf. Gibt es sonst noch etwas, was Sie mir sagen möchten?«

Er sah mich an, als wüsste er, dass da wahrscheinlich noch etwas war. Ich dachte an Anna, doch ich besaß nicht den Mut, es ihm zu gestehen. Es hatte etwas zu Persönliches, zu Kindisches – mich mitten in diesem Debakel in die junge Frau zu verlieben. Es war mir peinlich.

»Das war's so weit«, sagte ich.

Auf dem Weg zum Aufzug klärte Joe mich darüber auf, womit er und mein Vater sich in Vegas die Nächte um die Ohren geschlagen hatten. Es war nichts Verfänglicheres gewesen als ein Abend am Würfeltisch und zwei Abende in einer VIP-Suite mit einer Flasche Bourbon, zumindest behauptete er das. Die Erinnerung daran schien seine Stimmung zu heben.

»Machen Sie sich keine Sorgen. Uns fällt schon was ein«, sagte er, schüttelte mir die Hand und schlug mir auf die Schulter, bevor die Aufzugtüren sich schlossen. Auf der Fahrt nach unten sinnierte ich darüber, dass mir dauernd irgendjemand sagte, ich solle mir keine Sorgen machen. So langsam machte mich das nervös.

Ich stand auf der anderen Straßenseite des Hauses, in dem die Shapiros wohnten, und sah, wie Anna den Flur mit den Glaswänden herunterkam und am Empfang stehen blieb, um ein paar Worte mit den uniformierten Typen zu wechseln. Sie schienen in ihrer Gegenwart viel gerader zu stehen und wurden um einiges munterer. Dann trat sie in den Hof. Sie trug einen dunkelgrünen Mantel mit samtbesetztem Revers, und ich ging hinüber und grüßte sie.

»Was gibt's, Doktor?«, fragte sie, als sie vor mir stand. Wir zögerten und überlegten wohl beide, ob wir uns in den Arm nehmen sollten, ließen es dann aber. Ihr die Hand zu schütteln kam nicht infrage, nachdem sie einen Witz darüber gerissen hatte, als sie mich an meiner Wohnung abgesetzt hatte. Also beließen wir es dabei.

»Zu viel für meinen Geschmack«, sagte ich.

»Wenigstens sind die Paparazzi weg. Bis letzte Woche standen hier noch die Übertragungswagen der Fernsehsender. Zum Glück sind sie nicht dahintergekommen, wer ich bin. Die Nachbarn sind genervt, im Aufzug geht es recht frostig zu.«

»Aber Ihnen geht es gut?«

»Ja.«

Sie zog die Augenbrauen hoch und schob trotzig das Kinn vor, doch sie wirkte ein wenig traurig, ihr bohemehaftes Temperament hatte einen Dämpfer bekommen.

»Wir könnten bei Whole Foods was Indisches probieren«, sagte sie. »Mich müssen Sie nicht irgendwo teuer ausführen.«

Wir gingen die einundsechzigste Straße hinunter und überquerten den Verkehrsknoten am Columbus Circle. Es gefiel mir, wie ihre blonden Haare schwangen, als sie neben mir ging, hier und da einem Hindernis auswich und beim Überqueren der Straße über die Rinnsteine hüpfte. Es hatte geregnet – der übliche starke Platzregen –, und die Kanalisation war übergelaufen. Wir kamen an den gezackten Türmen des Time Warner Centers vorbei und nahmen die Rolltreppe, die hinunter in das überfüllte Whole Foods führte, wo sich Büroangestellte aus der Innenstadt in Apartmentbewohner der Upper West Side verwandelten, mit einem letzten Anfall von Spitzer-Ellbogen-Aggression.

Bis ich in der Schlange endlich vorgerückt war, hatte Anna einen Platz im Cafébereich unter der Rolltreppe gefunden. Wie versprochen hatte sie etwas Preiswertes gewählt: eine kleine Schale Gemüse, Reis, Dal und sauer eingelegtes Gemüse. Sie nahm ihre Gabel und schob Reis und Gemüse darauf, was mir die Gelegenheit gab, sie anzusehen. Die Haare hatte sie hinten zusammengebunden, gehalten von einer Schildpattspange, und sie hatte den Blick gesenkt. In dem Augenblick, da sie aufhörte, ihre Gefühle zum Ausdruck zu bringen, wurde ihre Miene unergründlich.

»Danke hierfür«, sagte ich.

»Ist mir ein Vergnügen«, meinte sie und trank einen Schluck Wasser. »Ich werde im Augenblick nicht oft um eine Verabredung gebeten, wo ich doch für einen berüchtigten Mörder arbeite.«

Hatte ich sie um eine Verabredung gebeten? Keine Ahnung. Als sie meine Einladung angenommen hatte, hatte ich mich jedenfalls so darüber gefreut, als wäre es eine, doch damit verbunden war auch eine gewisse Beklemmung. Ich wollte von ihr wissen, wie es zu der Katastrophe gekommen war. Nora und Felix hatten einige Fragen unbeantwortet gelassen, wie zum Beispiel die, wo Nora gewesen war, als Harry Greene erschossen hatte, und was Nora gemeint hatte, als sie davon gesprochen hatte, »von wem« er die Waffe hatte. Ich wünschte mir, es wäre tatsächlich eine Verabredung, doch ich hatte Hintergedanken.

»Sie haben mir nie Ihren Nachnamen verraten.«

»Amundsen, wie der Polarforscher. Die Familie meines Vaters stammt aus Finnland, sie ist in den Zwanzigerjahren nach Minnesota gekommen. Mein Urgroßvater war Eisenbahningenieur.«

Ich probierte es auszusprechen. »Anna *A-mund-sen* – ein ganz schöner Zungenbrecher.«

»Mein Name ist wie ich. Ein einziges großes Kuddelmuddel.«

»Das würde ich nicht sagen.«
»Nett von Ihnen, aber es stimmt.«
»Die ganze Sache muss ein schrecklicher Schock sein.«
»Uff, ja. Kann man so sagen.«
»Wann haben Sie es erfahren?«

Mir war unbehaglich zumute, das Gespräch von freundlichem Geplänkel auf das zu bringen, was ich von ihr zu erfahren hoffte. Da ich mitbekommen hatte, wie sensibel sie war, erwartete ich fast, sie würde aufblicken und mich einen Heuchler schimpfen oder Schlimmeres, doch sie dachte ernsthaft über meine Frage nach. Bei der Erinnerung runzelte sie qualvoll die Stirn, und ich fühlte mich noch mieser.

»Nachdem Sie am Freitag da waren, sind die beiden in die Stadt. Nora ist gefahren. Ich wollte nicht das ganze Wochenende allein sein, also bin ich nach Montauk, um jemanden zu besuchen.«

»Verstehe«, sagte ich und konnte nicht verhindern, dass ich mich fragte, wer dieser Jemand wohl war, und dann konnte ich nicht verhindern, dass ich knallrot anlief. In Therapiesituationen beherrschte ich das Pokergesicht meisterlich, doch im richtigen Leben gelang es mir nur selten.

Anna lächelte. »Eine Freundin, Doktor. Ganz unschuldig. Ich war den ganzen Samstag bei ihr. Sie ist Kellnerin und musste abends zur Arbeit, und ich habe ferngesehen – kein besonders aufregendes Wochenende –, als Nora anrief. Es war gegen halb elf. Sie war ruhig, aber im Hintergrund hörte ich die Funkgeräte der Polizei knistern. Nora erzählte mir, was er getan hatte. Als ich hinkam, herrschte das reine Chaos. Das Haus war hell erleuchtet. Ich musste die Polizisten am Ende der Straße zwingen, mich durchzulassen.«

»Mr Shapiro war schon weggebracht worden?«

»Und hatte eine hübsche Sauerei hinterlassen. Sie haben mich nicht ins Haus gelassen. Es war voller Menschen in weißen Anzügen – wie eine Invasion von Aliens. Nora hatte man ins Gästehaus gebracht.«

»Wie ging es ihr?«

Anna sah mich misstrauisch an, als wollte sie mich einschätzen.

»Sie sind doch ganz scharf auf Grenzen, nicht wahr?« Sie sprach mit steifem britischem Akzent weiter. »Von wegen Beruf und Vergnügen sollte man getrennt halten, Sie wissen schon. Also, was ist das hier? Vermutlich sollte ich mich überhaupt nicht mit Ihnen unterhalten.«

»Wie kommen Sie darauf?«, fragte ich neutral.

»Kommen Sie mir jetzt nicht mit Ihrem Therapeutengelaber. Beantworten Sie meine Frage«, sagte sie mit geröteten Wangen.

Ich sah sie so ausdruckslos wie möglich an, denn ich wollte keine akkurate Antwort geben. Es war eine Mischung aus beidem, genau das, wovor ich sie gewarnt hatte. Sie war die Einzige, die mir etwas über die Geheimnisse der Shapiros verraten konnte, die mir vielleicht helfen konnte, meine Karriere zu retten. Doch in diesem Augenblick wollte ich nichts anderes, als die Hand ausstrecken und sie berühren.

»Vergnügen«, log ich.

»Dann lassen Sie uns hier verschwinden.«

Wir spazierten zusammen durch den Central Park, wo die Bäume sich wie Silhouetten vor der hereinbrechenden Dämmerung abhoben, als Anna meine Frage beantwortete.

»Nora geht es gut. Sie ist viel ruhiger, als ich es an ihrer Stelle wäre, wenn mein Mann mein Leben gerade dermaßen auf den Kopf gestellt hätte. Oft ist sie sehr still und kontrolliert, als hielte sie ihre Gefühle in Schach. Manchmal höre ich sie in ihrem Zimmer weinen.«

»Sie haben kein Mitgefühl mit Mr Shapiro?«

»Meinetwegen kann er im Knast verrotten.«

Ihre Stimme hatte einen harten Klang bekommen, und als ich zu ihr rüberschaute, hatte sie eine Hand zur Faust geballt.

»Ganz schön hart.«

»Ja? Männer sind Arschlöcher. Immer musste sich alles um ihn drehen, den großen Finanzguru. Er hat sich nie um andere geschert, nur um sich selbst.«

Wir gingen eine Weile weiter, vorbei an Geröllblöcken, die man zu künstlichen Hügeln aufgeschichtet hatte, und passierten eine Pferdekutsche mit Touristen, die unter fröhlichem Gebimmel durch den Park rollte. Ich pflichtete ihr bei, was Harry anging – er war ein Narzisst –, doch es störte mich, wie sie es ausgedrückt hatte und dass sie alle Männer in eine Schublade steckte. Ich formulierte in Gedanken eine Erwiderung, als sie weitersprach.

»Er hat sie schon vorher betrogen«, sagte sie.

Als sie das sagte, wurde ich ganz starr vor Angst. Das war es, wonach ich gesucht hatte, die Wahrheit, die sie vor mir verborgen hatten, doch in diesem Moment wollte ich sie doch nicht aus ihrem Mund hören – ich wollte nicht, dass Harrys Geheimnis unserer Beziehung im Weg stand. *Jemand anderes soll es mir erzählen*, dachte ich, doch es war zu spät.

»Was meinen Sie damit?«

»Ja, was denn wohl? Er hatte eine Affäre. Ich habe sie zusammen gesehen. Sie war Bankerin, hatte ein Haus in Sag Harbor. Ich musste sie in seinem Auftrag nach East Hampton fahren, als Nora am Wochenende nicht da war. Er besaß nicht einmal so viel Respekt vor seiner Frau, es als Geheimnis zu hüten. Das hat man daran gesehen, wie er sie anschaute.«

»Sie haben es *gesehen*? Ist das alles?« Die Worte kamen heftiger heraus als beabsichtigt – ich war immer noch verärgert, weil sie mein ganzes Geschlecht verdammt hatte.

»Nein, das ist nicht *alles*, Ben«, sagte sie scharf. Es war das erste Mal, dass sie mich beim Namen nannte. »Da war noch was. Sie kannte das Haus. Als wir reingingen, wusste sie genau, wohin sie sich wenden musste. Und ich hätte schwören können, dass sie einen Schlüssel hatte. Als wir zur Tür kamen, griff sie in ihre Handtasche, als wollte sie was rausholen, doch dann hielt sie inne, als wäre ihr gerade eingefallen, dass ich ja auch noch da war.«

Ich hörte sie im Dunkeln schlucken und erkannte, dass sie sehr bestürzt war. Ihre heftigen Gefühle hatten noch einen anderen Grund als nur den Mord. Es war fast, als hätte sie Harrys Betrug an Nora persönlich genommen, als hätte er auch ihr wehgetan.

»Es tut mir leid, Anna«, sagte ich. »Das wollte ich nicht.«

»Schon gut«, sagte sie mit einer abwinkenden Handbewegung und sammelte sich. »Ich hab halt etwas gemacht, was ich nicht hätte machen sollen. Kann ich Ihnen vertrauen?«

»Natürlich«, log ich wieder.

»Irgendwas an ihrem Umgang miteinander war seltsam. Er sagte, sie sei zum Arbeiten gekommen, aber danach sah es mir überhaupt nicht aus. Ich habe einen Spaziergang am Strand gemacht und bin auf der Rückseite des Hauses wieder rausgekommen. Da bin ich die Dünen raufgestiegen und habe die Treppe genommen, um zu spionieren.«

Ihre Worte brachten die Erinnerung zurück, wie ich hinter Harry diese Stufen hochgegangen war und die Rückseite des Hauses erblickt hatte. Nora hatte auf dem Sofa gesessen und in einer Zeitschrift geblättert. Von diesem Punkt konnte man alles sehen, was im Haus vor sich ging.

»Sie waren in seinem Arbeitszimmer. Harry saß in einem Sessel, vorgebeugt, den Kopf in die Hände gestützt. Es sah aus, als würde er weinen. So hatte ich ihn noch nie gesehen. Sie kniete vor ihm und hatte ihm die Hände um den Kopf gelegt, wie in einer tröstlichen Geste. Ich glaube, sie hat auch geweint. Während der Minute, die ich ihnen zusah, rührten sie sich kaum. Ich bin die Treppe wieder runtergegangen, bevor sie mich bemerken konnten.«

»Wann war das?«

»Vor einem Monat.«

Ein Monat. Eine Woche bevor Nora Harry mit einer Waffe in diesem Raum gefunden und ihn in die psychiatrische Notaufnahme gebracht hatte. Was sich auch immer zwischen ihm und dieser Frau abgespielt hatte, musste ihm noch im Kopf herumgespukt sein. Doch vor allem hatte er mir nichts davon erzählt, und ich hatte es nicht wissen können. Harry hatte mich angelogen, doch statt enttäuscht zu sein, spürte ich einen Funken Erleichterung.

»Weiß Mrs Shapiro davon?«

»Ich glaube nicht. Sie sagt immer wieder, wie leid er ihr tut, was für eine schwere Zeit er durchmacht. Wenn sie wüsste. Es macht mich unglaublich wütend. Sie sind der Einzige, dem ich es je gesagt habe, Ben. Sie müssen es unbedingt für sich behalten.«

Anna blieb stehen und streckte den Arm aus, um mich ebenfalls aufzuhalten. Wir standen im Park unter einem blassen Mond und sahen einander an. Der Situation wohnte eine außerordentliche Intimität inne – wir waren die Einzigen, die von Harrys Affäre wussten, obwohl Anwälte, Reporter, Fotografen und Polizisten herumliefen, um auch die kleinsten Details über ihn und was er getan hatte, zusammenzukratzen. Ich hatte das Gefühl, als wären wir auch emotional verbunden, obwohl wir nur mit einer Beziehung geliebäugelt hatten.

Sie war nicht die Einzige, die außer sich war. Ihre Beschreibung von Noras Vertrauen in Harry hatte die Erinnerung daran geweckt, dass auch meine Mutter sich geweigert hatte, meinen Vater zu verurteilen. Wie unter Zwang hatte sie nur das Beste von ihm gedacht – was mich stocksauer gemacht hatte. Es war etwas, was Anna und mich verband, abgesehen von dem schwer zu definierenden Funken zwischen uns. Wir waren vereint in einer Art blindem Vertrauen in die Ehe und in dem Zorn darüber, dass sie von einem hemmungslosen Mann in den Schmutz gezogen wurde.

»Wer war diese Frau?«, fragte ich.

»Versprechen Sie es mir?«, beharrte sie.

»Ich verspreche es.« Ich wollte mich zu nichts verpflichten, und Anna war nicht meine Patientin, also war ich ihr nichts schuldig, aber ich konnte mich auch nicht weigern. Sie hatte mich in der Hand, und ich hatte Schuldgefühle, weil ich sie benutzte.

»Ich weiß nur ihren Name, Lauren Faulkner, und dass sie mal mit ihm zusammengearbeitet hat. Das hat er mir erzählt. Im Auto hat sie nicht viel gesagt, nur ›Hallo‹ und ›Danke‹. Oh, und sie liebte das Meer, das hat sie gesagt. Sie war eine Stunde da, dann habe ich sie wieder nach Hause gefahren. Immerhin habe ich sie nicht beim Bumsen erwischt.«

Wir zogen einen Bogen durch den Park und kehrten zum Columbus Circle zurück, wo wir am Rand der einundsechzigsten Straße stehen blieben. Sie schaute zu mir auf, und die Lichter, die von den Türmen schienen, beleuchteten ihr Gesicht wie eine Clownsmaske.

»Ich gehe jetzt besser«, sagte sie. »Ich unterhalte mich gern mit dir.«

Sie wandte sich mir zu, legte mir eine Hand auf die Schulter und drückte ihre Lippen kurz auf meine. Dann wandte sie sich ab und rannte, bevor ich reagieren konnte, durch eine Lücke im Verkehr und ließ nur die süße Erinnerung zurück.

13

Ich kann mich nicht genau an alles erinnern, was dann geschah, aber ich weiß, dass ich ein paar Minuten dastand und nachdachte und den Kuss und das, was sie mir erzählt hatte, zu begreifen versuchte. Dann wandte ich mich wieder dahin, wo wir hergekommen waren. *Ich gehe durch den Park und nehme an der Ecke Neunundfünfzigste und Lexington Avenue die U-Bahn*, dachte ich. In mir schlugen die Gefühle Purzelbäume – Freude, mit ihr zusammen zu sein, Aufregung über ihre Enthüllung und Schuldgefühle, weil ich sie hintergangen hatte.

Ich spazierte zurück zur dreiundsechzigsten Straße und ging durch eine Öffnung in der Parkmauer den Hang hinunter zu den Joggern, die hier ihre Runden drehten. Ich weiß noch, dass ich unter einer Straßenlaterne stehen blieb, die in die Äste eines Baums ragte, und mir die schmiedeeiserne Art-nouveau-Lampenfassung ansah mit ihren vasenähnlichen Formen in den vier Ecken. Hinter mir hörte ich ein Schlurfen, doch als ich mich umdrehte, war da niemand. Es war wohl ein Jogger gewesen, dessen Schritte von den Sträuchern ringsum gebrochen wurden. Als ich weiter in den Park hineinging, blieb der Lärm zurück, und es wurde dunkler. Der Weg unter meinen Füßen wurde sandig, als ich zwischen zwei Softballspielfeldern durchkam.

Es war ruhig dort, obwohl die Lichter der Türme am Central Park South über die Bäume ragten und einen riesigen Steinhügel zu meiner Rechten im Dunkeln funkeln ließen. Es waren nicht viele Menschen im Park, und ich bekam kaum etwas mit, dafür war ich zu sehr mit dem beschäftigt, was Anna mir über

Harry erzählt hatte. Ich hatte etwas über meinen Patienten – meinen ehemaligen Patienten – erfahren, was er mir nicht gesagt hatte, etwas, das alles, was passiert war, in ein anderes Licht rückte. Jetzt empfand ich noch mehr Mitleid mit Nora, die unwissend in diese quälende Situation geraten war.

Ich machte mir auch Sorgen um Anna. Noch spürte ich ihre Lippen auf meinen, und ich legte einen Finger auf die Stelle, wie um den Augenblick zurückzuholen. Doch unsere Beziehung, falls wir jetzt eine solche hatten, hatte auf äußerst kompromittierende Weise angefangen. Meinem Anwalt hatte ich ihre Existenz verschwiegen, und sie hatte ich angelogen, was mein Motiv für das Treffen mit ihr anging. Jetzt hatte sie mir etwas erzählt, was Joe unbedingt erfahren musste, und hatte mir die Lippen nicht nur mit einem Kuss versiegelt, sondern mit einem Versprechen. Sie hatte mich vor die Wahl gestellt, sie entweder zu hintergehen oder zu schweigen.

Auf einer Straße am östlichen Rand des Parks fuhren Autos vorbei, und ich ging durch einen Tunnel unter der Straße durch. Auf der anderen Seite war der Wollman Rink, im Winter Eislauffläche, den Sommer über Freizeitpark für Kinder. Er war für die Nacht geschlossen, doch auf einem Miniflugzeug auf dem Karussell blinkten ein paar Lämpchen grün und rot, und die Plastikgesichter eines Schweins und eines Esels grinsten fröhlich herunter. Ich wandte mich nach Norden und kam an einer für New York typischen Szene vorbei: eine Gruppe von Hundespaziergängern mit ihren Stadtkötern, die einander beschnupperten, während ihre Herrchen und Frauchen sich unterhielten, im Hintergrund das Plaza Hotel. Ich erinnere mich, dass ich über dieses Geschnatter am Rink lächeln musste. Ich ging weiter und kam in eine Ecke, wo die von den Gebäuden um den Park herum reflektierenden Lichter von Bäumen verdeckt wurden.

Erst einen Sekundenbruchteil bevor er mich niederschlug,

hörte ich etwas. Den einen Augenblick spazierte ich friedlich durch eine Senke an einem kleinen See, im nächsten Augenblick rammte er mir schon seine Schulter in den Bauch, riss mich herum und schlug mich von den Füßen. Er war den Hang heruntergelaufen gekommen und hatte sich auf mich gestürzt wie ein Besessener. Während er mich umwarf, schlang er die Arme um meine, sodass ich den Sturz nicht abfangen konnte und mit dem Kopf seitlich im selben Augenblick auf den Boden schlug wie mit der Schulter. Meine Schläfe knallte auf einen kleinen Stein, und meine Wange wurde in den Schmutz gedrückt, als wir den Hügel runter auf den See zurollten, außer Sichtweite derer, die vom Rink oder dem Pfad hier herunterschauten. Schmerz explodierte in meinem Kopf wie ein Vulkan, und ich war halb blind von Sand und Erde, die mir in die Augen geraten waren. Alles, was ich noch erkennen konnte, waren verschwommene Lichter. Als wir endlich liegen blieben, lief mir Blut in die Augen.

Im Rollen hatte er mich nicht festhalten können, und ich wollte wegkriechen und laufen, doch benommen und halb blind, wie ich war, kam ich nicht weit. Nach wenigen Schritten stolperte ich über einen Stein, und er fing mich ein, indem er sich nach vorn warf und mit einer Hand meinen Knöchel packte. Ich tauchte kopfüber in die Dunkelheit, und er landete auf mir und presste mir noch einmal die Luft aus der Lunge.

Ich lag auf dem Rücken, die Beine über mir am Hang, den Kopf auf einem Felsblock am Seeufer. Er drückte das linke Knie auf meine Brust und hatte mich mit einer Hand am Hals gepackt, während er den anderen Arm über meinen Kopf hob. Ich konnte nichts hören, und sein Gesicht war ein schwarzer Schatten, eine Silhouette gegen das weiße Leuchten vom Rink. Dann schoss seine Hand herunter und traf mich mit brutaler Wucht seitlich an der Stirn. Später ging mir auf, dass er wohl den Stein, über den ich gestolpert war, aufgehoben und als Waffe benutzt hatte.

In dem Augenblick war alles, was ich empfand, unerträglicher Schmerz und die Angst, dass ein Verrückter meinem Leben ein Ende setzte, allein, hier in diesem Park, weit weg von zu Hause.

Dann nur noch Dunkelheit.

Dann gar nichts mehr.

Als ich ein oder zwei Minuten später wieder zu Bewusstsein kam, beugte sich ein anderer Mann über mich und drückte mir einen Bausch Papiertaschentücher an die Kopfwunde.

»Können Sie mich hören? Geht es Ihnen gut?«, fragte er.

Er hatte kurze graue Haare und trug eine orangefarbene Jacke mit der Aufschrift SECURITY. Sein Gesicht wirkte beruhigend müde und erfahren. Ich wollte nicken, doch meine Halsmuskeln taten höllisch weh.

»Mir geht's gut«, murmelte ich.

»Ich habe einen Krankenwagen gerufen. Sie hatten Glück, dass ich Sie gehört habe. Der Typ hat keinen Spaß verstanden.«

Mein Kopf pochte vor Schmerz, doch die Papiertaschentücher hatten die Blutung gestoppt. Ich hob die Hand und fuhr mir über das Gesicht, um es nach weiteren Wunden abzutasten. Im Großen und Ganzen schien ich unversehrt, doch um das rechte Auge strichen meine Fingerspitzen über Prellungen und Schürfwunden. Ich versuchte mich zu erinnern, was passiert war, und überprüfte, ob ich eine Gehirnerschütterung hatte. Es war nicht alles klar, doch mein Gehirn funktionierte immerhin so gut, dass ich wusste, dass ich nicht ernsthaft verletzt war.

Nach einer Weile hörte ich die beharrliche Sirene des Krankenwagens, und das rote Licht zuckte über das Gesicht des Mannes, der bei mir hockte. Es erinnerte mich an den Lichtschein auf Annas Gesicht vor knapp einer halben Stunde, und bei der Erinnerung zuckte ich zusammen. Dann kamen die Sanitäter, und nachdem sie meine Pupillen auf Anzeichen für Gehirnverletzungen untersucht hatten, trugen sie mich den Hang hinauf zum Krankenwagen. Ich bekam mit, dass wir Richtung Norden durch den Park fuhren, und wollte mich aufsetzen, um den Sanitäter, der neben mir saß, zu fragen, wohin die Reise ging, doch ich konnte mich nicht rühren. Sie hatten mich an die Fahrtrage geschnallt, damit ich nicht runterfiel. Ich hatte oft genug erlebt, wenn Schizophrene so in die psychiatrische Notaufnahme gebracht wurden, und war froh gewesen, sie angebunden vorzufinden. Doch selbst so hier zu liegen war nicht besonders erbaulich.

»Nicht bewegen«, sagte der Sanitäter scharf und pumpte die Manschette an meinem Arm auf, um meinen Blutdruck zu überprüfen.

Der Krankenwagen schwang nach rechts – Richtung Osten – und verließ den Park an der Upper East Side. Da wusste ich, wohin wir fuhren. Es war irgendwie unvermeidlich, und ich konnte nichts anderes tun, als mich zurückzulegen und mich in mein Schicksal zu fügen, so paradox es auch war. Der Sanitäter beugte sich gemächlich über mich und holte meine Brieftasche aus meinem Jackett, das über meinen Füßen lag. Er schien sich davon überzeugen zu wollen, wer ich war.

»Wow. Hallo, Doc«, sagte er mit Blick auf meinen Arztausweis vom Episcopal. »Entspannen Sie sich, wir kümmern uns um Sie.«

»Wer hat mich überfallen?«, fragte ich.

»Der Sicherheitsmann wusste es nicht. Hat gesagt, er hätte ihn angesprochen, aber er wäre weggelaufen. Im Park treiben sich alle möglichen zwielichtigen Gestalten rum. Sie hatten Glück.«

Durchs Fenster sah ich die hohe Silhouette des Krankenhauses, und dann fuhren wir schon in die Krankenwageneinfahrt, und sie rollten mich in die medizinische Notaufnahme. Ein Assistenzarzt begrüßte uns und wies uns in ein Behandlungszimmer. Dort ließen sie mich allein, und ich konnte mich ein paar Minuten sammeln und überlegen, was sie aufhielt. Schließlich wurde der Vorhang beiseitegeschoben, und eine Ärztin in grünem Kittel und blauer OP-Haube trat ein und griff nach meiner Krankenakte.

Meine Exfreundin.

»O Gott«, sagte ich und verrenkte den Hals, um sie anzusehen.

»Freut mich, dich zu sehen«, erwiderte Rebecca forsch. »Ich habe Dienst, und ich wurde angepiepst. Aus irgendeinem Grund dachten sie, ich würde mir Sorgen machen.«

»Wie kommen sie denn darauf?«

Sie hielt inne, wie um sich zu sammeln, atmete durch die Nase aus und blickte auf mich herunter. Ihr Blick wurde milder, erinnerte mehr an die alte Rebecca. Dann setzte sie ihre OP-Haube ab, und ich sah, dass sie sich ihre kastanienbraunen Haare hatte schneiden lassen, wodurch ihre Augen größer wirkten und verletzlicher. Sie hatte auch abgenommen: aus Trauer um unsere Trennung, schmeichelte ich mir.

»Kaum lasse ich dich fünf Minuten allein, schon passiert so was. Kannst du nicht auf dich aufpassen?« Ihre Worte klangen liebevoll aufgebracht.

»Deine Haare gefallen mir«, bemerkte ich.

»Danke«, erwiderte sie, lächelte verhalten und schaute zum Fuß der Fahrtrage. »Kannst du die Zehen bewegen?«

»Meiner Wirbelsäule geht's gut. Es funktioniert alles.«

»Dann setz dich auf, und ich kümmere mich um die Platzwunde da. Du hast das Bewusstsein verloren, hat man mir gesagt. Kannst du dich an was erinnern?«

»An ziemlich viel. Ich glaube nicht, dass ich eine schlimme Gehirnerschütterung habe.«

»Wir machen vorsichtshalber trotzdem besser ein CT.«

Sie ließ das Seitenteil der Fahrtrage herunter, und ich setzte mich auf und schwang die Beine über die Kante, damit sie den provisorischen Verband entfernen und die Wunde an meiner Stirn säubern konnte. Dann drückte sie die Ränder des Schnitts zusammen und klebte Wundverschlussstreifen darüber. Ihre Finger arbeiteten fachkundig und leidenschaftslos, und ich dankte Gott für ihre Erfahrung und ihre Professionalität. Egal, was sie für mich empfand, ich konnte mich darauf verlassen, dass sie ihre Arbeit gut machte.

»So«, sagte sie, trat einen Schritt zurück, um ihr Werk zu betrachten, und streifte die Latexhandschuhe ab. »Nicht besonders hübsch, aber in zwei Wochen bist du so gut wie neu. Wer war das?«

»Ich dachte, du hättest ihn geschickt.«

»Sehr witzig. Mir hast du immer gesagt, ich solle nachts nicht in den Central Park gehen, er sei voll von deinen Patienten. Was hast du da gemacht? Wolltest du ausgehen?«

Mein Kopf fing heftig an zu pochen, und ich hatte keine Ahnung, was ich darauf antworten sollte. *Eine Frau hat mich gebeten, mit ihr im Park spazieren zu gehen, und dann hat sie mich geküsst – und danach bin ich überfallen worden.* Eher nicht. Ich begegnete ihrem skeptischen Blick – dem Blick einer ehemaligen Liebe mit einem Rest an Interesse.

»Ich hatte Lust auf einen Spaziergang.«

Rebecca wirkte nicht überzeugt, doch sie wollte wohl nicht weiter in mich dringen, um nichts erfahren zu müssen, was ihr womöglich wehtat. Also senkte sie den Blick und kritzelte etwas auf mein Krankenblatt, wie um unsere Begegnung zu einem Ende zu bringen. Während sie das tat, überkam mich Angst. Nicht nur, dass ich ihr nicht sagen konnte, was ich im Park gemacht hatte. Ich wusste auch nicht, warum der Angreifer sich auf mich gestürzt hatte. Meine Brieftasche war noch in meinem Jackett, also war er entweder ein miserabler Dieb gewesen oder gar keiner. Vielleicht ein paranoider Schizophrener, aber es war mir vorgekommen, als hätte der Typ genau gewusst, was er tut.

»Hör mal, Ben. Geht es dir gut? Ich habe von der Sache mit dem Wall-Street-Typ gehört. Ich wollte dich anrufen, aber …« Ihre Stimme verlor sich, und sie zuckte bedauernd die Achseln.

»Das kommt schon wieder in Ordnung. Mach dir keine Sorgen.« Es fühlte sich besser an, diesen Rat zu geben, als ihn selbst zu bekommen, wenn auch nicht unbedingt überzeugender.

»Ich hoffe es«, sagte sie und hängte die Krankenakte zurück an die Fahrtrage. »Die sollen dich zum CT bringen, und dann nehme ich dich für die Nacht auf. Wir sollten dich beobachten, wegen Verdacht auf Gehirnerschütterung. Du benimmst dich seltsam.«

Die Laken waren einladend sauber und frisch. Harry hatte nicht viel davon gehalten, aber ich fand sie okay. Nach dem CT, das ergab, dass in meinem Gehirn nichts Besorgniserregendes vonstattenging, rollten sie mich rauf in ein Privatzimmer im achten Stock, das in dieser Nacht nicht gebraucht wurde. Ich erbot mich zu gehen, doch das erlaubten sie nicht. Mit einem Morphinderivat im Blut und dem vertrauten Summen der Geräte neben dem Bett schlief ich rasch ein.

Das Frühstück – ein labberiger Pfannkuchen mit Ahornsirupersatz und Apfelsaft in einem verschlossenen Plastikbecher, heruntergespült mit aromafreiem Kaffee – fand nicht meine Zustimmung. Das Zeug war normalerweise längst abgeräumt, bevor ich zu den Patienten kam, und jetzt begriff ich, warum einige so schlecht auf den Laden zu sprechen waren. Die Sonne schien durch das Eckfenster, und ich lag mit der *New York Times* auf dem Bett und wartete darauf, dass die Bürokratie sich in Gang setzte, damit ich entlassen werden konnte. Ich hatte Kopfschmerzen, und der Anblick meines ramponierten Gesichts im Badezimmerspiegel war nicht gerade erquicklich gewesen, aber ich hatte es überlebt.

Um halb zehn klopfte es, und ich ließ die Zeitung sinken, halb in der Erwartung, Rebecca zu sehen, doch stattdessen steckte Jim Whitehead den Kopf zur Tür herein. Er hatte sein Kommen nicht angekündigt, und ich war nicht begeistert darüber, doch ich hatte wohl keine Wahl. Ich konnte meinem Chefarzt nicht das Recht verweigern, nach mir zu sehen.

Wenn er nicht auf York Ost zu tun hatte, arbeitete Jim in seiner Privatpraxis in der sechsundfünfzigsten Straße. Ich hatte den Verdacht, dass er damit eine berufliche Aussage im Dienste der Hochkirche von Sigmund Freud traf, weg von der offiziellen Leitlinie des Episcopal, das sich damit brüstete, für alle Behandlungsmethoden aufgeschlossen zu sein – Drogen, kognitive Verhaltenstherapie –, Hauptsache, es half. Der entscheidende Hinweis war seine Couch, ein Ding aus schwarzem Leder und Chrom, die mir aufgefallen war, als ich in seiner Praxis in einem Ärztehaus vorbeigeschaut hatte. Es ergab Sinn: Manhattan war der einzige Ort auf Erden, wo genug reiche Neurotiker lebten, die bereit und in der Lage waren, fünf Stunden die Woche mit dem menschlichen Äquivalent einer Backsteinmauer zu reden.

Jetzt lag ich hier vor ihm auf dem Rücken und überlegte, ob er die Gelegenheit zu einer kleinen Analyse nutzen würde, doch er stand nur eine Minute lang mit seinem Klemmbrett da und betrachtete mich mit einer Miene, die Zweifel an meiner psychischen Stabilität andeutete. Dann setzte er sich ans Bett und legte sich das Klemmbrett umgedreht auf den Schoß.

»Sie hatten großes Glück«, sagte er.

Ich klopfte mit den Knöcheln der linken Hand an die unverletzte Seite meines Schädels. »Mir geht's gut. Aber das war das letzte Mal, dass ich im Central Park spazieren gegangen bin.«

»Klingt nach einem weisen Entschluss. Sie haben eh eine

schwere Zeit. Wenn ich etwas tun kann, um Ihnen zu helfen, sagen Sie mir Bescheid.« Er unterbrach sich kurz, bevor er zum Punkt kam. »Ich bin hier, um Ihnen zu sagen, dass ich mit Mrs Duncan über den Fall Shapiro gesprochen habe. Sie hat alle Punkte, an denen Sie angreifbar sein könnten, sorgfältig erwogen.«

Ich könnte angreifbar sein? Das klang nicht gerade nach einer Solidaritätserklärung. Hatte Duncan nicht gesagt, das Episcopal stünde hinter mir, kurz bevor sie mir mit dem Ende meiner Karriere gedroht hatte? Wenn sie wirklich hinter mir standen, dann aber ganz weit hinten.

»Sie ist sehr professionell«, sagte ich vorsichtig.

»Es gibt etwas, was mir Sorgen bereitet. Ich bin den Fall auch mit allen anderen noch einmal durchgegangen, die darin involviert waren, und habe lange darüber nachgedacht. Ich habe mit Dr. Knox gesprochen und mit den Pflegekräften in der Notaufnahme sowie mit Mr O'Meara. Er hat mir gesagt, Mr Shapiro sei mit einer Waffe hergekommen. Ist das richtig?«

Das erschütterte mich, und ich nahm mir Zeit, die *New York Times* zusammenzufalten und aufs Bett zu legen, bevor ich antwortete.

»Mrs Shapiro hat ihren Mann mit der Waffe gefunden. Sie hat sie ihm weggenommen und zur Sicherheit mit hergebracht.«

»War es die Mordwaffe?«

Ich sah aus dem Fenster, betrachtete das Muster aus Stahl und Glas am Gebäude gegenüber und war mir bewusst, dass ich Jim nicht ansehen wollte. Ich dachte daran, wie Pagonis mir in dem Vernehmungszimmer in Yaphank die Mordwaffe gezeigt hatte. Es war nicht die Beretta gewesen, die Nora mit in die Notaufnahme gebracht hatte, aber inzwischen schien das auch schon keine Rolle mehr zu spielen. Ich hatte ihn hier rausspazieren lassen, ohne eine Ahnung zu haben, wozu er fähig war, obwohl mir ein wichtiger Hinweis unter die Nase gehalten worden war.

»Nein. Er hatte eine andere«, sagte ich.

Jim schaute auf sein Klemmbrett, als juckte es ihm in den Fingern, es zur Hand zu nehmen und zu notieren, was ich gesagt hatte. Dann sah er mich direkt an, und sein Blick bohrte sich mit dem Ausdruck eines Lehrers in meine Augen, der von seinem vielversprechendsten Schüler enttäuscht war.

»Weder Sie haben mir davon erzählt noch Mrs Shapiro, weil er von Ihnen behandelt werden wollte. Das bereitet mir Sorgen. Wenn ich das gewusst hätte, hätte ich den Fall von Anfang an anders beurteilt. Ich wäre nicht besonders glücklich gewesen, Ihnen die Verantwortung zu übergeben.«

Allmählich dämmerte mir, warum Jim hergekommen war, und mein Kopf fing wieder an zu pochen. Keineswegs aus Sorge um meine Gesundheit, nein, er war hier, um sicherzugehen, dass ich ihn nicht in die Affäre hineinzog, indem ich ihm die Schuld in die Schuhe schob. Es machte mich zornig, dass er so unverhohlen an meine Seite geeilt war, um sich zu schützen, genau wie er an dem Samstag im Krankenhaus vorbeigeschaut hatte, um Harry als Patienten für sich zu gewinnen. Er handelte mit Bedacht, doch wenn es ihm in den Kram passte, konnte er ganz schön fix sein.

»Mr Shapiro ist meine Verantwortung, nicht Ihre. Darüber müssen Sie sich keine Sorgen machen«, erwiderte ich kurz angebunden.

»Ich möchte das nur geklärt wissen, mehr nicht. Ich tue alles, was in meiner Macht steht, um Sie in dieser Sache zu unterstützen, Ben«, sagte er.

Diesmal war es Jim, der verlegen den Blick abwandte: Im Gegensatz zu Duncan besaß er immerhin den Anstand, beschämt zu schauen. Doch seine Geste der Unterstützung rangierte ziemlich weit unten auf der Skala. Selbst Harrys Frau hatte mehr zu bieten gehabt als das hier.

Es wurde vier Uhr am Nachmittag, bis sie mich entließen, und ich gönnte mir für die Heimfahrt ein Taxi die York Avenue hinunter, unter der Queensboro Bridge durch, in den Händen eine Papiertüte mit Medikamenten. Ich hatte geduscht, um das Blut und den Schmutz vom Herumrollen auf dem Boden im Central Park abzuwaschen, doch um die Wunde an meiner Stirn klebte immer noch Erde in meinen Haaren, und als ich hinten eingestiegen war, hatte der Taxifahrer mich mit einem misstrauischen Blick bedacht.

Vorsichtig betrat ich das Haus, jederzeit darauf gefasst, dass einer der Nachbarn oder Bob mich ansprach, doch die Lobby war leer. Ich schaffte es zum Aufzug und den Flur runter, ohne jemandem mein äußeres Erscheinen erklären zu müssen. Doch mein Glück war nicht von Dauer. Als ich mich meiner Wohnungstür näherte, schob ich die Hand in die Tasche, um die Schlüssel rauszuholen, doch sie waren nicht da. Zuerst konnte ich es nicht glauben – sonst fehlte nichts –, und ich suchte in sämtlichen Taschen, falls ich sie woanders hingesteckt hatte. Doch sie waren weg. Es blieb mir nichts anderes übrig, ich musste müde den Flur zurückgehen, in den Aufzug steigen und hinunter in die Lobby fahren. Bob war wieder da, und ich ging schicksalsergeben zu ihm.

Er blickte auf und machte große Augen. »Mein Gott.«

»Ich bin im Park überfallen worden, aber es ist nicht so schlimm, wie es aussieht«, sagte ich. »Kann ich den Schlüssel zu meiner Wohnung haben? Meiner ist weg.«

Ich nahm wieder den Weg, den ich gekommen war, bis ich zum zweiten Mal vor meiner Wohnungstür stand. Ich ging davon aus, dass sonst alles in Ordnung wäre. Ich lebte in einem Apartmenthaus mit guten Sicherheitsvorkehrungen, und da mein Angreifer sich nicht für meine Brieftasche interessiert hatte, hielt ich es für äußerst unwahrscheinlich, dass er mir die Schlüssel gestohlen hatte. Wahrscheinlich waren sie mir aus der Tasche gefallen, als wir den Hang runtergerollt waren oder am Teich gerauft hatten. Vielleicht fand ich sie, wenn ich morgen da noch mal hinging, und wenn nicht, war es auch nicht schlimm. Also öffnete ich sorglos die Wohnungstür und schaltete das Licht ein.

Augenblicklich begriff ich, dass ich mich geirrt hatte. Jemand war wie ein Wirbelwind durch die Wohnung gefegt, hatte Bücher aus den Regalen gerissen und Papiere vom Schreibtisch. Kissen waren zu Boden geschleudert worden, und ein Haufen Sachen war chaotisch auf dem Teppich verstreut. Eine Minute lang stand ich schockiert da und versuchte, es zu begreifen. Es sah aus wie ein Zimmer auf Zwölf Süd, nachdem ein schizophrener oder manischer Patient ausgerastet war und mit Gegenständen um sich geworfen hatte. Die Wände und die Möbel schienen intakt zu sein, nur kleinere Gegenstände waren herumgeworfen worden. Ich zitterte, denn jetzt wusste ich, dass der Überfall auf mich kein Zufall gewesen war. Jemand war gezielt hinter mir her gewesen.

Und wenn er noch hier ist?, dachte ich. Man hatte uns beigebracht, uns bei Gefahr zurückzuziehen – einen Wachmann zu suchen und die Übermacht zu nutzen. Psychiater oder Pflegekräfte wurden relativ häufig angegriffen, und man drillte uns ein, kein Risiko einzugehen. Doch ich wollte herausfinden, was los war, ohne sofort Bob – oder, schlimmer noch, Pagonis – hinzuziehen zu müssen. Also verharrte ich, atmete leise und lauschte. Als ich nach zwei Minuten nichts gehört hatte, ging ich langsam den Flur zu meinem Schlafzimmer hinunter. Die Wohnungstür ließ ich offen. Wenn ich mich getäuscht hatte und jemand in der Wohnung war, musste ich so schnell wie möglich hier verschwinden können. Die Schlafzimmertür war nur angelehnt. Ich drückte sie mit pochendem Herzen ganz auf und spähte hinein.

Es war in demselben Zustand wie das Wohnzimmer. Die

Bettdecken, Laken und Kissen waren vom Bett gezerrt und durch die Gegend geworfen worden, zusammen mit der Kleidung aus dem Schrank. Der Eindringling hatte sämtliche Sachen von der Ablage im Bad gefegt – selbst Rebeccas Urlaubsmuscheln. Zwei waren zerbrochen, und ich hockte mich hin, um sie aufzuheben. Es brachte mich aus der Fassung, als hätte sich jemand an den Familienjuwelen vergriffen. Sie waren das einzig Greifbare, was mir von unserer Beziehung geblieben war.

Wie ich dort kniete, schaute ich zur Seite und sah eines von Rebeccas Kleidern, die sie versehentlich in meinem Schrank zurückgelassen hatte. Es lag zusammengeknüllt in der Ecke des Badezimmers. Ich hob es auf und sah, dass es von oben bis unten mit einem Messer oder einer Schere aufgeschlitzt worden war. Tiefe Risse durchzogen den Stoff, vom Hals runter bis zur Taille. Das beunruhigte mich mehr als das ganze übrige Durcheinander, und ich ging zurück ins Schlafzimmer, um mir meine Kleidung anzusehen, die ebenfalls von den Bügeln gezerrt war. Es war alles zerknittert, aber unbeschädigt. Er hatte Rebeccas Kleid ausgewählt, um es in Stücke zu schneiden, als hätte er einen Grund gehabt, es zu verabscheuen. Mich überkam das unschöne Gefühl, in die Seele von jemandem zu blicken, der einen sadistischen Groll hegte.

Im Wohnzimmer hob ich ein paar Kissen aufs Sofa und setzte mich, um meine nächsten Schritte zu überlegen. Ich sollte wohl den Polizisten Bescheid sagen, die zum Tatort im Park gerufen worden waren und denen ich von dem Überfall erzählt hatte, bevor ich aus dem Episcopal entlassen worden war. Vielleicht sollte ich auch Pagonis anrufen und sie informieren. Doch beides würde ich nicht tun, denn es wäre das Ende des bisschen Privatheit, das mir noch geblieben war, und ich würde in eine Ermittlung hineingezogen werden, die alles nur noch schlimmer machen würde. Ich hatte nicht einmal Lust, Bob anzurufen, um mich zu erkundigen, wie der Typ an ihm vorbeigekommen war. Wozu war ein livrierter Pförtner in der Lobby gut, wenn jeder Irre einfach vorbeispazieren konnte? Aber wenn ich es ihm erzählte, wäre er in einer Minute hier oben, um es zu erklären, und dann wüsste es innerhalb von vierundzwanzig Stunden das ganze Haus.

Ich ging herum, stellte Sachen an ihren Platz zurück, und am Schluss überprüfte ich die Medikamentenfläschchen, die der Einbrecher aus dem Schrank im Bad gerissen hatte. Im Hinterkopf hoffte ich wohl immer noch, es sei ein Süchtiger gewesen – eine letzte beruhigende Möglichkeit –, doch es fehlte nichts. Mein Kopf schrillte, ich war völlig am Ende und zog mich nur noch aus, schluckte eine Vicodin und ließ mich in das Bett plumpsen, das er auseinandergenommen hatte.

14

Manchmal glaube ich ja, ich bin Psychiater geworden, um keine Fragen beantworten zu müssen. Es gehört zu den tröstlichen Seiten des Berufs, dass man Fragen von Patienten, was man denkt oder fühlt, zurückgeben und sich hinter einer Mauer aus Distanziertheit verstecken kann. Das Problem ist, dass ich mir nicht sicher bin, ob ich die Fragen beantworten könnte, selbst wenn ich es dürfte. Immer wenn ich in Therapie war – wozu wir angehalten wurden, was ich in letzter Zeit aber vernachlässigt hatte –, bemerkte ich die Gefühle meiner Patienten für mich und meine für sie, jedes bisschen Übertragung und Gegenübertragung. Doch meine Gefühle für mich waren mir irgendwie abhandengekommen.

Es klopfte am Autofenster, und ich fuhr zusammen. Es war Joe, der aus kurzer Entfernung durch die Scheibe spähte und mir mit einer Geste bedeutete, ihn reinzulassen. Ich hatte in der Nähe der Staatsanwaltschaft Suffolk County geparkt, seitlich des Riverhead Gerichtskomplexes am Gefängnis, wo Harry jetzt in Untersuchungshaft saß.

»Was, zum Teufel, ist denn mit Ihnen passiert?«, fragte er, als er sich auf den Beifahrersitz gesetzt hatte, und starrte in mein ramponiertes Gesicht.

Seit meinem Spaziergang im Central Park waren drei Tage vergangen, und die schlimmsten Schwellungen an der Stirn waren schon abgeklungen; doch drumherum hatten sich lilablaue Flecken gebildet, sodass mein Gesicht jetzt erst recht zum Fürchten aussah. Ich hatte niemandem etwas von dem Einbruch in meiner Wohnung erzählt, und mir war immer noch nicht danach: Es gab zu viele unbeantwortete Fragen. Wenn der Angreifer es gezielt auf mich abgesehen hatte, wenn ich nicht willkürlich aus den Passanten und Hundespaziergängern im Park herausgepickt worden war, warum war er so rasend gewesen, und was hatte er gewollt?

»Mir hat man erzählt, der Central Park wäre heutzutage sicher nach Einbruch der Dunkelheit. Sieht so aus, als wäre das nicht wahr. Ich bin spazieren gegangen«, sagte ich so leichthin wie möglich.

»Mist. Sie wurden niedergeschlagen?«

Es war Zeit für die Wahrheit. Doch wenn ich gestand, würde er als Erstes fragen, was ich überhaupt da gewollt hatte, und dann, warum ich mit Harrys Haushälterin zusammen gewesen war, und schließlich, was sie mir erzählt hatte. Ich konnte nicht darüber sprechen, denn ich hatte Anna mein Wort gegeben – sie hatte mich darum gebeten. Ich wusste, dass es dumm war, meine Loyalität zu ihr – vielleicht auch nur meine Schwäche für sie – wichtiger zu nehmen als meine Verteidigung, aber ich hielt mein Wort.

»Ich hatte Glück. Jemand hat ihn verjagt.«

»Solange es Ihnen gut geht«, sagte er, ohne mein Zögern zu bemerken. »Und, was werden Sie da drinnen erzählen?«

»Nur das, was Sie mir gesagt haben.«

»Wunderbar. Gehen wir rein«, meinte er, stieg aus dem Wagen und knüpfte seinen Mantel zu. Ich folgte ihm die Stufen zum Suffolk County Court hinauf, einem Stück Architektur-Brutalismus aus den Siebzigerjahren, das aussah wie von einem Riesenkleinkind aus rechteckigen weißen Bauklötzen aufgeschichtet. Am oberen Ende der Treppe, an der Doppeltür zur Staatsanwaltschaft, hatte man einen Blick auf die Rückseite von Harrys Gefängnis, wo Stacheldraht verschwenderisch um kahle Höfe drapiert war. Der Anblick war noch unerfreulicher als die Vorderansicht.

In dem langen Flur im zweiten Stock entdeckte ich eine vertraute Gestalt, die sich mit einem kahlköpfigen Mann in einem dreiteiligen Anzug mit einem Stapel Akten unter dem linken Arm unterhielt.

»Detective Pagonis«, sagte ich.

Pagonis sah mich an, als täte es ihr leid, dass sie mich aus dem Vernehmungszimmer rausgelassen hatte, und würde sie ihren Fehler am liebsten so schnell wie möglich ausbügeln. Ein unerbittlicher Blick, in dem nicht das geringste Mitgefühl lag – ein Ausdruck, wie ihn Polizeibeamte sicher lange übten, um Verdächtige einzuschüchtern. Sie kniff die Augen zusammen, als sie mein Gesicht sah, und ich hob verlegen eine Hand an den Kopf.

Joe bekam die stumme Interaktion mit und trat vor, um dazwischenzugehen. »Ich bin Joe Solomon, Bens Anwalt. Er ist im Central Park auf den Falschen gestoßen«, sagte er unbekümmert.

Pagonis schüttelte Joe misstrauisch die Hand – wie eine Katze, die einen Hund begrüßte. »Dies ist Steven Baer, der zweite Staatsanwalt«, sagte sie.

»Ich glaube, ich habe Sie schon mal im Fernsehen gesehen«, sagte ich zu ihm. Ich hatte ihn beobachtet, wie er schweigend auf den Stufen zum Gericht gestanden hatte, als Harrys grauhaariger, massiger Anwalt nach der gerichtlichen Anhörung mit den Reportern gesprochen hatte. Baer hatte sich stur geweigert, einen O-Ton für die Abendnachrichten zu liefern, doch er hatte geduldig dagestanden, während Harrys Anwalt seinen Senf zum Besten gab.

»Vielen Dank, dass Sie gekommen sind«, sagte Baer und beugte sich dabei ein wenig vor und betrachtete uns freundlich. Er hatte ein blasses, ovales Gesicht, und sein Schädel war kahl, bis auf zwei Haarsträhnen über den Ohren. »Ich glaube nicht, dass wir uns schon begegnet sind«, sagte er zu Joe. »Sie sind sicher aus New York.«

Gemessenen Schrittes führte er uns den Flur hinunter, wie jemand, der sich ungern hetzen ließ. Ich spürte, dass Joe seinen natürlichen Vorwärtsdrang bremsen musste. Als wir in Baers Büro kamen, umfing uns ein muffiger Geruch, der von dem hoch mit Akten bepackten Schreibtisch und von den vollgestopften Bücherregalen ausging. Er setzte sich hinter den Tisch, und Joe und ich verteilten uns auf den knarrenden Stühlen davor. Pagonis stellte sich mit gezücktem Notizbuch in die Ecke, außerhalb meines Gesichtsfelds, und ich richtete den Blick auf Baer.

»Dies ist keine Vernehmung, eher ein Kennenlerntreffen, aber Detective Pagonis wird Notizen machen, wenn das okay ist«, sagte Baer.

Ich sah Joe fragend an. Er musterte die Fingernägel seiner rechten Hand und sagte, ohne den Blick zu heben: »Absolut in Ordnung.«

»Gut, wir stecken mitten in den Vorbereitungen zum Prozess, wie Mr Solomon Ihnen gesagt haben wird, Doktor. Auch wenn noch mehrere Monate vergehen werden, bevor wir vor Gericht gehen. Mr Shapiros Anwalt hat angedeutet, er werde wegen der Tötung auf schuldig plädieren, aber als strafmildernden Umstand geltend machen, dass Shapiro psychisch labil war.«

»Das ist mir bekannt«, sagte ich.

»Sehr gut. Dann wissen Sie auch, dass es um Beweise für den Geisteszustand des Angeklagten zum Zeitpunkt des Vorfalls geht. Wir werfen einen Blick in die Krankenakte und ziehen einen forensischen Psychiater hinzu, der Mr Shapiro untersucht. Normalerweise würden wir davon ausgehen, dass die Verteidigung Sie in den Zeugenstand ruft, weil Sie ihn behandelt haben.«

»Nicht unbedingt«, unterbrach Joe ihn.

»Also, es gibt Ausnahmen. Egal, in diesem Fall ist es wohl nicht so. Ja, die Verteidigung möchte einen forensischen Psychiater hinzuziehen, der Shapiro untersucht, aber nicht Sie. Das wirft für mich natürlich die Frage auf, was die Verteidigung im Zeugenstand nicht aus Ihrem Mund hören will. Das Wahrscheinlichste ist wohl, dass Sie der Meinung sind, dass Mr Shapiro gewusst hat, was er tut, oder?«

Baers Miene war sanft und wissbegierig, und so wie er es formulierte, klang es, als gälte sein Interesse allein der Lösung eines Rätsels, doch er war schnurstracks auf die unangenehme Wahrheit zugeschossen – verbal bewegte er sich um einiges schneller als in persona.

»Ich glaube, ich kann hier ein bisschen Zeit sparen, indem ich Ihnen Dr. Cowpers Position auseinandersetze«, unterbrach Joe ihn. »Er fühlt sich durch die ärztliche Schweigepflicht gebunden und möchte die Einzelheiten seiner Behandlung von Mr Shapiro nicht öffentlich machen.«

»Aber angesichts dieser Verteidigungsstrategie greift die ärztliche Schweigepflicht doch längst nicht mehr«, sagte Baer freundlich.

»Also, zwei Punkte«, sagte Joe und setzte sich auf. »Erstens sind wir von der Verteidigung nicht in Kenntnis gesetzt worden, dass Mr Shapiro seinen Arzt von der Schweigepflicht entbunden hat, und das bräuchten wir, und zwar schriftlich. Zweitens, selbst wenn dem so wäre, würde Dr. Cowper aus ethischen Gründen nicht darüber reden wollen.«

»Das ist richtig«, bestätigte ich gehorsam, obwohl Ethik nicht viel damit zu tun hatte. Ich wollte mich so weit wie möglich vom Scheinwerferlicht fernhalten.

»Das ist sozusagen sein gutes Recht. Wie gesagt, wir möchten uns nur unterhalten. Aber wenn ich ihn in den Zeugenstand rufe, steht er unter Eid, und dann muss er reden, egal was er denkt. Und das habe ich vor«, sagte Baer.

»Das ist *Ihr* gutes Recht. Aber bis dahin können wir nichts für Sie tun«, erwiderte Joe.

»Schade«, sagte Baer. »Sehr schade. Sie haben einen weiten Weg auf sich genommen, Gentlemen, um mir das zu sagen. Ich hatte gehofft, wir könnten eine Möglichkeit finden, um zu vermeiden, dass Dr. Cowper noch mehr in Schwierigkeiten gerät.«

»Sehr freundlich, aber Ben steckt nicht in Schwierigkeiten, denn er hat nichts falsch gemacht. Es tut mir leid, wenn ich Sie enttäuschen muss«, erwiderte Joe und stand auf, um das Ende des Gesprächs anzudeuten.

Baer ließ seinen Blick ein paar Sekunden auf uns ruhen, bevor er ebenfalls aufstand. Er wirkte nachdenklich, aber nicht mehr ganz so freundlich, als hätte er mich aus einer Kategorie – »potenzieller Verbündeter« – in eine andere – »gegnerischer Zeuge« – gesteckt. Dann kam er um seinen Tisch herum, um uns die Tür zu öffnen, wo Pagonis mir einen empörten Blick zuwarf.

»Was halten Sie davon?«, fragte ich Joe, als wir Baers Verhör entkommen waren und das Gebäude schon, eine halbe Stunde nachdem wir gekommen waren, wieder verließen.

»Der Kerl ist gewiefter, als er vermuten lässt.«

»Er hat gesagt, er ruft mich in den Zeugenstand.«

Er schüttelte den Kopf. »Alles Bluff. Das tut er nicht, solange er nicht weiß, was Sie sagen werden. Zu riskant. Die Verteidigung wird einen forensischen Psychiater finden, der aussagen wird, dass Shapiro labil war und im Krankenhaus hätte bleiben sollen. Baer wird seinen eigenen Psychiater hinzuziehen, der das Gegenteil behaupten wird. Der Typ ist so gesund wie Sie und ich und hat die ganze Sache clever eingefädelt.«

Das klang sehr zynisch, aber ich hatte Kollegen, die als forensische Psychiater arbeiteten, und normalerweise fanden sie eine Möglichkeit, genau die geforderte Diagnose zu stellen. An der menschlichen Psyche ist nichts in Stein gemeißelt, und das gibt Raum zum Improvisieren.

»Was halten *Sie* davon?«, fragte Joe und wandte sich um, um mich anzusehen. Er hatte sein gewohnt liebenswürdiges Gesicht aufgesetzt, doch er studierte aufmerksam meine Miene.

»Ich weiß es wirklich nicht«, sagte ich.

In der psychiatrischen Notaufnahme war ich mir sicher gewesen, Harry sei im schlimmsten Fall selbstmordgefährdet – er war mir wie der klassische Fall einer Midlife-Depression vorgekommen. Doch nach unserer Begegnung im Gefängnis hatte ich mich gefragt, ob er mich die ganze Zeit an der Nase herumgeführt hatte. Wir gingen weiter und kamen an einer Frau vorbei, die zwei Kinder ins Gericht schleifte – vermutlich, um zuzusehen, wie ihr Vater zu einer Gefängnisstrafe verurteilt wurde. *Kein besonders toller Start ins Leben,* dachte ich.

»War's das dann?«, fragte ich.

»Ich hoffe es«, antwortete Joe und stieg in seinen Lexus.

Er winkte fröhlich, als er vom Parkplatz kurvte und in Richtung Highway abbog. Ich wartete, bis er außer Sichtweite war, bevor ich zu meinem Auto ging, doch kurz bevor ich es erreichte, hörte ich jemanden rufen und sah Pagonis auf mich zukommen. Sie hatte es so abgepasst, dass sie mich ohne meinen Anwalt erwischte.

»Wer hat Sie überfallen?«, fragte sie, als sie mich erreicht hatte.

»Keine Ahnung.«

»Sie wissen so einiges über Shapiro, was Sie uns nicht sagen, was?«, schoss sie ihre nächste Frage nach und machte kaum eine Pause, nachdem sie mich so überrumpelt hatte. »Wir finden noch heraus, was Sie verheimlichen.«

Ich merkte, dass ich rot anlief vor Verlegenheit, drehte mich zu meinem Wagen um, um es vor ihr zu verbergen, und holte den Schlüssel heraus. *Meinem Anwalt kann ich es nicht sagen, da werde ich den Teufel tun und es dir anvertrauen*, dachte ich.

»Sie vergeuden Ihre Zeit, Detective«, sagte ich.

»Das glaube ich nicht, *Doktor.*«

Das letzte Wort spuckte sie regelrecht aus, als glaubte sie nicht daran, dass ich als Arzt überhaupt etwas beitragen konnte, und stolzierte davon. Ich stieg in meinen Wagen und blieb ein paar Minuten reglos sitzen, um mich zu beruhigen, bevor ich gemächlich vom Parkplatz fuhr und mich auf den Weg gen Süden machte.

Nebel trieb vom Meer herein, als ich zum Haus der Shapiros fuhr, und über die auf der Düne aufgereihten Häuser. Die Felder und Teiche in der Ferne hinter dem Haus wirkten flach und trostlos. Es war mein erster Besuch allein – das letzte Mal hatte Anna mich über die schmale Straße zum Haus gefahren. Als ich zu den Weiden an der Einfahrt zum Kiesweg kam, versuchte ich so schwungvoll hochzufahren wie sie, doch ich hatte die Geschwindigkeit falsch eingeschätzt, und oben drehten die Reifen im Kies durch.

Nora war im Garten hinter dem Haus, sie hockte im Gärtnerkittel zwischen den Blumenbeeten und schnitt Blüten ab. Als ich aus dem Wagen stieg, schaute sie über die Schulter zu mir hin. Dann kam sie näher, blieb aber ein paar Schritte vor mir stehen, statt mich in die Arme zu nehmen.

»Ihr Gesicht«, sagte sie besorgt, als würde sie keine weiteren schlechten Nachrichten ertragen.

»Nur ein kleiner Unfall. Nichts Ernstes.«

Wir standen beim Wintergarten auf der Rückseite des Hauses, und ich sah, dass die Sofas im Wohnzimmer mit weißen Tüchern verhüllt waren. Der Boden war nackt, der Teppich mit dem geometrischen Muster – auf dem Greenes blutüberströmte Leiche gelegen hatte – war fort. Die Holzdielen wiesen neben ein paar dunklen Flecken noch Schrammen auf – die letzten Spuren dessen, was sich hier abgespielt hatte.

Nora hatte mich an dem Tag, nachdem ich überfallen worden war, angerufen. Ich war zu Hause gewesen, um mich auszuruhen, und dem Krankenhaus schien es nur recht zu sein, wenn ich aus dem Weg war. Sie habe sich gerade mit Duncan unterhalten, hatte Nora gesagt, und würde gern etwas mit mir besprechen.

»Ich versuche, den Garten in Ordnung zu halten«, sagte sie. »Es wächst alles so schnell, und die Männer waren eine Zeit lang nicht hier. Die Polizei hatte das Haus eine ganze Weile abgesperrt. Anna kommt bald her, um drinnen umzugestalten, auch wenn ich noch nicht weiß, ob wir bleiben.«

»Lassen Sie sich Zeit. Sie müssen keine großen Entscheidungen treffen.«

Das rieten wir Menschen immer, die unter einer Depression litten – solange sie in diesem labilen Zustand waren, nichts zu tun, was sie später womöglich bereuten. Doch ich war mir nicht sicher, ob das wirklich klug war. Nichts zu tun ist schließlich auch eine Entscheidung.

Die Brise vom Meer blies ihr die Haare in die Augen, und sie schob die Strähnen weg, um mich anzusehen. »Sie sind ein guter Mann, Dr. Cowper. Das tut mir alles so leid. Gehen wir rein und reden wir, ja?«

Sie führte mich an der Rückseite des Hauses entlang, und wir betraten das Haus durch eine Tür in der Nähe der Schlafzimmer und folgten einem Flur in einen Raum, der wohl ihr Arbeitszimmer war. An einem Fenster stand ein reich verzierter französischer Schreibtisch, darauf eine Vase mit Blumen. Sie setzte sich in einen antiken Sessel, hinter dem vier Miniaturporträts in Öl hingen.

»Ich habe mit Sarah gesprochen, wie Sie mich beim letzten Mal gebeten haben«, sagte sie. »Da ist mir erst klar geworden, wie hart die Sache für Sie ist.«

Gott sei Dank kriegt wenigstens einer es mit, dachte ich. Ich hielt mich an die professionelle Antwort, auch wenn ich hoffte, dass sie sie nicht allzu wörtlich nahm.

»Sie müssen tun, was für Ihren Mann das Beste ist. Das ist das Einzige, worüber Sie sich Sorgen machen sollten.«

»Ich würde gern etwas über Harry sagen, Doktor. Er ist ein guter Mann, und er hat etwas sehr Unschönes erlebt. Er ist ins Schwimmen geraten und hat etwas Schreckliches getan, aber ich kann nicht zulassen, dass er den Rest seines Lebens im Gefängnis verbringt. Das hat er nicht verdient.«

Nora streifte ihre Gartenhandschuhe ab, legte sie über ein Knie und strich mit einer Hand darüber. Dann senkte sie den Kopf, und eine Träne tropfte von ihrer Nasenspitze, landete auf dem Handschuh und hinterließ dort einen dunklen Fleck. Ihr Gesicht war blass geworden, und ihre Wimperntusche verlief. Ich stand auf und ging zu ihrem Schreibtisch, um ihr aus einer Box ein paar Papiertaschentücher zu reichen. Sie schnäuzte sich, dann trat sie an ein Fenster mit Blick auf die Einfahrt und durch die Bäume aufs Gästehaus.

»Sarah macht sich Sorgen, Margaret könnte das Krankenhaus verklagen, aber das kann ich ihr sicher ausreden«, sagte sie. »Wir einigen uns mit ihr über den Schaden. Wir haben das Geld. Unser Anwalt sagt, wir sind eh die Ersten, die verklagt werden.«

»Das ist sehr großzügig von Ihnen, Mrs Shapiro, aber ich weiß nicht, ob das viel hilft. Ich könnte trotzdem wegen Verletzung der ärztlichen Sorgfaltspflicht angeklagt werden.«

»Sarah ist der Meinung, dass sie Sie schützen kann«, sagte Nora, deren Augen noch feucht glitzerten. »Ich habe ihr gesagt, das muss sie unbedingt, um des Krankenhauses willen. Ich will nicht, dass Ihr Leben so ruiniert wird wie Harrys.«

Zu hören, dass die beiden über mein Schicksal verhandelt hatten, hatte etwas Unwirkliches, und ich überlegte kurz, ob Nora meine Probleme genauso zu lösen gedachte wie Harrys. Doch ihr Verhalten lenkte mich ab. Plötzlich lächelte sie strahlend, und ihre Hände zitterten ein wenig. Der Stimmungsumschwung geschah so abrupt, dass ich mir Sorgen machte, sie könnte jeden Augenblick hysterisch werden.

»Haben Sie heute schon etwas gegessen?«, fragte ich.

»Nein. Die Küche ist da drüben.«

Sie zeigte auf die Wand, und ich begriff, dass sie Angst davor gehabt hatte hineinzugehen, denn dann hätte sie am Tatort vorbeigemusst.

»Sie sollten sich setzen. Ist irgendetwas zu essen im Haus?«, fragte ich.

»Anna hat gesagt, es wäre was da«, antwortete Nora gehorsam.

Ich ging den Flur runter und sah mich um, als ich durchs Wohnzimmer kam. Es war gruselig still, die abgedeckten Möbel waren in die Ecken geschoben, und in der Luft lag ein scharfer Chemikaliengeruch. Die Schränke in der Küche und der Kühlschrank waren voll mit Essen, und im Kühlschrank war auch Milch. Anna hatte gut vorgesorgt.

Ich machte Rührei auf Toast für uns beide und trug es auf einem Tablett zu Nora. Es war ein gutes Gefühl, ihr helfen zu können. Anna war nicht da, und Harry war im Gefängnis – sonst hatte sie niemanden. Als sie aufgegessen hatte, bekam sie wieder etwas Farbe im Gesicht.

»Ich bin Ihnen dankbar für Ihre Freundlichkeit«, sagte ich schließlich. »Ich muss mit Mrs Duncan reden und sehen, was ihr vorschwebt.«

»Natürlich. Ich will bloß nicht, dass noch jemand leidet, das ist alles. Es hat schon viel zu viel Leid gegeben.«

Sie brachte mich zu meinem Wagen, ging am Haus entlang über den Rasen und blieb stehen, als ich einstieg. Sie stand exakt auf derselben Stelle, wo ich vor drei Wochen hinter Anna gestanden und sie beobachtet hatte, wie sie über das Meer blickte.

15

Wenn ich mittwochnachmittags mit meiner Visite fertig war, erwartete mich ein Dreistundenblock Therapien in meinem Büro. Mein letzter Patient war Arthur Logue, ein Patient, der nach einer Reihe von Panikanfällen zu mir gekommen war. Ich kannte sein Leben gut – seine widerborstige Beziehung zu seiner Frau, seine verschiedenen Neurosen. Es war schwierig, seinen steten Erzählstrom von Nichtigkeiten zu unterbrechen, und ich hatte den Versuch so gut wie aufgegeben. In gewisser Weise war er eine Erleichterung im Vergleich zu Patienten in einer akuten Notlage.

Mr Logue ließ die Tür halb offen stehen, als er ging, und während ich mir noch ein paar Notizen über die Sitzung machte, kam Sarah Duncan.

»Kann ich reinkommen?«, fragte sie und sah sich um. »Schön hier.«

Das war übertrieben, aber es war besser als einige andere Arztzimmer auf dem Flur. Ich hatte immerhin zwei Fenster, was mehr war als bei manch anderem Psychiater, und als die Verwaltung einen Komplott geschmiedet hatte, um mich woanders unterzubringen, hatte ich mich schlichtweg geweigert umzuziehen.

Duncan ging zur Wand, an der ein Filmplakat von Fellinis 8½ hing – Marcello Mastroianni mit Hut und dicker Brille im Kreis von Claudia Cardinale, Anouk Aimée und Sandra Milo. Es war an der äußersten Grenze dessen, was in einem Arztzimmer erlaubt war, aber ich stellte mich auf den Standpunkt, es sei eine Referenz auf C. G. Jung.

»Mein Mann liebt Fellini«, sagte sie ganz unerwartet. »Wir haben uns neulich *Julia und die Geister* ausgeliehen.«

»Den kenne ich nicht.«

»Oh, den müssen Sie sich ansehen. Er ist toll«, sagte sie und betrachtete die Bücher in meinem Regal, als hätte sie das Recht, meine Besitztümer in Augenschein zu nehmen. Dann setzte sie sich auf den Patientenstuhl, schlug die Beine übereinander und zog ihren Rock zurecht. Sie wirkte ausgeglichener als bei unserer letzten Begegnung.

»Ich habe mit Nora Shapiro gesprochen, und sie hat gesagt, dass sie sich mit Ihnen unterhalten hat. Ich glaube, sie könnte uns vor einer hässlichen Zwangslage bewahren. Ich habe ihr gesagt, wie dankbar ich ihr bin.«

»Ich bin mir nicht sicher, was dazu notwendig ist«, sagte ich vorsichtig.

»Machen Sie sich keine Sorgen um die Einzelheiten. Die Hauptsache ist doch, dass wir wegen Mr Shapiros Entlassung nicht zur Verantwortung gezogen werden.« Duncan streckte die Arme aus und machte vor Staunen große Augen, wie ein Priester, der von einem Wunder erzählt. »Wäre das nicht eine Riesenerleichterung?«

»Mrs Shapiro scheint sehr großzügig zu sein.« Ich gab mir Mühe, ihre Begeisterung zu teilen. »Aber was ist mit mir?«

Duncan seufzte und sah mich an, als wäre ich ein Kind, das ihre Geduld auf eine harte Probe stellte, dem sie jedoch verzeihen würde.

»Mag sein, dass wir auf dem falschen Fuß losgelegt haben, aber das sollte uns nicht im Wege stehen. Wenn wir das hier überstehen wollen, müssen wir zusammenhalten. Ich habe noch einmal einen Blick in die Krankenakte geworfen, und es gibt bei Ihrer Behandlung von Mr Shapiro ein paar Dinge, die mir Sorgen bereiten. Ich habe sie mit Dr. Whitehead besprochen. Sie haben nicht erwähnt, dass Mr Shapiro eine Waffe dabeihatte. Wenn ich das gewusst hätte, hätte ich die Lage anders eingeschätzt.«

Du auch?, dachte ich. Es war ganz offensichtlich, worüber Jim und Duncan gesprochen hatten, als sie sich getroffen hatten. Sie hatten ihre Ausreden miteinander abgestimmt – dass ich fahrlässig gehandelt hatte, indem ich ihnen nichts von der Waffe erzählt hatte. Dabei spielte es keine Rolle, dass es nicht die Mordwaffe gewesen war. Unter meinen Zorn mischte sich Verachtung für die beiden. Ich verschwieg meinem Anwalt und Pagonis pflichtgetreu die Existenz von Harrys Geliebter, während sie nichts Eiligeres zu tun hatten, als sich abzusichern.

»Egal, der Punkt ist, dass ich mir sicher bin, dass Sie aus diesem Fall etwas lernen können. Ich möchte nicht, dass er Ihre vielversprechende Karriere zu einem frühen Ende bringt. Nora wird sich um die Zivilklage kümmern, und ich werde versuchen, jeglichen Vorwurf der Verletzung der ärztlichen Sorgfaltspflicht abzuwehren. Inzwischen hielte ich es für das Beste, wenn Sie nichts sagten, oder?«

Ohne meine Antwort abzuwarten, stand sie auf und ging zur Tür, wo sie sich umwandte und mir zunickte, als hätte ich mich schon einverstanden erklärt.

Nachdem sie fort war, trat ich ans Fenster und ließ den Blick über die Außenmauern des Krankenhauses schweifen, die der Architekt weiß verblendet hatte, während die Fensternischen gotische Bögen hatten wie eine Kathedrale. Damit hatte er nicht ganz unrecht, dachte ich. Für viele East-Side-Oberschwestern war es fast so etwas wie ein Ort der Anbetung. Und die Liste derer, die wollten, dass ich den Mund hielt, wurde immer länger: Anna, Jim und jetzt Duncan. Doch Harry hatte es nicht verdient, dass ich schwieg. Er war ein Narzisst, dem nichts an anderen lag – an Nora nicht und an seiner Geliebten vermutlich auch nicht. Wenn er zu mir in Therapie gekommen wäre und ich seinen unerbittlichen Aufstieg an der Wall Street, seine zwei Ehen und seine Affäre genauer hätte ergründen können, wäre ich womöglich auf einen schüchternen Jungen mit einem gefühllosen Vater gestoßen, der nicht gut mit Demütigung umgehen konnte. *Na und?*, dachte ich. *Er ist ein Mörder.*

Ich dachte daran, was Anna über ihren Psychiater gesagt hatte: *Ich hätte ein schrecklicher Mensch sein können, und er hätte es nicht gemerkt.* Harry war ein schrecklicher Mensch, und ich wollte nicht sein Vasall sein. Wenn ich schwieg, hockten Pagonis und Baer mir ewig im Nacken und drängten mich, ihnen alles zu erzählen. Der einzige Weg, sie loszuwerden, war, Joe zu erlauben, einen Deal für mich auszuhandeln.

Doch ich hatte ihm nichts erzählt, was mir helfen könnte, und warum nicht? Weil ich einer jungen Frau, in die ich verknallt war, ein Versprechen gegeben hatte. Das war nicht Loyalität, das war die schiere Dummheit. Solange sie mich nicht von meinem Versprechen entband, hockte ich in der Falle.

Anna war einverstanden, sich im Le Pain Quotidien an der Upper East Side in der Nähe des Krankenhauses mit mir zu treffen, wo ich manchmal die Mittagspause verbrachte. Es war ein weiter Weg von der Wohnung der Shapiros, doch sie sagte, es sei ihr lieber so. Sie war schon da, als ich kam, saß im hinteren Bereich an einem der langen Tische, in ein Taschenbuch vertieft. Den Mantel hatte sie neben sich über die Bank gelegt, und sie trug einen roten Kapuzenpullover und ein T-Shirt mit rundem Ausschnitt, eine silberne Halskette und eine graue Hose. Es war eine ganz normale Aufmachung, und sie hatte auch kein Make-up aufgelegt. Trotzdem fand ich sie einfach bezaubernd. Sie hielt eine Tasse Kaffee in einer Hand, und ich stand schon fast vor ihr, als sie aufschaute.

»Oh, mein Gott. Was ist passiert?«, fragte sie und hob schockiert eine Hand an den Mund. Der Anblick meines Gesichts schien ihr wehzutun, als wäre sie selbst tätlich angegriffen worden. Es rührte mich, wie persönlich sie es nahm. Als ich mich neben sie setzte, streckte sie die Hand aus und berührte mit den Fingerspitzen kurz meine Schläfe, zog die Hand jedoch rasch zurück, als bereute sie die intime Geste.

»Nachdem wir uns getrennt hatten, bin ich im Park einem Typ über den Weg gelaufen, der mich wohl nicht besonders mochte«, sagte ich.

»Gütiger Himmel, Ben«, sagte sie benommen. Sie schien nachzudenken, als hätte sie Mühe zu begreifen, was passiert war. »Ich bin mit dir da reingegangen. Wie konnte ich nur so dumm sein? Du musst vorsichtig sein. Versprich mir das.«

Nicht noch ein Versprechen, dachte ich – sie hatte wirklich den Dreh raus, Menschen Versprechungen abzuringen.

»Ich verspreche, nach rechts und nach links zu schauen, bevor ich die Straße überquere.«

Sie lächelte nicht. »Mist«, sagte sie leise, als bräuchte sie noch einen Moment, um es zu verdauen. Ihre Miene war bedrückt, und eine Träne lief aus dem Augenwinkel über ihre Wange, die sie mit dem Handrücken wegwischte. Ich hätte gern ihre Hand genommen, doch ich war schrecklich nervös, und diese Nervosität war eine genauso große Barriere wie die Plexiglasscheibe, die im Besuchsraum des Riverhead-Gefängnisses die Tische teilte. Um ihr Zeit zu geben, sich wieder zu sammeln, rief ich die Kellnerin und bestellte eine Tasse Tee. Wir saßen eine Weile schweigend da, bis sie erneut das Wort ergriff und dabei einen Krümel vom Tisch schnippte.

»Ich bin froh, dass du angerufen hast. Ich muss dir was sagen.«

»Klingt nicht gut.«

»Du hast gesagt, der Grund, warum du mich sehen willst, sei Vergnügen gewesen.« Sie schaute zu mir auf, und ihre Augen strahlten unglücklich, was meine Schuldgefühle, weil ich sie an der Nase herumgeführt hatte, nur noch verstärkte. »Ich glaube, ich kann das nicht. Ich meine, es genießen. Nicht bei allem, was los ist.«

»Verstehe«, sagte ich.

Das stimmte nicht. Harry war in Riverhead eingesperrt; aber er war auch schon an dem Abend dort gewesen, als sie mich geküsst hatte, und es hatte sie nicht daran gehindert. Ich wollte sie nicht verlieren, wo ich doch gerade erst Gefühle für sie entwickelt hatte – ich brauchte sie auf meiner Seite. Ich war hier, weil ich sie bitten wollte, mich von meinem Versprechen zu entbinden, doch das war plötzlich nicht mehr wichtig. Aber so war das mit ihr. Wenn ich mit ihr zusammen war, wurde alles andere unwichtig. Sie war meine Droge.

»Ich wünschte, ich könnte«, sagte sie.

»Ich wünschte es auch.«

Sie wirkte traurig, und ihre Hand zitterte, als sie ihre Kaffeetasse nahm, um einen Schluck zu trinken. Dann stellte sie sie ab und suchte ihre Sachen zusammen, steckte das Buch in ihre Tasche und fuhr mit dem Arm nach hinten, um ihn in den Ärmel des Mantels zu schieben.

»Ich kann so was nicht gut. Ich muss gehen«, sagte sie.

»Warte«, sagte ich, stand auf und fasste sie am Arm. »Ich brauche deine Hilfe. Was du mir über diese Frau erzählt hast. Es ist wichtig. Ich muss es meinem Anwalt sagen.«

Es war, als hätte ich sie mit einem Elektroschock traktiert. Sie richtete sich auf und riss ihren Arm aus meinem Griff. Mit offenem Mund und glänzenden, harten Augen starrte sie mich an. Dann verhärteten sich ihre Mundwinkel, und die nächsten Worte spuckte sie förmlich aus.

»Ich habe dir vertraut. Das war ein Geheimnis.«

»Aber ich stecke in Schwierigkeiten. Die Polizei denkt, ich verheimliche etwas vor ihr. Du musst mir helfen.«

Kaum hatte ich es ausgesprochen, da wusste ich, dass es ein Fehler war. Ihre Wangen wurden rot, und sie zog den Mantel enger und fummelte aufgebracht an den Knöpfen herum. Eine blonde Haarsträhne löste sich, und sie schob sie sich hinter das Ohr, während sie mich anstarrte.

»Aha, dein Job ist also wichtig und meiner nicht? Darum geht's doch, Ben? Du hast mich an der Nase herumgeführt, um zu erfahren, was du wissen wolltest. War's das? Hältst du mich für blöd, oder was?«

»Natürlich nicht«, widersprach ich.

»Hör gut zu. Du hast es mir versprochen, und ich erwarte, dass du dich an dein Versprechen hältst. Du willst sicher nicht, dass die im Krankenhaus erfahren, wie du dich benommen hast.«

Schuldgefühle und Scham und der Wunsch, sie irgendwie zu beschwichtigen, damit wir da weitermachen konnten, wo wir an dem Abend mit ihrem Kuss aufgehört hatten, lösten sich augenblicklich in Wohlgefallen auf. Sie war auch nicht besser als die anderen. Sobald sie sich auch nur im Geringsten bedroht fühlte, griff sie auf Erpressung zurück. Warum hatte sie mit mir gespielt und mir Harrys Geheimnis unter die Nase gehalten, um mir dann zu verbieten, es zu benutzen? Die Worte kamen heraus, bevor ich überlegen konnte.

»Du willst wohl eher nicht, dass Nora erfährt, wie *du* dich verhalten hast«, konterte ich.

Anna starrte mich hasserfüllt an, schob hektisch die Hände in die Taschen, um nach Kleingeld zu suchen, und verfing sich dabei in der Eile im Stoff. Sie fluchte leise, während sie krampfhaft versuchte, die Hand wieder rauszuziehen.

»Vergiss es. Ich zahle«, sagte ich.

»Halt dich von mir fern«, erwiderte sie.

Sie hastete aus dem Café und lief die First Avenue hinunter, wo sie in der anonymen Menschenmenge untertauchte. Innerhalb von sechzig Sekunden war unsere linkische Zuneigung in lodernde Bitterkeit umgeschlagen, und ich hatte keine Ahnung, warum. Womöglich war meine Unbeholfenheit, weil ich mich in ihrer Gegenwart verletzlich fühlte, als Zorn zum Ausdruck gekommen. Am Ende hatte ich ihr doch nichts bedeutet: Beim ersten Anzeichen von Problemen hatte sie das Weite gesucht.

Als ich aufstand, sah ich unter der Bank einen Handschuh, einen Wollhandschuh mit abgeschnittenen Fingerspitzen und einer Art Kappe, die man bei großer Kälte drüberziehen konnte. Er war ihr wohl aus der Tasche gefallen, als sie aufgebrochen war. Ich drückte ihn ans Gesicht, um ihren Duft einzuatmen, und steckte ihn ein.

Als ich mich an diesem Abend zum Schlafengehen fertig machte und in den Badezimmerspiegel schaute, tropfte mir Zahncreme übers Kinn. Meine blauen Flecken waren blauschwarz und gelb aufgeblüht, unter den Augen lagen dunkle Ringe, und im Licht der Halogenlampe waren meine Wangen aufgedunsen. Der einzige Trost war, dass Rebecca gute Arbeit geleistet hatte; sie hatte die Platzwunde so sauber vernäht, dass man sie schon fast nicht mehr erkennen konnte. Ich sah mich an und kam mir vor wie ein alternder Boxer: den ganzen Tag über nichts als Körperschläge.

Doch keiner war so schlimm gewesen wie der Streit mit Anna. Irgendetwas hatte dazu geführt, dass sie sich von mir abgewandt hatte, etwas, das sie mir nicht erzählt hatte. Es war mir egal gewesen, dass sie ihr Geheimnis gegenüber den Shapiros wahrte, doch es machte mir etwas aus, dass sie vor mir Geheimnisse hatte. Ich erinnerte mich, wie sie mein Gesicht berührt hatte, der Schock in ihrer Miene, als wäre sie dafür verantwortlich.

Ich kramte in meinem Arzneischränkchen nach etwas, was mich so lange wie möglich außer Gefecht setzen würde. Doch da ging mir auf, dass ich gar nichts brauchte – ich war so müde, dass ich mich nur hinlegen musste, um einzuschlafen. Bevor ich ins Bett ging, hörte ich noch den Anrufbeantworter ab, um zu schauen, ob Nachrichten darauf waren. Zwei Patienten hatten angerufen, um Termine abzusagen, und ein Mann, um mir zu erklären, warum er an dem Tag nicht gekommen war. Ich wollte schon auflegen, als ich eine mir unbekannte Stimme hörte.

Es war Lauren Faulkner.

16

Schon von Weitem kündigten ihre Schritte an, wer da kam. In den Krankenhausfluren schlurfen die meisten Leute eher, selbst die Ärzte, aber Laurens Absätze klapperten durch den Flur. Laut klopfte sie an die Tür, keine Spur von der Unsicherheit meiner psychisch kranken Patienten.

Es war leicht gewesen, etwas über Lauren in Erfahrung zu bringen, nachdem sie mich angerufen hatte, ein Foto von ihr zu finden, herauszukriegen, wie alt sie war – so alt wie ich –, über ihren Magna-cum-laude-Abschluss und ihren Lebenslauf: Highschool in Beverly Hills, dann Yale, anschließend eine Anstellung bei einer Consultingfirma, danach für einen MBA nach Harvard, dann zu Seligman Brothers und dort ein steiler Aufstieg von der Analystin in die Führungsetage der FIG. Ich dachte daran, mit welchen Worten Felix mir in der Gulfstream Underwoods Job erklärt hatte: *Ein Banker, der andere Banken berät. Stellen Sie sich das mal vor.*

Ein Foto auf der Website ihrer neuen Bank zeigte eine Frau mit dunklem Haar, das sich um ihre Ohren lockte, bevor es sich glättete, als würde es zur Besinnung kommen, und einem unerschrockenen Blick. Ich fand auch noch zwei andere Fotos, eines von einer Benefizveranstaltung in der Stadt und eines von einer Party in Southampton inmitten einer Gruppe von Männern in blauen Blazern. *Sie hat hübsche Beine unter diesem Kleid*, hatte ich gedacht, doch das Foto an sich war ihr nicht gerecht geworden. Heute trug sie eine Seidenbluse und einen teuren Hosenanzug, der ihre Beine sittsam verhüllte. Ihre Eleganz brachte Licht in den Raum.

»Dr. Cowper? Ich bin Lauren«, sagte sie.

»Kommen Sie herein, Ms Faulkner.«

Seit ihrem Anruf hatte ich darüber gegrübelt, wie sie auf mich gekommen war. Psychiater sind darauf getrimmt, nicht an Zufälle zu glauben. Wir haken nach, wenn ein Patient behauptet, er hätte einen Zug verpasst, den er unbedingt kriegen wollte, oder wäre ganz zufällig einem Freund auf der Straße begegnet. Tief innen drin, so glauben wir, ist es absichtlich geschehen. Die Vorstellung, es könnte purer Zufall sein, dass Harrys Geliebte mich ausgewählt hatte, war einfach lächerlich. An dem Abend, nachdem ich von Laurens Existenz erfahren hatte, war ich überfallen worden, und der Mann, den sie in seinem Haus besucht hatte, war im Gefängnis, weil er jemanden erschossen hatte. Das war kein Zufall.

»Wo soll ich mich hinsetzen?« Lauren sah sich im Zimmer um. »Ich habe so etwas noch nie gemacht, ob Sie's glauben oder nicht. Ich bin die einzige von meinen Freundinnen, die noch nie psychologischen Rat gesucht hat. Stress mit Männern, Geld, das Übliche.«

Ihre Stimme war tief und melodisch, ihr unbekümmerter Tonfall legte nahe, dass unser Treffen etwas ganz Normales war.

Ich zeigte auf den Patientenstuhl. »Schauen wir mal, ob ich Ihnen helfen kann.«

»Ganz bestimmt«, sagte sie, als wäre es vergeudete Liebesmüh, es ihr ausreden zu wollen. Sie schlug ihre langen Beine übereinander und stellte ihre schwarze Ledertasche auf den Boden. Sie war sorgfältiger zurechtgemacht als die meisten Frauen, die ich kannte – ja, so perfekt, dass es aussah, als trüge sie eine Maske. Ihr roter Lippenstift passte farblich zu den Sohlen ihrer Christian-Louboutin-Schuhe, und die Bögen ihrer Augenbrauen waren exakt gezupft.

»Wie sind Sie auf mich gekommen?« fragte ich.

Sie zögerte ein paar Sekunden, und ich sah, dass sie mich einzuschätzen versuchte. Wir kannten beide die Antwort auf diese Frage, doch sie umschiffte sie.

»Sie stehen doch auf so einer Liste, oder? Top-Ärzte in New York«, sagte sie.

Ich kannte die Liste des *New York Magazine*, und da stand ich definitiv nicht drauf. Beim Lächeln zeigte sie perlweiße Zähne hinter roten Lippen. Sie erweckte den Anschein, alles vollkommen unter Kontrolle zu haben – sie würde nur offenlegen, wozu sie bereit war.

Dabei machte sie nicht im Geringsten den Eindruck, krank zu sein, und sie war auf jeden Fall deutlich weniger angeschlagen als Harry bei unserer ersten Begegnung. Sie sprach aufgeweckt und in normalem Tempo, ihr Gesicht war voller Leben, und sie lächelte bereitwillig; also, unter Depressionen litt sie auf keinen Fall. Es war denkbar, dass sie unter einer bipolaren Störung oder etwas anderem litt, doch auch dafür gab es kaum Anzeichen. Sie war nicht manisch, und sie war geistig klar und rational. Im Gegenteil, sie wirkte weniger gestresst als ich.

»Darf ich Sie fragen, warum Sie sich für eine Therapie interessieren?«, fragte ich. »Passiert in Ihrem Leben gerade etwas?«

Sie sah mich an, als würde sie über die Frage nachdenken, doch sie zeigte keinerlei Anzeichen dafür, sie beantworten zu wollen. Stattdessen lehnte sie sich auf dem Stuhl zurück, atmete langsam durch die Nase aus und sammelte sich.

»Kann ich *Sie* etwas fragen?«, erwiderte sie. »Kann ich ganz sicher sein, dass nichts von dem, was ich Ihnen sage, diesen Raum verlässt?«

»Natürlich. Das ist vertraulich.«

»Ich habe von Fällen gehört, da wurden persönliche Angelegenheiten vor Gericht gebracht«, sagte sie, ohne den Blick abzuwenden. »Dinge, die ein Patient seinem Psychiater anvertraut hatte.«

Ich erwiderte ihren Blick. Wir wussten beide genau, was sie meinte, und es war uns auch klar, dass der andere es wusste. Es war absurd. Ich hätte ihr augenblicklich Einhalt gebieten und ihr sagen sollen, dass ich sie nicht behandeln konnte. Alles, was sie mir in diesen vier Wänden anvertraute – einschließlich ihrer Affäre –, kam augenblicklich unter Verschluss. Selbst wenn Anna mich von meinem Versprechen entband – wofür sie nicht die geringste Bereitschaft gezeigt hatte –, musste es ein Geheimnis bleiben, und dann hatte ich Pagonis und Baer nichts zu erzählen. Die ärztliche Schweigepflicht band mich fester denn je.

Es war, als würde ich mich immer weiter in die Sache verstricken, wo ich mich doch eigentlich freizukämpfen versuchte. Trotzdem konnte ich nicht widerstehen. Die Verlockung war so mächtig wie damals, als ich zwölf Jahre alt war und mein Vater sich im Auto flehentlich an mich wandte und mich bat, Janes Anwesenheit in unserem Haus für mich zu behalten. Ich hatte mich in Harrys Welt hineinziehen lassen, und jetzt musste ich die Wahrheit erfahren. Anna hatte die beiden nur von Weitem ausgespäht, sie könnte mir nicht mehr erzählen. Selbst wenn ich nie wieder aus diesem Wirrwarr herausfand, wollte ich zuerst weiter eindringen.

»Das ist nur der Fall, wenn ein Patient, der eines Vergehens angeklagt wird, den Arzt von seiner Schweigepflicht entbindet. Es ist seine Entscheidung, nicht die des Arztes«, erwiderte ich.

Sie lächelte. »Sie haben eine Fürsorgepflicht. Wie ein Banker.«

»Vermutlich. Ich bin kein Experte.«

»Dann nehmen Sie mich als Patientin an?«

»Vielleicht sollten Sie mir erst einmal ein wenig über sich erzählen.«

»Dreiunddreißig, getrennt, Investmentbankerin. Was noch?«, fragte sie, als wäre das Thema ihrer Persönlichkeit damit erschöpfend abgehandelt.

»Sie sind getrennt?«

Sie seufzte, und ihr Selbstbewusstsein geriet ein wenig ins Wanken. Sie wandte den Blick ab und richtete die nächsten Worte an das Bücherregal vor der Wand.

»Die Wall Street ist ein unbarmherziger Ort. Man wird mit Anfang dreißig Partnerin und muss hart arbeiten, um sich zu beweisen, härter als die Männer. Sieben oder acht Meetings am Tag, kein freies Wochenende. Mein Mann konnte das nicht akzeptieren. Er wollte Kinder.«

»Und Sie nicht?«

»Doch, schon. Will ich immer noch. Aber ich hatte keine Wahl. So ist das in dem Job.«

Sie bedachte mich mit einem spröden Lächeln, und ein paar Minuten später war unser Treffen vorbei. Sie fragte mich nicht, wie viel eine Therapie kosten würde – es schien sie genauso wenig zu interessieren, wie es Harry interessiert hatte. Wir verabredeten, dass sie in der kommenden Woche um dieselbe Zeit wiederkommen würde, und ich öffnete ihr die Tür. Genauso, wie sie gekommen war, ging sie zum Aufzug, die Tasche an der Seite, den Kopf hoch erhoben, der Stoff ihres teuren Hosenanzugs raschelte beim Gehen ein wenig. Ich konnte mich an keinen Patienten erinnern, der in so guter gesundheitlicher Verfassung in Therapie gekommen war.

Am Abend war ich zu Hause, aß ein Sandwich und zappte wahllos durch die Fernsehkanäle, um mich abzulenken, als Bob vom Empfang anrief, um mir mitzuteilen, dass zwei Detectives da seien, die mich sehen wollten.

»Schön, schicken Sie sie rauf«, sagte ich so beiläufig wie möglich, auch wenn sie sich nicht angekündigt hatten.

»Klar, Doktor.«

Seine Stimme hatte die zurückhaltende Neutralität des Portiers. Unmöglich zu sagen, ob er glaubte, dass ihr Besuch reine Routine war, wie ich mit meinem lässigen Tonfall suggerieren wollte, oder ob er davon ausging, dass sie mich in wenigen Minuten in Handschellen aus dem Gebäude führen würden. Als ich aus der Wohnung spähte, kam Hodge den Flur runter auf mich zugeschlurft, als hätte er schon bei unserer ersten Begegnung nicht viel von mir gehalten und hätte sich seither in seiner Sicht voll und ganz bestätigt gefunden. Pagonis hatte ein Dokument in der Hand, mit dem sie beim Gehen leicht gegen die Wand klopfte.

»Wir sind hier, um Ihnen das hier zu geben«, rief sie in hämisch vergnügtem Tonfall. Sie blieb vor mir stehen und hielt mir ein Dokument in einem amtlich aussehenden braunen Umschlag unter die Nase, mit roter Kordel verschnürt und einem knopfähnlichen Siegel versehen.

»Kommen Sie doch einen Augenblick herein«, sagte ich. Dass sie ohne Vorwarnung gekommen waren und solche Selbstzufriedenheit ausstrahlten, war nicht gerade beruhigend. Ich wollte nicht, dass sie wieder gingen, bevor ich wusste, was sie mir da gebracht hatten.

Pagonis ging voran, Hodge drückte mich mit seinem Bauch im Vorbeigehen an die Wand. Sie trug einen Hosenanzug, der nicht ganz so schmeichelhaft war wie Laurens. Er war in einem hellen Grau und hatte Knitterfalten um die Knie und die Taille. Vermutlich war das Dienstkleidungsbudget der Polizei in Yaphank nicht ganz so hoch wie das der Banken. Während Hodge meine Bücherregale unter die Lupe nahm, trat Pagonis an das Fenster am anderen Ende des Raums, das nach Süden raus über einen weiteren Wohnblock auf eine Highschool und ein Mosaik aus Dächern mit Wassertanks und Klimaanlagenkästen ging.

»Hübsche Wohnung«, sagte sie. »Die Vorhänge hier gefallen mir. Mein Mann und ich suchen so was Ähnliches, aber wir werden uns nicht einig, wissen Sie?«

»Warum setzen Sie sich nicht?«, sagte ich und zeigte auf das

Sofa. Ich hatte das Bedürfnis, sie zusammenzutreiben. Sie benahmen sich, als wären sie hier zu Hause.

Ich setzte mich, öffnete den Umschlag und zog drei Blätter heraus. Auf dem ersten stand: »Zeugenvorladung vor die Grand Jury des Suffolk County«. Mir rutschte das Herz in die Hose, als ich las, dass die Staatsanwaltschaft verfügt hatte, dass ich in zwei Wochen in Riverhead zu erscheinen hatte, um eine Aussage zu machen. Um exakt das zu vermeiden, war ich zu Anna gegangen. Ich wusste nicht mal so genau, was eine Grand Jury war, obwohl ich natürlich schon davon gehört hatte, doch das Dokument war echt – Baer hatte es unterzeichnet.

»Mr Baer war nicht glücklich über unser letztes Treffen mit Ihnen. Das mit dem Anwalt aus New York«, sagte Pagonis. »Jetzt *müssen* Sie aussagen.«

Sie streckte die Beine auf meinem Teppich aus und zog die Zehen hoch, um die Wadenmuskeln zu dehnen. Die beiden hatten einen weiten Weg auf sich genommen, nur um mir eine Vorladung zuzustellen. Hatten sie nichts Besseres mit ihrer Zeit zu tun, zum Beispiel Kriminelle fangen?

»Mein Anwalt wird sich bei Ihnen melden«, sagte ich.

Pagonis schüttelte den Kopf. »Ihr Anwalt kann nicht zu einer Anhörung vor einer Grand Jury erscheinen. Da werden nur Mr Baer und Sie sein. Wir haben neue Beweise, die nahelegen, dass Sie uns nicht ganz die Wahrheit gesagt haben. Sie waren, wie sich herausgestellt hat, kurz nachdem Sie Mr Shapiro aus dem Krankenhaus entlassen haben, in seinem Haus in East Hampton.«

Woher weiß sie das?, dachte ich. In East Hampton waren nur drei Personen zugegen gewesen – Nora, Anna und Harry. Einer von ihnen musste Pagonis erzählt haben, was an dem Tag passiert war, und schon hatte sie die Schlinge um meinen Hals enger gezogen. Es kam mir vor, als würden sie viel schneller agieren, als Joe vorhergesagt hatte.

Pagonis feixte. »Ich wette, er hat Ihnen sein Herz ausgeschüttet.«

»Sie hätten sich nicht eigens herbemühen müssen«, sagte ich und stand auf, um sie aus dem Zimmer und aus meiner Wohnung zu scheuchen.

»Es war die Fahrt wert«, erwiderte sie.

Nachdem sie fort waren, machte ich mir einen Tee, setzte mich an den Küchentisch und dachte darüber nach, was Pagonis gesagt hatte. Vielleicht war es dumm gewesen, sie zu provozieren – es hatte nur dazu geführt, dass sie etwas ausgegraben hatte, was sie gegen mich nutzen konnte –, aber wahrscheinlich hätte sie es eh herausgefunden. *Was hat sie noch im Ärmel?*, überlegte ich. Sie hatte recht überzeugt gewirkt, dass es sich lohnte, mich vor eine Grand Jury zu zerren, wogegen Joe ja geglaubt hatte, Baer würde das Risiko nicht eingehen wollen.

Ich dachte zurück an den Tag am Strand. Vielleicht hatte Pagonis recht: Harry hatte mir damals einen Hinweis darauf gegeben, was er im Schilde führte, und ich hatte ihn überhört. Ich erinnerte mich nur noch daran, dass ich froh gewesen war, dass er nicht mehr so depressiv und launisch war. Aber vielleicht konnte man seine bessere Stimmung auch noch anders interpretieren: Er hatte sich inzwischen entschlossen, Greene umzubringen, also tyrannisierten seine Ängste ihn nicht mehr so.

Ich schloss die Augen und versuchte mich zu erinnern. Die Wellen waren auf den Strand gerollt, und Harry war niedergeschlagen zum Haus zurückgegangen. *Warum war er überzeugt gewesen, sein Leben wäre zerstört?*, dachte ich. Menschen mit Depressionen denken das oft, aber sie folgen ihrer ganz eigenen Logik. Irgendetwas oder irgendjemand gibt ihnen das Gefühl, in der Falle zu hocken, unfähig, sich zu befreien. Wer oder was hatte dieses Gefühl in Harry ausgelöst? Vermutlich doch Greene. Dass er jetzt tot war, war der Beweis dafür. Ich führte mir die Situation noch einmal vor Augen, wie Harry verzweifelt am Fuß der Treppe in die Dünen gestanden und mir von dem Zusammenbruch von Seligman erzählt hatte.

Alles habe ich verloren. Sie haben mich ruiniert, hatte er gesagt.

Nicht *er*, nicht Greene allein. *Sie*. Wer waren *sie*?, überlegte ich. Waren *sie* einfach die Schicksalsgötter, denen jeder alles in die Schuhe schiebt, was falsch läuft, oder hatte er jemand Bestimmten gemeint? Wen hatte er im Sinn gehabt, als er das gesagt hatte? Ich erinnerte mich, wie er sich mit der Hand über die Kehle gefahren war – diese gewalttätige Geste – und was für ein gequältes Gesicht er dabei gemacht hatte.

Das Finanzministerium verlangte ein Opfer, hatte er gesagt.

Diese Worte erinnerten mich noch an etwas anderes, etwas, was ich kürzlich gehört hatte, hier, in diesem Raum, vor noch nicht allzu langer Zeit. Dann fiel es mir wieder ein. Ich ging ins Wohnzimmer, um meinen Laptop vom Schreibtisch zu holen, und trug ihn in die Küche. Nachdem ich ihn hochgefahren hatte, klickte ich mich zu der Anhörung vor dem Senat im Archiv von C-SPAN durch, die ich mir erst zur Hälfte angesehen hatte. Als ich Anna am Ende der Aufnahme erblickt hatte, waren sie kurz davor gewesen, dem Finanzminister auf den Zahn zu fühlen.

Ich klickte auf das zweite Video der Sitzung an diesem Vormittag und sah zu, wie die ersten Zeugen ruckartig von der Bildfläche abgingen – Greene mit Underwood an seiner Seite hob den Kopf, und es sah aus, als lachte er. Die Senatoren verließen den Raum, um abzustimmen. Währenddessen war Pause. Schließlich versammelte sich in der vordersten Sitzreihe direkt hinter dem Zeugenstand eine andere Gruppe von Funktionären und Beratern, und ein Senatsbediensteter tauschte Harrys und Greenes Namensschilder durch eines aus, auf dem FINANZMINISTER stand.

Ich ließ das Video wieder langsamer laufen. Jetzt trat ein Mann in den Sechzigern ein. Er sah gut aus und war gebräunt, sein faltendurchzogenes Gesicht wirkte freundlich. Seine Bewegungen waren sparsam, und als die Fotografen ihre Aufnahmen machten, verschränkte er die Hände und schien wie geschaffen für das Blitzlichtgewitter. Als er vorgestellt wurde, neigte er leicht den Kopf, wie um den höheren Rang und den Status der Senatoren anzuerkennen. Seine Eröffnungsrede hielt er kurz, und dann lehnte er sich zurück, um die Fragen entgegenzunehmen, als würde er sich auf das Gespräch freuen.

Es war eine schwierige Zuhörerschaft – die Demokraten waren unglücklich, weil der Staat der Wall Street aus der Klemme geholfen hatte, und die Republikaner waren einfach aufgebracht –, doch er ließ sich nicht beirren.

»Minister Henderson, ich würdige Ihre Dienste an der Öffentlichkeit, aber ich muss Sie fragen, warum um alles in der Welt Sie der Meinung sind, die Wall Street habe siebenhundert Milliarden Dollar dafür verdient, dass sie uns in diesen Schlamassel hineingeritten hat?«, fragte die reizbare Senatorin, die ich schon vorher gesehen hatte.

Tom Henderson schob mit seinen langen Fingern behutsam und präzise die Papiere vor sich zurecht und stieß ein empörtes Lachen aus.

»Das ist eine gute Frage, Senatorin«, sagte er. »Und die ehrliche Antwort lautet, dass die Banken unser Geld nicht verdient haben. Wir hätten es vorgezogen, ihnen eine Lektion zu erteilen, die sie so schnell nicht vergessen hätten. Sie erinnern sich vielleicht daran, dass ich selbst an der Wall Street gearbeitet habe, und ich kann Ihnen sagen, Menschen, die solche Fehler gemacht haben, haben weit mehr gelitten.«

Ich habe selbst an der Wall Street gearbeitet. Neugierig öffnete ich ein neues Browserfenster und suchte auf der Website des Finanzministeriums nach seiner Biografie. »Vor seiner Nominierung war Minister Henderson zuletzt Präsident und Vorstandsvorsitzender von Rosenthal & Co., wo seine Karriere 1968 begonnen hatte«, stand da. Rosenthal war die Bank, die Greene rekrutiert hatte, der Laden, dem Harry versucht hatte es gleichzutun, und diejenige Bank, die unbeschadet aus der Finanzkrise hervorgegangen war. *Dafür hat das Finanzministerium gesorgt*, hatte Harry gesagt.

Ich klickte zurück auf Hendersons wachsames Gesicht, und dann wusste ich, was Harry gemeint hatte: »Sie« waren diejenigen, die zur Spitze des inneren Establishments der Wall Street gehörten, die Harry ebenso bewundert wie verachtet hatte. *Er hat sich an der Wall Street immer als Außenseiter gefühlt, als gehörte er nicht dem Klub an. Als er rausgeworfen wurde, hatte er das Gefühl, alle lachten über ihn.* Das waren Felix' Worte gewesen. Warum war ich nicht längst darauf gekommen? Harry hatte es selbst gesagt: *Ich wollte, dass wir so werden wie Rosenthal. Doch das hätten sie niemals zugelassen. Jetzt weiß ich das.*

Vielleicht hatte er es sich aber auch eingebildet. Harry war deprimiert und wütend gewesen, und er hatte geglaubt, man habe ihm seine Bank gestohlen. Viele Menschen kamen mit ähnlichen Wahnvorstellungen auf die psychiatrische Station des Episcopal, glaubten, jemand habe es auf sie abgesehen. Oft war der Bösewicht die Regierung. Dass Harry gedacht hatte, die Rosenthal-Zöglinge – darunter auch der Finanzminister – hätten ihn vernichtet, bewies noch nicht, dass es stimmte. Doch es machte keinen großen Unterschied. Harry hatte es geglaubt, und deswegen hatte er Greene erschossen.

Die reizbare Senatorin redete immer noch, als ich die Aufnahme weiterlaufen ließ.

»Warum haben Sie ihnen dann mit unserem Geld aus der Klemme geholfen?«

Henderson lächelte gelassen. »Es oblag unserer Verantwortung, dafür zu sorgen, dass durch die Fehler, die an der Wall

Street gemacht wurden, nicht das ganze Finanzsystem zusammenbrach. Es oblag den Verwaltungsräten dieser Banken zu bestimmen, welche Konsequenzen man intern aus den Fehlern zog. Manche Vorstandsvorsitzende haben, wie Sie gehört haben, ihre Posten verloren.«

Der Vorsitzende gab das Fragerecht an einen Republikaner weiter, den ich noch nicht gesehen hatte, einen jungenhaften Puritaner mit runder Brille, der aussah, als wäre er in der Schule von den Sportlern gehänselt worden und würde es jetzt an anderen auslassen. Er hatte eine raspelnde, schmeichlerische Stimme.

»Soweit wir gehört haben, hat Mr Shapiro nicht gewusst, was in seiner eigenen Bank vor sich ging. Ich wette, Sie waren froh, dass er rausgeschmissen wurde.«

»Das war, wie ich schon sagte, die Entscheidung des Verwaltungsrats.«

»Aber er hatte recht, oder?«

»Ich glaube, Seligman Brothers steht jetzt unter solider Führung«, sagte Henderson kühl. »Mehr sage ich dazu nicht.«

Als ich den Film anhielt, füllte Hendersons Gesicht den ganzen Bildschirm. Entweder war er nicht ehrlich gewesen oder Harry. Bei unserem Strandspaziergang hatte Harry darauf beharrt, dass das Finanzministerium seinen Kopf verlangt hatte, doch der Mann, der dafür verantwortlich war, hatte es gerade munter geleugnet – es sei eine Entscheidung des Verwaltungsrats von Seligman gewesen, er selbst nur ein unbeteiligter Zuschauer.

Ich vertraute Harry nicht, und dies war das erste Mal, dass ich einen Blick auf Tom Henderson geworfen hatte, doch ich betrachtete seine kühle, betont unschuldige Miene und dachte: *Du lügst.*

17

Meine Aufgabe ist es, nett zu nervigen Zeitgenossen zu sein – Menschen in seltsamen Gemütszuständen, die sich seltsam benehmen, die Probleme haben und sich infolgedessen anderen gegenüber nicht angemessen verhalten. Mit keinem ist der Umgang so schwierig wie mit jemandem, der unter Depressionen leidet und sich vollkommen in sich zurückgezogen hat. Wir sind wie Freunde, aber Freunde, die sich nicht langweilen oder frustriert sind und versuchen, das Thema zu wechseln.

So betrachte ich es, auch wenn es nach medizinischen Maßstäben eine schlecht bezahlte Arbeit ist. Fünfundvierzig Minuten jemandem zuzuhören und dafür 400 Dollar zu verlangen klingt okay, aber man wird dabei nicht so reich wie mit plastischer Chirurgie. Aber mein Berufsstand verliert sein Profil und überlässt es Psychologen mit ihrer schönrednerischen kognitiven Verhaltenstherapie, die Menschen mittels Bewertungsbögen davon überzeugen, dass sie sich zu viele Sorgen machen. Es ist wesentlich zeitsparender, pharmakologische Psychiatrie zu betreiben und in fünfzehnminütigen Einheiten Pillen auszuhändigen, die in die Gehirnchemie eingreifen. Diese Patientin hat Probleme mit dem Transportergen, was zu einem Serotoninungleichgewicht führt. Gib ihr einfach einen Wiederaufnahmehemmer, und bald ist sie wieder wie neu. Wenn das nicht funktioniert, probier es mit einem anderen Mittelchen oder kombinier es mit einer Lithiumtherapie. Es gibt eine unendliche Vielzahl von Kombinationsmöglichkeiten verschiedenster Präparate, bevor man sich die Niederlage eingestehen muss.

Manche Assistenzärzte würden am liebsten sämtliche Therapien in den Wind schießen, und es gibt kaum Beweise dafür, dass sie funktionieren, aber es wird sich auch kein Pharmakonzern finden, der solche Forschungen finanziert, also, wer weiß? Sollen wir Menschen leiden lassen, nur weil ihre Stimmungen wissenschaftlich nicht messbar sind? Es ist eine Frage der Persönlichkeit – der Psychiater, meine ich, nicht der Patienten. Diese Art der Therapie entspricht mir, auch wenn es eine aussterbende Form der Medizin ist. Ich sitze gern da und höre zu und versuche, das Neueste, was ein Patient mir erzählt, mit dem in Einklang zu bringen, was er früher gesagt hat, oder, im Fall eines neuen Patienten, seine Maske zu durchdringen.

Die Nachmittagssonne spiegelte sich in den Fenstern eines nahen Wohnblocks, und ich ließ die Rollos hinter mir herunter, damit Lauren nicht geblendet wurde.

»Erzählen Sie mir von Ihrer Arbeit«, sagte ich.

»Ich bin Partnerin in einem Unternehmen, von dem Sie wahrscheinlich noch nie etwas gehört haben, Fleming Dupont. Davor war ich bei Seligman Brothers.«

»Von denen habe ich schon gehört.«

Sie lächelte. Sie hatte alles unter Kontrolle. »Das will ich meinen. Die waren schließlich in allen Nachrichten. Sie möchten etwas über meine Arbeit wissen. Was fällt Ihnen an mir auf?«

»Was meinen Sie damit?«

»Was ich trage«, sagte sie ungeduldig. »Wie ich aussehe.«

Ich ließ den Blick von ihrem Gesicht nach unten bis zu ihren Schuhen wandern und wieder zurück. Sie sah kaum anders aus als beim ersten Mal: Ihr Make-up war makellos, ihre braunen Haare waren ein wenig strenger an der Seite festgesteckt, und sie trug einen ähnlichen Hosenanzug. Ihre Bluse hatte große Perlmuttknöpfe und keine Knitterfalten. Wie beim letzten Mal war ihre Kleidung so exzellent geschnitten, dass sie betont zurückhaltend war und doch einen Hauch Weiblichkeit andeutete.

»Professionell«, sagte ich.

»Was Sie meinen, ist, dass ich gekleidet bin wie ein Mann«, zögerte sie keinen Augenblick, mein Urteil umzuformulieren. »Schwarzer Hosenanzug und Pumps, kein Ausschnitt. Ich trage eine Uniform. Ich trage jeden Tag dasselbe verdammte Outfit. Ein Armani-Hosenanzug nach dem nächsten.«

»Wollen Sie damit Ihre Kunden beeindrucken?«

»Ich glaube, denen ist das schnurzegal. Nein, es ist wegen der Männer um mich herum. Ich muss in der Masse untergehen. Männer haben empfindliche Egos, sie messen ihren Wert daran, was sie verdienen. Sie ertragen den Gedanken nicht, eine Frau könnte besser sein als sie.«

»*Sind* Sie denn besser als sie?«

Sie sah mich kühl an, als überlegte sie, ob sie darauf ehrlich antworten sollte. »Ja, das bin ich tatsächlich, jedenfalls besser als die meisten. Ich arbeite härter, ich höre mehr. Sie sind so mit Angeben beschäftigt, dass sie dem Kunden nicht zuhören. Ich höre zu und greife alles auf, was mir beim Abschluss eines Deals helfen kann. Es ist vermutlich so ähnlich wie bei Ihrem Job.«

»Ich kenne jemanden von Seligman«, sagte ich.

Sie zögerte, und ich sah förmlich, wie ihr Gehirn ratterte, weil sie überlegte, ob ich über Harry sprechen würde. Ich genoss das Gefühl der Macht und dass ich in der Lage war, sie zu schockieren. Sie überlegte, wie weit ich bereit war zu gehen, das sah ich deutlich. Dasselbe fragte ich mich bei ihr.

»Wen?«, fragte sie.

»John Underwood. Wir haben uns zufällig kennengelernt.«

Sie verzog das Gesicht. »Underwood konnte mich nicht leiden, er fand, ich wäre ein Miststück. Ich habe ihn den Milcheis-Typ genannt.«

»Was meinen Sie damit?«

»Als ich an der Wall Street anfing, erzählten mir alle Männer dieselbe Geschichte. Wenn du beim Milcheisverkäufer bist, liebst du Eiscreme. Du liebst Vanille, du liebst Erdbeere – was auch immer er hat. Wenn du beim Joghurteisverkäufer bist, hasst du Eiscreme.«

Sie hielt inne, als hätte sie eine offensichtliche Wahrheit kundgetan.

»Das verstehe ich nicht«, sagte ich.

Sie lachte. Es klang nett, hoch und kehlig, als würde ihr meine Unverblümtheit gefallen. Die makellosen Konturen ihres Gesichts entspannten sich und gaben einen kurzen Blick auf eine andere Frau frei, eine Frau, die viel ungezwungener war.

»Ich versuche es noch einmal«, sagte sie. »Ich berate Vorstandsvorsitzende, sage ihnen, sie sollen diese Firma kaufen oder jene verkaufen oder umstrukturieren. Jedes Mal, wenn ein Deal abgeschlossen wird, bekommen wir ein Honorar. Das können fünf Millionen Dollar sein, das können auch zwanzig Millionen Dollar sein. Auf jeden Fall viel. In der Branche wimmelt es von Lügnern und Egomanen. Und was tun sie? Eiscreme kaufen. Dem Vorstandsvorsitzenden sagen, sie lieben, was auch immer er hat. Alle Deals sind toll.«

»Aber das sind sie nicht?«

»Nein, keinesfalls. Ein paar sind katastrophal, und es ist unsere Aufgabe, die Vorstandsvorsitzenden zu warnen und dafür zu sorgen, dass sie nicht die falschen Deals abschließen. Wenn Sie ihnen sagen, sie sollen einen Deal nicht machen, bekommen Sie kein Honorar, aber es ist der beste Rat, den Sie ihnen geben können.«

Und warum hat Harry niemand gesagt, er solle Greenes Bank nicht kaufen?, dachte ich. Es war das erste Mal, dass mir dieser Gedanke kam. Bis sie es mir erklärte, hatte ich nicht gewusst, wie es an der Wall Street lief. Aus Harrys Mund hatte es geklungen wie ein Händeschütteln zwischen den beiden Männern. *Klar, Marcus, wir sehen uns das mal an*, hatte er zu Greene gesagt. Aber wenn mit Greenes Bank etwas nicht gestimmt hatte, warum hatte es niemand mitbekommen? Beim wichtigsten Deal von allen – dem, bei dem es um Seligman selbst ging –, hatte Harry Schiffbruch erlitten.

Der Gedanke lenkte mich für eine Minute ab, und als ich aufsah, hatte Lauren einen seltsamen Gesichtsausdruck, als würde in ihr etwas hochkommen. Sie hatte die Lippen geschürzt und starrte mich an.

»Psychiater müssen aber nicht mit ihren Patientinnen schlafen, oder?«, fragte sie.

Sie sah mich neugierig an, als wäre es eine faszinierende akademische Frage und nicht das explosivste Thema der therapeutischen Beziehung überhaupt. In der Therapiesituation entsteht zwischen Psychiater und Patientin die intimste Beziehung, die neben einer sexuellen denkbar ist, wenn auch einseitig. Die Patientin erzählt dem Therapeuten Dinge, die sie niemals jemand anderem anvertrauen würde, allenfalls einem Geliebten. Das macht es gefährlich. Wir haben alles über die Fallstricke sowie das Phänomen der Übertragung gelernt, das Risiko, dass die Therapie in unerlaubte Intimität gleitet.

»Das wäre moralisch inakzeptabel. Ein Missbrauch der therapeutischen Beziehung, der der Patientin schaden würde.«

»Sie würden Ihren Job verlieren?« Ihr Blick war direkt auf mich gerichtet, und mir wurde unbehaglich zumute, als beschuldigte sie mich standeswidrigen Verhaltens.

»Ein Psychiater, der so etwas tun würde, würde seinen Job verlieren.«

»Dann ist Ihr Job wie meiner.«

Da begriff ich, dass sie gar nicht über mich sprach, sie meinte sich selbst. Sie hatte den Blick von mir gelöst und wieder in die Ferne gerichtet. Ihre Miene war unverändert, doch zum ersten Mal spürte ich Traurigkeit in ihr, einen ganzen See der Sehnsucht.

»Ich hatte eine Affäre mit Harry Shapiro«, sagte sie ruhig. »Es war schrecklich …« Sie unterbrach sich, als suchte sie nach einem Wort, das groß genug war, und runzelte frustriert und bedauernd die Achseln. »… dumm«, beendete sie ihren Satz.

»Was ist passiert?«

»Underwood war schuld, das ist das Verrückte. Ich arbeitete mit ihm zusammen, aber er ertrug es nicht, dass ich ihn vorführte. Er wollte unbedingt verhindern, dass ich Partnerin wurde, und hat mich blockiert. Er hat mir bei den Deals, die ich reingebracht hatte, die Anerkennung verweigert und mich bei anderen rausgekickt. Das geschah so oft, dass ich beschloss, entweder zu gehen oder mich an Harry zu wenden.

Ich hatte noch nie mit ihm gesprochen, nur bei Meetings mit Kunden. Ich dachte, er wäre ein Tier, wie die Leute sagten. Aber so war er nicht. Er hörte mir zu und zeigte Mitgefühl. Er kümmerte sich um die Sache, sodass Underwood sich zurückhielt. Diese Seite an ihm hatte ich bis dahin noch nicht gesehen. Ich hatte mich gerade getrennt, ich war einsam.«

Ich wartete. Es fiel mir nicht schwer, mich mit meiner Reaktion zurückzuhalten, schließlich hatte ich von der Affäre gewusst, aber es war doch eine Erleichterung. Die Anspannung, mit der ich auf ihre Enthüllung gewartet hatte, hatte sich verflüchtigt. Wir waren wieder auf dem gewohnten Grund zwischen Psychiater und Patientin, wo *sie* Geheimnisse hütete und nicht ich. Doch mir schwante auch nichts Gutes. Die Tür der ärztlichen Schweigepflicht war über dem Geheimnis von Harrys Affäre zugeschlagen, wie die Türen eines Gefängnisses oder einer geschlossenen Abteilung im Krankenhaus.

»Wie ich schon sagte, ich war dumm. Man ist sehr verletzlich an der Wall Street, all diese Männer, die denken, man wäre nur eine Frau, man hätte den Job nicht verdient. Wenn jemand erfahren hätte, dass ich mit meinem Chef ins Bett gehe, wäre es das Ende meiner Karriere gewesen. Eines Tages kam ich zur

Besinnung und suchte mir einen anderen Job. Aber da war es schon fast wieder vorbei.«

»Warum ging es zu Ende?«

Sie deutete ein Lächeln an, als machte sie sich über meine Arglosigkeit lustig. »Es war nur eine Affäre, mehr nicht. Wir sind erwachsene Menschen, wir wollten es so. Er wollte seine Ehe nicht aufs Spiel setzen, und ich musste weiter. Wir hätten uns nicht mitreißen lassen sollen.«

»Stehen Sie noch in Kontakt?«

»Seit ich gegangen bin, haben wir uns nicht gesehen.«

Ihr Blick war ungerührt. Wenn Anna mir nicht erzählt hätte, dass Lauren Harry in East Hampton besucht hatte und sie gesehen hatte, wie Lauren Harrys Kopf gehalten hatte, hätte ich in dem Augenblick wohl nicht gemerkt, dass Lauren log. Ich beneidete die Banker nicht, die mit ihr verhandeln mussten – sie gab nicht das Geringste preis. Die Uhr an der Wand hinter ihr zeigte an, dass es sechs Uhr war, und auch wenn ich gern noch ein wenig gebohrt hätte, wartete der nächste Patient.

»Ich fürchte, unsere Zeit ist um«, sagte ich.

In der Nacht, als von fern das Heulen der Sirenen an mein Ohr drang und ich mich in dem Versuch, Schlaf zu finden, von einer Seite auf die andere wälzte, dachte ich an Anna. Ich hatte sie mehrmals angerufen, seit sie sich im Park von mir abgewandt hatte, und Nachrichten auf ihrer Mailbox hinterlassen, doch sie hatte nicht zurückgerufen.

Ich wollte unbedingt, dass es dafür eine harmlose Erklärung gab, damit wir wieder zu dem Zustand zurückkehren konnten, in dem wir uns vorher befunden hatten, doch es wollte mir nicht recht gelingen, mich davon zu überzeugen. Ich dachte daran, was Nora mir erzählt hatte, als ich sie zum ersten Mal zusammen gesehen hatte, den Arm um Annas Schulter gelegt: *Ich kann Ihnen gar nicht sagen, wie sehr ich mich auf sie verlasse.*

Als ich Anna kennengelernt hatte, war sie mir jung und unschuldig vorgekommen, kaum Teil der Welt der Shapiros. Doch sie war Noras Vertraute und Harrys Beschützerin. Sie hatte gesagt, sie würde ihn nicht mögen, doch sie hatte Lauren zu ihm gefahren und Nora das Rendezvous der beiden verheimlicht. Sie hatte sich in seinen Dienst gestellt, ungeachtet dessen, was sie von ihm hielt. Jetzt da die Shapiros bedroht wurden, überlegte ich, wie weit Anna gehen würde – oder gegangen war –, um sie zu beschützen.

Mein Name ist wie ich. Ein einziges großes Kuddelmuddel, hatte sie zu mir gesagt. Das war das Bild, das sie von sich projizierte: eine heimatlose Yogalehrerin, die von Nora aufgegriffen worden war und bald weiterziehen würde. Reines Getue, wie mir inzwischen klar war. Anna war die Organisierte. Nora hatte Angst gehabt, ihre eigene Küche zu betreten, doch Anna hatte dafür gesorgt, dass etwas zu essen im Kühlschrank war. Sie hatte sich darum gekümmert, dass das Haus in East Hampton renoviert wurde, um den Mord vergessen zu machen. Sie wusste alles über das Leben der Shapiros, war in ihre Geheimnisse eingeweiht. Ich war Harrys Psychiater, doch sie wusste, was er mir verheimlicht hatte.

An diesem Freitag fuhr ich aus der Stadt raus zu ihr. Auf meinem Armaturenbrett lag der Handschuh, den sie an dem Tag verloren hatte, als sie mich stehen gelassen hatte. Ich nahm die I-495 durch Queens, fuhr an den verfallenen Ruinen der Weltausstellung vorbei und immer weiter, bis die Gebäude am Straßenrand spärlicher wurden und schließlich von Bäumen abgelöst wurden. Die einzigen Orientierungspunkte hier draußen waren die seltsamen Objekte, die aus dem Wald ragten: zwei weiße Wassertürme und ein Handymast, der sich als riesiger Baum tarnte. Er schwebte über dem grünen Horizont, ein weißer Stock mit dunklen Metallästen in unnatürlich regelmäßigen Abständen.

Vor dem Haus der Shapiros stand ein Lieferwagen, und als ich hinters Haus ging und durch die Fenster des Wintergartens spähte, fiel mein Blick auf zwei Handwerker, die auf Leitern standen und die Decke mit weißer Farbe rollten. Anna war am hinteren Ende, sie trug einen Overall und hatte die Haare hochgesteckt und zeigte gerade auf etwas. Ich beobachtete sie eine Minute, bevor sie aufschaute und mich sah. Dabei verhärteten sich ihre Züge, und sie starrte mich an, als wäre ich ein Feind, der einbrechen wollte. Sie ging in die Küche, und als ich ums Haus ging, öffnete sie mir wortlos die Tür.

»Den hast du vergessen«, sagte ich und hielt ihr den Handschuh hin.

Sie sah mich mit gerunzelter Stirn an. »Wenn du schon den weiten Weg auf dich genommen hast, kannst du auch kurz reinkommen«, sagte sie und nahm ihn.

Drinnen schenkte sie mir aus einem Kaffeebereiter Kaffee ein und setzte sich auf einen Stuhl, während ich trank. Zu mehr Gastfreundschaft war sie offensichtlich nicht bereit. Das Schweigen dehnte sich aus, und sie sah sich zerstreut um, als machte ich sie nervös. Als ich zum ersten Mal zum Haus der Shapiros gekommen war, hatte es mich an ein Märchencottage erinnert, doch jetzt fühlte es sich an wie ein finsterer Ort, unwiderruflich gezeichnet durch einen Mord, der seinen Bewohnern sämtliche Energie geraubt hatte. Anna sah nicht besser aus als Nora bei meinem letzten Besuch – genauso blass und mit stumpfem Blick.

»Du weißt, wer mich überfallen hat, nicht wahr?«, fragte ich sie.

Die Frage brachte sie augenblicklich auf hundertachtzig, als wäre sie eh schon übernervös und würde bei der kleinsten Provokation völlig ausrasten.

»Woher soll ich das wissen? Ich habe gesagt, du sollst mich in Ruhe lassen«, fuhr sie auf.

Sie warf mir den Handschuh vor die Füße, ging ins Wohnzimmer und schlug die Tür hinter sich zu. Als ich ihr folgen wollte, schlug mir die Klinke gegen die Fingerknöchel, worauf ich aufschrie und die Hand schüttelte – eine Bitte um Mitgefühl, die ungehört verhallte. Ich trat ins Wohnzimmer, und die Handwerker schauten auf, was das für ein Tumult war.

Schon jetzt konnte man sich kaum noch daran erinnern, wie der Raum vorher ausgesehen hatte. Die Sofas und Möbel waren den Weg des geometrischen Teppichs gegangen. Selbst die Türen zum Wintergarten waren entfernt und durch neue ersetzt worden. Die Männer hatten die Wände in einem zarten Hellblau gestrichen, unter dem die früheren Farben verschwunden waren. Anna war nirgends zu sehen, und einer der Männer sah mich achselzuckend an, wie um anzudeuten, er würde sich mit aufgebrachten Frauen auskennen. Stumm zeigte er auf eine Tür am anderen Ende des Raums. Ich ging den Flur runter und sah, dass die Tür zu Noras Arbeitszimmer offen war. Anna stand am Fenster, das die Einfahrt zur Bucht hin überblickte, den Rücken mir zugekehrt.

»Weißt du noch, wie du mich am ersten Tag mit in die Stadt genommen hast?«, sagte ich. »Da hast du mir erzählt, du wärst viel zu ehrlich. Du hast gesagt, du würdest immer in Schwierigkeiten geraten, weil du die Wahrheit sagst. Was ist daraus geworden?«

Sie schwieg, also fuhr ich fort. Wut und Fassungslosigkeit darüber, wie sie sich mir gegenüber verhalten hatte, kochten hoch, und meine Stimme brach. »Du bist ja so ehrlich, was? So kommt es mir aber ganz und gar nicht vor. Du willst nur Harrys Geheimnisse hüten.«

Inzwischen brüllte ich, aber sie hatte mir immer noch den Rücken zugekehrt. Ich ging zu ihr und fasste sie an der Schulter, doch sie schüttelte meine Hand ab, als wäre meine Berührung ihr unerträglich.

»Weißt du was?«, sagte sie. »Ich mache meine Arbeit, und meine Arbeit bedeutet, dass ich Zeug weiß über die Leute, für die ich arbeite, auch wenn das manchmal nicht schön ist. Warum machst *du* nicht einfach deine Arbeit? Warum hackst du auf mir herum?«

Sie war durchs Zimmer zu Noras Schreibtisch gegangen und davor stehen geblieben, während sie das sagte. Als ich sie ansah, fiel mein Blick auf eine Metallplatte, die hinter ihrer linken Schulter in die Wand eingelassen war, und lenkte mich von ihrem Gesicht ab. Noras Tresor, in den sie, wie sie mir gesagt hatte, Harrys Waffe eingeschlossen hatte. Ich starrte darauf, bis Anna sich umsah.

»Du weißt, wie man ihn öffnet«, sagte ich. »Nicht wahr?«

Ein paar Sekunden lang starrte sie mich verächtlich an, dann fuhr sie herum und legte die Hand an das Drehschloss. Sie drehte es viermal nach rechts und nach links, dann packte sie den Messinghebel und zog die Tür auf. Darin waren einige Schmuckschatullen und Papierstapel, und obendrauf schimmerte die vernickelte Beretta. Nora hatte die Wahrheit gesagt.

»Zufrieden? Glücklich?«, fragte sie bitter, schloss die Tresortür und verließ das Zimmer. Als ich zurück ins Wohnzimmer kam, stand sie mittendrin und nickte mir mit starrer, feindseliger Miene zu.

»Komm her«, sagte sie, und ich ging langsam, ein Schritt nach dem anderen, über die Holzdielen zu ihr. »Ein bisschen weiter noch … Bleib da stehen.«

Ich stand dicht vor ihr, und der Mann, der mir vorhin gezeigt hatte, wo sie hin war, stand ein paar Schritte links von mir auf einer Leiter und strich schweigend eine Randleiste, als wollte er sich unsichtbar machen. Anna sprach weiter, ohne ihn zu beachten.

»Hier hat die Leiche gelegen«, sagte sie. »Sie mussten Marcus' Blut von den Dielen abschleifen. Es hat sehr lange gedauert.«

Ich erinnerte mich, dass Pagonis mir das Foto von Greenes Leiche gezeigt hatte. Er hatte in einer Blutlache gelegen. Mir war, als bewegte ich mich auf geweihter Erde, und ich machte einen Schritt nach hinten. Anna wandte sich wieder ab, schritt durch die halb angestrichenen Türen in den Wintergarten und ging nach draußen auf den Rasen, wo sie am Rand des Schwimmbeckens stehen blieb. Sie war kreidebleich und zitterte, die Arme unter der Brust verschränkt, wie um sich festzuhalten. Ich ging näher, doch sie fuhr zurück und blieb auf Abstand. Die Meeresbrise fegte die letzten dünnen Wolken fort, und die Sonne schien auf das Gras. Das Licht änderte sich so schnell, dass man kaum blinzelte, und schon sah alles ganz anders aus.

»Eins ist mir klar geworden«, sagte sie.

Sie hielt auf die Treppe zu, die in die Dünen führte, wie Harry es getan hatte, und ging hinunter, bis sie aus meinem Sichtfeld verschwunden war. Ich eilte hinter ihr her, um ihr eine letzte Frage zu stellen.

»Was? Sag's mir.«

»Sieh dich um. Komm von selber drauf«, erwiderte sie.

Sie rannte die Stufen hinunter zum Strand, wo die Wellen sich schäumend überschlugen und wieder zurück ins Meer liefen. Ich kämpfte mich noch ein paar Schritte hinter ihr her, bei denen meine Füße im Sand versanken, doch sie hängte mich mühelos ab. Da blieb ich stehen und sah ihr hinterher, wie sie mit gesenktem Kopf zornig nach Westen marschierte.

18

Um vor der Grand Jury des Suffolk County auszusagen, trug ich meinen hellgrauen Hochzeitsanzug mit Weste und dunkler Krawatte. Nicht von meiner Hochzeit, sondern von der meines Bruders vor zwei Jahren, und der Anzug hatte die Ehe schon überdauert. Vielleicht lag es daran, dass Guy beruflich so viel unterwegs war, vielleicht war da aber auch etwas, worüber mein Bruder nicht sprach, aber Marianne war bei Familienfesten immer seltener dabei gewesen, bis er schließlich gestanden hatte, dass wir sie nicht mehr sehen würden. Sie hatten keine Kinder, also war die Scheidung relativ problemlos über die Bühne gegangen.

Ich hatte die Hochzeit toll gefunden. Rebecca hatte mir geholfen, den Anzug bei Bloomingdale's auszusuchen, und war mit mir nach London geflogen. Die Zeremonie fand in einer uralten kleinen Kirche in der City of London statt, mit einer Skulptur von Henry Moore – einem riesigen weißen Steinblock – als Altar in der Mitte, und der Chor hatte auf Latein gesungen. Mein Vater hatte sich benommen und Jane bemerkenswerterweise ebenfalls. Rebecca und ich waren am Sonntag durch das West End und den Hyde Park spaziert. Ich erinnerte mich, wie ich mit ihr unweit des Serpentine im Gras gelegen und das Gefühl gehabt hatte, aller Sorgen frei zu sein.

Diese Situation hier war bei Weitem nicht so angenehm, und die Umgebung war um einiges düsterer. Ich saß in einem Zeugenstand in einem schlecht beleuchteten, fensterlosen Raum im Riverhead-Gerichtsgebäude, vor mir eine Grand Jury. Die wenigsten Mitglieder hatten sich die Mühe gemacht, sich in Schale zu werfen. Die Männer trugen legere Hosen und Sweatshirts, bis auf zwei Typen mittleren Alters in Jacketts, die Frauen waren kaum besser gekleidet. Sie schienen die Sache nicht so ernst zu nehmen wie ich, aber für sie stand auch nicht so viel auf dem Spiel. Die meisten wirkten gelangweilt, und ein Mann hinten gähnte schon, obwohl es erst halb elf am Vormittag war. Man sollte doch meinen, der Fall Shapiro wäre aufregender als manche Routinesachen, doch dem schien nicht so zu sein.

Die einzigen anderen Menschen im Raum waren eine Protokollführerin und Baer, die gemütlich in einer anderen Nische saßen. Er kramte in seinen Unterlagen, und sie strich über die Tasten ihres Stenografs. Die dreiundzwanzig Mitglieder der Jury hatten in zwei schiefen Stuhlreihen Platz genommen, als wäre dies hier ein experimentelles Off-Broadway-Theater.

Joe hatte mich ein letztes Mal instruiert, wie das Ganze ablief, und mich gedrängt, nicht zu viel zu sagen und die Fragen nur kurz und knapp zu beantworten. Jetzt stand er sich im Flur die Beine in den Bauch. Pagonis hatte recht gehabt, er durfte nicht mit rein. Hier war kein Richter, der Baer unterbrechen konnte, der uns in gewohnt würdevollem Schritt zum Geschworenenzimmer geführt hatte. Joes Ermahnung, um eine Unterbrechung zu bitten und nach draußen zu kommen, um mich mit ihm zu besprechen, wenn ich mir Sorgen machte, war mir ein magerer Trost.

Als ich Joe angerufen hatte, um ihm zu berichten, dass Pagonis mir die Vorladung vorbeigebracht hatte, hatte er finster geklungen, doch wenig überrascht – wie ein Mann, der nicht enttäuscht wurde vom Lauf der Dinge, weil er immer das Schlimmste befürchtete. »Ich wollte Sie nicht unnötig beunruhigen, aber ich dachte mir schon, dass er das tun würde. Wir müssen reden«, hatte er gesagt.

Am nächsten Tag hatte er mir in seinem Büro erklärt, wie es funktionierte. Grand Jurys wurden hauptsächlich einberufen, um Verdächtige vor Gericht zu bringen und anzuklagen. Sie hörten sich an, was die Staatsanwaltschaft an vorläufigen Beweisen präsentierte, und winkten den Anklagebeschluss durch. Die harte Arbeit zu beweisen, dass der Verdächtige das Verbrechen begangen hatte, kam erst später, beim richtigen Prozess. Doch die Grand Jury konnte sich auch mit einem Fall befassen, wenn die Staatsanwaltschaft einen unwilligen Zeugen hatte, den sie unter Eid befragen wollte. Das war hier der Fall, und sofern ich mich nicht auf mein Aussageverweigerungsrecht berief, musste ich aussagen.

»Sie haben Mr Shapiro zunächst in der psychiatrischen Notaufnahme im Episcopal behandelt, ist das richtig?«, fragte Baer.

Joe hatte mich instruiert, die Jury anzusehen und zu versuchen, teilnahmsvoll rüberzukommen, doch als ich aufblickte, fühlte ich mich nicht gerade ermutigt. Der Sprecher der Geschworenen, der mich vereidigt hatte, ein stämmiger Mann mit Goldkettchen, dessen Kinn unter einem gestutzten Bart hervorquoll, starrte mich an, als wäre ich ein Angeklagter und kein Zeuge.

»Mr Shapiro wurde von seiner Frau ins Krankenhaus gebracht. Ich habe ihn untersucht und ihm geraten, aus freien Stücken bei uns zu bleiben, was er dann auch getan hat.«

»Aus welchem Grund?«

»Ich ging davon aus, dass er eine Gefahr für sich selbst war – dass das Risiko eines Selbstmords bestand. Er zeigte eine Reihe von Symptomen einer Depression. Er hatte seinen Job verloren, und seine Frau machte sich Sorgen um seine seelische Verfassung.«

»Hat er Selbstmordabsichten geäußert?«

»Nicht direkt.«

»Warum haben Sie es dann geglaubt?«

»Seine Frau hatte ihn in ihrem Haus in East Hampton in seinem Arbeitszimmer angetroffen, eine Waffe auf dem Schreibtisch. Sie hatte sich Sorgen gemacht.«

Die Erwähnung der Waffe erweckte die Jury zum Leben. Eine Frau in der ersten Reihe, die sich umgesehen hatte, als wäre sie nicht ganz bei der Sache, richtete sich kerzengerade auf, und ein Mann hinten öffnete die Lippen zu einem stummen »O«. Ich versuchte, weiter ein ausdrucksloses, neutrales Gesicht zu machen, als wäre ich ein Sachverständiger, während ich mit wild pochendem Herzen auf Baers nächste Frage wartete. Wenn er weiter nach der Waffe fragte, musste ich sagen, dass Nora sie mit in die Ambulanz gebracht hatte und ich sie damit hatte nach Hause gehen lassen. Es gab zu viele Zeugen, um in diesem Punkt zu lügen.

»Sie wussten also, dass er gefährlich war?«, sagte Baer mit einer gewissen Schärfe.

Das war seine härteste Frage bislang, doch es war nicht, was ich befürchtet hatte, und so entspannte ich mich ein wenig. Joe hatte geahnt, dass er das fragen würde, und bisher war noch nichts zur Sprache gekommen, worauf er mich nicht vorbereitet hatte. Wir hatten in einem langen rechteckigen Raum in seiner Kanzlei geübt, wo Rollos vor den Fenstern kein Sonnenlicht hereinließen. Ich hatte an einem Ende eines Mahagonitisches gesessen, und Joe war auf und ab gegangen und hatte mich mit Fragen bombardiert. Er hatte meine Antworten gefilmt, und hinterher hatten wir uns auf einem Bildschirm, der am Kopfende des Tisches eine ganze Wand einnahm, meine Vorstellung angesehen und jedes Zögern und jedes Anzeichen für Angst registriert. Es war eine Art Reverse Therapy – ein Training, um meine Gefühle zu verbergen.

»Ich machte mir Sorgen, dass Mr Shapiro eine Gefahr für sich selbst sei. Ich bin nicht davon ausgegangen, dass er eine Gefahr für andere darstellt.«

»Dann war Ihre Diagnose falsch?«

Allmählich bekam ich zu spüren, dass hier kein Richter zugegen war. *So eine Frage würde er doch sicher nicht zulassen?*, dachte ich. Nicht nur der Obmann schien mich als Angeklagten zu betrachten. Ich löste den Blick von der Jury und schaute zu Baer und der Gerichtsprotokollantin, die den Kopf über den Stenografen gesenkt hatte. Er erwiderte meinen Blick freundlich, aber unerschütterlich, als wäre ich selbst schuld, weil ich unkooperativ gewesen war.

»Mr Shapiro hat noch nicht vor Gericht gestanden, also kann ich das nicht beantworten«, antwortete ich.

Streng genommen legte ich damit die Wahrheit sehr weit aus, denn Harry hatte mir gegenüber zugegeben, dass er Greene erschossen hatte, aber juristisch war meine Antwort korrekt, wie Baer mit einem knappen Lächeln und einem skeptischen Blick zur Jury einräumte.

»Er blieb zwei Tage im Krankenhaus, und dann haben Sie ihn, glaube ich, entlassen. Sie haben ihn rausgelassen, einfach so. Den Mann, um den Sie sich zwei Tage vorher noch solche Sorgen gemacht haben, einen Mann, den man mit einer Waffe gefunden hatte?«

»Er war freiwillig bei uns geblieben, und am Montag sagte er, er wolle nach Hause. Wir hatten mit der Behandlung begonnen, und ich sah keinen Grund, ihn zwangsweise dazubehalten.«

Baers Augen blitzten. »Dann wurde Mr Shapiro Ihr Privatpatient. Das heißt, bis er eine Woche später inhaftiert wurde unter dem Verdacht, Mr Greene umgebracht zu haben. Das war sicher ein gutes Gefühl. Ich meine, er war ein reicher und mächtiger Banker, der größte Spendengeber des Krankenhauses. Ein hübscher Fang.«

Allmählich entglitt die Situation meiner Kontrolle. Baer hatte recht – das war exakt der Gedanke, der mir durch den Kopf gegangen war. Einen reichen Patienten zu gewinnen war kein Verbrechen, deswegen hatte Jim sich extra in der Park Avenue niedergelassen, um Himmels willen. Doch Greenes Tod hatte alles verändert, und aus ganz normalem menschlichem Ehrgeiz war ein Verstoß gegen die ärztliche Sorgfaltspflicht geworden. Ich zögerte und überlegte, ob ich auf einer Pause bestehen und raus in den Flur gehen sollte, um mich mit Joe zu beraten, doch ich hatte das Gefühl, das käme einem offenen Schuldeingeständnis gleich.

»Ich … ich wollte sichergehen, dass Mr Shapiro gut versorgt war«, stammelte ich. »Wie ich es bei jedem anderen Patienten auch getan hätte.«

»Wie behandeln Sie Patienten normalerweise?«

»Das verstehe ich nicht.«

»Normalerweise kommen die Patienten doch zu Ihnen ins Krankenhaus, oder? Nicht so Mr Shapiro. Sie haben ihn in seinem Haus in East Hampton aufgesucht. Und dafür ist Ihnen im Gegenzug eine Sonderbehandlung zuteilgeworden. Sie haben ihm geholfen, und er hat Sie dafür in seinem Privatflugzeug nach London geflogen, nicht wahr?«

Ein Jurymitglied schnappte nach Luft, als er das sagte, und ein anderes kritzelte etwas auf ein Blatt Papier. Mein Kopf wurde leer, und ich suchte verzweifelt nach einem Weg zu erklären, warum ich diesen Flug mit der Gulfstream angenommen hatte. Ich habe Harry beschützen wollen. Er hätte im Krankenhaus bleiben müssen. Doch man hatte mir gesagt, ich müsse ihn entlassen. Ich hatte keine Schuld. Nach einigen endlosen Sekunden konzentrierte ich mich wieder und rang mir, während alle im Raum mich anstarrten, mühsam eine Erklärung ab.

»Mein Vater war krank geworden, und ich musste zu ihm. Mrs Shapiro bot mir den Flug an, damit ich den verabredeten Termin mit ihrem Mann nicht versäumte. Ich dachte, es sei eine gute Idee.«

»Sie sagen, Mr Shapiro war labil? Sie haben ihn entlassen, aber Sie haben sich trotzdem Sorgen um ihn gemacht?«

»Ich wollte ganz sichergehen.«

Die Halbwahrheit, die ich gerade über Harrys Entlassung von mir gegeben hatte, ließ es so aussehen, als hätte ich mich schändlich der Verletzung der ärztlichen Sorgfaltspflicht schuldig gemacht. *Das war's*, dachte ich, als Baer eine Pause machte, damit die Jury meine Aussage verdauen konnte. *Was auch immer Duncan tut, meine Karriere ist erledigt.*

»Sie haben alles gemacht, was Shapiro wollte, weil er Sie gekauft hat. Er hatte Sie am Gängelband, nicht wahr?«

»So war das nicht«, murmelte ich, ohne ihn anzusehen. Mein Gesicht war gerötet, und zwei Frauen mittleren Alters betrachteten mich mitfühlend, als wäre es ein einseitiger Boxkampf, dem man Einhalt gebieten sollte.

»Vielen Dank, Doktor«, sagte Baer, der die Stimmung spürte und seine Befragung an dieser Stelle geschickt zu Ende brachte.

Joe saß draußen auf einer niedrigen Bank an einem Fenster und erledigte Korrespondenz auf einem BlackBerry. »Gut gelaufen?«, fragte er strahlend.

Ich brachte es nicht über mich, ihm zu erzählen, was gerade passiert war – mir schwirrte noch der Kopf. Wir gingen zu Baers Büro, wohin mein Peiniger uns nach der Anhörung noch zu einem Gespräch eingeladen hatte. Als wir hereinkamen, hatte er das Jackett ausgezogen und zwei Knöpfe seiner Weste geöffnet. Er wirkte zufrieden.

»Ich hoffe, Sie denken nicht, ich bin zu hart mit Ihnen umgesprungen, Doktor. Ich wollte nur ein paar Fakten klären«, sagte er und schüttelte Joe die Hand.

Joe zuckte sichtlich zusammen, als ihm aufging, dass außerhalb seines Einflussbereichs gerade etwas Unschönes vorgefallen war. »Und als Nächstes?«, fragte er Baer und kam rasch zu dem kritischen Punkt.

»Wir werden sehen. Wir können Dr. Cowpers Aussage vor der Grand Jury vorerst unter Verschluss halten und der Verteidigung nicht sofort zukommen lassen. Ich will ihm nicht mehr Schwierigkeiten machen, als nötig ist. Aber wir beide sollten uns darüber unterhalten, wie er uns helfen kann und ob er jetzt bereit ist zu kooperieren. Wollen wir uns ein wenig die Füße vertreten?«

Ich saß in Joes Auto und beobachtete ihn und Baer durch die Windschutzscheibe in etwa hundert Meter Entfernung miteinander verhandeln, ihre Gestalten kaum mehr als Umrisse vor den grauen Gefängnismauern. Ich konnte nicht hören, was sie sagten, doch ich bekam ein Gefühl dafür, weil ich Baers Gesten registrierte und Joes ernstes, entgegenkommendes Nicken, als sie nebeneinander hergingen.

Sie sahen aus wie das, was sie waren – zwei Profis, die das öffentliche In-Szene-Setzen hinter sich gelassen hatten und einen Deal aushandelten. Ich war immer noch erschüttert ob der traumatischen Wendung der Anhörung, und ich wollte nur noch so weit wie möglich fort von diesem Ort mit seinen unschönen Assoziationen, doch Joe hatte mich gebeten zu warten. Mir kam in den Sinn, dass Harry in dem Gefängnis, das über ihnen aufragte, womöglich gerade Karten spielte oder Gewichte stemmte. Nachdem sie sich zwanzig Minuten unterhalten hatten, sah ich, wie sie einander die Hand schüttelten. Baer eilte in die Staatsanwaltschaft, und Joe wandte sich zu mir um. Er hielt den Kopf im Gehen gesenkt und wirkte grimmig und nachdenklich. Als er sich dem Wagen näherte, schaute er auf und lächelte, doch es kostete ihn sichtlich Mühe.

»Und?«, fragte ich, als er einstieg.

»Besorgen wir uns einen Kaffee«, sagte er und warf den Motor an.

Am Kreisverkehr in der Nähe des Gefängnisses war ein McDonald's, dessen gelbes M an einem Pfosten über dem chaletartigen Schuppen befestigt war, und Joe bog schweigend auf den Parkplatz. Was auch immer er zu sagen hatte, er würde den Schlag nicht dadurch abfangen, dass er mich schick ausführte. Wir stellten uns für zwei labbrige, schaumige Cappuccinos an und gingen damit in eine leere Sitznische, wo Joe energisch den Inhalt seines Styroporbechers umrührte, als hoffte er, in ihren Tiefen irgendwo auf Aroma zu stoßen. Ich malte mir aus, wie die Inhaftierten über den Highway auf diesen Laden glotzten und sich nach einem Big Mac sehnten.

Als Joe das Wort ergriff, war er ernster, als ich ihn je erlebt hatte. Die Unterredung mit Baer hatte seine meist gute Laune merklich gedämpft.

»Es tut mir leid, was da drin passiert ist«, sagte er. »Es klang, als wäre es nicht lustig gewesen. Der Typ ist ganz schön hart. Ich bin froh, dass ich nicht öfter hier draußen zu tun habe. Im Vergleich zu Suffolk County ist New York City der reinste Spielplatz.«

»So ist es mir im Zeugenstand auch vorgekommen«, sagte ich.

»Ich will ehrlich sein, die Geschichte mit der Gulfstream gefiel mir schon nicht, als Sie mir davon erzählt haben. So was kommt bei einer Jury nicht gut an, obwohl Sie nur Ihr Bestes getan haben, um dem Typ zu helfen. Was mir Sorgen bereitet, ist, dass Baer vieles weiß, was er für unseren Geschmack nicht wissen sollte. Es klingt, als hätte er noch mehr im Ärmel. Jemand hat mit seinen Detectives gesprochen. Normalerweise würde ich auf die Verteidigung tippen, doch das ergibt keinen Sinn. Die wollen schließlich nicht, dass es so aussieht, als hätte Shapiro geplant, Greene zu erschießen.«

Joe rührte noch ein paarmal in seinem Becher – er hatte ihn noch nicht an die Lippen gehoben – und betrachtete mich eindringlich.

»Was meinen Sie, wer hat geplaudert?«

»Ich weiß nicht.«

Er sagte nichts, doch als er schließlich einen Schluck aus seinem Becher nahm, hielt er den Blick weiter unverwandt auf mich gerichtet. Er machte sich nicht die Mühe, seine Ungläubigkeit zu verbergen. Unter diesem südlichen Charme, dem fröhlichen Geplauder, ging mir in diesem Augenblick auf, steckte ein Anwalt, der es gewohnt war, Lügen aufzuspüren, und dessen Geduld mit meinen Halbwahrheiten erschöpft war.

»Ich verrate Ihnen jetzt etwas, was Roger gesagt hat, als er mich das erste Mal nach Ihnen fragte«, sagte er. »Er sagte: ›Mein Sohn ist ein sehr kluger junger Mann, aber er hat Geheimnisse. Man weiß nie genau, was er denkt. Vielleicht ist er deswegen so gut in seinem Job.‹ Ich muss sagen, Ben, ich glaube, er kennt Sie sehr gut. Es gibt so einiges, was Sie während der ganzen Affäre für sich behalten haben. Bis jetzt war das okay. Sie hatten vermutlich Ihre Gründe. Aber vielleicht ist Ihnen noch nicht klar, wie ernst die Sache inzwischen ist.«

»Doch. Ich hab's da drin gerade herausgefunden«, sagte ich, ohne auf seinen Hauptvorwurf einzugehen.

»Ich frage Sie also noch einmal: Was meinen Sie, wer hat geplaudert?«

Ich schaute aus dem Fenster. In der Ferne lagen das Gefängnis und der Wald, der ein paar Meilen südlich in Niederungen und Dünen überging. Den Siedlern von Long Island war es nicht gelungen, die salzigen Lande am Meer zu kultivieren, und sie hatten ihre besten Grundstücke an denjenigen verkauft, der sie haben wollte. Ich dachte daran, wie Anna mir bei meinem letzten Besuch den Rücken gekehrt hatte und an diesem Strand davongegangen war. Ich hatte alles getan, worum sie mich gebeten hatte, doch jetzt würde ich ihr nicht mehr die Treue halten. Die Platzwunde an meiner Stirn war so gut wie verheilt, die blauen Flecken fast ganz verblasst, und ich berührte sie, als ich sprach.

»Das hier«, sagte ich. »Ich bin nicht zufällig überfallen worden. Jemand ist mir in den Park gefolgt und hat mich angegriffen. Er hat auch meine Wohnung durchwühlt.«

»Fahren Sie fort«, sagte Joe leise.

»Ich war an dem Abend mit einer Frau aus. Sie heißt Anna Amundsen. Ich habe sie …« Ich unterbrach mich ein paar Sekunden, bevor ich fortfuhr. Es fühlte sich noch schrecklicher an, als ich es laut aussprach. »Ich habe sie kennengelernt, als ich bei Harry in East Hampton war. Sie ist seine Haushälterin.«

»Mist«, sagte Joe. Er war völlig perplex, als hätte er erwartet, ich würde ein unbedeutendes Vergehen beichten, und stattdessen hätte ich ein Kapitalverbrechen gestanden.

»Ich glaube, sie weiß, wer mich überfallen hat. Sie weiß sehr viel über die Shapiros. Ich habe sie gefragt – ich habe sie vor zwei Wochen gesehen –, aber sie wollte nichts sagen.«

»Mist«, wiederholte Joe ausdruckslos.

Er wirkte nicht verärgert, eher entsetzt über die Büchse der Pandora, die ich da geöffnet hatte. Ich hatte Mühe, den letzten Teil meines Geständnisses herauszubringen. Ich fühlte mich sogar schlimmer als vor der Jury.

»Anna ist … also, ich habe mich zu ihr hingezogen gefühlt. Es war eine Art … Verabredung. Ich weiß, dass ich das nicht hätte tun sollen. Es war dumm von mir, das müssen Sie mir nicht sagen. Sie hat mir etwas über Mr Shapiro erzählt, aber ich habe ihr versprochen, es für mich zu behalten.«

»Diese Verabredung«, sagte er misstrauisch. »Wie weit ist das gegangen?«

»Überhaupt nicht weit. Also, sie hat mich einmal geküsst. Ganz kurz.«

»Okay, die Einzelheiten interessieren mich nicht. Könnte vermutlich schlimmer sein. Was hat Ihre hübsche Freundin Ihnen denn erzählt?«

Ich seufzte und setzte ein möglichst betretenes Gesicht auf. So mies ich mich auch fühlte, irgendwie tat mir Joe noch mehr leid, weil er mich am Hals hatte. Diese Abende mit meinem Vater in Las Vegas kamen ihn teuer zu stehen.

»Ich fürchte, das kann ich Ihnen nicht sagen, denn es unterliegt der ärztlichen Schweigepflicht. Es geht nicht um Anna und auch nicht um Harry. Ich weiß, dass er mich davon entbunden hat«, sagte ich rasch. »Es geht um eine andere Patientin von mir.«

Joe schloss die Augen und stützte den Kopf in die Hände. Er verharrte eine ganze Minute in dieser Haltung, während ich betreten wartete. Dann geschah etwas, was mich überraschte: Seine Schultern fingen an zu beben – er lachte.

»Ich sage Ihnen was, Ben«, sagte er, sobald er sich gefangen hatte. »Ich glaube nicht, dass ich je einen Mandanten wie Sie hatte. Nichts für ungut, aber ich hoffe, ich werde auch nie wieder so einen haben. Sie tun diese ganzen Sachen, die ich Ihnen kaum zutrauen würde – und ich bin mir sicher, ein Richter auch nicht. Und dabei graben Sie erstaunlicherweise neue Beweise aus, wollen mir aber nicht sagen, was es ist.«

»Ich *kann* nicht«, sagte ich. »Es wäre ein Verstoß gegen die ärztliche Schweigepflicht.«

»Richtig«, sagte er mit ausdruckslosem Gesicht. »So schlimm wie die Anzeige wegen Verletzung der ärztlichen Sorgfaltspflicht, die Ihnen ins Haus steht, wenn Sie von Baer vorgeladen werden, um bei Shapiros Prozess auszusagen, und Ihre Chefin beschließt, Sie nicht zu schützen. So ähnlich, ja?«

»Hat Baer gesagt, dass er das vorhat?«, fragte ich benommen.

»So in etwa. Ich bin Ihr Anwalt – auch wenn ich mich im Augenblick frage, warum –, also lassen Sie mich es Ihnen so einfach wie möglich darlegen. Entweder tun Sie, was Baer will, das heißt, Sie sagen ihm, was im Krankenhaus und da draußen in Shapiros Haus passiert ist, oder er zwingt Sie nicht nur, beim Prozess auszusagen, sondern stellt Sie auch noch in ein so schlechtes Licht wie eben vor der Grand Jury. Derweil ist die einzige Möglichkeit, Ihren Job zu behalten, die, Baer zu sagen, er solle verschwinden. Es ist Ihre Entscheidung.«

Er sah mich fast zärtlich an, als er das sagte, als wäre er gleichzeitig verärgert und beeindruckt, wie ich nur in so einen Schlamassel geraten konnte. *Das war bestimmt nicht ganz einfach,* schien seine Miene zu sagen. Seine Stimmung hatte sich aufgehellt, als sei er über jegliche Verzweiflung hinaus zu der Einsicht gelangt, dass sein Mandant unmöglich zu verteidigen war.

»Was würden Sie mir als mein Anwalt raten?«, fragte ich.

»Was ich Ihnen raten würde?«, entgegnete Joe. »Suchen Sie sich einen anderen Anwalt.«

19

Joes Stimmung war wohl ansteckend gewesen, denn ich schlief tief und fest, und als ich am Morgen aufwachte, hatte mein Unterbewusstsein bereits eine Entscheidung für mich getroffen. Ich war es satt, Geheimnisse zu wahren, Dinge aus Pflichtgefühl und Feigheit zu decken. Ich hatte bei Harry einen Fehler gemacht, der mich meinen Job kosten konnte, aber ich war nicht bereit, mich noch länger schützend vor ihn zu stellen, und auch Duncan würde ich nicht schützen. Ich würde zu Baer gehen und ihm alles erzählen – von der Waffe, die Nora mit in die Notaufnahme gebracht hatte, dass Duncan mich unter Druck gesetzt hatte und was Harry am Strand zu mir gesagt hatte. Ich würde ihm sagen, dass Harry ein Mörder war.

Als ich aus der Dusche trat, war ich erleichtert, als wäre eine Last, die ich seit Wochen mit mir herumschleppte, von mir genommen worden. Mein Job war es, die Geheimnisse der Menschen zu wahren, doch Harry hatte genau das gegen mich benutzt, und das würde ich nicht länger zulassen. Ich wusste nicht, warum er Greene umgebracht hatte, doch das herauszufinden war Baers Aufgabe, nicht meine. *Ich werde ihn verpfeifen,* dachte ich, und das klang weitaus besser, als jemand zu sein, der Fakten unterschlägt. Beim Frühstück summte ich fröhlich vor mich hin, und als ich fertig war, griff ich zum Telefon, um ein paar Termine zu machen.

Zuerst fuhr ich zu der Wohnung der Shapiros, und als ich im Aufzug in den siebenunddreißigsten Stock fuhr, überlegte ich, ob Anna wohl dort war. *Ist mir egal,* dachte ich. *Sie ist Harrys Hausangestellte, soll sie doch die Konsequenzen tragen.* Als ich aus dem Aufzug trat, setzte ich das passende Gesicht für sie auf – ich äffte das böse Starren nach, mit dem sie mich beim letzten Mal bedacht hatte –, doch als Nora mir die Tür öffnete, wurden meine Züge weicher. Das hier würde das Schwerste werden. Ob ich Harry gegen mich aufbrachte, war mir inzwischen egal, doch an ihr lag mir immer noch etwas. Sie hatte nichts Unrechtes getan, sondern nur versucht, sich um ihren Mann zu kümmern, und was ich zu sagen hatte, würde ihr nicht gefallen.

»Anna ist draußen beim Haus, um klar Schiff zu machen, ich bin allein. Kommen Sie herein«, sagte sie lächelnd. »Kann ich Ihnen etwas anbieten?«

»Nein, danke«, sagte ich knapp.

Wir gingen in ihr Arbeitszimmer. Es war ein sonniger Vormittag, und ich sah durchs Fenster auf den Central Park, wo sich die zartgrüne Decke der dichten Baumkronen Richtung Harlem erstreckte, die Fifth Avenue auf der hinteren Seite. Der Blick vermittelte ein ähnlich losgelöstes Gefühl, als säße man in einem Flugzeug und sähe unter sich die Wolken.

»Ich möchte Sie gern etwas fragen«, sagte ich, als wir uns gesetzt hatten. »Steven Baer, der Staatsanwalt im Fall Ihres Mannes, hat mich gestern vor eine Grand Jury geladen, damit ich dort aussage. Er hat mir einige schwierige Fragen gestellt. Er wusste sehr viel über meine Behandlung von Mr Shapiro, nachdem ich ihn entlassen hatte – zum Beispiel, dass ich nach dem Besuch bei meinem Vater nach East Hampton geflogen wurde.«

Nora wirkte verdutzt. »Das war doch in Ordnung, oder? Ich wollte nur helfen.«

»Selbstverständlich, und ich bin Ihnen auch dankbar dafür, aber jetzt sieht es nicht gut aus. Sie haben den Detectives nichts davon erzählt, oder?«

Sie öffnete schockiert den Mund. Falls sie die Informantin gewesen war, dann gelang es ihr genauso gut, die Wahrheit zu verbergen wie Lauren.

»Absolut nicht. Das wäre ja schrecklich gewesen. Sie glauben mir doch, oder?«, sagte sie und hob eine Hand an den Mund.

Ich nickte. »Es tut mir leid, aber ich musste mir sicher sein.«

Ich glaubte ihr. Nicht nur, dass sie unschuldig wirkte. Es wäre nicht gut für Harrys Verteidigung, wenn es so aussehen würde, als hätte er mich dahingehend manipuliert, ihn aus dem Episcopal zu entlassen, damit er Greene erschießen konnte. Bestimmt hatte ihr Anwalt sie – genau wie Joe mich – angewiesen, freiwillig nichts preiszugeben. Nora hatte alles getan, was sie konnte, um Harrys Wünschen nachzukommen, und hatte mich in Schwierigkeiten gebracht, doch sie hatte keinen Grund, mich zu hintergehen.

»Haben Sie mit Sarah gesprochen?«, fragte Nora. »Hilft sie Ihnen?«

Sie sah mich gespannt an, und es rührte mich, dass ihr etwas daran lag. Sie war verzweifelt bemüht, Harry aus der Katastrophe zu retten, in die er sich mit seiner Überheblichkeit gestürzt hatte, von dem Niedergang seiner Bank bis hin zu Greenes Tod. Ich hätte sie gern beruhigt, doch dann würde ich ihrem Mann beistehen.

»Ich glaube, das spielt jetzt keine große Rolle mehr. Ich werde wahrscheinlich meine Approbation verlieren, egal was sie tut.«

»Nein!«, rief Nora aus und legte ihre Hand auf meine, wie sie es auch bei unserer ersten Begegnung in der Notaufnahme getan hatte. »Das ist ja schrecklich. Sie haben so viel für Harry getan, es wäre nicht richtig, wenn Sie es ausbaden müssten.«

»Nicht?«, fragte ich. »Ich habe Ihren Mann entlassen, und er ist hingegangen und hat Mr Greene ermordet. Ich würde sagen, ich habe meinen Job nicht gut gemacht.«

Das Wort *ermordet* schien Nora zu treffen wie ein Fausthieb. Sie beugte sich auf ihrem Stuhl vor und starrte mich an, und ich sah den Schmerz in ihren Augen. Es war, als hätte ich in fremden Zungen gesprochen und sie hätte Mühe, mich zu verstehen.

»Wie können Sie das sagen?«, schrie sie. »Sie haben ihn behandelt. Sie haben gesehen, in was für einem Zustand er war. Harry hat Marcus nicht ›ermordet‹. Er hat nicht gewusst, was er tat.«

Ich beugte mich auf meinem Stuhl vor, stützte die Ellbogen auf die Oberschenkel und verschränkte die Hände. Ich wollte sie nicht noch mehr aufregen, aber es war wichtig, dass sie mir zuhörte. Um ihretwillen. Es gab Dinge, die ich ihr über Harry nicht erzählen konnte – Lauren war jetzt meine Patientin –, aber ich würde nicht damit hinter dem Berg halten, was ich von ihm hielt. Wenn Harry wegen Mordes hinter Gitter kam, sollte Nora sich nicht für den Rest ihres Lebens grämen.

»Mrs Shapiro«, sagte ich langsam, »alles, was ich seit dem Mord erfahren habe, hat mich davon überzeugt, dass ich die falsche Diagnose gestellt habe. Ich glaube nicht, dass er je selbstmordgefährdet war. Er wollte Mr Greene von Anfang an töten. Deswegen hatte er die Waffe.«

»Nein. Nein. Das glaube ich nicht«, sagte sie, stand auf und fasste mit der linken Hand an den rechten Ellbogen. »Niemals werde ich das glauben. Sie irren sich, Doktor. Ich dachte, Sie würden Harry verstehen, aber das tun Sie nicht. Sie werden ihn nie verstehen.«

Wie sie so dastand, schämte ich mich. Ich war hergekommen, um ihr die Wahrheit zu sagen, aber eigentlich hätte ich Harry damit konfrontieren müssen, nicht seine Frau. Es war nicht ihre Schuld, dass er sie an der Nase herumgeführt hatte. Was war nur in mich gefahren, dass ich mich einer Frau gegenüber, die eh schon am Boden zerstört war, aufführte wie ein Rächer?

»Es tut mir leid«, sagte ich leise. »Sie haben recht. Ich kenne Ihren Mann nicht so gut wie Sie. Ich glaube, ich sollte jetzt gehen.«

Sie hatte die Augen geschlossen und stand wie erstarrt da, mit angespannten Muskeln, als würde mein Ausbruch sie noch quälen. Schließlich entspannte sie sich ein wenig und setzte sich wieder. So verzweifelt wie jetzt hatte ich sie noch nie erlebt, nicht einmal in ihrem Arbeitszimmer in East Hampton.

»Ja, vermutlich«, sagte sie.

Sie blieb sitzen, als ich das Arbeitszimmer verließ und die Wohnungstür öffnete, um zu gehen. Vor Augen hatte ich noch ihr Bild, wie sie mit gefalteten Händen im Schoß dasaß, den Blick blind auf ein fröhliches Acrylgemälde gerichtet, das zweifellos eine Million Dollar gekostet hatte.

Nachdem ich die gewohnte Wartezeit erduldet hatte, erschien Duncan und winkte mich durch. Mir war in ihrem Büro noch nie etwas Persönliches aufgefallen, doch als ich mich setzte, fiel mein Blick auf zwei gerahmte Fotos auf ihrem Schreibtisch. Auf einem war ein ungeschlachter Bursche, der ein Ruder hielt, auf dem anderen ein Mädchen im Teenageralter mit Zahnspange.

»Ihre?«, fragte ich und zeigte darauf.

»Louisa ist meine Tochter. Der kräftige Kerl ist mein Stiefsohn. Er ist in Stanford«, sagte sie. »Sie haben keine Kinder, nicht wahr?«

»Nicht einmal eine Frau, fürchte ich.«

Es entstand eine kurze Pause, in der wir beide höflich lächelten. Das wusste sie doch alles längst, schließlich hatte sie meine Personalakte gelesen. Beim Small Talk konnte ich ihr nichts über mich erzählen, was ihr nicht schon bekannt war. Doch das störte mich nicht, denn ich hatte ihr andere Dinge verheimlicht und würde sie gleich auf den aktuellen Stand bringen. Nach meiner Beschämung darüber, wie ich Nora konfrontiert hatte, war dies hier eine Erleichterung. Es war mir egal, wenn ich Duncan auf die Palme brachte.

»Sie wollten mich sehen?«, fragte sie.

»Ich wollte Sie informieren, dass ich darüber nachgedacht habe, was Sie bei unserem letzten Treffen vorgeschlagen haben, und Ihnen meine Antwort mitteilen.«

»Die da lautet?«, sagte sie eisig, als fände sie es nicht lustig, dass ich Spielchen spielte. Sie wollte nur schweigenden Gehorsam.

»Nein«, sagte ich.

»Nein, was?«

»Nein, ich werde nicht den Mund halten. Dazu ist es zu spät. Ich habe die Staatsanwaltschaft darüber informiert, was passiert ist, als Mr Shapiro im Episcopal aufgenommen wurde, und warum ich ihn entlassen habe. Ich habe gestern vor einer Grand Jury ausgesagt.«

»*Was* haben Sie getan?«, fragte Duncan ungläubig.

»Vor einer Grand Jury ausgesagt.«

»Was?«

Sie schnappte nach Luft. Ihr Gesicht war puterrot geworden vor Schock, und es verschaffte mir eine gewisse Genugtuung, sie aus der Fassung gebracht zu haben, wenn auch nur vorübergehend. Sie trat ans Fenster mit dem Blick über die Queensboro Bridge und blieb dort reglos stehen, als bräuchte sie Zeit zum Nachdenken. Kaum hatte sie sich wieder gesammelt, schlug die Welle der Empörung um in einen Sturm des Zorns.

»Ich höre zum ersten Mal etwas von dieser Grand Jury, und Sie haben ausgesagt, ohne mich überhaupt zu informieren? Was zum Teufel haben Sie denen gesagt?«

Ich genoss den Augenblick, denn ich hielt ihr Schicksal in meinen Händen, und sie musste warten, bis ich es ihr erzählte. In Wirklichkeit hatte ich Baer nicht erzählt, dass sie mich gezwungen hatte, Harry zu entlassen, denn er hatte mich nicht danach gefragt. Doch ich war entschlossen gewesen, es ihm zu sagen, falls er danach fragte. Ich hatte aufgehört, Rücksicht auf Duncan zu nehmen – sie konnte nichts tun, um mich zu retten.

»Ich stehe unter Eid, meine Aussage vertraulich zu behandeln.«

Zugegeben, das war kindisch – so hieß es zwar in der Vorladung, aber wenn ich es gewollt hätte oder wenn ich ihr vertraut hätte, hätte ich es ihr erzählen können. Duncan ging natürlich davon aus, dass ich es ihr nicht sagen wollte, weil ich sie mit reingezogen hatte.

»Dr. Cowper«, sagte sie, »wir haben darüber gesprochen, wie wichtig es ist zusammenzuhalten und dass das Krankenhaus hinter Ihnen steht. Mir scheint, Sie haben mein Vertrauen missbraucht.«

Bei unseren bisherigen Gesprächen war es mir, wie ich fand, recht gut gelungen, die Fassung zu wahren, doch jetzt verlor ich die Beherrschung.

»Ich habe nicht darum gebeten, Mr Shapiro zu behandeln. Sie wollten das. Mein Fehler war es, Ihnen zu gehorchen.«

»Ich weiß nicht, was Sie meinen«, erwiderte sie bestimmt, senkte den Blick und tat, als müsste sie eine unsichtbare Falte an ihrem Rock glatt streichen.

»Unsinn. Sie haben mich von Anfang an unter Druck gesetzt zu tun, was die Shapiros wollten, und dann wollten Sie das alles nicht mehr wahrhaben.«

Sie starrte mich an, als verstünde sie nicht, wie ich mich so aufführen konnte: *Warum tut er nicht, was ich sage? Was ist los mit ihm?* Ich verstand es selbst nicht ganz. Ich wusste nur, dass es mir besser ging, weil ich ihr endlich die Stirn bot.

»Gut, wenn Sie aus reiner Sturheit Ihre Karriere zerstören möchten, dann kann ich Sie nicht daran hindern. Sie haben der Grand Jury womöglich ein paar Phantasien darüber erzählt, was Sie getan haben und warum. Zu gegebener Zeit werde ich diese Einrichtung schützen, indem ich die Wahrheit sage.«

Reiner, purer Zorn, wie ich ihn noch nie empfunden hatte, stieg in mir auf. Wie konnte sie es wagen, mir einen Vortrag über Ehrlichkeit zu halten, wo sie selbst die dreisteste Lügnerin war?

»Sie haben nie die Wahrheit gesagt. Sie wissen doch gar nicht, was das heißt«, brüllte ich sie an.

Duncan beachtete meinen Ausbruch gar nicht weiter. Sie ging zu ihrem Schreibtisch und schlug eine Akte zu, als ginge es mich nichts mehr an. In diesem Augenblick wusste ich, dass ich zwar ein bisschen Spaß gehabt hatte, sie aber niemals besiegen konnte. Sie leitete diesen Laden, und jetzt, wo ich mich gegen Harry gewandt hatte, würde Nora sich nicht mehr bei ihr dafür verwenden, dass sie mich rettete. Das Krankenhaus würde mich genauso fallen lassen, wie Seligman sich seiner entledigt hatte – das Unternehmen würde sich schützen.

»Ich erwarte Ihre Kündigung«, sagte sie.

Ich hatte nicht mit Rebecca gesprochen, seit sie meinen Kopf verarztet hatte. In den Fluren des Krankenhauses hatte ich sie gelegentlich von Weitem gesehen, wenn sie mit jemandem sprach oder irgendwo hineilte; ein kurzer Blick auf grünen OP-Kittel und blaue OP-Haube. Einmal hatte ich den Eindruck gehabt, sie hätte mich aus dem Augenwinkel wahrgenommen und sich abgewandt, um mir nicht zu begegnen. Sie tauchte schließlich auf, als ich nach meiner Unterredung mit Duncan in meinem Büro stand und überlegte, wie viele Kartons ich brauchen würde, um meine Habseligkeiten einzupacken.

»Hey, du«, sagte sie.

Ich wandte mich um und musterte ihr Gesicht. Die Erinnerung ist seltsam: Wenn jemand, den wir lieben, uns verlässt, verblasst nach einer Weile sein Bild. Nur wenn die Trennung für immer ist, ist es auf ewig in unsere Erinnerung eingegraben. Ich habe das Gesicht meiner Mutter deutlicher vor Augen als das meines Vaters.

»Hey«, sagte ich und überlegte, ob ich ihr einen Kuss auf die

Wange geben sollte, doch ich rührte mich nicht, und zwischen uns war ein sicherer Abstand von einem Meter. Das letzte Mal, als ich sie gesehen hatte, war ich auf einer Behandlungsliege festgeschnallt gewesen, doch diesmal war ich mir meiner Bewegungsfreiheit durchaus bewusst. »Ich räume auf.«

»Das sehe ich. Du mischst den Laden hier ganz schön auf.« Sie klang amüsiert. »Wie geht es deinem Kopf?«

»Ziemlich gut, glaube ich. Du hast gute Arbeit geleistet.«

»Setz dich. Ich seh's mir mal an«, meinte sie entschlossen.

Ich sank gehorsam auf meinen Patientenstuhl und spürte, wie ihre zarten Hände durch meine Haare strichen, um die Haut genauer zu untersuchen. Es fühlte sich tröstlich an, wie eine kleine, unaufdringliche Massage, und meine verkrampften Schultermuskeln entspannten sich ein wenig.

»Sieht aus, als würde der Kopf gut heilen. Und wie geht es deiner Seele? Das ist doch dein Spezialgebiet, oder?«

»Nach wie vor in schlechter Verfassung«, antwortete ich.

Sie setzte sich mir gegenüber auf den Stuhl, auf dem ich während der Therapien sitze. Es verunsicherte mich, von dort beobachtet zu werden, besonders von ihr.

»Mir ist das Gerücht zu Ohren gekommen, dass die psychiatrische Abteilung nicht gut auf dich zu sprechen ist. Dir geht's doch gut, oder? Du steckst doch nicht in Schwierigkeiten?«

Für einen Sekundenbruchteil erwog ich, ihr die Wahrheit zu gestehen. Es war das Ende eines langen Tages, der damit begonnen hatte, dass ich fest entschlossen war, den Autoritäten die Wahrheit zu sagen, und der damit geendet hatte, dass die Autoritäten mir den Kopf zurechtgerückt hatten. Ich fühlte mich allein, und sie würde das besser verstehen als jeder andere. Doch ich war gefangen in einem Netz aus Halbwahrheiten und Halbgeheimnissen, die Greenes Tod bloßgelegt hatte, und ich wusste nicht, wo ich anfangen sollte.

»Ich komme zurecht. Mach dir um mich keine Sorgen. Es

hat ein bisschen Palaver gegeben, aber jetzt ist alles gut«, sagte ich. »Schön, dich zu sehen. Wir sollten mal was trinken gehen.«

»Ja. Das sollten wir«, sagte sie so vage, wie ich es vorgeschlagen hatte, und verließ das Zimmer.

Ich musterte noch eine Weile meine Regale und tat so, als würde ich Bücher sortieren, als könnte ich mich selbst mit dem äußeren Anschein genauso foppen wie jemand anderen. Dann gab ich es auf und sank unglücklich an meinen Schreibtisch. Irgendwo auf dem Weg hatte sie mich losgelassen.

In der schauerlichen Düsternis der U-Bahn-Station unter dem Hunter College wartete ich auf die Linie 6, um nach Hause zu fahren. Ich sah die Lichter einer Bahn im Tunnel näher kommen, trüb glühten sie in der Ferne, und dann fuhr die mit Menschen vollgestopfte Bahn ratternd und klappernd im Bahnhof ein, und ich schob mich hinein. Als die Türen sich schlossen, sah ich weiter hinten im Waggon einen Mann, der den Arm zur Tür reinstreckte und sie aufdrückte. Er mühte sich ab, noch reinzukommen, und meine Mitreisenden stöhnten, während aus dem Lautsprecher die verzweifelte Ansage drang: »Machen Sie bitte die Türen frei.«

Endlich war er drin, und ich schaute zu ihm rüber. Er hielt sich an einer Stange fest, und alles, was ich sehen konnte, war, dass die Mitfahrer sich um ihn herum neu sortierten und dass er eine Schirmmütze trug – sein Gesicht konnte ich nicht erkennen. Der Zug fuhr los, und wir schossen unter der Lexington Avenue durch nach Süden. In der vierzehnten Straße entfloh ich der Enge auf den Bahnsteig. Es war noch nicht richtig Sommer, doch die Bahnhöfe hatten sich schon aufgeheizt, und man hatte die Wahl zwischen dem klimatisierten Gedränge in der U-Bahn oder der drückenden Hitze der Bahnsteige. Ein ganzer Pulk Menschen verließ den Zug, und der Drängler eilte zu meinem Ausgang.

Als ich nach oben kam, war er nirgends zu sehen. Es war dämmrig, und ich ging die Straße runter, wo ich mich zweimal umsah – seit dem Erlebnis im Central Park war ich auf der Hut. Es war niemand zu sehen. Bob stand am Empfangstresen und bedachte mich, als ich eintrat, mit einem aufmerksamen Nicken. *Will er mir was sagen?*, überlegte ich, doch er schwieg. Als ich in meiner Etage den halben Flur zu meiner Wohnung runtergegangen war, sah ich, dass unter meiner Wohnungstür Licht durchschimmerte. Ich verharrte mit rasendem Herzen, bevor ich weiterging.

Die Tür war unverschlossen, und ich schob sie auf, blieb stehen und lauschte.

»Wer ist da?«, rief ich.

Keine Antwort, und ich machte mit wild klopfendem Herzen zwei Schritte in die Wohnung, jederzeit bereit, mich umzudrehen und wegzulaufen. Ein Mann saß in einem Lehnstuhl, er hatte sich ein Glas Whiskey eingeschenkt, las meine *New York Times* und lauschte einer Symphonie von Mahler.

»Himmel«, sagte ich. »Du hast mich zu Tode erschreckt.«

»Ich wollte dich überraschen«, erwiderte mein Vater.

20

Vorläufig wenigstens hatte ich noch einen Job, und so fuhr ich am nächsten Tag ins Krankenhaus, um ihm nachzugehen, nachdem ich mich mit meinem Vater für den Abend verabredet hatte. Er war nicht damit herausgerückt, warum er aus heiterem Himmel aufgetaucht war, hatte allerdings erwähnt, dass Joe ihn angerufen hatte. Der Tag verlief ereignislos, ich hörte nichts weiter von Jim oder Duncan. Es kam mir beinahe vor, als wäre die Affäre Shapiro nur ein Traum gewesen. Ich brachte die fünfundvierzig Minuten mit Arthur Logue hinter mich und wartete dann auf Lauren.

Der Minutenzeiger wanderte auf der Uhr an der Wand. Fünf Minuten nach fünf, zehn Minuten nach fünf. *Jetzt steigt sie aus dem Taxi,* dachte ich. *Geht durch die Lobby und zeigt den Wachleuten ihren Ausweis.* Zwei Minuten vor der verabredeten Zeit lauschte ich auf das Klappern ihrer Absätze im Flur. Außer dem, was sie mir in der Woche zuvor erzählt hatte, wusste ich kaum etwas über sie, doch sie war die einzige Verbindung zu Harry, die mir geblieben war. Alle anderen – Anna, Nora, selbst Joe – hatten mir den Rücken gekehrt. Sogar von Felix hatte ich schon eine Weile nichts mehr gehört.

Erst als der Minutenzeiger an der Drei vorbei immer weiter nach unten wanderte, wurde mir klar, dass sie nicht kommen würde. Das schockierte mich über alle Maßen. Es war nicht ungewöhnlich, dass Patienten gar nicht auftauchten, und sie war wohl kaum ganz ehrlich zu mir gewesen. Trotzdem war ich mir sicher gewesen, dass sie kommen würde. *Warum hatte ich solches Vertrauen in sie?,* überlegte ich, während ich dort saß und mich zurückgewiesen fühlte. Weil sie so furchtlos aufgetreten war. Wenn sie beschlossen hätte, nicht mehr zu mir zu kommen, hätte sie es mir persönlich gesagt. Doch als der Zeiger auf die Vier ruckte, wusste ich, dass es keinen Sinn hatte, noch länger zu warten. Ich gab ihr noch zwei Minuten, und dann wählte ich für den unwahrscheinlichen Fall, dass sie einen Unfall gehabt hatte, ihre Handynummer. Vergessen hatte sie unseren Termin auf keinen Fall.

»Ms Faulkner, hier spricht Dr. Cowper. Wir hatten einen Termin, und ich habe vergeblich auf Sie gewartet. Ich hoffe, es ist alles in Ordnung«, sprach ich auf ihre Mailbox.

Ich blieb noch zwei Minuten sitzen. »Mist«, sagte ich leise. Ich konnte mit niemandem mehr reden außer mit Baer und Pagonis. Am Tag zuvor war ich in Hochstimmung gewesen wegen meines Entschlusses, die Wahrheit über Harry zu sagen, doch jetzt war ich am Boden zerstört. Das war's, ich war am Ende. Mein letzter Patient an diesem Tag war in Urlaub, also hatte ich meine Pflichten für heute erledigt. Ich legte mein rot-weißes Namensschild ab und ging zu der Verabredung mit meinem Vater.

Er saß an einem Tisch in einer Ecke der King Cole Bar im St. Regis Hotel, vor sich einen großen Martini. Das Grinsen des Monarchen auf dem Wandgemälde von Maxfield Parrish hinter der Bar war so unergründlich wie Harrys Grinsen in Riverhead. *Für dich mit deiner Pfeife und deinen Pantoffeln und deinen drei Geigern ist alles schön und gut,* dachte ich. *Wenn ich deinen Job hätte, wäre ich auch glücklich.* Der Kellner brachte ein Glas Wein, und mein Vater hob sein Glas, in dem knollige grüne Oliven schwammen, um anzustoßen.

»Da wären wir wieder. Prost«, sagte er.

Ich musterte sein Gesicht, während er trank. Es war fahl im weichen Licht der Bar, und die Falten um seine Augen waren tiefer. Der Herzinfarkt hatte ihn altern lassen – er sah älter aus als das unerschrockene Bild von ihm, das ich im Kopf hatte. Er hatte auch abgenommen, und als er am Morgen in meiner Wohnung herumgetappt war, hatten seine Beine unter dem Morgenmantel herausgeragt wie Stöcke. Ich hatte ihm mein Bett überlassen und auf dem Sofa geschlafen. In den frühen Morgenstunden war ich aufgewacht und hatte sein rasselndes Schnarchen gehört, wie ein Nebelhorn in der Nacht.

»Was machst du hier, Dad?«, fragte ich.

»Joe macht sich Sorgen um dich. Er sagt, du stehst unter großem Druck und du hast ihm nicht alles erzählt. Er meint, du steckst in Schwierigkeiten. Ich habe Ende der Woche einen Termin in Washington, also dachte ich, ich mache einen kleinen Umweg und schaue, ob ich dir helfen kann.«

Ich sah mich in der Bar um, in der sich frühabendliche Gäste drängten. Kellner gingen mit Tabletts mit Drinks und silbernen Schalen mit Nüssen und anderen Knabbereien zwischen den Tischen umher. Gegenüber saß ein weißhaariger Geschäftsmann neben einer blassen Schönheit – vielleicht seine Tochter, vielleicht seine Geliebte. Ich hätte meinem Vater dankbar sein sollen, dass er hergekommen war, doch es ärgerte mich, aber ich war zu fertig, um richtig sauer zu sein. Warum spielte er jetzt den besorgten Vater, wo es ihn früher nie interessiert hatte? Er war genau in dem Augenblick gekommen, als es zu spät war.

»Du hast Joe gesagt, ich wäre geheimnistuerisch«, sagte ich.

Mein Vater nahm eine Olive von dem Cocktailspieß und kaute sie. Er betrachtete mich argwöhnisch und versuchte meine Stimmung abzuschätzen.

»Du warst mir schon als Kind ein Rätsel«, sagte er.

»Dann erinnerst du dich an das Geheimnis, das ich für dich gehütet habe.«

Er war so verblüfft, dass er große Augen machte. Meine Patienten konfrontierte ich routinemäßig mit schwierigen Fragen über Dinge aus ihrer Vergangenheit, die sie verdrängt hatten, doch meinem Vater gegenüber hatte ich nie den Mut dazu aufgebracht. Wenigstens dafür konnte ich Harry dankbar sein – er hatte mir so arg zugesetzt, dass es mir egal war.

»Ich nehm noch einen. Was ist mit dir?«, fragte er und winkte dem Kellner.

»Ist das eine gute Idee?«, fragte ich. Doch dann beschloss ich, mich weder als sein Herzspezialist aufzuspielen noch als sein Psychiater. »Ach, zum Teufel. Ich nehm auch noch einen.«

Während der Kellner den Tisch abwischte und neue Drinks brachte, schwieg mein Vater und lehnte den Kopf nach hinten. Er blickte an die Decke der Bar, als suchte er dort göttliche Inspiration für das, was er sagen wollte. Inzwischen hatte der Geschäftsmann die Hand auf das Bein seiner Begleiterin gelegt. Somit war wohl erwiesen, dass sie nicht seine Tochter war.

»Die Sache mit Jane«, sagte mein Vater schließlich. »Als du uns an dem Tag erwischt hast. Das ist sehr lange her, nicht wahr? Ich bin überrascht, dass du dich überhaupt daran erinnerst.«

»Ehrlich? So etwas vergisst man nicht. Ich war noch ein Kind. Wie konntest du mir das antun?«

Ich zwang mich, ihn anzusehen – denn ich wollte nicht, dass er meiner Empörung auswich –, und zu meiner Überraschung entdeckte ich Schwäche und Scham. Mir war gar nicht in den Sinn gekommen, dass er überhaupt Schuldgefühle empfinden konnte. Er hatte immer den Eindruck erweckt, als würde er sich rasch von da fortbewegen, wo er emotional versagt hatte, und es anderen überlassen, mit den Folgen klarzukommen.

»Ich weiß«, sagte er leise. »Ich habe deiner Mutter wehgetan und dir auch. Ich habe es vermasselt, da führt kein Weg dran vorbei. Ich wünschte, ich hätte es nicht getan.«

»Was? Mich zu zwingen, für dich zu lügen?«

Er seufzte. »Nicht nur das, die ganze Sache. Die Affäre, die Familie so zu zerstören. Ich weiß, dass du mich für einen egoistischen Scheißkerl hältst, aber es hat mich hart getroffen, als deine Mutter starb. Ich hatte das Gefühl, für das, was ich getan hatte, bestraft zu werden. Es hat Jane wehgetan, wie lange ich gebraucht habe, um darüber hinwegzukommen, aber sie war meine Frau gewesen. Das vergisst man nicht.«

»Und Jane?«

»Benny, denk über mich, was du willst – Gott weiß, dass ich es verdient habe –, aber hör auf, ihr Vorwürfe zu machen. Es war nicht ihre Schuld.«

Er trank einen Schluck und seufzte noch einmal. Ich war mir nicht sicher, was ich fühlte. Ein Teil von mir fand, es sei eine meisterhafte Vorstellung von einem Mann, der sich darauf verstand, bei anderen Mitleid zu erwecken – noch eine seiner manipulativen Maschen. Aber es lag auch etwas Authentisches darin. Selbst wenn er nur eine Show abzog, war ich dankbar, dass ihm so viel an mir lag, dass er hergeflogen war, um sie aufzuführen. Schrecklich viele Menschen scheitern an irgendetwas und landen in Therapie oder in der psychiatrischen Notaufnahme, aber Tausende andere machen einfach weiter mit ihrem Leben. Sie tragen einfach in aller Stille die Last der Schuld oder des Versagens. Vielleicht war er einer davon, und ich hatte es nicht gemerkt. Was war ich eigentlich für ein Psychiater?

»Du hast recht. Sie hat keine Schuld«, sagte ich.

»Können wir jetzt über was anderes reden?«, fragte er kläglich. »Und sag Jane nicht, was ich gerade gesagt habe, ja? Bitte?«

Ich legte ihm eine Hand auf die Schulter und drückte sie. Mir ging es besser, weil es mir immerhin gelungen war, den jahrelang aufgestauten Groll auf ihn in Worte zu fassen – es war fast, als hätte ich ein wenig Macht über unsere Beziehung zurückerlangt.

»Ich bin froh, dass du hergekommen bist, Dad«, sagte ich.

»Ist doch selbstverständlich«, sagte er und wedelte großmütig mit der Hand. »Erzähl mir von deinem Fall. Was glaubst du, was passiert ist?«

»Ganz ehrlich?«, sagte ich. »Ich glaube, Shapiro hatte geplant, Greene zu erschießen, lange bevor er bei mir in der Notaufnahme aufgetaucht ist. Als seine Frau ihn mit der Waffe gefunden hat, ist er zum Schein auf ihren Vorschlag eingegangen, denn er wusste, dass er die perfekte Ausrede hätte, wenn jemand feststellt, dass er psychisch labil ist. Dann hat er dafür gesorgt, dass er wieder entlassen wurde, und hat getan, was er von Anfang an vorhatte. Und so bin ich jetzt sein Alibi. Ich habe ihm die perfekte Rechtfertigung geliefert.«

»Schlau eingefädelt, das muss ich zugeben«, sagte mein Vater und wechselte nahtlos zurück in die Rolle des Anwalts. »Warum wollte er den Typ denn umbringen?«

»Ich weiß es nicht genau. Zwischen ihnen ist, schon bevor Seligman in Schwierigkeiten geriet, etwas vorgefallen, was ich nicht verstehe. Er hat nämlich nicht nur Greene die Schuld gegeben, er hatte auch was gegen das Finanzministerium und Rosenthal. Greene hat früher dort gearbeitet, genau wie Henderson, der Finanzminister.«

»Die Rosenthal-Leute halten zusammen. Ich hatte in London mit ein paar von ihnen zu tun. Die sind wie die Moon-Anhänger. Was hast du jetzt vor?«

»Ich werde der Staatsanwaltschaft sagen, was Shapiro zu mir gesagt hat, und dann können die sich darum kümmern. Mehr kann ich nicht tun.«

»Du kannst doch nicht einfach aufgeben und zuschauen«, fuhr mein Vater so laut auf, dass das Paar am Nachbartisch besorgt zu uns herüberschaute. »Du musst herausfinden, was passiert ist, warum er es getan hat. Das ist deine einzige Hoffnung.«

Er war empört. Das ganze Gerede über Harry hatte ihn munter gemacht – entweder das oder die zwei Martinis. Die Farbe war in seine Wangen zurückgekehrt, und er hatte lebhaft gesprochen, als wäre es sein Fall. *Im Zeugenstand ist er bestimmt ein harter Knochen*, dachte ich. Er war genauso gnadenlos wie Baer.

»Das ist nicht meine Aufgabe, Dad.«

»Was zum Teufel ist dann deine Aufgabe, Ben?«, fragte er ungehalten. »Du sitzt da und hörst dir an, was die Leute dir erzählen, und wenn ihnen danach ist, dich anzulügen, lässt du ihnen das einfach durchgehen? Das klingt nicht besonders clever. Joe hat gesagt, du willst ihm nicht mal sagen, was du weißt, wegen eines Patienten.«

»Ich kann nicht. Du bist Anwalt. Du kennst die Regeln.«

»Ich weiß auch, dass Regeln manchmal dazu da sind, gebrochen zu werden.«

Er kippte seinen Martini herunter und sah mich zornig an, als würde nur ein Feigling es wagen, ihm zu widersprechen. Ich erwiderte nichts, denn ich dachte an Anna und wie ähnlich ihre Klagen über meinen Beruf waren. *Sie hatte kein großes Vertrauen in mich,* dachte ich. Ihre letzten Worte, als sie am Strand von mir weggegangen war, fielen mir wieder ein: *Komm von selber drauf.* Sie hatte mir das um die Ohren gehauen, aber sie hatte nicht geglaubt, dass ich es wirklich tun würde.

Es war an der Zeit, ihr das Gegenteil zu beweisen.

Laurens Zuhause in einer Seitenstraße der West Fourth Street, mitten im West Village, war ein schönes Haus aus der Mitte des neunzehnten Jahrhunderts mit glatter Fassade aus rotem Backstein und, wie es aussah, dem Original-Messingklopfer an der schwarz gestrichenen Holztür.

Ich spähte durch die Fenster und ließ den Blick über Fußböden mit breiten Holzdielen und Kaminsimse aus Marmor vor gekalkten Wänden schweifen. Die Möbel und Einrichtungsgegenstände, von den Kronleuchtern bis zu den Stühlen, sahen aus wie eigens für dieses Haus ausgewählt. Hinter dem Haus war ein Hof mit einem Holzapfelbaum, an dem eine Kupferlaterne hing. Es war fast zu perfekt – nirgends herrschte Unordnung. Es erinnerte mich ein wenig daran, wie Nora das Haus in East Hampton gestaltet hatte. Die beiden Häuser verströmten fast dieselbe Aura. Hatte Harry sich deswegen in die beiden Frauen verliebt?, überlegte ich. Weil sie beide so etwas wie einen sicheren Hafen für seinen unkontrollierbaren Zorn boten?

Lauren war nicht zu Hause, und ich ging die Straße entlang in ein Café, um auf sie zu warten. Ich wusste, dass sie zurückkommen würde, es war ein warmer Samstagvormittag, und das *Wall Street Journal* lag auf dem Wohnzimmertisch, die Banderole noch darum. Sie hatte sie wohl hereingeholt, bevor sie aus dem Haus gegangen war. Ich hatte sie noch einmal angerufen, seit sie Anfang der Woche nicht zu ihrem Termin gekommen war, doch sie hatte nicht zurückgerufen. Für das, wozu sie zu mir gekommen war, hatten zwei Treffen ausgereicht, und wenn ich mehr herausfinden wollte, musste ich zu ihr gehen. Ihre Adresse war in meinen Unterlagen gewesen, doch es hatte mich einige Überwindung gekostet, dem Rat meines Vaters zu folgen.

Vier Stunden später, nach der Mittagszeit, sah ich sie in einem hellen Mantel die Straße herunterkommen. Ich ließ sie ins Haus gehen und gab ihr fünf Minuten Galgenfrist. Erst als ich die Stufen zu ihrer Eingangstür hochstieg und gerade klopfen wollte, überkam mich Hoffnungslosigkeit. Wieder verfolgte ich eine von Harrys Frauen, klopfte an eine verschlossene Tür. Ich war schon zu Nora und Anna gegangen und hatte nichts erreicht. Meine Mission war hoffnungslos – Harry war der Einzige, der wusste, warum er es getan hatte. Ich hatte eine Chance gehabt, es von ihm zu erfahren, und hatte sie nicht genutzt.

Was mache ich hier eigentlich?, fragte ich mich. Ich kam mir vor wie ein Stalker, der nicht von dem Objekt seiner Obsession lassen kann.

Als Lauren die Tür öffnete, hatte sich etwas verändert. Es war nicht nur der Schock, mich zu sehen, und die vor Missfallen gerunzelte Stirn. Es war noch etwas anderes. Sie war nicht mehr die kontrollierte Frau, die in mein Büro gekommen war und ihre Geschichte erzählt hatte. Sie wirkte verzweifelt und hilflos. Ihr Gesicht war ausdruckslos wie das einer genervten Filmdiva, die vom Blitzlichtgewitter der Paparazzi überrascht wurde, und sie zögerte, bevor sie ein Wort herausbrachte.

»Dr. Cowper«, sagte sie.

»Können wir uns kurz unterhalten? Es dauert nicht lange.«

Sie verharrte benommen, als versuchte sie, meine Gegenwart mit dem in Einklang zu bringen, woran sie vorher gedacht hatte. Dann trat sie zur Seite, bat mich herein und führte mich den Flur hinunter in ein Wohnzimmer, das von einem großen Eichentisch dominiert wurde. Sonnenlicht strömte durch die hinteren Fenster, deren Rahmen oben mit einem Halbrund abschlossen. Der Verkehrslärm von der Straße war nur leise zu hören, es war ein friedlicher Rückzugsort.

»Sie möchten mir etwas sagen?«, fragte sie.

Wir standen noch, denn sie hatte mir keinen Stuhl angeboten, und es deutete auch nichts darauf hin, dass sie es vorhatte. Sie erweckte den Eindruck, als wollte sie mich so schnell wie möglich wieder loswerden, damit sie wieder über das grübeln konnte, was ihr auf der Seele lag.

»Sie sind nicht zu unserem Termin gekommen«, sagte ich.

»Ich wollte nicht«, sagte sie knapp und gewann allmählich etwas von ihrer früheren Sicherheit zurück. »Es tut mir leid, dass ich nicht zurückgerufen habe. Ich hatte es vor. Stellen Sie Ihren Patienten immer so nach?«

»Nein, aber Sie sind auch eine ungewöhnliche Patientin.«

Sie zog die Augenbrauen hoch. »Wie das?«

»Sie wissen, was ich meine. Sie haben mich nicht aus einer Liste in einer Zeitschrift ausgesucht. Sie sind zu mir gekommen, weil ich Mr Shapiro behandelt habe. Sie wollten dafür sorgen, dass ich niemandem etwas von Ihrer Beziehung erzählen kann.«

»Das klingt viel zu ausgefuchst für mich«, erwiderte sie.

»Sie sind eine intelligente Frau.«

»Was wollen Sie von mir?«, fragte sie.

»Sie haben behauptet, Sie hätten Mr Shapiro nicht mehr gesehen, seit Sie Seligman verlassen haben, aber das stimmt nicht. Nur eine Woche bevor er Marcus Greene erschossen hat, haben Sie ihn in East Hampton besucht. Warum?«

Lauren strich mit einer Hand über den Tisch und tippte dann ein paarmal darauf, als wäre sie zu einem Entschluss gekommen. Sie wirkte jetzt resoluter, mehr wie die Frau, die ich kennengelernt hatte. Sie trat vor und legte eine Hand auf meinen Arm, wie um sicherzugehen, dass ich ihr zuhörte, und sah mich mit erbittertem Blick an.

»Ich möchte, dass Sie jetzt gehen. Sie sollten nicht solche Fragen stellen. Das ist keine gute Idee, glauben Sie mir. Sie wurden schon einmal überfallen. Wollen Sie sich noch mehr in Gefahr bringen?«

Sie führte mich aus dem Zimmer zurück zur Haustür, doch ihre Frage erstaunte mich. Woher wusste sie von meinem Angreifer im Park? Ich hatte nur Joe davon erzählt.

»Was meinen Sie damit? Sagen Sie es mir«, sagte ich und packte sie am Arm. »Sagen Sie es mir.«

»Ich meine, was ich sage. Sie sollten auf sich aufpassen.«

Mein Vater war nach Washington weitergereist, und ich war allein in meiner Wohnung und dachte an meinen letzten Blick auf Lauren, als sie die Haustür geöffnet hatte, um mich hinauszukomplimentieren. Ich war schockiert gewesen, als sie mich gewarnt hatte, keine Fragen zu stellen, doch das war es nicht, was mich so beschäftigte.

Das Bild, das auf meine Netzhaut eingebrannt war, war ihr Arm, den sie, im letzten Augenblick bevor ich aus dem Haus getreten war, an mir vorbei ausgestreckt hatte. Als sie den Sicherheitsriegel zurückgeschoben hatte, war mir auf ihrem Handrücken ein Fleck aufgefallen, ein grüner Kreis, der blass auf ihrer Haut schimmerte, und wäre mir sein Anblick nicht vertraut gewesen, wäre er mir gar nicht weiter aufgefallen. Es war der ultraviolette Stempel, den der Vollzugsbeamte mir auf die Hand gedrückt hatte, bevor er mich in Riverhead durch den Käfig gelassen hatte.

Wir wollen ja nicht, dass die Falschen rausgehen, hatte er mir erklärt und eine Taschenlampe draufgehalten, um ihn zum Leuchten zu bringen. Dann waren die Gittertüren aufgegangen, und ich war in den Besuchsraum gegangen, wo Harry in der Ecke auf mich gewartet hatte. Dort war Lauren am Vormittag gewesen, bevor sie mit aschfahlem Gesicht die Straße heruntergekommen war – in der Strafanstalt bei ihrem Geliebten. Fünf Minuten später hatte ich vor ihrer Tür gestanden und sie nach dem Geheimnis gefragt, das sie, wenige Tage bevor er Greene erschossen hatte, mit ihm geteilt hatte. Dieser Kreis bereitete mir mehr Kummer als ihre Warnung, denn er verriet mir, dass sie und Harry sich immer noch nahestanden. Sie hatten nie den Kontakt abgebrochen – nicht vor dem Mord und auch seither nicht. Ich hatte die ganze Zeit geglaubt, Nora sei Harrys Vertraute, doch da hatte ich mich getäuscht.

Sollte ich mir ihre Worte zu Herzen nehmen und mich sozusagen aus der Schusslinie bringen, indem ich die Finger von der abenteuerlichen Aufgabe ließ, die Wahrheit über Harry herauszufinden? Mein Vater hatte die Stadt verlassen, und sonst sprach niemand mit mir, also wäre es leichter und weniger riskant, es zu lassen. Doch ich war in Fahrt gekommen, und Laurens Worte hallten als Provokation in meinem Kopf wider, nicht als Abschreckung. Schön, ich hatte meinen Job verloren, doch ich würde mich, zum Teufel noch mal, nicht von Harry benutzen lassen.

Wenn sie mir nicht verriet, was zwischen ihnen vorgefallen war, dann würde ich es an dem Ort herausfinden, wo alles angefangen hatte.

21

Seligman Brothers nahm am Broadway einen ganzen Block ein, und wenn man die Straße hinunter in Richtung Times Square blickte, war die Grenze zwischen der Finanzwelt und der Welt der Unterhaltung kaum festzustellen. Die bunten Leuchtreklametafeln am Times Square übertrafen die Frühlingssonne mit Werbung für Filme und Unterhaltungselektronik, während über das Seligman-Gebäude farbig pulsierende Leuchtstreifen mit Aktienkursen aus der ganzen Welt liefen.

Ein solcher Streifen war ein Ticker mit den Kursständen der New York Stock Exchange, die Tickersymbole jeweils begleitet von einer roten oder grünen Zahl – BRK, ABK, TCI, GS, USX. Ich hatte keine Ahnung, wofür sie standen, doch ich wusste, dass sie anderen Menschen sehr viel bedeuteten. Darin verborgen waren Vermögen, die ständig wuchsen und schrumpften.

Ich saß in einem »Gartencafé«, einer Ansammlung weißer Metallstühle in einem Hof, wo an einer Wand ein Wasserfall hinunterplätscherte. Ein schmaler Sonnenstreifen schaffte es bis hierhin, der Rest lag im Schatten der Wolkenkratzer. Ich legte den Kopf in den Nacken, um an den vierzig Etagen des Seligman-Gebäudes hinaufzuschauen, einer ausdruckslosen Wand aus Glas und Stahl. Hoch oben über dem Turm flog ein kleiner Jet vorbei, zog einen dünnen weißen Streifen ins Blau und machte mich schwindlig. In meiner Nähe saßen zwei Büroangestellte – ein Mann und eine Frau – über zwei auseinandergezupften Croissants und unterhielten sich flüsternd mit gesenkten Köpfen. Handelten sie einen Deal aus, oder hatten sie ein Stelldichein?

Während ich die Ohren spitzte, trat ein Mann an meinen Tisch und bat mich um Kleingeld. Ich hatte ihn schon auf der Straße gesehen – eine Robinson-Crusoe-Gestalt mit struppigem grauem Bart, seine weitschweifige Geschichte auf ein Stück Pappe geschrieben. Ich tippte darauf, dass er schizophren war. Mich beschlich oft das Gefühl, dass ich auf dem Weg zur Arbeit mehr Menschen mit psychischen Problemen begegnete als im Krankenhaus selbst. Kurz überlegte ich, mit ihm zu reden, doch dann gab ich ihm bloß einen Dollar.

In dem Moment kam Underwood in seiner Bankeruniform – italienischer Anzug und senfgelbe Hermès-Krawatte – aus der Tür des Seligman-Gebäudes. Als ihm ein Windstoß eine Locke anhob, strich er sich mit der rechten Hand über die Haare, dann überquerte er die Straße und kam zu mir. Die meisten Leute trugen Mäntel, doch ihm schien die Kälte nichts auszumachen.

»Hallo, Doktor«, sagte er und umschloss meine Hand mit seinen schlanken Fingern. »Schön, Sie wiederzusehen. Es ist viel Wasser den Bach hinuntergeflossen. Sagt man nicht so?«

In seinem Blick lag ein gewisses hämisches Vergnügen, das andeutete, dass ich etwas eingestanden hatte, indem ich zu ihm kam.

»Sehr viel.«

Er nahm eine Zeitung, die jemand auf meinem Tisch hatte liegen lassen, und fegte damit unsichtbaren Schmutz von dem Stuhl mir gegenüber, bevor er sich setzte und zu den Vertragsverhandlern oder Turteltauben am Nachbartisch schaute. Der Mann nickte ihm fast unmerklich zu.

»Müssen wir uns hier draußen treffen?«, fragte Underwood angewidert. »Drinnen hätten wir mehr Privatsphäre.«

»Ich wusste nicht, was Ihnen lieber wäre«, log ich.

Ich hatte vorgeschlagen, uns hier zu treffen, weil ich Angst hatte hineinzugehen. Ich fürchtete, im Bankgebäude Felix über den Weg zu laufen, und ich wollte ihn nicht in die heikle Situation bringen, mich zu sehen. Ich überlegte auch, ob es sicher war, mich ihm anzuvertrauen. Er hatte deutlich gemacht, dass seine Loyalität nach wie vor bei Harry lag, und schon jetzt hatten genügend Informationen den Weg nach Riverhead gefunden.

»Na dann«, sagte Underwood und sah sich noch einmal um wie ein Promi, der Aufmerksamkeit erregt, wenn er zu lange an einem Fleck verharrt, »gehen wir.«

Wir überquerten die Straße und traten durch die Türen in die Lobby von Seligman. Der Boden war aus Marmor, und gegenüber dem Eingang stand ein breiter Tisch, hinter dem eine Reihe von Frauen in einheitlicher Dienstkleidung Besucherpässe ausgaben. Underwood beachtete sie nicht, sondern ging auf die Schranke auf einer Seite zu, wo er den Wachmann, der vortrat, um mich aufzuhalten, mit einem bösen Blick bedachte. Der Mann trat gehorsam zurück und fuhr mit einer Karte an einem Lesegerät vorbei, und die Schranke öffnete sich für mich.

Ich ging davon aus, dass wir ganz nach oben fahren würden, doch im vierten Stock verließ Underwood den Aufzug, öffnete mit seiner Karte eine Glastür und führte mich in einen Börsensaal mit langen Tischreihen, auf denen unzählige Bildschirme standen, neben- und übereinander, wie Zellen, die sich teilten und vervielfachten.

Ich war noch nie an so einem Ort gewesen, und ich hatte mir immer vorgestellt, es wäre ein Bienenstock voller Lärm und Aktivitäten, wie die, die man im Fernsehen sieht, wo junge Männer in hellen Jacketts einander zuwinken und durch den Raum rufen. Doch hier herrschte eine nahezu entrückte Atmosphäre, wie in einer Kontrollstation, die überwacht, was auf einem weit abgelegenen Planeten geschieht. In diesem Börsensaal arbeiteten an die tausend Menschen; einige tippten auf Tastaturen herum, aber die meisten schienen gar nichts zu tun.

Sie lehnten sich auf ihren Stühlen zurück, blickten mit halber Aufmerksamkeit in den digitalen Raum oder unterhielten sich mit anderen. Niemand wirkte besonders glücklich oder traurig, nur fasziniert von den Zahlen auf den Bildschirmen.

Eine Frau in einem Hosenanzug ähnlich wie Lauren saß an einem Tisch und unterhielt sich mit drei Männern, die um sie herumstanden. Sie nickten Underwood respektvoll zu, als er vorbeiging und sich durch die Tischreihen in eine Ecke des Saals bewegte. Ich ging neben ihm und sah, wie sich die Köpfe neigten, als wir vorbeikamen. Alle arbeiteten vor aller Augen, hier gab es keine der üblichen Statuszeichen – etwa individuelle Büros mit Sekretärinnen –, doch diese Menschen verdienten vermutlich einiges mehr als ich.

In der Ecke öffnete Underwood mir die Tür in eine gläserne Bürobox, deren Fenster über den Broadway blickten, während man durch die anderen Scheiben einen guten Blick über den Börsensaal hatte. An einer der vier Scheiben war das Rollo geschlossen, doch die anderen waren offen, sodass er beobachten konnte, was draußen vor sich ging, und die, die es interessierte, uns beobachten konnten wie Tiere im Zoo. Auf einem Sims standen Fotos von seiner Familie, doch ansonsten fehlte dem Raum jeglicher persönliche Touch, als wäre er hier nur ein kurzfristiger Mieter, der jeden Augenblick auf die Straße gesetzt werden könnte.

Er winkte mich zu einem Lehnstuhl mit Blick über den Saal. Eine Frau kam herein und reichte ihm einen Stapel Papiere, die er mit gerunzelter Stirn überflog, bevor er sie ihr zurückgab. Dann kam er herüber, setzte sich zu mir und grinste.

»Also, Ben, was kann ich für Sie tun?«, fragte er.

Underwood war mir nicht sympathischer als bei unserer ersten Begegnung. Er war wie ein Primat in teurer Kleidung, der mich leicht in Stücke reißen konnte. Er strahlte kaum gezügelte Aggression aus und Verachtung für die Normalsterblichen, die in seiner elitären Welt der Hochfinanz keine Existenzberechtigung hatten. Ich fragte mich, ob es eine Pose war, um Gegner einzuschüchtern, oder ob er wirklich so war. Der ganze Laden strahlte etwas davon aus. Im Augenblick stand er an der Spitze, aber ich konnte mir lebhaft ausmalen, wie ein ganzer Haufen dieser Wertpapierhändler beim leisesten Anzeichen von Schwäche durch die Tür stürmen würden.

»Als wir uns unterhalten haben, draußen vor dem Flugzeug, haben Sie, wenn ich mich recht erinnere, gesagt, alles, was Mr Shapiro widerfahren ist, vor Mr Greenes Tod, habe er allein sich zuzuschreiben. Ich würde gern wissen, was Sie damit gemeint haben.«

Underwood stieß die Luft aus und lachte matt. »Das ist lange her. Ich weiß nicht, was ich damals gesagt habe und was nicht, als Marcus noch lebte. Aber ich weiß noch, dass Sie mir nicht viel erzählt haben, Ben. Nicht einmal Ihren Namen, wenn ich mich recht erinnere.«

»Stimmt. Doch damals lagen die Dinge anders.« Ich sah keinen Grund, mich ausgerechnet bei ihm dafür zu entschuldigen. »Sehen Sie, Mr Underwood. John. Kann ich Sie etwas fragen? Was wissen Sie über meine Rolle in der ganzen Geschichte?«

»Ich habe die Akten gelesen, und ich habe mit der Familie Greene gesprochen. Keine glückliche Geschichte, was? Es gibt Vorwürfe gegen diese Bank und gegen Sie, und ich muss aufpassen, was ich sage. Ich weiß gar nicht, ob wir uns überhaupt unterhalten sollten. Margaret ist eine gute Freundin meiner Frau.«

Ich beugte mich in meinem Sessel vor. Wenn ich ihm irgendetwas entlocken wollte, durfte er mich nicht für eine Bedrohung halten. Obwohl er so vertraulich über die Greenes sprach, bezweifelte ich, dass ihm jetzt, da Marcus, sein Chef und Mentor – der Mann, der Einfluss auf seine Karriere ausüben konnte –, tot war, noch viel an ihnen lag. Aufgrund von etwas, was Laurel gesagt hatte, hatte ich meine Tonlage angepasst.

»Als wir uns zum ersten Mal begegnet sind, war Mr Shapiro, wie Sie wissen, mein Patient. Ich konnte nicht über ihn reden. Als Banker verstehen Sie das. Sie können auch nicht über die Kunden reden, für die Sie arbeiten. Ich kann Ihnen nichts sagen, was mir unter dem Siegel der Verschwiegenheit anvertraut wurde, und erwarte auch nichts dergleichen von Ihnen. Aber meine Karriere steht auf dem Spiel, und ich versuche zu begreifen, warum Mr Shapiro Mr Greene erschossen hat. Können Sie mir helfen?«

Underwood nickte, als könnte er das nachvollziehen. »Ich hätte gedacht, das wäre offensichtlich«, sagte er und zog die Nase kraus. »Die Fusion ging in die Hose. Harry war labil und hat sein eigenes Versagen Marcus angelastet. Er hat ihn erschossen. Ende der Geschichte.«

»Aber was ist schiefgelaufen? Das ist der Teil, den ich nicht verstehe. Ich bin kein Finanzfachmann. Das Ganze hier«, mit einer ausholenden Geste zeigte ich in den Börsensaal hinter den Scheiben, »ist mir ein Rätsel. Es ist Ihre Welt.«

Hatte ich mit meiner Schmeichelei zu dick aufgetragen?, überlegte ich, während Underwood mich ansah. Doch es stellte sich heraus, dass Lauren auch noch in einem anderen Punkt recht gehabt hatte: Ihre Investmentbankerkollegen hatten allesamt große Egos. Er stand auf und nickte mir zu.

»Sie wollen wissen, wie Harry es in den Sand gesetzt hat? Ich zeig's Ihnen«, sagte er.

Im fünfunddreißigsten Stock stiegen Underwood und ich aus dem Aufzug und betraten einen behaglich ausgestatteten Empfangsbereich, der stark an ein englisches Wohnzimmer erinnerte, samt Standuhr in der Ecke, deren Ticken durch den leeren Raum hallte. Hier gab es so gut wie kein Zeichen von Leben, der Empfangstresen aus Eichenholz neben dem Aufzug war verwaist. Nach der Glas-und-Stahl-Etage hatte ich das Gefühl, in eine Walt-Disney-Version des neunzehnten Jahrhunderts geraten zu sein. Hier gab es keine Türen mit elektronischen Vorrichtungen, um uns aufzuhalten, nur einen langen, spärlich beleuchteten Flur, den man durch einen mahagoniverkleideten Bogen sehen konnte. Als wir ihn entlanggingen, fielen mir an den Wänden dunkle Rechtecke auf, jeweils beleuchtet von einer Messingwandlampe.

»Harry hatte die alten Meister aus der Kunstsammlung hier hängen. Sie sind jetzt im Lager. Ich will sie nicht«, sagte Underwood.

Er öffnete eine Holztür am Ende des Flurs und führte mich in einen kleinen Raum mit zwei leeren Schreibtischen, die nebeneinanderstanden, und von dort weiter in ein riesiges Büro. Nach dem düsteren Flur war es ein Schock, hier einzutreten, denn es wurde von zwei Seiten von Licht durchflutet. Es lag auf der Ecke des Gebäudes, von der man nach Süden zum Times Square in die eine Richtung und zum Rockefeller Center und dem East River in die andere Richtung blicken konnte.

Ich sah mich um. Auf einem Holztisch befanden sich zwei ordentliche Stapel Papier und ein Computer mit zwei Bildschirmen. Darauf blinkten immer noch Zahlen und Diagramme, obwohl er aussah, als wäre er lange nicht benutzt worden. Auf der Seite zum Flur war eine zurückgesetzte Nische voller Bücher, wie eine Art winzige Bibliothek mit Sofa und Sesseln, wo Gäste empfangen werden konnten. Ein Perserteppich, den verblichenen Fäden nach zu urteilen ziemlich alt, dominierte den Fußboden.

Ich trat hinter den Tisch, um den Raum aus diesem Blickwinkel zu betrachten. Auf dem Schreibtisch standen zwei gerahmte Fotografien – ein Junge, etwa im Collegealter, der die dicken Schutzpolster und das purpurrote Trikot eines Hockeyspielers trug. Man sah, dass er von anderen Spielern umringt gewesen war, doch sie waren weggeschnitten worden, nur sein

Gesicht grinste fröhlich unter dem Helm hervor. Das andere war ein Porträt von Nora – um einiges glücklicher, als ich sie kennengelernt hatte.

Es war Harrys Schreibtisch.

Underwood stand auf dem Teppich und wartete darauf, dass mir dämmerte, wo wir waren. »Was sehen Sie von da aus?«, fragte er.

Ich sah mich um, ließ den Blick durch das leere Büro schweifen und dann aus dem Fenster. »Das Rockefeller Center?«

Er schnaubte. »Nichts. Das sehen Sie. Absolut gar nichts.«

»Was meinen Sie damit?«

»Der Typ lebte in seiner eigenen Welt, abgeschnitten von dem, was passierte, hatte nur ein paar alte Kumpel hier oben um sich geschart. Als Erstes ist Marcus sofort runter in den Börsensaal gezogen, um wirklich mitzukriegen, was passierte.«

»Wo Sie jetzt sind?«

»Jemand muss den Laden am Laufen halten. Vielleicht behalte ich den Job – wenn sie ein bisschen Verstand haben, geben sie ihn mir. Marcus wollte die ganze Etage hier leer räumen und ein paar hier reinsetzen, die ihr Geld auch wirklich verdienen, aber er ist nicht mehr dazu gekommen.«

Ich trat ans Fenster, um die Aussicht zu betrachten, ein funkelndes Panorama des unteren Teils von Manhattan. Underwood nahm meinen Platz hinter dem Schreibtisch ein, setzte sich und legte seine gewienerten Schuhe auf den Tisch. Ein Absatz strich über Noras Foto und verschob es ein paar Zentimeter.

»Sie meinen also, er hätte der Fusion nicht zustimmen sollen? Er hätte wissen müssen, dass es Probleme gab?«

Er zuckte die Achseln. »Sieht ganz danach aus. Harry war zu großspurig geworden. Er dachte, er könnte Marcus herumkommandieren. Er war ein Narr – der Typ wusste mehr darüber, wie man Geld macht, als jeder andere, dem ich je begegnet bin. Er war ein phantastischer Geschäftsmann, einer der Besten.«

»Aber er war gegenüber Mr Shapiro nicht ehrlich, oder? Hat ihm nicht alles gesagt, was er ihm hätte sagen müssen.«

Underwood lachte laut. »Was hätte er denn sagen sollen, Ben? Wir sind hier an der Wall Street, um Himmels willen. Harry war weder eine Witwe noch ein Waisenkind. Er hat 45 Millionen Dollar bekommen, er hatte eine Gulfstream zu seiner Verfügung. Banker, die Honorare in Millionenhöhe bekommen haben, haben ihm als Berater zur Seite gestanden. Wenn Sie erwarten, dass ich Mitleid mit ihm habe, muss ich Sie enttäuschen.«

»Vermutlich«, sagte ich skeptisch.

»Hören Sie, was ist der größte Deal, den Sie je abgeschlossen haben? Sie haben vielleicht mal ein Haus verkauft, oder? Haben Sie den Käufern alles gesagt, oder haben Sie ein paar Risse überspachtelt? Jede Wette. Es ist die Aufgabe der Käufer, sie zu finden. Dafür haben sie einen Sachverständigen.«

Das war ziemlich nah dran an der Wahrheit. Das Haus meiner Mutter hatte ein paar feuchte Stellen im Mauerwerk gehabt, aber wir hatten sie, als wir es nach ihrem Tod verkauft hatten, so verputzt, dass man sie nicht auf den ersten Blick sah. Von dem Geld hatte ich mir eine Wohnung in New York kaufen können.

»Gewährleistungsausschluss«, sagte ich.

»Richtig. Sei auf der Hut, Käufer. Ich war Marcus' Banker, und Harry hatte seine eigenen Berater, darunter eine Frau, von der er hätte wissen müssen, dass sie nicht besonders gut war. Entweder hat sie nicht hart genug gearbeitet oder nicht die richtigen Fragen gestellt. Das war nicht unsere Schuld.«

Ich versuchte, ein amüsiertes Gesicht darüber aufzusetzen, dass es ihm und Greene gelungen war, Harry und seine Beraterin hinters Licht zu führen.

»Arbeitet sie noch hier?«, fragte ich.

Er grinste. »Nein, sie beschloss zu gehen, bevor wir sie raussetzten. Das war klug. Sie hätte sich nicht mehr lange gehalten.«

Während er sprach, griff er in die Tasche und holte seinen BlackBerry heraus, den er auch schon in der Gulfstream dabeigehabt hatte.

»Okay, ich komme gleich«, sagte er und steckte ihn wieder weg. »Also, Ben, ich denke, unser kleiner Ausflug ist zu Ende. Ich hoffe, Sie haben etwas gelernt.«

Einmal wurde ich Zeuge eines Unfalls mit Fahrerflucht, bei dem ein Auto über eine rote Ampel bretterte und eine Frau überfuhr, beschleunigte und davonschoss. Nachdem man sie im Krankenwagen weggebracht hatte, wurden ein anderer Passant und ich von den Polizisten vor Ort befragt. Ich erinnere mich noch gut daran, dass meine Version vollkommen konträr zu seiner Version war, obwohl wir keinen Grund hatten zu lügen und ihnen genau erzählen wollten, was passiert war.

Ich berichtete, der Wagen habe eine rote Ampel überfahren. Er sagte, es sei Gelb gewesen. Am Steuer hatte eine Frau gesessen. Nein, ein Mann. Die Polizisten, die alles notierten, waren nicht sauer. Ja, sie wirkten, als erwarteten sie eine konfuse Version der Ereignisse. Obwohl wir uns bemühten, unser Bestes zu tun und wahrheitsgetreu zu berichten, war es schlimm genug. Doch wenn Menschen es mit der Wahrheit bewusst nicht so genau nehmen, ist es ein Wunder, wenn sie sich in irgendeinem Punkt einig sind.

Die Szene, die Anna von den Dünen in East Hampton aus beobachtet hatte, passte zu Underwoods Geschichte. Wenn Lauren dafür verantwortlich war, dass der Deal in die Hose gegangen war, weil sie nicht erkannt hatte, dass Grayridge viel tiefer in Schwierigkeiten steckte, als Greene zugegeben hatte, dann ließ sich Harrys Verzweiflung damit erklären.

Obwohl ich Underwood durchaus für den Typ hielt, der zu seinem eigenen Vorteil log, sah ich nicht, welches Motiv er hier haben sollte. Er hatte mir nichts über Lauren erzählen müssen, und die Verachtung in seinem Blick war mir echt vorgekommen. Er hatte nicht einmal ihren Namen erwähnt, sich nur nebenbei über sie ausgelassen. Wäre sein Rivale ein Mann gewesen, hätte ich nicht gewusst, wen er meinen könnte. Doch eines, was er gesagt hatte – sie hatte nicht hart genug gearbeitet und die Schwachstellen in Greenes Unternehmen nicht bemerkt –, ergab meines Erachtens keinen Sinn. Ich ging nicht davon aus, dass sie mir gegenüber in allen Punkten ehrlich gewesen war, aber ich glaubte doch, dass sie im Bezug auf ihre Arbeit die Wahrheit gesagt hatte.

Ich hatte ihre Verachtung für Underwood und die Männer, mit denen sie konkurrieren musste, deutlich gespürt. Lauren war bei Seligman allein aufgrund ihrer Leistungen aufgestiegen – sie hatte unermüdlich gearbeitet, über den Details gebrütet und nichts dem Zufall überlassen. *Ich arbeite härter, ich höre mehr,* hatte sie gesagt. Ich war mir sicher, dass sie jedes auch noch so kleine Detail ausgegraben hatte, bevor sie grünes Licht für den Deal gab. Die Frau, die mich gewarnt hatte, keine schwierigen Fragen zu stellen, war weder faul noch vage noch willens, Dinge schleifen zu lassen. Wenn sie die drohende Katastrophe nicht vorhergesehen hatte, dann gab es dafür einen Grund.

22

Nachdem ich meine Sachen in Riverhead in einem Schließfach verstaut hatte, wurde ich hineingeführt, ohne dass man mir einen Stempel auf die Hand drückte. Diesmal geleitete mich ein Beamter einen Flur hinunter in einen keilförmigen Bereich, der von kleinen Kammern gesäumt wurde, gerade groß genug, dass zwei Personen darin Platz nehmen konnten. Hier trafen sich die Anwälte mit ihren Mandanten, und als Psychiater hatte man mir Zugang gewährt. Ein Wachmann, der an einem Tisch saß, zeigte auf einen der winzigen Räume, in den man zwei Stühle und einen Tisch gequetscht hatte. Ich hatte kaum zwei Minuten gewartet, da hörte ich, wie der Wachmann jemanden grüßte, und Harry kam herein. Er steckte in einem dunkelgrünen Overall und nicht in dem gelben, den er im Besucherbereich getragen hatte. Er starrte mich an wie eine Fliege, die er gern zerdrückt hätte, die aber immer noch herumsummte.

»Sie sind wiedergekommen«, sagte er.

»Bin ich.«

Ich fühlte mich unwohl, obwohl der Beamte gleich auf der anderen Seite der Tür saß. Es sah aus, als hätte Harry weiterhin den Fitnessraum aufgesucht. Sein Gesicht war schmaler, und seine Arme zeichneten sich muskulös unter dem kurzärmeligen Overall ab. Wo auch immer er demnächst hinkam – in eine psychiatrische Klinik oder ein Gefängnis –, er hatte sich gut um sich gekümmert. Nach allem, was ich durchgemacht hatte, seit ich das erste Mal nach Riverhead gekommen war, war es verwirrend, Harry wiederzusehen. Bei meinem ersten Besuch hatte ich eine Ahnung bekommen, dass mit seiner Version der Ereignisse etwas nicht stimmte, aber ich hatte nicht den leisesten Schimmer gehabt, was es sein könnte. Jetzt kam ich der Wahrheit allmählich näher.

»Was wollen Sie?«, fragte er von oben herab.

Ich war aus einem ganz bestimmten Grund gekommen – um ihm etwas abzuluchsen. Ich musste ihn dazu bringen, mir etwas zu sagen, aber ich durfte ihn nicht wissen lassen, was es war und warum es mir so wichtig war. Die Idee war mir gekommen, als ich darüber nachgedacht hatte, was Lauren gesagt hatte. Sie hatte gesagt, ich sei in Gefahr und solle auf mich aufpassen. Erst später war mir aufgegangen, dass ich nicht der Einzige war, der in Gefahr war. Der Mann, der vor mir saß, hatte jemanden umgebracht – er war gefährlich. Das hatte seinen Nutzen, denn es entband mich von einigen Verpflichtungen, die mich eingeengt hatten. Ich musste ihn nur dazu bringen, die Beherrschung zu verlieren, und das, dachte ich, dürfte nicht allzu schwer sein.

»Erzählen Sie mir, warum Sie Mr Greene erschossen haben«, bat ich ihn.

»Ich kann mich an nichts erinnern. Das habe ich Ihnen doch schon gesagt.«

»Ich glaube nicht, dass es etwas mit der Abmachung oder dem Flugzeug zu tun hatte. Sie waren sauer, dass Greene Sie vor der Fusion getäuscht hatte. Er hatte Ihnen nicht die Wahrheit über sein Unternehmen gesagt. Er hat Sie zum Narren gehalten.«

Harry rührte sich nicht, doch ich spürte, wie sich in ihm etwas verschob, wie das Klicken des Thermostats, kurz bevor der Boiler anspringt. In seinen Augen war jetzt ein schwaches Schimmern, dasselbe Glühen, das ich schon in der psychiatrischen Notaufnahme gesehen hatte. Ich musste es nur richtig entfachen.

»Sie waren nicht der Einzige, den er aufs Kreuz gelegt hat«, sagte ich.

Harry kniff die Augen zusammen, als könnte er kaum glauben, was ich gerade gesagt hatte. Dann stand er auf und beugte sich vor, bis seine Augen dicht vor meinen waren. Ich war schockiert über die animalische Intensität seines Blicks. Dies war der Harry, von dem ich immer gewusst hatte, dass er existierte: der zornige Harry, den Greene in seinen letzten Sekunden gesehen haben musste. Hilfe suchend blickte ich durch das Fenster in der Tür, doch der Wachmann war in seine Zeitung vertieft.

»Was, zum Teufel, meinen Sie damit? Sie sollen sich um Ihren eigenen Kram kümmern. Warum hören Sie nicht?«, zischte er.

Ich versuchte, seinem Blick standzuhalten, doch das war nicht leicht. Lauren hatte mich gewarnt, vorsichtig zu sein, und sie hatte recht gehabt. Ich hatte immer gedacht, Harry fiele nicht in dieselbe Kategorie wie Schizophrene, die gefährlich waren, aber jetzt war ich mir nicht mehr sicher. *Er ist wirklich gewalttätig*, dachte ich, *er hat das im Wall-Street-Dschungel nicht bloß vorgetäuscht*. Sicher dreißig Sekunden stand er so über mir, die Hände fest auf die Tischplatte gestützt. Dann wurde sein Blick weicher, er setzte sich und atmete ungleichmäßig.

»Sie wissen nicht, was Sie da reden. Sie wissen gar nichts«, sagte er, wie um sich zu beruhigen.

»Dann erzählen Sie es mir. Was ist schiefgegangen?«, fragte ich. »Als wir uns in East Hampton unterhalten haben, haben Sie gesagt, es hätte was mit Hypothekenpfandbriefen zu tun.«

Er hatte die Zähne fest zusammengebissen, doch die Frage schien ihn zu beruhigen, als wäre es tröstlich, wieder auf sicherem Finanzterrain zu sein und nicht Andeutungen auf Lauren abschmettern zu müssen.

»Wir interessieren uns also für die Wall Street?«, sagte er mit einer Stimme wie Batteriesäure. »Sie würden das doch gar nicht verstehen, selbst wenn ich es Ihnen erklären würde.«

»Stellen Sie mich auf die Probe.« Ich hatte es aufgegeben, höflich zu sein.

Er sah mich eindringlich an, als hätte ich ihn gezwungen zu zeigen, dass ich keine Ahnung hatte, aber er fing an zu reden. Ich interessierte mich nicht wirklich für Hypotheken – ich wollte nur, dass er eine Weile von seinem Zorn runterkam und sich beruhigte, bevor wir zu dem Thema kamen, wegen dem ich hier war –, aber ich versuchte doch, ihm zu folgen, während er sprach.

»Grayridge war groß in der Verbriefung von Hypothekenforderungen. Sie haben Hypotheken an Kreditnehmer mit geringer Bonität, sogenannte Subprime-Hypotheken, aus Texas und Kalifornien genommen und die Titel zu CDOs, also besicherten Schuldverschreibungen, gebündelt. Damit haben sie Geld gemacht, also haben sie mit synthetischen CDOs angefangen, aus Kreditderivaten zusammengesetzt. Ich will gar nicht erst versuchen, Ihnen das zu erklären. Sie hatten jede Menge davon, die nach Elementen benannt waren, Kobalt, Gallium, Radon.«

»Nach Elementen?«, hakte ich nach.

»Ja. Fragen Sie mich nicht, warum. Der Typ, der die Abteilung Kreditbereitstellung leitete, hatte ein Faible für Chemie.« Er lachte grimmig. »Das war quasi umgekehrte Alchemie. Die Substanz, in die sich die Elemente verwandelten, war Mist.«

»Doch wenn die Elemente Mr Greenes Verantwortung unterlagen, warum hat die Bank ihn dann nicht rausgeworfen, als sie den Bach runterging? Warum Sie?«, fragte ich in aller Unschuld.

Harry starrte mich an. »Gute Frage. Aber Sie fragen den Falschen. Ich meine, sehen Sie sich doch um.« Er wies mit einer großzügigen Geste auf den winzigen Raum. »Sieht das hier aus wie die US-Notenbank? Oder das Finanzministerium?«

»Wen soll ich fragen? Tom Henderson?«

Harrys Blick verriet mir, dass ihm allmählich aufging, dass ich irgendetwas wusste. »Vielleicht.«

»Sie haben gesagt, Sie wollten Ihre Bank so groß machen wie

Rosenthal, aber ›sie‹ hätten es nicht zugelassen. Ich fand das damals eine seltsame Formulierung, aber inzwischen habe ich ein wenig recherchiert. Ich habe herausgefunden, dass Henderson früher bei Rosenthal war. Sie haben mir erzählt, Greene hat auch dort gearbeitet. Das ist doch Zufall, oder?«

Harry lachte bitter. »Meinen Sie? Mehr brauchen Sie über die Wall Street und die Zahlenspiele bei CDOs nicht zu wissen. Rosenthal beherrscht den Laden, das war schon immer so. Warum, meinen Sie, ist Henderson Finanzminister? Zählen Sie mal, wie viele Finanzminister die hatten. Die haben auch Washington in der Tasche.«

Ich hatte viele Leute sagen hören, die Wall Street sei ein einziger Klüngel. Dass einer von ihnen es sagte, wenn auch im Gefängnis, war etwas anderes. War Harry paranoid?, fragte ich mich nicht zum ersten Mal. Er hatte etwas fast Besessenes an sich, aber vielleicht war er auch in die Obsession hineingetrieben worden. Ich dachte an Hendersons kontrollierte Ruhe auf dem C-SPAN-Video.

»Ich bin zum Vorstand gegangen und habe ihnen von den Problemen berichtet, die wir mit Grayridge hatten, dass er uns den ganzen Mist an den Hals gehängt hat. Damals kannte ich noch nicht die ganze Geschichte. Ich …« Er unterbrach sich und schien es sich anders zu überlegen. »Sie haben mir nicht zugehört. Die ganze Chefetage hatte einen Anruf von Henderson bekommen, und der hatte gesagt, er wolle mich raushaben.«

»Konnte er das?«

»Er konnte tun und lassen, was er wollte. Sie waren auf das Geld aus der Staatskasse angewiesen. Feiglinge, alle miteinander.«

Der Augenblick war gekommen, für den ich nach Riverhead gekommen war.

»Mr Greene ist also tot, aber Mr Henderson macht munter weiter, nicht wahr? Wie geht es Ihnen damit?«, fragte ich.

Harry verzog das Gesicht, stand auf und ging die paar Schritte zur Tür, wo er durch die Glasscheibe blickte, um nach dem Wachmann draußen zu sehen. Dann kehrte er der Scheibe den Rücken und sah mich aufgebracht an.

»Wie es mir damit geht, wollen Sie wissen, Doktor?«, sagte er voller Verachtung. »Mir ist danach, mit ihm dasselbe zu machen wie mit Greene.«

Er hatte mir gegeben, wofür ich gekommen war – eine Drohung gegen Henderson. Mehr brauchte ich nicht, und ich wollte nicht noch mehr Zeit mit ihm verbringen, auch wenn ich nebenher noch ein paar andere nützliche Dinge erfahren hatte. Ich winkte dem Wachmann, stand auf und verließ Harry, der mir bitter hinterherstarrte. Die Straße war frei, als ich vom Parkplatz fuhr, doch ich hielt mich streng an die erlaubte Höchstgeschwindigkeit, bis ich Suffolk County weit hinter mir gelassen hatte. Ich wollte nicht noch einmal nach Yaphank geschleift werden.

Irgendwo auf dem Weg von New York nach Washington, D. C., ungefähr auf Höhe der Chesapeake Bay, überquert man die Grenze zum Süden. Die Luft wird weicher, die Feuchtigkeit steigt, und an der Union Station spuckt der Acela Express einen in einem ganz anderen Land aus. Die Taxis fahren hier langsamer, und das Betragen der Menschen mutet einen im Vergleich zu den Yankee-Cousins ruhiger, ja, fast barock an.

Es war ein strahlender Junitag, die Wahrzeichen der Stadt blitzten in der Sonne, und ich verharrte ein paar Minuten auf dem gepflasterten Abschnitt der Pennsylvania Avenue, wo sich vor dem Zaun des Weißen Hauses ganze Scharen von Touristen versammelten, um meine Gedanken zu sortieren. Ich stand am Rand des Gehwegs gegenüber den acht griechischen Säulen des Finanzministeriums, dessen Granitfassade neben seinem schillernden Nachbarn düster und grau wirkte.

Ich war zeitig gekommen, hatte in New York einen frühen Zug erwischt, und ich zog einen Dollarschein aus der Tasche, um ihn zu betrachten. Darauf waren das zerknitterte Gesicht von George Washington, das Siegel des Finanzministeriums in Grün und Tom Hendersons hingekritzelte Unterschrift. Links, über dem B auf dem Siegel der Federal Reserve Bank of New York, stand in Großbuchstaben ein Versprechen: THIS NOTE IS LEGAL TENDER FOR ALL DEBTS, PUBLIC AND PRIVATE – Diese Banknote ist das gesetzliche Zahlungsmittel zur Tilgung jeglicher Schulden, öffentlicher wie privater. Ich war hier, um nach einer tödlichen Schuld zu fragen.

Nachdem ich die Stufen hochgegangen war und die Sicherheitsüberprüfung hinter mich gebracht hatte, wurde ich eine Steintreppe hinauf in den dritten Stock gewiesen. Auf dem Weg durch einen düsteren Flur sah ich auf einem Zettel nach, auf dem ich mir die Nummer des Büros notiert hatte. Als ich aufschaute, fiel mein Blick zu meiner Überraschung auf den Mann, den ich besuchen wollte. Er stand allein knapp fünfzig Meter den Flur hinunter und sah mir freundlich entgegen. Auf dem C-SPAN-Video hatte ich Senatoren in seiner Gegenwart dahinschmelzen sehen, doch bis zu diesem Augenblick hatte ich nicht begriffen, warum. Er stand in Socken da, mit einem freundlichen Lächeln auf den Lippen, als hätte er alle Zeit der Welt. Er wirkte vollkommen entspannt, mit gelösten Schultern und weichen, wissenden Gesichtszügen, wie ein wohltätiger Monarch. Als ich näher kam, trat er einen Schritt vor und reichte mir die Hand.

»Dr. Cowper, nehme ich an.« Er sprach meinen Namen korrekt aus und deutete ob seiner Anspielung auf viktorianische Förmlichkeit ein Lächeln an.

Dann führte er mich in einen Raum mit hoher Decke, reichlich Stuck und einem Kronleuchter, dem es nicht geschadet hätte, mal abgestaubt zu werden. Es war ein Wohnzimmer, vermutete ich, mit Vorhängen, die in Falten gelegt waren, und Stühlen im Stil Ludwig XV. um einen Mahagonitisch. Als wir eintraten, tauchte von irgendwoher ein junger Mann auf. Er war mollig, hatte ein höfliches Lächeln und eine randlose Brille – einer, der in jeder Menschenmenge untertauchen konnte. Henderson winkte mich zu einem Sessel und setzte sich mir gegenüber, während der junge Mann ein paar Schritte hinter ihm Platz nahm wie ein Souffleur.

Wie ich so dasaß und das ganze Gewicht der Geschichte und der Autorität sich auf mich herabsenkte, traten mir Schweißperlen auf die Stirn. Ein Impuls hatte mich hergeführt, die Entschlossenheit, Greenes Betrugsmanöver dürfe nicht mit ihm sterben, doch der Vorwand, unter dem ich hier war, kam mir plötzlich sehr fadenscheinig vor.

»Sie wollten mich sehen«, sagte Henderson.

»Vielen Dank, dass Sie sich Zeit für mich nehmen.«

Er nickte unprätentiös, als wäre eine halbe Stunde seiner Zeit ein kostbares Geschenk, das er mir freundlich gewährte. Der andere Mann schwieg.

»Wie ich schon am Telefon erwähnte, bin ich Psychiater in New York, und Harry Shapiro war mein Patient. Er hat mir einiges erzählt, was beim Prozess als Beweis vorgebracht werden wird, aber es gibt eine Angelegenheit, die meiner Meinung nach nicht warten kann.«

Henderson sagte nichts, sondern neigte nur den Kopf leicht zu einer Seite, sein Buddhalächeln blieb unverändert. *Ich habe keine Ahnung, worauf du hinauswillst, aber ich lausche fasziniert, was am Ende wohl dabei rauskommt,* sagte dieses Lächeln.

»Ich habe Mr Shapiro kürzlich in der Strafanstalt Riverhead gesehen, wo er in Untersuchungshaft sitzt. Er hat mir gegenüber geäußert, dass er Ihnen übelwill, weil er Sie genau wie Mr Greene verantwortlich für seine missliche Lage macht. Wenn man bedenkt, dass er bereits zugegeben hat, Mr Greene erschossen zu haben, muss ich das ernst nehmen. Haben Sie von dem Fall Tarasoff gehört?«

Henderson schürzte die Lippen und schüttelte ein paarmal den Kopf, als habe er nicht nur noch nie davon gehört, sondern sehe auch keinen Grund, sich dafür zu interessieren.

»Es ging um eine Frau namens Tarasoff, die von einem Therapiepatienten getötet wurde, nachdem er seinem Psychiater gesagt hatte, er habe es vor«, sagte ich. »Die Gerichte sind zu dem Ergebnis gekommen, dass ein Therapeut die Pflicht hat, jeden zu schützen, von dem er fürchtet, er könnte durch seinen Patienten zu Schaden kommen. Er ist dann nicht mehr an die ärztliche Schweigepflicht gebunden. Deswegen bin ich hier.«

Das war natürlich nicht der wahre Grund. Harry stellte keine unmittelbare Gefahr für Henderson dar. Doch es hatte mir eine plausible Ausrede geliefert, um einen Termin bei ihm zu bekommen. Ich wollte sehen, wie er auf das reagierte, was ich noch sagen wollte.

Henderson nickte. »Vielen Dank, Doktor. Auch wenn ich mir nicht ganz sicher bin, wozu die Eile notwendig war. Shapiro ist in Haft, nicht wahr? Im Augenblick stellt er doch für niemanden eine große Gefahr dar, oder?«

»Ich hatte trotzdem das Gefühl, ich sollte zu Ihnen kommen. Mr Shapiro hat mir einiges darüber erzählt, was seiner Meinung nach infolge der Fusion zwischen seiner Bank und Mr Greenes Bank passiert ist. Er denkt, dass er betrogen wurde.«

Henderson hatte ein unschuldig verwirrtes Gesicht aufgesetzt. Er besaß eine einschüchternde Präsenz, die – anders als bei Harry – nichts mit Drohungen oder offenkundiger Aggression zu tun hatte. Was sich hier abspielte, war um einiges subtiler: eine wohlwollende Verwirrung darüber, dass irgendjemand seine Version der Wahrheit infrage stellen konnte, es sei denn, er war irregeleitet oder bösartig.

»Tatsächlich? Vermutlich bestand zwischen den beiden eine gewisse Rivalität. Das ist jetzt offensichtlich. Aber ich wüsste nicht, was das mit mir zu tun haben sollte.«

Ich atmete tief durch. »Mr Shapiro behauptet, Sie hätten Druck auf den Vorstand der Bank ausgeübt, ihn an die Luft zu setzen, weil Sie und Mr Greene sich nahegestanden haben, weil Sie beide zusammen bei Rosenthal & Co. gearbeitet haben. Er denkt, dass Rosenthal hinter der ganzen Sache gesteckt hat.«

Henderson rührte sich kaum, und seine Miene war unverändert, doch er hustete einmal und neigte den Kopf dann leicht nach links, um den Mann hinter sich anzusprechen. »Andrew, ich glaube, Dr. Cowper möchte etwas unter vier Augen besprechen. Wären Sie so freundlich?«

Der Mann setzte die Kappe auf seinen Füllfederhalter, schlug sein Notizbuch zu und verließ ohne ein Wort den Raum. Als er fort war, bedachte Henderson mich wieder mit einem Lächeln, das genauso breit war, doch die Wärme darin war auf ein leises Simmern beschränkt.

»Dr. Cowper, verzeihen Sie mir, aber ich muss Sie das fragen: Warum sind Sie hier?«

»Ich war neugierig.«

Diese Antwort schien ihn zu amüsieren, und um seine Augen bildeten sich Fältchen. Dann wurde seine Miene wieder wachsam. »Man hat mir gesagt, dass Sie nicht mehr Mr Shapiros Arzt sind, und Ihr Job im Episcopal steht auf Messers Schneide«, sagte er und tippte mit einem Finger auf die Sessellehne.

»Das stimmt«, sagte ich. Keine Ahnung, woher er das wusste, aber er war wohl in der Position, so etwas herauszufinden, und es hatte keinen Sinn zu lügen.

»Also haben Sie vermutlich das Gefühl, Sie haben nicht viel zu verlieren. Wenn Sie mir die Formulierung verzeihen, Sie sind eine tickende Zeitbombe. Richtig?«

Unter der äußerlichen Ruhe war zu erkennen, dass ich ihn in Unruhe versetzt hatte. Vielleicht glaubte er, ich würde die Kontrolle verlieren und wäre bereit, ihn bloßzustellen.

»Vielleicht.« Ich nickte.

»Ich will mich Ihnen gegenüber nachsichtig zeigen, ganz unter uns, und Ihre Neugier befriedigen. Sagen Sie mir, warum Marcus sterben musste.«

»Ich glaube, Grayridge steckte in Schwierigkeiten, und Greene brauchte einen Retter in der Not. Mit diesen Hypothekenpfandbriefen – den Elementen – stimmte etwas nicht. Sie waren bei Rosenthal, und er hat Ihnen vertraut. Vielleicht haben Sie ihm geraten, mit Seligman zu fusionieren, um einen Konkurrenten auszuschalten. Zu der Zeit, als Seligman in Schwierigkeiten geriet, waren Sie hier. Sie haben der Bank aus der Klemme geholfen, und dann haben Sie dafür gesorgt, dass Greene sie übernommen hat.«

»Und sein Tod?«

»Mr Shapiro ist dahintergekommen, was passiert ist, auch wenn ich nicht genau weiß, wie. Es hat ihn so aufgebracht, dass er Greene erschossen hat. An Sie ist er nicht rangekommen.«

Henderson tippte nachdenklich mit den Fingerspitzen, während er darüber nachsann, und dann lächelte er wieder. Er wirkte nicht besonders empört darüber, dass ich ihn eines solchen Komplotts beschuldigte, um Seligman und die US-Regierung zu betrügen.

»Eine interessante Theorie. Sie glauben also, es gab eine Art Verschwörung, in der auch Rosenthal drinhing, ja? Da sind Sie nicht der Einzige. Es ist ein exzellentes Unternehmen, das viele Menschen hervorbringt, die in den Staatsdienst gehen. Zuweilen sehen sie sich mit derlei Anschuldigungen konfrontiert, die selten auf Fakten beruhen und meistens auf Klatsch. Wir sind das leider gewohnt.«

Während er sprach, hob er die Stimme, und zum ersten

Mal blitzte in seinen Augen eine Spur von Leidenschaft auf. Er echauffierte sich mehr darüber, dass ich an Rosenthal zweifelte, als über meine Anschuldigungen gegen ihn – fast als wäre die Bank ein Land, das vor dem Einzelnen käme. *Wir*, hatte er gesagt.

»Als der Präsident mich ernannt hat«, fuhr er fort, »habe ich alle Verbindungen zu Rosenthal gekappt und meine sämtlichen Unternehmensanteile verkauft, was, lassen Sie sich das versichern, finanziell gesehen keine gute Entscheidung war. Es gibt viele Interessenskonflikte an der Wall Street, und wer nicht angemessen damit umgeht, ist schnell raus aus dem Geschäft. Mr Greene und ich haben einmal bei derselben Bank gearbeitet. Mehr haben Sie nicht?«

»Ich glaube, da steckt mehr dahinter.«

»Nach allem, was Sie gesagt haben, nicht. Sie haben keinerlei Beweise, nur die Phantasien eines Psychiatriepatienten. Wie ich dem Senat schon sagte, der Vorstand hat sich für Marcus entschieden, ohne mich zurate zu ziehen. Aber wissen Sie was, Dr. Cowper? Ich hätte an seiner Stelle genau dasselbe getan. Er war ein phantastischer Banker und ein guter Chef. Shapiro …«

Er unterbrach sich, als hätte er zu dem Thema Harry vieles zu sagen, was er nicht öffentlich kundtun wollte. In seinen Augen war ein geringschätziges Funkeln, und er stand auf, kaum hatte er den Satz fertig gesprochen, um unser Gespräch zu beenden.

»… war nie ganz stabil.«

Das »nie« ging mir nicht mehr aus dem Kopf. Als der Acela Express nordwärts in Richtung New York rollte, nachdem mich ein immer noch schweigender Andrew zur Tür gebracht hatte, saß ich am Fenster und überlegte, was es wohl bedeutete. Die Küste von Maryland wurde abgelöst von den mit Brettern vernagelten Reihenhäusern von Baltimore und North Philadelphia, während es in meinem Kopf ratterte. Wäre dieses Wort nicht gewesen, hätte ich meine Niederlage eingestanden, doch irgendetwas daran ließ mir keine Ruhe. Ich war mir sicher, dass Henderson Harry rausgeworfen und Greene an seine Stelle gesetzt hatte, aber das hatte er bestimmt nicht nur aus dem simplen Grund getan, dass Greene ein alter Kollege von Rosenthal war. Das wäre plump gewesen, und Henderson war subtil.

Aber er hatte Harry lange Zeit gekannt, das hatten seine letzten Worte mir verraten. Es gab da eine Geschichte – ein Echo der Vergangenheit.

23

Ein Zitat von John D. Rockefeller, niedergeschrieben auf einer langen Tafel, begrüßte mich, als ich am nächsten Morgen die Wirtschaftsabteilung der New York Public Library in der Madison Avenue betrat: *Man sollte nicht nur alles über das eigene Geschäft wissen, sondern auch möglichst viel über das des Gegenübers.* Genau deswegen war ich hier. Ich dachte daran, wie Harry an dem Tag am Strand über Greene gesprochen und dabei Sand aus einer Muschel gekratzt hatte. *Ich kannte einen Typ, der in Europa für Rosenthal die Abteilung Außerbörsliches Eigenkapital geleitet hatte. Marcus Greene*, hatte er gesagt.

Ich ging nach unten, wo die Computer standen, und suchte mir ein freies Terminal. Das Erste, was ich mir ansah, war die Website von Rosenthal & Co., wo ich in den alten Jahresberichten nach einer Biografie von Henderson suchte. Er hatte bei Rosenthal eine meteoritenhafte Karriere gemacht: In den Siebzigerjahren zu der Bank gekommen, war er aufgestiegen, bis er die Abteilung für festverzinsliche Wertpapiere geleitet hatte, und dann war er Vorstandsvorsitzender geworden. Dazwischen ein Job im Ausland: Vorsitzender von Rosenthal International, 1990 bis 1994. Henderson war Greenes Chef in London gewesen zu derselben Zeit, als Harry von Seligman dort hingeschickt worden war. *Die City of London ist nicht besonders groß*, dachte ich. *Ein noch kleinerer und exklusiverer Club als die Wall Street.* Es sah aus, als wären sie alle zu demselben Zweck dort gewesen – um sich im Ausland zu beweisen, bevor sie ruhmreich nach New York zurückkehrten.

Ich überflog alte Ausgaben von *Euromoney*, ob ich auf etwas stieß, was sie noch enger verband. Das Blatt war so etwas wie die *Vanity Fair* der Londoner Finanzwelt, mit bewundernden Interviews mit Bankern in seltsamen Ecken des Finanzmarkts, illustriert mit heroischen Fotos. Als ich über die Immobilienkrise Anfang der 1990er-Jahre las, kam mir einiges schon bekannt vor. Eine wahre Götzenverehrung brachte *Euromoney* für Vulture Funds – die nicht umsonst auch als Geierfonds bezeichnet wurden – auf, die in der durch die falsche Kreditvergabepolitik der Banken ausgelösten Krise besonders angezogen hatten. Damals war ich ein Teenager gewesen, und die einzige Krise, von der ich etwas mitbekommen hatte, war die Scheidung meiner Eltern gewesen. Doch selbst mir fiel in der Erzählung von geplatzten Blasen und Hypothekencrashs auf, dass die Geschichte sich wiederholte.

Ich fand zwei Artikel, in denen Greene zitiert wurde, darunter einen Bericht über den Canary-Wharf-Bankrott, in den Rosenthal wie fast alle anderen Banken, von denen ich je etwas gehört hatte, verwickelt gewesen war. Später dann wurden die Dinge fröhlicher, es war von Erholung die Rede und dem Abschreiben lateinamerikanischer Schulden. Es gab einige Aufregung um den neuen Kreditderivatemarkt in London.

Bald langweilte ich mich und blätterte durch Fotos von Bankern in schwarzen Krawatten, die bei lächerlichen Preisverleihungen Preise bekamen – Bank des Jahres, beste vermögensgesicherte Aktienauflegung des Jahres. Ich sah den jüngeren Henderson, wie er Hände schüttelte oder in einer Gruppe Banker stand, ein selbstgefälliges Lächeln auf den Lippen, die Haare mit Grau durchsetzt. Als ich mich weiter durch die Seiten klickte, stieß ich auf ein Foto einer anderen Preisverleihung, bei der Rosenthal und Seligman gemeinsam geehrt worden waren. Links standen Henderson und Greene und ihre Leute, rechts die Seligman-Mannschaft, angeführt von Harry. Harry war kaum wiederzuerkennen, nicht nur, weil er auf dem Foto jünger war, sondern auch wegen der Freude, die er ausstrahlte – man sah, dass dieser dämliche Preis ihm sehr viel bedeutet hatte.

Und ganz in Harrys Nähe, direkt neben Henderson, stand, mit dunklem Haar und um einiges jünger, doch unverkennbar – Felix.

Wenn ich im Nachhinein auf die Fehler zurückblicke, die ich gemacht habe – wie sehr ich mich in Harry getäuscht hatte, als er in die Notaufnahme kam, wie ich mühelos in die Welt des Wohlstands geglitten war –, werde ich doch das, was ich als Nächstes tat, stets am meisten bereuen. *Primum non nocere*, brachte man uns an der medizinischen Fakultät bei: Zuerst einmal nicht schaden. Selbst in der Psychiatrie, wo es keine so offensichtlichen Fehler gibt wie in der Chirurgie – wo ein Arzt schon mal die falsche Stelle am Körper aufschneidet oder einen Patienten verbluten lässt –, gibt es Dinge, die gefährlich sind.

Das Schlimmste ist es, einen Patienten über seine Grenzen zu treiben, ihn mit etwas Schmerzlichem zu konfrontieren, mit dem er nicht klarkommt. Ich weiß nicht, ob es eine Rolle spielte – vielleicht liefen die Ereignisse da eh schon unerbittlich auf ihr Ende zu. Doch wenn die ganze Sache ohne mein Zutun passiert wäre, würde ich mir keine Vorwürfe machen. Ich sollte meine Beweggründe erforschen, doch das habe ich viele Male getan und bin zu keinem Ergebnis gekommen.

Jeder Job hat seine Regeln – Grenzen, die Missbrauch, ja selbst den Anschein von Missbrauch verhindern sollen. Sie werden einem so eingetrichtert, dass man nicht mehr überlegen muss, wenn man sich dieser Grenze nähert. Man weicht zurück wie ein Hund mit einem Telereizgerät, das einen elektrischen Impuls abgibt, wenn das Tier einen vergrabenen Draht überschreiten will. Ich habe Hunde dastehen und wie wild die Zähne fletschen sehen, ohne dass sie einen weiter verfolgen konnten. Ich denke, diese Grenze hatte ich überschritten, denn ich konnte mich nicht zurückhalten, und ich habe herausgefunden, was geschieht, wenn man sie übertritt. Heute bin ich vorsichtiger – achte penibel darauf, die Grenze nicht mehr zu überschreiten, ja, mich ihr nicht einmal mehr zu nähern. Ich halte mich in sicherer Entfernung und warne die, die an mir vorbeigehen, bleibe aber hinter dem Draht. Wenn wir alle innerhalb unserer Grenzen geblieben wären, wäre ich noch Psychiater im Episcopal und Harry wäre noch ein reicher Mann und sein Name stünde weiterhin auf einer Plakette.

Als ich Felix anrief, hob er fast beim ersten Klingeln ab, als hätte er meinen Anruf erwartet, und erhob auch keine Einwände. Wenn ich gründlicher nachgedacht hätte, wäre mir aufgegangen, dass das ein Zeichen war. Ich erzählte Felix von den Menschen, mit denen ich mich getroffen hatte, und was ich herausgefunden hatte, und er hörte schweigend zu.

»Haben Sie nachher schon was vor?«, war alles, was er fragte.

Felix' Wohnung lag am Riverside Drive, am Ende einer Straße, die schräg von der West End Avenue abfiel. Es war ein ruhiger Fleck über dem Hudson, und als ich dort ankam, stand der Vollmond am Himmel. Die Gebäude von New Jersey waren in sein helles Licht getaucht, genau wie ein Tankschiff, das tief im Fluss lag und ein funkelndes Kielwasser hinter sich herzog. Hier war die Nacht weit weg vom Rauschen des Verkehrs auf der Schnellstraße. Eine Weile schaute ich auf den Riverside Park hinunter, genoss die Aussicht und überlegte, ob ich wieder nach Hause fahren sollte. Ich war weit gekommen, doch die Chance, endlich herauszufinden, was bei Seligman verborgen lag – nicht nur der finanzielle Betrug, sondern auch die zerbrochenen Beziehungen –, machte mir Angst.

Dann sah ich Felix. Er stand hundert Meter weiter, die Hände in den Taschen seines Trenchcoats. Er hatte mich noch nicht bemerkt, und ich ging auf ihn zu und wartete, dass er aufblickte, doch erst als ich auf etwa drei Meter an ihn herangekommen war, gab er zu erkennen, dass er mich gesehen hatte. In letzter Minute blickte er auf und nickte.

»Wollen wir reingehen?«, fragte er leise.

Wir überquerten die Straße zu dem Haus, in dem seine Wohnung lag, vorbei an einem Latino, der sich auf seinem Lieferfahrrad ohne Licht gegen die Fahrtrichtung die Straße hochkämpfte. Zum ersten Mal, seit wir uns kannten, schwieg Felix, und es war seltsam, als hätte er einen Schlaganfall gehabt und die Kontrolle über seinen Kehlkopf verloren. Als wir seine Wohnung betraten, die mir mit ihren schweren Möbeln und Vorhängen überladen und düster vorkam, hatte er immer noch kein Wort gesagt. Er warf seinen Mantel über einen Stuhl, ging in die Küche und holte eine Whiskeyflasche aus dem Schrank.

»Single Malt?«, fragte er freudlos, als wäre es Medizin.

Er schenkte zwei Gläser ein und führte mich ins Wohnzimmer, wo er sich in einem Sessel niederließ, ein Bein über der Armlehne. Ohne Mantel und in einem Pullover, der über seiner Cordhose hochgerutscht war, sah er dünner aus als beim letzten Mal, als wir uns in meiner Wohnung gesehen hatten. Ich fragte mich, ob er nicht anständig aß oder ob er seine Ernährung auf Alkohol umgestellt hatte. Ich erinnerte mich, dass ich mir kurz Sorgen um ihn gemacht hatte. Ich hatte zu viele Menschen gesehen, die ihre Ängste mit Alkohol besänftigten, dabei verstärkte der sie nur. Aber ich hatte Felix immer als so fähig betrachtet, so gut darin, sich in der Welt der Mächtigen zurechtzufinden, dass ich nicht allzu besorgt war. Ich betrachtete ihn nicht als jemanden, der Hilfe brauchte. Vielmehr hatte ich mich darauf verlassen, dass er mir helfen würde. Er hob sein Glas, und das Eis klimperte.

»Auf treue Diener«, toastete er.

»Ihre Familie ist nicht da?«

»Nein, die Frau hat beschlossen, den Aufenthalt bei den Großeltern zu verlängern, und hat die Kinder für eine Weile dort in der Schule angemeldet. Es ist vermutlich das Beste.«

Nach diesem halbherzigen Versuch, die Auflösung seines Lebens als Strategie darzustellen, blickte er mit rot geränderten Augen in sein Glas.

»Ich habe ein Foto von Ihnen in London gesehen – Sie, Harry, Marcus und Tom Henderson«, sagte ich. »Sie haben bei Rosenthal gearbeitet. Das haben Sie mir nie erzählt.«

»Mir war nicht klar, dass Sie meinen Lebenslauf wollten. Ich merk's mir fürs nächste Mal.« Er lächelte müde. »Sieht so aus, als hätte Harry Sie unterschätzt. Ungewöhnliche Methoden für einen Arzt, muss ich sagen.«

»Was ist mit Rosenthal, Felix? Warum sind alle so besessen von dem Laden?«, fragte ich. »Henderson scheint ihn geradezu zu lieben.«

Er lächelte. »Schwer zu erklären. An der Wall Street kämpft meistens jeder gegen jeden. Wir haben uns umeinander gekümmert. Wenn uns einer in die Quere kam, waren wir brutal, aber es gab auch Kameradschaft. Wir bildeten uns nicht ein, die Besten zu sein. Wir waren es. Wenn man einmal dort war, ist man immer ein Teil davon. Ich arbeite jetzt sicher zwanzig Jahre für Seligman, aber wenn Sie mich aufschneiden würden, wäre innen drin immer noch Rosenthal.«

»Warum sind Sie dann weggegangen? Sie haben gesagt, Sie wären bei Seligman gewesen, als Harry von New York rüberkam.«

»Nicht direkt. Tom hatte mich gewissermaßen auf eine Mission geschickt. Rosenthal war damals kleiner, eine Partnerschaft ohne viel Kapital. Wir wurden mit Seligman in die Canary-Wharf-Geschichte mit reingezogen und hatten uns finanziell übernommen. Da war sehr viel zu richten. Dann kam Harry in die Stadt, prahlte herum und stieß Drohungen aus.

Tom wollte nicht, dass er alles kaputt machte. Sie brauchten jemanden, der ihm auf die Finger schaute. Harry hatte Gefallen an mir gefunden und bot mir einen Job an. Ihm gefiel der Gedanke, jemanden von Rosenthal abzuwerben.«

»Sie haben gesagt, Sie mochten ihn«, sagte ich.

»Rosenthal kann ein kalter Ort sein, und Harry war warm. Tom lachte, er fand die Idee toll. So was gefällt ihm. Jemand denkt, er kriegt ein Schnäppchen, wo er doch nur tut, was Harry will. ›Kommen Sie zurück, wenn wir fertig sind‹, sagte er. Ich wünschte, ich hätt's getan, aber ich hab's nie getan. Wir haben den Deal abgeschlossen. Wir haben dafür sogar einen Preis bekommen. Ich brachte Harry dazu, einigen Sachen zuzustimmen, die sie brauchten, er hat es nie gemerkt. Seine Zeit in London lief gut, und er bekam den Spitzenjob bei Seligman. Ich dachte, das wär's, doch Tom fand, Harry war ihnen was schuldig.«

»Selbst nach zwanzig Jahren noch?«

»Sie sind geduldig, sie warten lange, um die Rendite einzufahren. Als Marcus in Schwierigkeiten geriet, fand Tom, es sei an der Zeit, dass Harry seine Schulden zurückzahlte. Er rief mich an und tat, als wäre es meine Pflicht, Marcus zu helfen. Patriotische Pflicht, Pflicht gegenüber Rosenthal, ich glaube, er macht da keinen Unterschied. Harry war ganz scharf darauf, er fand die Idee toll. Das einzige Problem waren Marcus' Bilanzen.«

»Die Elemente.«

Felix machte große Augen. Er hatte in ruhigem, leicht abwesendem Tonfall gesprochen, doch bei meinen Worten spitzte er die Ohren.

»Wer hat Ihnen das erzählt? Lauren vermutlich.«

»Wer?«, fragte ich so verständnislos wie möglich.

»Harrys Freundin«, antwortete er vorwurfsvoll. »Sie wissen Bescheid, Ben. Genau wie ich es wusste.«

»Woher wussten Sie es?«

Felix stand ein wenig unsicher auf, nahm unsere Gläser und ging in die Küche, um nachzufüllen. Ich hörte, wie er den Deckel von der Whiskeyflasche schraubte und wie der Eiswürfelbereiter Eiswürfel ausspuckte. Während er in der Küche war, sah ich mich um, und dabei fiel mein Blick auf eine Tür, die in ein Schlafzimmer führte. Sie war nur angelehnt, und durch den Türspalt sah ich ein Kinderbett mit einer Reihe von Plüschtieren auf einem Kissen, die mit ausdruckslosen Gesichtern auf die Rückkehr der Bewohnerin des Zimmers warteten. Sie hatte sie wohl dagelassen, als sie gefahren war, weil sie davon ausging, dass sie zurückkehren würde. Marcus kam zurück, reichte mir mein Glas und setzte sich wieder.

»Harry hat es mir eines Abends erzählt, als wir ein paar Gläser getrunken hatten«, sagte er. »Wir waren in China, um uns bei einer staatlichen Bank mit einem Haufen Geld etwas zu leihen. Wir waren in der Gulfstream hingeflogen und hatten zu Abend gegessen, nur wir zwei. Danach gingen wir in eine Bar, in der sich koreanische Callgirls mit Russen in Trainingsanzügen amüsierten, diese grässlichen Dinger aus Ballonseide. Wir saßen da und tranken schwarzgebrannten Alkohol. Da platzte er damit heraus. Er musste es jemandem erzählen. Bevor ich mich's versah, hatte er Lauren auf den Grayridge-Deal angesetzt. Liebe macht blind.«

»Aber sie war nicht blind.«

»Nein. Schon damals gab es bei den Elementen riesige Verluste, das ging in die Milliarden. Greene wollte sie Harry verheimlichen, aber sie kam dahinter. Ein kluger Kopf, diese Frau. Ich wäre da nicht durchgestiegen, das sag ich Ihnen.«

Ich hatte gewusst, dass Underwoods Geschichte nicht stimmen konnte. So etwas hatte Lauren unmöglich übersehen. Wenn sie Harrys Beraterin gewesen war, war es nur eine Frage der Zeit gewesen, bis sie die Schwachstellen mitten im Herzen von Greenes Bank aufdeckte.

»Wie versteckt man Milliarden von Dollar? Das verstehe ich nicht.«

»Mir ist das auch zu hoch. Ich bin kein Superhirn. Egal, Greene war ihr draufgekommen, bevor sie es Harry sagen konnte. Heutzutage stehen sämtliche Unterlagen zu einer geplanten Fusion oder Unternehmensübernahme in einem digitalen Datenraum zur Verfügung. Früher gab es so etwas in einer Anwaltskanzlei in echt, doch heute steht alles online. Die Banker auf der Käuferseite bekommen einen elektronischen Schlüssel und können sich runterladen, was sie brauchen. Das meiste ist todlangweilig, aber man sollte sich jedenfalls alles ansehen.

Das Problem ist, dass man dabei Spuren hinterlässt. Der Verkäufer weiß also genau, wofür man sich interessiert. Lauren hatte sich jede Menge Material zu den Elementen runtergeladen, und so wusste Underwood, dass sie misstrauisch geworden war, und erzählte es Greene. Der kam eines Abends zu mir und sagte, die Fusion stünde auf der Kippe und ich müsste mich irgendwie um Lauren kümmern. Er saß da, wo Sie jetzt sitzen. ›Wir müssen dieses Miststück irgendwie aufs Kreuz legen‹, sagte er. Reizender Typ.«

»Und Sie haben es ihm erzählt.«

Plötzlich passte alles zusammen – es brachte den Menschen, der Lauren war, in Einklang mit dem, was sie getan hatte. Sie war nicht am Ende einer Affäre abgedriftet, und sie hatte auch nicht in ihrem Job versagt. Sie hatte alles gewusst, aber Greene hatte sie erpresst.

Felix nickte und senkte den Kopf. Sein Gesicht war rot und aufgequollen, als würde in ihm etwas hochkochen. »Tom hat mich überredet. Marcus hat Lauren gesagt, wenn sie nicht den Mund hielte und kündigte, würde er die Affäre öffentlich machen. Also hat sie Harry nichts von den Elementen gesagt, und er ist erst dahintergekommen, als es zu spät war.«

Ich dachte daran, dass Lauren gesagt hatte, ihre Karriere wäre zerstört gewesen, wenn andere von ihrer Beziehung zu Harry gewusst hätten. *Dumm*, hatte sie es genannt, doch das erfasste kaum das ganze Ausmaß der Katastrophe. Dann dachte ich daran, was Anna mitangesehen hatte – die beiden zusammen in East Hampton, sie hatte die Hände um seinen Kopf gelegt. Lauren hatte Harry da wohl gerade gesagt, was Greene getan hatte und warum sie ihn im Stich gelassen hatte. Es war nicht schwer zu begreifen, was als Nächstes passiert war.

Von all den Lügen, die ich gehört hatte, schockierte mich diese am meisten. Felix war Harrys Freund gewesen, doch er hatte ihn hintergangen. »Warum haben Sie das getan, Felix?«, fragte ich.

»Weil Tom recht hatte«, sagte er langsam. »Harry dachte, er könnte mit Rosenthal gleichziehen, aber ich habe es nicht geglaubt. Er war gut gewesen für Seligman in den guten Zeiten, aber so war es nicht mehr. Die Märkte stürzten ab, und ich hatte Angst. Ich hatte das schon einmal durchgemacht. Wenn Marcus die Bank leitete, würde Rosenthal hinter ihm stehen und das Finanzministerium ebenfalls. Mein ganzes Vermögen steckte in Unternehmensanteilen. Ich konnte mir nicht leisten, es zu verlieren.«

»Sie haben ihn wegen Geld betrogen?«

Es war hart, es so offen auszusprechen, härter, als unbedingt nötig gewesen wäre, und ich denke immer noch darüber nach. Ich wünschte, ich könnte meine Worte zurücknehmen. Zu meiner Entschuldigung muss ich anführen, dass ich sauer war, nicht nur darüber, dass er mich getäuscht hatte, sondern auch, dass er Harrys Vertrauen missbraucht hatte, ohne einen zweiten Gedanken daran zu verschwenden. Ich hatte das Gefühl, mir große Mühe gegeben zu haben, die Geheimnisse anderer Menschen zu wahren, und ich hatte dafür gelitten, während er nur an sich gedacht hatte.

»Oh, Ben«, sagte er vorwurfsvoll, »was glauben Sie, was wir sind, Sie und ich? Wir sind Helfer und Diener. Die sagen: ›Pfeif‹, und wir spitzen die Lippen und pfeifen. Harry war Tom im Weg, und ich habe ihn zu seinem eigenen Besten zur Seite geräumt. Was erwarten Sie denn von mir? Ich habe hinterher versucht, es bei Harry wiedergutzumachen.«

»Womit?«

Felix blickte in seinen Whiskey, seine Augen so trüb wie das Getränk, und kippte ihn runter. »Die Geschichte erzähle ich Ihnen ein andermal«, sagte er.

»Passen Sie auf sich auf, Felix«, sagte ich und stand auf.

»Zu spät.«

Als ich zum Riverside Drive kam, wandte ich mich in Richtung George Washington Bridge. Es war eine klare Nacht, und ich zog den Mantel enger, um es warm zu haben. Ich war so weit gegangen, wie ich konnte, und hatte alles über Greenes Tod herausgefunden, was ich herausfinden konnte. Lange Zeit hatte ich mich an die Hoffnung geklammert, es könnte mich retten, doch diese Hoffnung hatte sich zerschlagen. Greene hatte Harry hintergangen und Lauren erpresst, aber er war unter der Erde und jenseits von Recht und Gesetz. Es gab keinen Beweis dafür, dass Henderson etwas Unrechtes getan hatte, ja, solange Lauren und Harry nicht redeten, gab es auch sonst keine Beweise für irgendetwas. Lauren hatte sich alle Mühe gegeben, ihr Tun zu verschleiern, und er würde sich nicht des Mordes schuldig bekennen.

Es war Zeit, mir einen anderen Job zu suchen.

24

Als ich Joes Stimme hörte, war ich zuerst erleichtert, denn ich hatte gedacht, er hätte mir den Rücken gekehrt. Doch er klang nicht verärgert, seine Stimme war freundlich, aber leise und ernst, als wollte er mich nicht erschrecken. Zwei Tage waren seit meiner Begegnung mit Felix verstrichen, in denen ich viel darüber nachgedacht hatte, wie er Harry hintergangen hatte. Ich wollte ihn dafür verachten, doch das Gefühl war nicht geblieben – an seiner Feststellung, wir seien beide Diener, war etwas Wahres dran, auch wenn es mir noch so unangenehm war.

»Hey, Joe«, sagte ich munter. »Ich dachte, Sie hätten mich gefeuert.«

»Zum Teufel, nein. Ich bin noch hier. Ich dachte nur, Sie wollten einen Anwalt, der Ihnen besser helfen kann, das ist alles. Ich habe mit Ihrem Vater gesprochen. Er sagte, Sie hätten sich unterhalten, und da wollte ich nicht im Weg sein. Haben Sie die Nachrichten gesehen?«

»Was für Nachrichten?«, fragte ich.

Ich glaube, ich wusste es sofort. Ich hatte die Grenzen meines Berufes weit überschritten, und ich hatte mich vor den Folgen gefürchtet, auch wenn ich versucht hatte, es zu verdrängen.

»Schalten Sie den Fernseher ein. Versuchen Sie's bei CNN.« Seine Stimme klang angespannt, und ich eilte durchs Zimmer, um seiner Aufforderung nachzukommen.

Mir war, als wäre ich an jenen Sonntagmorgen in mein Fitnessstudio zurückversetzt. Diesmal war zwar kein Hubschrauber in der Luft, aber die Nachrichtensprecher sprachen genauso unzusammenhängend über einen Tod, die Szene war ähnlich – eine Nachrichtensprecherin stand in einer Straße in einem Ort am Strand von Long Island, hinter ihr eine Polizeiabsperrung. Am Fuß des Bildschirms lief ein Nachrichtenticker, diesmal mit der Schlagzeile SELIGMAN-TRAGÖDIE. Ich setzte mich benommen davor und merkte, dass ich das Telefon noch in der Hand hielt. Mein Gehirn bekam das einfach nicht auf die Reihe.

»Was ist passiert? Was ist da los?«

»Haben Sie schon mal von diesem Typ gehört? Felix Lustgarten«, sagte er und sprach die letzte Silbe mit einem weichen d. »Er hat mit Shapiro zusammengearbeitet, es heißt, er war ein Freund von ihm. Er hat sich umgebracht, ist in Southampton ins Meer gegangen. Sie haben ihn gerade rausgefischt. Baer hat mich in der Morgendämmerung angerufen. Er ist durchgedreht.«

»O Gott«, sagte ich matt.

»Ben? … Sind Sie noch dran?«

Ich war nach vorn gesunken, den Kopf in die rechte Hand gestützt, das Telefon in der Linken, und hörte seine Stimme nur noch leise. Ich fühlte mich, als hätte in der Nähe jemand auf einer Hundepfeife gepfiffen und ein schrilles Fiepen durch mein Gehirn gejagt. *Ich hätte es wissen müssen. Ich hätte ihn daran hindern müssen,* dachte ich. *Er war selbstmordgefährdet. Klar war er das.* Ich dachte daran, wie ich, verärgert über das, was er getan hatte, seine Wohnung verlassen hatte, ohne innezuhalten und zu helfen, wie es mein Beruf eigentlich erfordert hätte. Warum war ich nicht geblieben, um ihm zu helfen? Er hatte vor mir gesessen, getrunken, gebeichtet. Wie viel lauter hätte er denn noch um Hilfe schreien sollen? Dann kam mir ein anderer Gedanke: *Selbstmord? Beim letzten Mal war es Mord. Bei Harry war es dasselbe, und er ist von den Toten wiederauferstanden.* Ich wollte glauben, dass auch Felix wieder lebendig werden würde.

»Ben!« Es war die ferne Stimme von Joe, der so laut ins Telefon schrie, dass er endlich zu mir durchdrang.

»Mir geht's gut«, sagte ich und rang um Fassung. »Das ist ein Schock. Ich habe ihn gekannt. Er ist mit mir in der Gulfstream geflogen. Ich habe ihn vor zwei Tagen getroffen. Er war ein anständiger Kerl.«

»Wo haben Sie ihn getroffen?«, fragte Joe nervös. Falls das überhaupt möglich war, dann war ich als Mandant in seinen Augen eindeutig noch weiter abgesunken.

»In seiner Wohnung an der Upper West Side. Er hat mich auf einen Drink eingeladen.«

»Wissen Sie, warum er es getan hat? Hat er etwas zu Ihnen gesagt?«

Als er diese Frage stellte, sah ich aus dem Augenwinkel, dass der Fernsehbildschirm ein anderes Bild zeigte, und als ich hinschaute, spielten sie das Video von der Anhörung vor dem Senat in Washington ab. Um Felix, der hinter Harry und Greene saß, zu identifizieren, war um seinen Kopf ein roter Kreis gezogen. *So wird man sich an ihn erinnern*, dachte ich, *als an den Mann im Hintergrund*. Ich erinnerte mich an seine niedergeschlagene Miene, als er das Glas gehoben hatte. *Treue Diener*, hatte er gesagt.

Ich überlegte, ob Joe ich die Wahrheit sagen sollte, doch ich redete mich damit heraus, dass es nur Felix' Erinnerung beschmutzen würde, ohne mir etwas zu bringen.

»Nichts Wichtiges«, log ich. »Es schien ihm gut zu gehen.«

Das hätte es gewesen sein können, wäre nicht Gabriel gewesen, der auf mich wartete, als ich drei Tage später mein Büro verließ, um zum Mittagessen zu gehen. Er saß auf dem Sofa bei den Aufzügen unter einem Anschlagbrett, an dem ein paar Richtlinien über affektive Störungen hingen. Er zog meine Aufmerksamkeit auf sich, weil er so entspannt dasaß – nicht wie ein ängstlicher Patient oder ein Vater, der auf sein Kind wartete, das in Behandlung war – und weil er mir vage bekannt vorkam. Als ich vorbeiging, sah er auf mein Namensschild und dann auf mein Gesicht und musterte mich mit zusammengekniffenen Augen. Dann stand er auf.

»Dr. Cowper? Mein Name ist Gabriel Cardoso. Wir hatten, glaube ich, einen gemeinsamen Freund. Felix Lustgarten.«

Er sprach ohne Hast mit voller Stimme, doch seinen Akzent konnte ich nicht recht zuordnen – vielleicht Spanisch. Gabriel, genau. Ich erinnerte mich daran, wie er auf dem Balkon seiner Wohnung in Tribeca gestanden hatte, auf der Party an dem Abend von Greenes Tod. Ich hatte mich mit Lucia unterhalten, bevor wir zusammen weggegangen waren, und sie hatte auf ihn gezeigt. Ich erinnerte mich an die Aura der Distanziertheit, die er ausgestrahlt hatte, als würde er die meisten Gäste nicht kennen, sich aber freuen, dass sie da waren.

»Ich bin sehr traurig über seinen Tod«, fuhr er fort. »Wir waren nicht eng befreundet, würde ich sagen, aber wir waren mal Kollegen. Ich mochte ihn.« Er erweckte den Eindruck, dass er das nicht leichthin sagte, er hatte seine Standards.

»Mir tut es auch leid. Ich hatte ihn gerade erst kennengelernt. Wollen wir?«

Ich zeigte auf das Sofa und setzte mich, ohne den Mantel abzulegen – ich wusste nicht, wie lange ich bleiben wollte. Gabriel griff in eine Jackentasche und zog einen Umschlag heraus, auf den sein Name und, wie ich vermutete, seine Anschrift gekritzelt waren. Darin waren zwei Blätter, ziemlich abgegriffen, und ein USB-Stick.

»Den habe ich gestern mit der Post bekommen«, sagte er stirnrunzelnd. »Ein Brief von Felix, und das hat er beigelegt.« Er hielt den USB-Stick zwischen Daumen und Zeigefinger. »Darauf sind jede Menge Dokumente. Ich habe sie mir gestern Abend angesehen und fand sie höchst interessant, ja, geradezu bestürzend. Felix bat mich, sie Ihnen zu zeigen. Nur Ihnen, niemandem sonst.«

Ich betrachtete den Stick in Gabriels Hand. Felix hatte mit nichts angedeutet, dass er dies vorhatte, und ich verstand nicht, warum er mir von jenseits des Grabes einen Abgesandten schickte.

»Wenn er wollte, dass ich es sehe, warum hat er es dann an Sie geschickt?«, fragte ich.

»Also … Dazu sind ein paar Erläuterungen erforderlich.«

Da dämmerte es mir. Als Felix davon gesprochen hatte, dass Greene versucht hatte, die Verluste bei den Elementen zu verheimlichen, hatte er gesagt, sie seien schwer zu fassen. Er hatte sie an Gabriel geschickt, damit der mir half. Seine posthume Geste rührte mich: Er hatte mich nicht einfach abgeschrieben, nachdem ich seine Wohnung verlassen hatte. Trotzdem bereitete dieses Vermächtnis mir Kopfschmerzen.

»Sind Sie ein Superhirn?«, fragte ich und dachte an Felix' Worte.

»Ja, allerdings«, sagte er strahlend. »Haben Sie Zeit, sich ein wenig zu unterhalten? Vielleicht irgendwo unter vier Augen? Und ich bräuchte einen Computer.«

Ich zögerte ein paar Sekunden, auch wenn ich eigentlich keine Wahl hatte. Ich war es Felix im Tod schuldig, ungeachtet dessen, was er im Leben getan hatte.

Ich hätte Stunden in Gabriels Wohnung verbringen und mich nur umsehen können. Vielleicht verbrachte er so seine Zeit, denn davon schien er reichlich zu haben. Im hellen Sonnenlicht, mit dem Blick über Manhattan, den ich nur bei Nacht von seinem Balkon genossen hatte, war sie einfach hinreißend: lang und breit, ein ineinandergreifendes Labyrinth aus Räumen, in das durch hohe Fenster Licht strömte. Zwei Räume schienen ganz der Kunst gewidmet zu sein, dort waren die Rollos zugezogen, um die zahlreichen Zeichnungen an den Wänden zu schützen. Nichts deutete darauf hin, dass er die Wohnung je mit jemandem geteilt hatte: Hier gab es nur ihn in seinem Denkmal für den Wohlstand der Wall Street.

»Sie haben einen ungewöhnlichen Namen, Mr Cardoso«, versuchte ich mich an Small Talk, während er den USB-Stick in seinem Arbeitszimmer in den Computer steckte, auf die Tastatur eintippte und eine rätselhafte Phalanx von Zahlen aufscheinen ließ.

»Portugiesisch«, sagte er lächelnd. »Ich stamme ursprünglich aus Brasilien. Ich bin hergekommen, um an der New York University Mathematik zu lehren. Die Headhunter der Wall Street haben mir regelrecht aufgelauert. Der Börsenhandel ist inzwischen reine Mathematik, basierend auf Modellen. Händler verstehen es nicht richtig, also brauchen sie Leute wie mich. Superhirne, wie Sie es so schön gesagt haben. Die meisten Händler haben keinen Schimmer, was sie da tun.«

Der Gedanke schien ihn eher zu amüsieren, als zu empören. Da dämmerte mir, warum er seine Umgebung und seinen Wohlstand mit dieser leicht verwirrten Distanz betrachtete. Sie waren ihm fast wie durch Zufall in den Schoß gefallen.

»Sie haben bei Seligman gearbeitet?«

»Früher mal, ja. Bevor Harry Marcus Greene erschossen hat, hat der mich letztes Jahr noch rausgeworfen.« Er lachte in sich hinein, als hätte Harry Greene die gerechte Strafe dafür verpasst. »Ich gehörte nicht Greenes Clique an. Und ich habe etwas gesagt, was ihm nicht gefiel, und das auch noch zu laut. Aber ich war lange genug dort, um ein sorgenfreies Leben zu haben«, sagte er und wies mit einer Geste auf seine Wohnung. »Daher kenne ich Felix. Und Lauren Faulkner ebenfalls. Felix hat sie, glaube ich, erwähnt?«

Ich antwortete nicht, doch mein Schweigen schien ihn nicht zu stören, denn er fuhr fort, als hätte er es nicht bemerkt.

»Wollen Sie wissen, wie wir Freunde wurden? Ich hatte bei Seligman ein hübsches Büro hinter dem Börsensaal. Nur ein gläserner Kasten, aber da drin stand ein sehr behaglicher Sessel, ein ledergepolsterter Lehnstuhl. Von außen konnte man nicht sehen, wer drin war, und Lauren kam ab und zu rein, um ein Nickerchen zu machen. Diese Banker arbeiten wie die Besessenen. Die kriegen nie genug Schlaf.«

»Witzig«, erwiderte ich und versuchte mir die stets hellwache Lauren in Gabriels Lehnstuhl vorzustellen. Es konnte nur eine entspanntere Zeit gewesen sein, in der sie nicht so unter Druck stand. Es verlieh ihr etwas Menschliches – das war nicht die Frau, die mir gedroht hatte.

»Ich weiß noch, dass wir uns eines Abends unterhalten haben, vor der Fusion. Sie sagte, sie sehe sich die Bücher von Grayridge an. Ich meinte, sie solle sehr vorsichtig sein. Auf den Märkten gab es die ersten Schwierigkeiten, und mir waren Gerüchte zu Ohren gekommen. Das war eine sehr komplexe Materie, verstehen Sie. Ich bot ihr an, mit ihr zusammen einen Blick darauf zu werfen, um ganz sicherzugehen, dass auch alles in Ordnung war. Ich hatte das seltsame Gefühl, es könnte was nicht okay sein. Zwei Tage später war sie weg.«

»Fanden Sie das nicht seltsam?«

»An der Wall Street wird kaum jemand vorgewarnt, wissen Sie. Die legen Ihnen einen Müllsack auf den Schreibtisch für Ihren Kram und eskortieren Sie aus dem Gebäude, damit Sie bloß nichts mitgehen lassen. Es ist fast, als würde man zur Exekution schreiten. Mir ging das auch so. Ich wusste nicht, wie schlimm die Dinge bei Grayridge standen, bis ich das hier sah.«

»Sind das die Elemente?«, fragte ich und blickte über seine Schulter auf den Bildschirm. Ich verstand, was Felix gemeint hatte: Für mich war das nur ein einziger großer Zahlensalat.

»Das ist Radon. Lassen Sie mich es Ihnen erklären.«

Felix hatte gesagt, dass Grayridge die Elemente über die Caymaninseln an Investoren verkauft hatte, um Geld aus dem Immobilienboom zu machen, bevor der einbrach. Die Hypotheken waren zuerst gebündelt und dann in Papiere mit unterschiedlich hohem Risiko unterteilt worden. Ganz so simpel war es nicht, denn es waren synthetische CDOs, aus Kreditderivaten zusammengesetzt, die auf Hypotheken basierten, ein verrückter Mischmasch aus riskanten Finanzinstrumenten.

»Es gab neun derartige Deals, angelegt von der Abteilung für CDOs«, sagte Gabriel. »Sie haben jedes Mal dasselbe gemacht. Das Beteiligungskapital und das Mezzanine haben sie an Hedgefonds verkauft und die AAA-Tranchen behalten. Die risikoreichen Papiere, die Anleihen, die am meisten einbrachten, haben sie an andere Investoren ausgegeben. Aber die Erträge bei den mit sehr geringen Risiken behafteten Tranchen, die sie behalten haben, waren äußerst niedrig, also haben sie den Fremdkapitalanteil daran erhöht, um mehr Rendite zu machen. Sie besaßen Papiere im Wert von rund hundertzwanzig Milliarden, die einen jährlichen Ertrag von hundertsechzig Millionen erbrachten.«

Seine Erklärung erinnerte mich daran, was Harry mir am Strand in East Hampton und in Riverhead erzählt hatte, und das hatte ich auch nicht verstanden. Doch Gabriel behandelte ich nicht wegen Depressionen, ihn konnte ich fragen, was ich wollte.

»Hundertzwanzig Milliarden *Dollar*?«

»Richtig. Was genau wollen Sie wissen, Ben?«

»Klingt nach sehr viel Geld.«

»Ja, aber die Titel waren angeblich risikofrei, wie Staatsanleihen. Es würde keine Ausfälle geben, selbst wenn die Hypothekenschuldner aufhörten zu zahlen. Es war so konstruiert, dass es einem Jahrhundertsturm standhalten sollte. Sehen Sie sich das hier an. Dies ist der Verlust aus allen Deals mit Elementen an dem Termin der Fusion. Was steht da?«, fragte er.

Ich betrachtete den Bildschirm, und darauf waren Hunderte von Zahlen, ein ganzes Gitternetz aus Ziffern. Wie benommen schüttelte ich den Kopf, denn ich war verwirrt, und Gabriel gab mir einen Hinweis, indem er die Maus ein wenig verrückte, sodass der Pfeil auf dem Bildschirm in einem bestimmten Kästchen landete.

»Dreihundertvierundzwanzig«, las ich.

»Ein Verlust in Höhe von dreihundertvierundzwanzig Millionen Dollar. Als die Fusion durchging, dachte Harry, es gebe kein großes Problem. Es schien, als bräuchte Marcus ein wenig Hilfe, doch es würde okay sein. Wollen Sie wissen, wie viel sie schon verloren hatten? Ganze einundzwanzig Milliarden.«

Ich sah ihn mit gerunzelter Stirn an und blickte dann wieder auf den Bildschirm, um mir noch einmal die Zahlen anzusehen. »Das sehe ich hier aber nicht.«

Gabriel lächelte. »Felix hat gewusst, dass ich es durchschauen würde. Marcus hat den Händlern gesagt, sie sollten das Modell abwandeln, um die Korrelationen umzumodeln. Das hat die Zahlen genug verändert, um die Fusion durchzubringen. Er hat das Ganze einfach versteckt.«

»Korrelationen?«, fragte ich verständnislos. »Was ist das?«

»Sie sind Arzt. Sagt Ihnen das Gebrochene-Herz-Syndrom etwas?«

Gabriels Frage kam so unerwartet, dass ich ein paar Sekunden brauchte, um zu antworten. Ich hatte nicht erwartet, mitten in dieser Sintflut mathematischer Finanzdetails Experte für irgendetwas sein zu können, doch endlich sprach er von etwas, das mir vertraut war. Ich hatte an der Uni etwas über dieses Syndrom gehört, und ein verwitweter Patient von Rebecca war daran gestorben.

»Ja«, sagte ich. »Stress-Kardiomyopathie. Herzversagen, ausgelöst durch hohe Konzentrationen von Stresshormonen, die nach einem emotionalen Trauma freigesetzt werden. Es kann

Menschen zustoßen, deren Ehegatten gestorben sind. Was hat das damit zu tun?«

»Das ist eine Korrelation. Der erste Tod macht den zweiten wahrscheinlicher. Es schlägt sich auf die Prämien von Lebensversicherungen nieder. Bei Hypotheken ist es dasselbe. Wenn einige Kreditnehmer aufhören zu zahlen, kommt es zu Verlusten, aber man muss wissen, wie hoch die Chancen stehen, dass auf den Zahlungsverzug andere folgen. Wenn die Korrelation niedrig ist, sind es auch die Verluste. Wenn sie hoch ist, sind die Verluste es ebenfalls.«

»Dann war die Korrelation bei den Elementen also hoch?«

»Unglaublich hoch. Höher als alles, was ich je erlebt habe. Es ist, als wären da draußen hundert Menschen in einem Gewitter. Wie groß ist die Chance, dass sie alle vom Blitz getroffen werden?«

»Vermutlich relativ gering.«

»Es sei denn, sie stehen alle zusammen, sie sind eng verbunden. Wenn dann einer getroffen wird, werden alle getroffen. Eine riesige Zahl von Hypothekennehmern hörte auf einmal auf zu zahlen. Die AAA-Titel würden vernichtet werden. Drei Monate vor dem Deal fand Greene das heraus. Er konnte es nicht eingestehen, denn dann wäre seine Bank ruiniert gewesen. Er brachte die Abteilung dazu, die Korrelationen so zu senken, dass die Verluste laut dem Modell die AAA-Titel nicht betrafen. Er wusste, dass er es nicht lange verbergen konnte, aber das war ja auch nicht nötig. Nur lange genug, um Harry an der Nase herumzuführen.«

»Woher wissen Sie, dass er es war? Könnten die Händler das nicht eigenständig gemacht haben?«

»Es gab ein Dokument, von dem Greene nicht wollte, dass jemand es fand, doch Lauren ist im virtuellen Datenraum darauf gestoßen: Es war hier drin vergraben. Ich habe es erst um drei Uhr in der Nacht entdeckt.«

Er klickte mit der Maus, und auf dem Regal neben mir erwachte ein Drucker zum Leben und spuckte ein Blatt Papier aus. Es war eine E-Mail-Nachricht an Greene mit einer kurzen Einleitung – »Hier sind die Kennzahlen, über die wir gesprochen haben« – und einer Liste der Elemente.

»Als Greene es herausfand, bat er Rosenthal, die Zahlen durch die Modelle laufen zu lassen, um die richtigen Vermutungen, sämtliche Kursschwankungen und die Korrelationen zu erhalten. Sie sagten sehr genau vorher, was passieren würde. Diese Typen sind clever, ich muss schon sagen.«

Ich studierte das Papier. Am Ende der E-Mail war eine juristische Standardformulierung, die besagte, die E-Mail sei von einem Mitarbeiter von Rosenthal geschickt worden und absolut vertraulich. Im Kopfteil fand sich eine Liste von fünf Empfängern, angeführt von Marcus Greene. Die letzten drei Namen waren alle von Rosenthal, und der unterste war Tom Henderson.

Die ruhige Verachtung, mit der Henderson meinen kläglichen Bemühungen, ihn festzunageln, begegnet war, kam mir wieder in den Sinn: *Sie haben keinerlei Beweise, nur die Phantasien eines Psychiatriepatienten.* Doch er hatte mir lange genug zugehört, um sich zu vergewissern, ob ich wirklich keine Beweise hatte. Das war keine Nachsicht gewesen mit einem durchgeknallten Psychiater, der lächerliche Drohungen ausstieß.

Jetzt habe ich die Beweise, dachte ich.

»Man gibt diese Zahlen in das Modell ein, und raten Sie mal, was rauskommt?«, sagte Gabriel.

»Muss ich gar nicht«, sagte ich, denn ich wusste ja, was Lauren gefunden hatte. »Minus einundzwanzig Milliarden. Marcus wusste es schon.«

25

Wir versammelten uns am Green-Wood-Friedhof, einer prächtigen Anlage auf einem Hügel in einem ruppigen Viertel von Brooklyn mit Blick über die Docks, den Hafen und die Freiheitsstatue, die kupfergrün in der Ferne schimmerte. Es war ein nasser Frühlingstag, doch als ich hinkam, teilten sich die Wolken, und die Sonne schien auf die blühenden Sträucher und die Mausoleen an den Hängen. *Felix hätte sich nicht mehr wünschen können*, dachte ich. Vielleicht hatte er den Ort gewählt. Es hätte mich nicht überrascht.

Ich ging den Hügel hinauf und betrat den Friedhof durch ein Steintor mit einem Flachrelief, auf dem Jesus nach der Kreuzigung zur letzten Ruhe gebettet wird. Im Gegensatz zu Christus – oder auch Harry – würde Felix nicht wieder auferstehen. Er war vor Southampton ertrunken und an dem langen, breiten Strand zwischen den Muscheln an Land getrieben worden. Er hatte seiner Frau und seinen Kindern einen Abschiedsbrief hinterlassen, der, wie man mir berichtet hatte, kurz war, reumütig und wohltuend vage.

Zu meiner Linken war ein Feld mit niedrigen Grabsteinen, über denen zahlreiche Sternenbanner in der Brise flatterten. Zwei Kanadagänse watschelten trotzig vorbei, und als ich mich bückte, um zwei Steine genauer zu betrachten, stellte sich heraus, dass es die Gräber von Bürgerkriegsveteranen waren.

Im Tod hatte Felix die Finsternis überwunden, und er wurde von Spitzentechnologie und unter hohen Sicherheitsvorkehrungen ins Jenseits begleitet. Ich kam an rund einem Dutzend riesiger Übertragungswagen mit Satellitenschüsseln vorbei,

bei denen stämmige Techniker über gigantische Kabelbündel wachten.

Zwei Reporter standen bei ihnen, Pappbecher mit Kaffee in den Händen. Einer war mein Freund Bruce Bradley, der mich auf Fox News bezüglich Harry in die Irre geführt hatte. Er trug entweder denselben oder einen ähnlichen Blazer und lachte übertrieben herzlich über den Witz seines Produzenten. Ein Stück weiter den Hügel hoch, in der Nähe des Tors, parkten fünf oder sechs Lincoln Navigators und Chevy Suburbans, bei denen eine weitere Gruppe stämmiger Männer stand, diese jedoch nicht in Freizeitkleidung, sondern in Anzügen. In ihren Ohren steckten durchsichtige Drähte für den Geheimdienstfunk. Das konnte nur bedeuten, dass jemand Wichtiges zu Felix' Beisetzung aufgetaucht war. Schließlich standen da noch drei Wagen des Suffolk County Sheriffs, in denen uniformierte Beamte saßen, die sich bemühten, sich von den Kollegen von der Bundespolizei nicht zu sehr beeindrucken zu lassen.

Alles in allem war es eine ruhige Veranstaltung. Felix hätte es gefallen, vielleicht hätte er es auch unterhaltsam gefunden. Ich war immer noch aufgewühlt, aber trotz allem, was er getan hatte, vermisste ich ihn. Obwohl er Harry verraten hatte, hatte ich von allen Beteiligten zu ihm doch immerhin eine gewisse Seelenverwandtschaft empfunden, zumindest bis zu unserem letzten Treffen. Anna zählte nicht – sie fiel in eine andere Kategorie.

Unter einem Baum hinter dem Tor, das die Grenze zwischen den Gaffern und den Trauernden markierte, parkte ein Wagen, der mir bekannt vorkam – Noras steingrauer Range Rover. Es war seltsam, ihn zu sehen, und ich spähte im Vorbeigehen durchs Fenster, um zu schauen, ob sie oder Anna drinsaßen. Er war leer, doch als ich den Blick hob, sah ich Nora. Sie stand in rund dreißig Meter Entfernung neben einem mit rosafarbenen Blüten übersäten Strauch, ganz in Schwarz gekleidet, einen kleinen Hut im Haar festgesteckt. Ich sah zu, wie sie sich von der Szene abwandte, um weiter in den Friedhof hineinzugehen.

Mir war klar, dass mir hier einige heikle Begegnungen bevorstanden, aber es war mir unmöglich gewesen fernzubleiben. Ich hatte nicht viel für Felix getan, ich konnte ihn wenigstens zur letzten Ruhe geleiten. Ich folgte Nora über die Kuppe des Hügels und blickte in eine schüsselförmige Arena, an deren Fuß eine Kapelle stand, eine Miniaturversion der Christ Church Cathedral in Oxford, aus demselben Kalkstein erbaut und mit reich verzierten Bögen versehen, die hinauf zur Kuppel führten. Von der Kapelle hatte man den Blick auf Reihen von Mausoleen und Grabstellen an Wegen.

Im Näherkommen wurde ich weiter unten Zeuge einer interessanten Begegnung. Zwei Fahrzeuge parkten vor den Stufen zur Kapelle: eine schwere schwarze Limousine, aus der Tom Henderson gestiegen war und zwei Männern die Hand schüttelte, die ich nicht kannte. Das andere war ein Fahrzeug des Suffolk County Sheriffs, in dem Harry saß. Als Harry in dunklem Anzug und Handschellen ausstieg, sahen sie einander an, doch aus hundert Meter Entfernung konnte ich ihre Gesichter nicht erkennen. Ein Mann vom Geheimdienst trat vor Henderson, wie um ihn vor einem Angreifer zu schützen, und Henderson sprang die Stufen hinauf, während Harry zurückgehalten wurde. Dann erlaubte man Harry weiterzugehen, und er trat langsam durch die Holztüren der Kapelle.

Als ich eintrat, saßen die meisten Leute schon auf ihrem Platz in den sieben Bankreihen vor dem Altar, unter einem Messingring mit grell leuchtenden Glühbirnen. Das war mir nur recht, denn so konnte ich mich im Hintergrund niederlassen und die Trauergemeinde überblicken. Nora saß in derselben Reihe wie Harry, aber ein paar Plätze weiter, als erforderte das Protokoll es so, Henderson saß auf der anderen Seite. Gabriel saß in derselben Bank und nickte mir zu. Es war kein Orgelspiel zu hören, und so saßen wir in der Stille da, bis die Türen aufgingen und ein Geistlicher in weißer Robe eine Prozession in die Kapelle führte: zuerst der Sarg, dahinter Felix' Frau mit aschfahlem Gesicht, von schwarzem Haar umrahmt, und die beiden Kinder. Der kleine Junge hatte Felix' maulwurfähnliche Nase.

Als der Priester das Wort ergriff, ging mir auf, dass er aus dem *Book of Common Prayer* las, als wären wir in einer anglikanischen Kirche gelandet. *Na klar, das ist die Episkopalkirche*, dachte ich – sozusagen meine »Marke«. Es war das erste Mal, dass ich die Religion live erlebte und nicht nur Patienten in ihrem Namen behandelte.

»Ich bin die Auferstehung und das Leben, sagt der Herr«, intonierte er. »Wer an mich glaubt, wird leben, auch wenn er stirbt.«

Ich betrachtete ein Buntglasfenster, durch das die Sonne hereinschien, und versuchte, das Weinen von Felix' Frau auszublenden. Das war nicht leicht, denn sie stieß tiefe, gequälte Schluchzer aus, die klangen, als läge sie selbst im Sterben und ihr Körper bemühte sich verzweifelt, die Lunge mit Sauerstoff zu füllen. Am liebsten hätte ich mir die Ohren zugehalten, um die schmerzlichen Laute nicht hören zu müssen, doch das ging hier nicht. Der erste Psalm war eine Erleichterung – für sie das Stichwort, sich die Nase zu putzen, und für uns Übrigen, zu husten und mit den Füßen zu scharren, bevor die Lesung begann. Es war Psalm 130, und ich hörte gedankenlos zu.

Ich harre des Herrn;
meine Seele harret, und ich hoffe auf sein Wort.
Meine Seele wartet auf den Herrn
von einer Morgenwache bis zur anderen.

Nach dem Gottesdienst traten wir hinaus in die Sonne, und ich zog mich an den Rand zurück, um niemanden zu stören. Der

Sarg wurde wieder in den Leichenwagen geschoben, und der Priester führte die Trauergemeinde einen Pfad hinauf zu einem Rasenstück mit Blick über Lagerhäuser und Docks. Am Grab erhaschte ich einen Blick auf das kleine Mädchen, auf dessen Spielsachen ich wohl in Felix' Wohnung einen Blick geworfen hatte. Sie hielt die Hand ihrer Mutter, während der Geistliche den Leichnam der Erde übergab.

Vor seinen letzten Worten zögerte der Priester einen Sekundenbruchteil: »Und ob ich schon wanderte im finstern Tal, fürchte ich kein Unglück. Denn du bist bei mir, dein Stecken und Stab trösten mich.« Die Witwe fing wieder an zu weinen, und ihr Schluchzen mischte sich unter das Poltern, mit dem die Erde auf den Sarg fiel.

Nachdem ich Felix gegenüber meine Pflicht getan hatte, war ich ungefähr fünfzig Meter den Weg zum Ausgang gekommen, als ich hinter mir Schritte hörte und zwei Mitarbeiter des Geheimdienstes sich zu mir gesellten. Vor Schreck fuhr ich zusammen.

»Dr. Cowper?« Der Beamte, der mich ansprach, hatte einen rasierten Schädel und trug eine Pilotensonnenbrille, die es unmöglich machte, einen menschlichen Ausdruck in seinen Augen zu erkennen. »Minister Henderson würde gern mit Ihnen reden.«

Die beiden führten mich zurück in Richtung von Felix' Grab, wo noch eine Gruppe von Trauernden versammelt war, darunter Harry, der mit dem Priester sprach und das Beste aus seinem Ausflug vom Gefängnis zu machen schien. Doch auf halbem Weg bogen sie zu einem Gebäude aus Beton und Glas ab, das von Wasser umgeben war. Der mit der Pilotenbrille führte mich über eine Brücke, während sein Kumpel zurückblieb.

Zuerst wusste ich nicht, was für ein Gebäude es war. Es war wie eine Bibliothek mit Reihen von deckenhohen Regalen, die einen Flur säumten, und Stühlen an den freien Stellen. Doch statt Regalböden waren hier ganze Reihen kastenförmiger Nischen mit Glastüren. Endlich begriff ich, dass es eine Urnenhalle war. In jedem Fach stand eine Urne mit der Asche eines Toten. Einige waren aus Messing, andere aus Jade. Die meisten Namen waren chinesisch oder asiatisch, und an einigen lehnten kleine Porträtfotos, daneben Plastikblumen.

Henderson stand an einer gepolsterten Bank neben einer dieser Urnenwände. Gegenüber war eine Glaswand, die den Blick auf den Rasen freigab, wo Felix gerade bestattet worden war. Ich sah, dass die Trauernden noch am Grab verweilten, doch ich wusste, dass sie uns nicht sehen konnten.

»Hallo, noch einmal, Dr. Cowper. Sehen Sie sich die ganzen Namen hier an.« Henderson strich mit einem Finger über die Glastüren. »Pui Wah Choi. An Ying Qu. Chinesisches Festland oder Taiwan?, frage ich mich. Ein faszinierender Ort, Green-Wood. Meine Frau hat mich einmal zu einer geführten Bustour überredet. Die vielen Mausoleen der Wohlhabenden des neunzehnten Jahrhunderts. Jetzt sind es die Chinesen aus Sunset Park in Urnen.«

»Sehr eindrucksvoll«, bemerkte ich, unsicher, wohin das Ganze führen sollte.

»Und jetzt auch ein Engländer. Obwohl Felix amerikanischer Staatsbürger geworden war, glaube ich.« Er setzte sich auf die Bank und schlug die Beine übereinander. Ein Hosenbein rutschte hoch, und mein Blick fiel auf einen Kniestrumpf – ganz der Gentleman. »Vor zwei Jahren habe ich ein Empfehlungsschreiben für ihn verfasst, als der Name Rosenthal noch half. Heute würde das Ministerium für Innere Sicherheit Sie wahrscheinlich ausweisen.«

Er fiel in Schweigen, offensichtlich hatte er es nicht eilig, zum Punkt zu kommen. Ihm war etwas verloren gegangen – die bedrohliche Autorität, deren Zeuge ich in Washington geworden war. Er wirkte ernüchtert und unglücklich.

»Eine Tragödie«, soufflierte ich.

»Eine schreckliche Tragödie. Ich mochte Felix. Wir waren zusammen in London, wissen Sie, vor langer Zeit. Warum … warum hat er das getan?«

Ich sah ihn an und versuchte zu ergründen, ob in seinen Worten ein Vorwurf lag, doch es schien eine harmlose Frage zu sein.

»Vielleicht hatte er Gewissensbisse, weil er Harry hintergangen hat«, erwiderte ich.

Ich sagte nicht, was ich meinte, doch Henderson nickte, als müssten wir uns nichts vormachen.

»Er hat es Ihnen erzählt, nicht wahr? Er muss sehr unglücklich gewesen sein. Ich möchte, dass Sie eines glauben. Was auch immer getan wurde …« Er verzog das Gesicht, als wäre ihm die Gewohnheit, die Verantwortung anderen in die Schuhe zu schieben, so in Fleisch und Blut übergegangen, dass er sich zwingen musste, es nicht zu tun. »Was auch immer *ich* getan habe, sollte zum Besten sein.«

Wer hat dir das Recht gegeben, über Harrys Schicksal zu bestimmen?, dachte ich. Sie ärgerte mich, seine halbherzige Reue. Er hatte mit Menschen gespielt, und er hatte geglaubt, er habe das Recht dazu, weil seine Bank die Wall Street regierte.

»Sie haben mir erzählt, wie großartig Rosenthal war – was für ein phantastisches Unternehmen –, aber Sie haben Seligman nicht gerettet, Sie haben Seligman benutzt«, sagte ich. »Greene ist tot, und jetzt ist auch Felix tot. Harry landet womöglich für den Rest seines Lebens im Gefängnis. Dafür gibt es keine Rechtfertigung.«

Er runzelte die Stirn, und die Falten zeichneten sich tief und schwer ab – das Gesicht eines alten Mannes. »Nicht bei zwei Toten, nein. Ich habe mit dem Präsidenten gesprochen und ihm gesagt, dass es Zeit für mich ist zurückzutreten. Ich hoffe, das genügt Ihnen.«

Es war eine Bitte um Nachsicht. Er wusste, was Felix aufgedeckt hatte, und wollte nicht, dass ich es öffentlich machte. Ich hatte noch nicht entschieden, was ich mit den Dokumenten tun wollte, die Felix mir vermacht hatte, aber ich war nicht bereit, ihn ungeschoren davonkommen zu lassen.

»Wohl eher nicht«, sagte ich.

»Denken Sie darüber nach. Ich muss jetzt gehen«, sagte er und streckte mir die Hand hin. »Machen Sie es gut, Dr. Cowper.«

Er ging durch einen anderen Ausgang raus zu Felix' Grab, und ich machte mich wieder auf den Weg zum Friedhofseingang. An einem Steinkreuz in Erinnerung an eine Schottin, die im neunzehnten Jahrhundert gestorben war, blieb ich kurz stehen. Als ich über die Hügelkuppe kam, sah ich, dass Nora mit Harry an ihrem Wagen stand. Die Vollzugsbeamten hatten ihm erlaubt, sich ihr zu nähern, und er beugte sich kurz vor, um sie zu küssen. Dann wurde er fortgeführt, und sie stand ein paar Sekunden allein da und betupfte sich die Augen, bevor sie in ihren Wagen stieg und davonfuhr.

In dem Augenblick ging an einer Limousine, die in der Nähe des Tors parkte, eine Tür auf, und eine Frau stieg aus. Sie war Mitte fünfzig, groß und imposant, mit hagerem, schmalem Gesicht und Stupsnase, und sie hatte einen Strauß lilafarbener und weißer Blumen in der Hand, in farblich passendes Papier eingewickelt und mit Bindfaden zusammengebunden. Es sah nach einem lässig teuren Arrangement aus, wie man sie in Manhattan fand. Sie hatte ihren Auftritt so geplant, dass die Shapiros nicht mehr da waren, und schritt jetzt den Weg hinauf. Nachdem sie an mir vorbeigegangen war, wandte ich mich um, um ihr zu folgen, denn ich hatte sie erkannt. Es war die Frau, die Anna in dem Video von der Anhörung vor dem Senat die Hand auf den Arm gelegt hatte.

Im Gleichschritt, ich zwanzig Schritte hinter ihr, gingen wir zu Felix' Grab. Der Weg war hart unter den Füßen, und ihre Absätze knirschten bei jedem Schritt. Der Friedhof hatte sich geleert, und eine Gruppe von Arbeitern machte sich daran, einen Bagger anzuwerfen, um Felix' Grab zuzuschaufeln. Es war mir zu ungeschützt, um ihr den ganzen Weg dorthin zu folgen, also setzte ich mich auf eine nahe Bank und beobachtete sie aus einiger Entfernung. Sie trat ans Grab, hockte sich kurz hin, um sich die Blumen anzusehen, und legte ihren Strauß dazu. Als sie sich wieder aufrichtete, betrachtete ich ihr Gesicht. Es war leer und regungslos, als wäre es ein Akt der Pflicht, oder sie wäre eine Abgesandte. Dann kam sie den Pfad wieder herunter. Ich verbarg mein Gesicht vor ihr, indem ich mich, als sie näher kam, mit meinem Handy beschäftigte, und ließ sie vorbeigehen, bis sie außer Sichtweite war.

Ich blieb noch eine Weile sitzen, um sicherzugehen, dass sonst niemand mehr kam. Die Arbeiter standen beim Grab und unterhielten sich, zwei rauchten. In der Ferne hörte ich, wie Motoren angeworfen wurden, und das Knistern von Sprechfunkgeräten – entweder die Geheimdienstleute, die sich abfahrbereit machten, oder die Fernsehteams, die die Nachricht verbreiteten. Dann ging ich quer über den Rasen. Mein Herz pochte, und mein Mund war trocken, obwohl mich niemand beobachtete. Am Grab, wo das Gras von den vielen Füßen zertreten war, bückte ich mich, um mir die Blumen anzusehen, die sie abgelegt hatte. An den Strauß war ein malvenfarbener Umschlag getackert, und ich holte die Karte heraus.

»Für Felix«, stand da. »Zum Andenken. Margaret Greene.«

Die Temperatur war in den vergangenen Tagen gestiegen, die Hitze Washingtons zog nach Norden und brachte erste Vorboten auf den nahenden feuchten Sommer. Die Nächte wurden wärmer, und an diesem Abend trat ich an ein Fenster zur Feuertreppe, die an der Seite des Wohnhauses hinunterführte.

Ich hockte mich auf das Fensterbrett, schwang die Beine darüber und setzte die Füße auf den Treppenabsatz. Vom Union Square drang Sirenengeheul herauf und die Geräusche des regen nächtlichen Lebens der Stadt.

Ich hatte mir ein Glas Bourbon eingeschenkt, und als ich Eis hinzugefügt hatte, hatte ich an den letzten Abend mit Felix gedacht. *Treue Diener*, hatte sein Toast gelautet, doch jetzt fragte ich mich, ob er überhaupt jemandem treu gewesen war. Ich hatte ihm vertraut, genau wie alle anderen auch: Harry, Nora, Henderson und die Greenes. Angesichts von Margaret Greenes Karte hatte ich mich gefragt, ob er mir die Wahrheit gesagt hatte, selbst am Ende. Felix hatte Harry hintergangen, weil er an Henderson geglaubt hatte – oder an die Bank, die er personifizierte –, aber er hatte versucht, es wiedergutzumachen. Das hatte er mir gegenüber jedenfalls behauptet.

Sie waren alle gekommen, um sein Ableben zu würdigen. Margaret Greene hatte immerhin so viel an ihm gelegen, dass sie sich hierher hatte fahren lassen, um Blumen auf sein Grab zu legen. Alle waren bereit, ihm zu vergeben, also warum hatte er sich umgebracht? Seine Sünde kam mir nicht so schwer vor, dass sie eine solche Verzweiflungstat rechtfertigte. Die Einzige, die nicht gekommen war, war Anna. Sie hatte es Nora überlassen, selbst im Auto hierherzufahren. Auf der Fahrt mit der U-Bahn zurück nach Manhattan – Felix war so rücksichtsvoll gewesen, sich in der Nähe der Linie N beisetzen zu lassen – fiel mir die Zeile aus dem Psalm wieder ein: *»Meine Seele wartet auf den Herrn von einer Morgenwache bis zur anderen.«* Anna hatte ich das letzte Mal gesehen, als sie am Strand von mir fortgegangen war. Jetzt begriff ich endlich, was sie mir verheimlicht hatte.

Bislang hatte ich mir nicht die Mühe gemacht, etwas über die Greenes herauszufinden. Bei den ganzen Geschichten, die ich über sie gehört hatte, waren sie mir wie unpersönliche, feindliche Kräfte erschienen, nicht wie Menschen. Doch das hatte ich nachgeholt, als ich nach Hause zurückgekommen war und alles gelesen hatte, was die Zeitungen in der Zeit seines Todes geschrieben hatten und was ich bis dahin ignoriert hatte. Greene war kein netter Mann gewesen – die meisten, mit denen ich gesprochen hatte, hatten kaum etwas Gutes über ihn zu sagen gewusst. Bei ihm verstießen alle leicht gegen das Motto, dass man nicht schlecht über die Toten sprechen sollte. Doch abseits der Wall Street war auch er ein Mensch gewesen. Er war verheiratet und hatte eine Familie. Sie hatten zusammen Kinder großgezogen.

Mit dem Handy in der Hand kletterte ich ganz auf den Absatz der Feuerleiter und wählte Annas Nummer, dann hielt ich das Handy ans Ohr und lauschte dem Wählton. Es klingelte sechsmal, dann war die Voicemail dran. Ihre Stimme bat mich, eine Nachricht zu hinterlassen, und ich schwankte, wie es mir schien, mehrere Sekunden, obwohl es in Wirklichkeit nur ein Sekundenbruchteil war, bevor ich auflegte. Ich konnte sie nicht per Voicemail konfrontieren, das musste ich schon persönlich tun.

26

Es war ein klarer Tag, an dem sich der Himmel blau über mir wölbte, als ich mit der Nachmittagssonne im Rücken aus der Stadt fuhr. Die Temperatur lag bei über zwanzig Grad, und als ich am Tag das klimatisierte Krankenhaus betreten hatte, war es mir vorgekommen, als würde ich einen Kühlschrank betreten. Der Unabhängigkeitstag rückte näher, doch sobald ich aus der Stadt raus war, herrschte auf dem Long Island Expressway kaum Verkehr. Zwischen den wenigen Autos fiel mir das hinter mir bald auf.

Es war ein dunkler Mercedes Crossover, doch im Rückspiegel konnte ich nicht erkennen, wer am Steuer saß. Er fuhr im Abstand von knapp zweihundert Metern hinter mir her und blieb mir auf den Fersen, wenn ich LKWs überholte. Ich beschleunigte ein paarmal und fuhr wieder langsamer, um zu sehen, ob ich ihn hinter mir lassen oder zum Überholen provozieren konnte, doch er blieb stoisch hinter mir. Als nichts geschah und er keine Anstalten machte, näher zu kommen, fragte ich mich nach einer Weile, ob ich paranoid war. Pagonis konnte es nicht sein – nicht in einem Mercedes –, und wer interessierte sich sonst für mich? Doch Laurens Drohung wollte mir nicht aus dem Kopf gehen.

Nach einer Weile kam ich zu dem Schluss, dass ich herausfinden musste, ob ich mir das Ganze bloß einbildete. Ich hatte noch reichlich Benzin im Tank, doch an der nächsten Tankstelle wechselte ich auf die Ausfahrt. Ein Blick in den Spiegel überzeugte mich davon, dass der Mercedes mir weiterhin im selben Abstand folgte. Als ich an der Zapfsäule hielt und ausstieg, parkte er rund fünfzig Meter von mir entfernt. Drinnen rührte sich nichts, und die Sonne funkelte auf der Windschutzscheibe, sodass ich den Fahrer nicht erkennen konnte. Ich betrat in die Tankstelle, um zu bezahlen und zur Toilette zu gehen, und hoffte vage, wenn ich herauskäme, wäre er fort. Doch er war noch da, und ich sah, wie er ebenfalls losfuhr, als ich weiterfuhr, kurz hinter einem anderen Wagen festhing, als wir wieder auf die Schnellstraße bogen, dann aber wieder in derselben Entfernung wie vorher auftauchte.

Da wusste ich, wer hinter dem Steuer saß – und dass er nicht aufgeben würde. Er würde mir bis vor das Haus der Shapiros in East Hampton folgen. Wenn ich ihn nicht konfrontierte, würde er mir bis zu Anna auf den Fersen bleiben, und dann müsste ich mich mit beiden gleichzeitig befassen. Seit ich ihm zum ersten Mal begegnet war, wusste ich, dass er nicht rational handelte, dass er alle Selbstkontrolle verloren hatte. Für andere war er keine Gefahr, nur für mich. Die Kilometer flogen vorbei, begleitet vom steten Rums-Rums des Straßenbelags, und nichts veränderte sich, außer der Luft, die süßer wurde. Bei offenem Fenster roch ich das Heidekraut am Straßenrand und einen Hauch von Meeresbrise. Wir fuhren langsamer, verließen zusammen die Schnellstraße und bogen für das letzte Stück des Weges auf die zweispurige Straße zu unserem Ziel.

Wir passierten Bridgehampton, ohne dass die unsichtbare Verbindung zwischen uns abriss, obwohl er jetzt weiter zurückblieb – hier draußen zwischen den Kartoffelfeldern und Wäldern konnte er mir nicht so dicht folgen wie vorher. Ich hatte keine Ahnung, wie ich ihn abschütteln sollte, doch ich wollte ihn nicht zu ihr führen. Meine Gelegenheit kam, bevor ich Zeit hatte, irgendetwas zu planen oder überhaupt darüber nachzudenken. Die Straße machte eine S-Kurve, zuerst rechts und dann links, und als ich um die zweite Kurve bog, hatte ich eine Straßenbaustelle vor mir, ein Mann winkte eine Reihe von Autos durch eine einspurige Lücke. Er bedeutete mir anzuhalten, doch ich gab Gas und schoss noch hindurch.

Im Rückspiegel sah ich, dass der Mercedes zum Halten gezwungen wurde. Der Fahrer hatte keine Wahl, denn der Mann hatte sich ihm in den Weg gestellt. Genervt blendete er die Scheinwerfer auf, doch der Straßenarbeiter blieb stur. Ich hatte eine Minute, bevor er wieder hinter mir wäre, und ich beschleunigte um eine weitere Kurve durch den Wald. Ich brauchte ein Versteck, doch ich sah nichts, was funktionieren würde, bis ich an einem alten Sherman-Panzer vorbeikam, der am Straßenrand stand, die Kanone nutzlos aufs Meer gerichtet. Es war ein Kriegsdenkmal, und direkt dahinter zweigte ein Weg in den Wald ab.

Mit einem Blick in den Rückspiegel versicherte ich mich, dass er nicht schon hinter mir war, bog nach links ab und flog um eine Kurve, die mich vor der Hauptstraße verbarg. Mir blieb nichts anderes übrig, als weiterzufahren, und ich holperte, so schnell ich konnte, durch den dichten Wald, dessen glatte braune Baumstämme auf dem hügeligen Gelände gen Himmel ragten. Hier war nichts, nur ein paar Häuser auf verstreuten Waldparzellen, und ich überlegte, ob die Straße überhaupt irgendwohin führte. Nach fünf Minuten lichtete sich der Wald zu meiner Linken, und eine Rollbahn tauchte auf, auf der neben einem mit Schindeln verkleideten Gebäude drei kleine Jets parkten.

Zwischen mir und dem Gebäude war ein Parkplatz. Darauf stand in der Nähe des Eingangs nur ein einzelnes Fahrzeug, eine Lexus-Geländelimousine. Ich schaute nach vorn, wo die Straße immer schmaler wurde und in einen Feldweg überging, der durch die Felder führte. Ich hatte keine Zeit nachzudenken und drehte instinktiv das Lenkrad und fuhr Richtung Parkplatz. Mein Plan, wenn man von einem solchen reden konnte, war, jemanden zu finden, vorzugsweise eine Gruppe von Menschen, unter die ich mich mischen konnte, um mich vor meinem Verfolger zu schützen, doch der Lexus war leer. Als ich aus dem Wagen stieg, erinnerte ich mich, dass Anna hier neben dem Range Rover der Shapiros gestanden hatte. Es war der kleine Flughafen, auf dem Harrys Gulfstream mich abgesetzt hatte, bevor sie ohne mich weitergeflogen war. Das kam mir vor, als wäre es Ewigkeiten her.

Im Laufschritt lief ich in das Gebäude, doch die Vorhalle war leer, nur eine Flotte Modellflugzeuge hing dekorativ von den Dachbalken. »Hallo?«, rief ich und lief zu der Seite des Gebäudes, die nahe der Rollbahn lag. Es kam keine Antwort, und in den Büros, die vom Flur abgingen, war niemand zu sehen. Ich trat hinaus auf die Rollbahn und sah mich um. Die Flugzeuge, die ich von der Straße aus gesehen hatte, waren geparkt, bis ihre Besitzer irgendwann einmal wiederkamen. Auf der Rollbahn weit und breit keine Spur von Leben.

In dem Moment bemerkte ich am Himmel über den Feldern und Wäldern in der Ferne einen Punkt, und als er größer wurde, sah ich, dass es ein Hubschrauber war, der näher kam. Ich blieb stehen und sah zu, wie er ungefähr dreißig Meter von mir herunterkam und landete. Es war eine dunkelgrüne Sikorsky – ein massives Biest – mit zwei Piloten in Uniform. Sie warteten, bis die Rotorblätter sich verlangsamten, und dann setzte einer den Kopfhörer ab, stieg aus und ging auf die Seite des Hubschraubers und blieb dort stehen, während eine Tür aufging und eine Treppe ausgefahren wurde. Eine seltsame Gruppe kam heraus: ein großer Mann im Anzug, als käme er direkt aus dem Büro, und zwei Kinder, ein Junge und ein Mädchen, etwa sieben oder acht Jahre alt. Sie trugen karierte Schuluniformen, und der Junge hatte einen Tennisschläger über der Schulter. Der Mann winkte dem Piloten kurz, und dann kam das Trio über die Rollbahn auf mich zu.

Nachdem er seine zeremonielle Pflicht erfüllt hatte, ging der Pilot um den Hubschrauber herum, stieg ins Cockpit und warf den Motor wieder an. Als die drei bei mir waren, war der Hubschrauber schon wieder aufgestiegen.

»Entschuldigen Sie bitte«, sprach ich den Mann an. »Könnte ich Sie kurz sprechen?«

»Was gibt's?«, fragte er und verlangsamte seine Schritte, ohne stehen zu bleiben, während die Kinder schon voraus ins Gebäude liefen.

»Ich brauche Hilfe.«

Ich sah, wie seine Augen glasig wurden, als er mich beim Gehen ansah, so als wäre ich ein Versager, mit dem er nichts zu schaffen haben wollte.

»Tut mir leid, Kumpel. Ein andermal.«

Bevor ich noch etwas sagen konnte, war er schon an mir vorbeigegangen und verschwand im Gebäude. Ich trottete hilflos hinter ihm her, wie in seinem Kielwasser, und sah zu, wie er die Heckklappe des Lexus öffnete, um den Tennisschläger des Jungen zu verstauen, bevor er davonfuhr. Benommen und gedemütigt stand ich da. Er hatte mich gerade behandelt, als wäre ich ein Bettler auf der Straße und hätte ihn mit einer rührseligen Geschichte belästigt. Wenn man reich genug ist, um per Hubschrauber in die Hamptons zu pendeln, sieht vermutlich jeder Passant aus wie ein Schnorrer.

Doch gedemütigt worden zu sein war nicht mein größtes Problem. Als ich ihm hinterherschaute, sah ich ein anderes Fahrzeug zwischen den Bäumen auftauchen und auf dem Hang über mir halten – den Mercedes. Der Fahrer bremste, und ich stellte mir vor, dass er – genau wie ich eben – die Szene überschaute und sein Blick auf meinen Wagen fiel, der jetzt als Einziger auf dem Parkplatz stand. Ich war noch im Gebäude, also hatte er mich wahrscheinlich noch nicht gesehen, doch das würde sich bald ändern.

Ich ging meine Optionen durch, und das waren nicht viele. Er parkte oben am Hang, schnitt mir also den Weg zurück zum Highway ab, und im Gebäude war niemand, der mir helfen konnte. Mein Auto war ein deutlicher Hinweis darauf, wo ich war. Wenn ich versuchen würde, einzusteigen und wegzufahren, musste ich entweder direkt auf ihn zuhalten oder nach links auf den Feldweg in den Wald biegen. Wenn ich das tat, konnte er mir leicht den Rückweg abschneiden. Ich lief zurück zum Rollfeld und sah mich nach einer Fluchtmöglichkeit um. Raus auf das Hallenvorfeld konnte ich nicht laufen, denn in der flachen Landschaft wäre ich weithin sichtbar, und er könnte mich leicht mit dem Wagen einfangen. Rechts am Rand des Rollfelds entdeckte ich einen Graben, der auf den Wald zuhielt. Dieser Graben war die einzige Deckung, die sich mir bot.

Ich lief mit gesenktem Kopf den Hügel hinauf und hoffte, dass er mich nicht sah. Es war matschig und steinig, und ich stolperte und fiel ein paarmal beinahe hin, aber ich kam voran. Doch als ich über die rechte Schulter blickte, sah ich, dass der Mercedes sich in Bewegung setzte und parallel zu mir den Hügel hochfuhr. Als er die Kuppe erreichte, ging die Tür auf, und ein Mann in den Zwanzigern stolperte heraus und setzte über das Rollfeld hinter mir her. Mein Verfolger war groß und blond, und er gewann schnell an Boden. Er war robust gebaut, breite Schultern und kräftige Hüften, und er starrte mich im Laufen an, als hätte er vor, mich zu zermalmen. Die gute Nachricht war, dass es nicht so aussah, als trüge er eine Waffe bei sich. Die schlechte Nachricht war, dass er auch nicht den Eindruck erweckte, als bräuchte er eine.

Ich konzentrierte mich ganz darauf, weiterzulaufen und möglichst den Wald zu erreichen. Vielleicht konnte ich ihn dort abhängen, denn seine Körpergröße würde ihm im Wald hinderlich sein. Hustend und würgend hastete ich weiter, um in Deckung zu gelangen, doch es war sinnlos. Fünf Meter vor dem Wald erwischte er mich. Er warf sich, genau wie im Central Park, mit seinem ganzen Gewicht auf mich und schlug mich zu Boden. Wir rollten ins Unterholz, und er nahm mich in den Schwitzkasten und zerrte mich grob über den Boden. Der Druck um meinen Hals war brutal, und ich schlug wild um mich, um freizukommen.

Er schleifte mich in den Wald, wo mir niemand zu Hilfe eilen konnte. Ich wollte schreien, doch meinem Mund entfuhr nur ein Gurgeln. Dann waren wir zwischen den Bäumen, und ich blieb mit einem Fuß an einer Wurzel hängen. Er zerrte noch fester an meinen Schultern, und der Schmerz schoss mir in den Knöchel, als mein Fuß sich losriss. Er schleifte mich zehn Meter weiter auf eine mit Laub und Zweigen übersäte Lichtung, wo er mich zu Boden warf. Endlich ließ der Druck um meinen Hals nach. Ich beugte mich vor und hob die Hände an die Kehle, da trat er mich in die Rippen, wie um sein Werk zu Ende zu bringen. Zitternd vor Schmerz sah ich zu meinem Angreifer auf.

Bei unserer letzten Begegnung war es dunkel gewesen, und ich hatte sein Gesicht nicht erkennen können. Jetzt sah ich es. Er hatte blaue Augen, ein schmales Gesicht und die Nase seiner Mutter. Seine blonden Haare waren strähnig und zerzaust, als würden sie nicht regelmäßig geschnitten. *Er und Anna hätten ein schönes Paar abgegeben*, dachte ich, während er vor Anstrengung keuchend über mir stand. Es war mir am Abend vorher klar geworden, als ich etwas über die Familie Greene gelesen hatte. Der Sohn, der bei einem Hedgefonds in New York arbeitete, nachdem er eine Eliteuniversität durchlaufen hatte, hieß Nathan. Der Name war relativ selten, und so fiel mir gleich ein, wann ich ihn das letzte Mal gehört hatte – aus Annas Mund, als sie über ihren Freund gesprochen hatte.

Mein Therapeut meinte, er litte unter einer Borderlinestörung. Er hat sich mich geangelt und dann hat er mich dafür leiden lassen, dass ich ihn liebte, hatte sie gesagt.

Nachdem ich gesehen hatte, wie vertraulich sie und Margaret Greene miteinander umgingen, war mir klar, dass er es war. Er musste es sein. Wer sonst wäre mir nach meinem Treffen mit Anna gefolgt und hätte meine Wohnung auseinandergenommen? Es konnte nur jemand mit Wut im Bauch sein, und davon hatte Nathan Greene reichlich. Er hatte nicht nur mitangesehen, wie seine Exfreundin mich geküsst hatte, er wusste auch, dass ich der Psychiater war, der Harry aus dem Krankenhaus entlassen hatte, bevor der seinen Vater erschoss. Ich erinnerte mich an Rebeccas Kleid, das von der Schulter bis zur Taille aufgeschlitzt gewesen war. Er hatte wohl gedacht, es gehörte Anna.

Mehr Zeit zum Nachdenken hatte ich nicht, bevor Nathan sich wieder auf mich stürzte, meine Schultern mit den Knien in den Boden drückte und mir mit seinem ganzen Körpergewicht den Atem raubte. Er legte mir die Hände um den Hals und drückte zu. Ich konnte mich nicht rühren – sein Gewicht machte es mir unmöglich, mich freizukämpfen – und kriegte kaum noch Luft.

»Mörder!«, schrie er.

Doch in seinem gequälten Gesicht sah ich etwas, was mir Hoffnung gab. Er weinte. Tränen liefen ihm über das Gesicht, einige tropften zu Boden. *Er will mich nicht umbringen*, dachte ich. *Er weiß nicht, was er tut.* Gleich würde ich das Bewusstsein verlieren, viel Zeit hatte ich nicht. Ich kratzte meine letzten Energiereserven zusammen, warf den Kopf ruckartig zur Seite und drückte die Schultern hoch, um mich aus seinem Griff zu befreien.

»Nathan!«, krächzte ich. »Nathan. Hören Sie auf.«

Erneut packte er meinen Hals und drückte zu, doch dann wurden seine Hände schlaff und lösten sich. Er saß immer noch auf mir, doch als ich hochschaute, hatte er die Hände vors Gesicht geschlagen und zitterte am ganzen Körper. Die Feindseligkeit strömte aus ihm heraus wie seine Tränen.

»Es tut mir leid, Nathan«, sagte ich und spuckte ein Ästchen aus. »Ich habe deinen Vater nicht umgebracht. Es tut mir leid.«

Er verpasste mir eine Ohrfeige, doch in seinem Schlag war keine Kraft mehr – der Angriff war vorüber. Dann hob sich sein Gewicht von mir, und er setzte sich wortlos auf den Waldboden, zog die Knie an, schlang die Arme darum und weinte. Ich atmete ein paarmal tief durch und setzte mich auf. Mein Knöchel tat höllisch weh, und mein Hals war rau, doch davon abgesehen ging es mir gut. Wir blieben sicher eine Viertelstunde so im Wald sitzen, ohne zu reden, und warteten ab, bis die Panik sich legte. Dann gingen wir zu seinem Wagen – ich humpelte wegen meines verletzten Knöchels.

Es dauerte ein Weilchen, bis er anfing, darüber zu sprechen, wieso er sich darauf fixiert hatte, dass ich verantwortlich war für alles, was in seinem Leben schiefgelaufen war. Doch dann floss es unkontrolliert über eine Stunde lang aus ihm heraus. Ich saß da und hörte zu, wie ich es in meiner Ausbildung gelernt hatte, warf nur ab und zu etwas ein, um ihn davon zu überzeugen, dass ich unschuldig war – auch wenn ich keineswegs davon überzeugt war, wirklich unschuldig zu sein. Er war nur ein paar Jahre jünger als ich, doch er kam mir vor wie ein Kind. Er tat mir leid. Er war ausgenutzt worden, um die Wahrheit über Greenes Tod zu verschleiern. Obwohl er die Arroganz seines Vaters geerbt hatte, mochte ich ihn fast ein wenig. Er gehörte in Therapie, doch ich würde mich nicht freiwillig melden. Das Beste, was ich für ihn tun konnte, war, seine beiden Überfälle auf mich und die Verwüstung in meiner Wohnung zu vergessen.

Es war ruhig dort – es war niemand in der Nähe. Einmal hörte ich vom Rollfeld einen Motor, und als ich rüberschaute, landete in der Ferne ein kleines Flugzeug. Abgesehen davon waren wir allein. Wenn er mich wirklich hätte umbringen wollen, hatte ich ihn an den perfekten Ort geführt.

Als wir fertig waren, nahm ich ihm das Versprechen ab, in die Stadt zurückzufahren und auf meinen Anruf zu warten. Er hatte sämtlichen Widerstand aufgegeben, und ich verließ mich darauf, dass er tat, was ich sagte. Mein Knöchel schmerzte höllisch, und er fuhr mich zu meinem Wagen, der immer noch allein auf dem Parkplatz stand. Ich lenkte ihn durch den Wald zur Hauptstraße und fuhr weiter zu der Frau, wegen der ich in seine Schusslinie geraten war.

27

An der Abzweigung zu der schmalen Straße hielt ich an und stieg dort aus dem Wagen, wo Bruce Bradley an jenem Tag gestanden hatte. Zu meiner Linken war die Straße zum Meer, wo der Wind jetzt die Gischt von grünen Wellen fegte. Der Strand war wie gewohnt leer. Die Hecken und Blumen entlang der schmalen Straße waren grün, und von einem in Formschnitt gebrachten Strauch im Garten vor einem Haus in der Nähe wehten Blüten über Rasen und Einfahrt.

Auf halbem Weg die schmale Straße entlang parkte vor einem Haus, an dem jemand etwas umbauen ließ, eine Reihe von Baufahrzeugen. Im Großen und Ganzen herrschte Ruhe – unterbrochen nur vom Wind, der in den Telefonleitungen pfiff, und dem fernen Donnern des Meeres. Ich spähte die schmale Straße rauf zum Haus der Shapiros, konnte aber kein Lebenszeichen erkennen. Ich versuchte mir vorzustellen, wie es an jenem Sonntag gewesen war, an dem Polizeifahrzeuge die schmale Straße verstopften und Pagonis und Hodge Harry abholten, um ihn nach Yaphank zu bringen.

Ich dachte daran, was Nathan mir eben erzählt hatte, und versuchte es mit dem in Einklang zu bringen, was ich sonst noch erfahren hatte. Ich hatte so lange geglaubt, dass Harry Greene erschossen hatte – alle hatten es geglaubt. Er hatte es gestanden, nicht nur bei der Polizei, sondern auch mir gegenüber. Aber was, wenn er gelogen hatte? Annas Worte, Psychiater würden sich nicht davon überzeugen, ob ihre Patienten ihnen auch die Wahrheit sagten, ging mir nicht mehr aus dem Sinn. Für uns ist die Wahrheit etwas, was im Patienten zu finden ist, nur er kann sie aus seinem Unterbewusstsein ausgraben. Wir gehen davon aus, dass er versucht, ehrlich zu sein, und manches nur einfach nicht über sich selbst weiß. Deswegen bezahlt er uns, um zu reden.

Doch das meiste von dem, was ich erfahren hatte, seit ich Harry kennengelernt hatte, waren Halbwahrheiten und Täuschungen gewesen – nicht die Verdrehungen, mit denen Menschen sich gemeinhin trösten, sondern offenkundige Lügen. Herausgefunden hatte ich das erst, als ich die Regeln meines Berufsstands gebrochen hatte. Dabei war die größte Täuschung die Tatsache, die ich nie in Zweifel gezogen hatte, nämlich dass Harry der Chef gewesen war. Er war der Vorstandsvorsitzende gewesen, der Banker, der die Wall Street regiert hatte. Um ihn herum hatten sich, wie Felix versichert hatte, Diener und Höflinge geschart. Mir war nicht klar gewesen, dass in Wirklichkeit einer von ihnen die Strippen zog.

Ich ging zum Auto zurück und fuhr die schmale Straße entlang und hielt dabei wachsam Ausschau nach Menschen, doch die weißen Tore und die Bäume taten, wozu sie da waren, und schirmten Rasenflächen und Häuser vor neugierigen Blicken ab. Am Fuß der Einfahrt zu den Shapiros bremste ich und betrachtete aus dem Seitenfenster das Anwesen. Immer noch nichts. Ich lenkte den Wagen in die Einfahrt und nahm die Steigung diesmal in gleichmäßigem Tempo. Auf dem rechteckigen gekiesten Platz vor dem Haus hielt ich an. Ein paar Meter an der Tür mit dem Serviceschild vorbei klopfte ich an die Küchentür, schirmte mit der Hand die Augen vor dem grellen Licht vom Meer ab und linste durch das Fenster in den leeren Raum. Dann betrat ich den Rasen hinter dem Haus, um durch die Scheiben des Wintergartens ins Wohnzimmer zu spähen. Die Handwerker hatten gute Arbeit geleistet, der Tatort erstrahlte in frischen Farben wie ein Kuchen mit Zuckerguss.

Hinter mir hörte ich ein Schwirren und wandte mich abrupt

um, doch es war nur ein Vogel, der ein Bad im Pool nahm und das Wasser in hohem Bogen aus dem Gefieder schüttelte. Mein Knöchel plagte mich, und ich humpelte ums Haus zurück zu meinem Wagen. Ich legte eine Hand aufs Dach und senkte den Blick auf den Kies unter meinen Füßen, als könnte ich dort, wenn ich mich nur ordentlich anstrengte, alle früheren Reifenspuren sehen.

Ich hockte mich hin und fuhr mit einer Hand über den Kies; die scharfkantigen Steine kratzten schmerzhaft über meine Handfläche. Dabei bemerkte ich aus dem Augenwinkel, dass die Vorhänge in einem Fenster des einstöckigen Hauses auf der anderen Straßenseite sich bewegten: das Gästehaus der Shapiros. Als ich richtig hinschaute, rührte der Stoff sich nicht mehr, aber ich war mir sicher, dass ich mich nicht getäuscht hatte. Langsam ging ich die Einfahrt hinunter, ließ das Auto stehen und betrachtete das Fenster. Unten überquerte ich die schmale Straße und öffnete das kleine Holztor, das zum Eingang führte. Das Gästehaus war ein weiß verschaltes Cottage, nicht so aufwendig konstruiert wie das Wohnhaus, aber trotzdem sehr hübsch. Der Rasen war ordentlich gemäht, und in ovalen Beeten waren Rhododendren gepflanzt, der Boden mit Rindenmulch abgedeckt.

Als ich, die Hand noch am Tor, innehielt, ging die Haustür auf, und vor mir stand Anna. Sie trug ein rosafarbenes Kleid mit Perlmuttknöpfen auf einer ausgebogten Knopfleiste, die zwischen ihren Brüsten bis zum Bauchnabel lief, und dieselben schwarzen Flip-Flops wie an dem Tag, an dem ich sie kennengelernt hatte. Zwischen uns waren fünf Meter, und wir beide standen da und sahen einander an. Ihr Hals und ihre Wangen waren gerötet, und sie drehte das Riemchen eines Flip-Flops zwischen den Zehen, die rot lackiert waren.

»Warum humpelst du?«, fragte sie.

»Dein Freund hat mich geschnappt. Nachdem er aufgehört

hatte, mich zu würgen, hat er sich mit mir unterhalten. Er hat mir sehr viel erzählt.«

»Der Mistkerl«, sagte sie. »Glaub ihm kein Wort.«

Wir blieben beide, wo wir waren, wie angewurzelt stehen.

»Warum bist du weggelaufen?«, fragte ich.

»Ich hatte Angst.« Ihre Lippen zitterten, und sie nahm die Unterlippe zwischen die Zähne, die im Licht weiß leuchteten.

»Du hast gesagt, ich soll selbst dahinterkommen. Das habe ich getan.«

Ich ging auf sie zu. Sie war nur noch fünf oder sechs Schritte weg, doch meine Füße bewegten sich sehr langsam, und die Entfernung schien kaum kleiner zu werden, bis ich direkt vor ihr stand. Ich atmete ihren Duft ein und spürte die Wärme ihres Körpers unter dem dünnen Baumwollstoff. Mit den Fingern fuhr ich durch ihr dichtes Haar, tastete nach ihrem Hinterkopf, und als ich sie näher zog, stellte sie sich auf die Zehenspitzen, bis unsere Lippen sich berührten. Ihre Zunge strich über meine, und ich spürte ihre weichen Lippen. So verharrten wir sekundenlang, bevor sie sich zurückzog und mich ansah.

»Das ist nicht sehr professionell«, meinte sie.

»Zum Teufel mit meiner Profession«, erwiderte ich.

Ich zog sie an mich, und als wir uns wieder küssten, merkte ich, dass sie zurückwich. Sie hatte die Arme um meine Schultern geschlungen und führte mich rückwärtsgehend zu der offenen Haustür. Ich folgte ihr vorsichtig, und als sie beinahe über die Schwelle stolperte, umfasste ich ihre Taille. Sobald wir im Flur waren, zog sie mich nach rechts, drückte den Rücken an die Wand und griff unter meinem Arm durch, um die Haustür zu schließen. Sie schwang zu, doch das Schloss klickte nicht ein, und ich wollte mit dem Fuß dagegentreten. Doch ich traf nicht und kippte zur Seite, worüber sie kichern musste. Sie duckte sich unter meinem Arm durch, drückte die Tür mit beiden Händen zu, bis sie wirklich zu war, und drehte sich dann wieder um.

Ich nahm ihr Gesicht in beide Hände und küsste sie langsam, und dann tastete ich nach dem obersten Perlmuttknopf an ihrem Kleid. Er war klein und rund, und zuerst bekam ich ihn nicht zu fassen, weil er sich in einer Stofffalte versteckte. Dann drückte ich mit dem Daumen und merkte, dass er durch das Knopfloch glitt. Die nächsten fünf gingen schneller, und als ich zum letzten kam, zog Anna sich zurück und sah an sich hinunter.

»Mach weiter«, sagte sie.

»Schscht«, sagte ich.

Ich schob ihr das Kleid von den Schultern und strich einen BH-Träger nach unten, um ihre Schulter zu küssen. Mit den Hüften drückte ich sie gegen die Tür und zog ihr Kleid hoch. Dabei strichen meine Hände über die feinen Härchen ihrer Oberschenkel, während sie sich aus dem Kleid wand.

Sie sah mich an, ihre Augen in Flammen. »Hör nicht auf«, sagte sie, und ich drang in sie ein und hob sie ein Stück hoch, den Rücken an die Tür gepresst. Sie hob ein Bein und schlang es mir um die Hüfte und bewegte sich in meinem Rhythmus, bis ich kam. Ich spürte ihr Zittern, und meine ganze aufgestaute Bitterkeit und mein Leid lösten sich in Luft auf. Wir verharrten so, ohne uns zu bewegen, eine Minute lang, und dann hob sie den anderen Fuß vom Boden, und wir gerieten kichernd aus dem Gleichgewicht. Zwischen Tür und Wand rutschten wir zusammen nach unten und landeten auf den Fußbodendielen. Dabei stieß ich mit dem verletzten Knöchel an.

»Autsch. Warum hast du das gemacht?«, fragte ich.

»Ich wollte dich nicht loslassen.«

Nach ein paar Minuten standen wir auf und zogen uns in ein Schlafzimmer im hinteren Teil des Hauses zurück. Unsere abgelegten Kleider schleiften wir hinter uns her. Anna streckte sich auf dem Bett aus, und ich legte mich zu ihr – sie war so schön, ich konnte die Augen nicht von ihr lassen. Amüsiert und liebevoll sah sie mich an, als ich mit den Fingerspitzen über die Senken und Hügel ihres Körpers strich. Wir mussten über vieles reden, doch das konnte warten.

Das Zimmer war recht spärlich möbliert, wie eine Schiffskoje, auf einem Tisch neben dem Bett ein Glas weißer Seemuscheln, ein Bildteppich an der Wand. Ihre Yogamatte lag am Fuß des Betts, und auf einer Kommode lag ein Stoß ordentlich gefalteter Kleidungsstücke. Durch das Fenster fiel mein Blick auf Binsen, die an einem Teich wuchsen, der sich auf der Meerseite bis zu der schmalen Straße hin erstreckte. Der Himmel glühte, als die Sonne über dem Wasser verblasste, Lila- und Rottöne vermischten sich mit dem Dunkelblau der Dämmerung. Am liebsten hätte ich mich nie mehr vom Fleck gerührt.

»Ist das dein Goldlöckchen-Bett?«, fragte ich.

»Ganz genau.« Sie strich mir eine Haarsträhne aus der Stirn. »Lass uns einfach hierbleiben.«

Irgendwann mussten wir aufstehen, um uns zu waschen und etwas zu essen. Inzwischen war die Nacht hereingebrochen, und Anna nahm ein Bad, während ich in der Küche nach etwas Essbarem suchte. Ich fand Spaghetti und hackte Zwiebeln und Knoblauch als Grundlage für eine Tomatensoße, während ich dem Plätschern aus dem Bad lauschte. In einem Schrank fand ich Kerzen, und ich nahm eine mit ins Bad und stellte sie auf den Rand der Wanne. In der Küche stellte ich Kerzen auf den Tisch und dämpfte das Licht, bis Teller und Gläser im Kerzenschein funkelten. Die Vorhänge zum Haupthaus ließ ich zu, doch am gegenüberliegenden Ende des Zimmers zog ich ein Rollo hoch, um ein Stück Nachthimmel hereinzulassen. Die Sterne blinkten, und ich konnte sogar die Milchstraße erkennen.

Als Anna aus dem Bad kam, trug sie einen Morgenrock aus Seide und hatte sich um ihre Haare ein Handtuch gedreht wie einen Turban. Sie ging an den Herd und probierte die Soße.

»Mhm«, sagte sie. »Du kannst gern einziehen.«

Sie setzte sich, und ich tat die Nudeln in eine Schüssel, trug das Essen auf und schenkte Wein ein. Dann nahm ich ihr gegenüber Platz, und wir aßen genüsslich. Ich wollte gerade nach der Weinflasche greifen, um ihr noch einmal nachzuschenken, da sah ich über ihrer Schulter durch das offene Rollo ein Licht. Es war weit weg, und zuerst dachte ich, der Mond spiegelte sich irgendwo auf einem Haus. Doch als ich beobachtete, wie der Lichtstrahl von einer Seite zur anderen strich, erkannte ich, dass es die Scheinwerfer eines Autos waren, das sich über die Küstenstraße näherte. Anna aß weiter, sie hatte ihm den Rücken zugekehrt, also verfolgte ich sein Näherkommen allein und wartete darauf, dass es in eine Seitenstraße bog und uns in Ruhe ließ. Doch das tat es nicht. Es kam immer weiter auf uns zu, bis es für zehn Sekunden hinter einem Haus verschwand und wieder auftauchte, so nah, dass der Lichtstrahl sich in zwei geteilt hatte. Das Auto kam direkt auf uns zu.

»Anna«, sagte ich.

»Was ist?« Als sie aufschaute, hatte sie ein bisschen Soße am Kinn. Sie sah mein Gesicht und drehte sich um.

Mit Daumen und Zeigefinger drückte ich die Kerzen aus und tauchte den Raum in Dunkelheit, sodass der Fahrer uns nicht sehen konnte. Dann starrten wir benommen und verdutzt aus dem Fenster, am Ende dieser Sackgasse wie in der Falle, weit weg von der Sicherheit der Stadt. Anna stand wortlos auf und ging ans andere Ende des Zimmers, als könnte sie ihm entkommen, wenn sie sich versteckte, während ich wie angewurzelt dasaß und sein Näherkommen verfolgte wie einen Pfeil, dessen Ziel wir waren. Als ich aufstand, holperte der Wagen über eine Unebenheit, und die Scheinwerfer fuhren hoch, schienen ins Zimmer und tauchten mich ins grelle Licht. Ich duckte mich, doch es war zu spät.

Die Scheinwerfer strichen am Fenster vorbei, und jetzt hörten wir das Auto auch, als es am Fuß der schmalen Straße zu den Shapiros zum Stehen kam und der Motor sich im Leerlauf weiterdrehte. Ich nahm Annas Hand, und so standen wir halb nackt im Dunkeln und hielten einander an den Händen. Das Licht drang durch den Spalt in den Vorhängen herein. Dann verblasste es zu einem matten Rot, als der Wagen weiterfuhr und nach links abbog, um die Einfahrt zum Haus der Shapiros hochzufahren. Ich hörte, dass er die Steigung zügig nahm. Das Knirschen des Kieses, der unter den Reifen wegspritzte, ließ vermuten, dass der Fahrer mit dem Hang vertraut war. *Mein Auto,* dachte ich. *Es steht vor dem Haus.* Wir gingen in den an die Küche grenzenden Raum auf der Vorderseite des Gästehauses und knieten uns auf ein Sofa, das am Fenster stand. Annas Morgenmantel glitt mit einem seidigen Zischen über ihre Haut.

Ich schob die Vorhänge ein wenig auseinander, damit wir hinausspähen konnten, und ich hörte ihr leises Atmen und spürte ihre Wärme nah an meinem Gesicht. Sie keuchte ein wenig – doch jetzt nicht aus Begehren, sondern aus Angst. Sie schob ihr Gesicht neben meines, um durch den Spalt im Vorhang zu spähen, und wir schauten die Einfahrt hoch, an dem Bretterzaun und den Trauerweiden vorbei. Das Auto war neben meinem stehen geblieben, und der Fahrer stieg aus. Halb dachte ich immer noch, es könnte Nathan sein, der unsere Verabredung, dass er in die Stadt zurückfuhr, ignoriert hatte. *Was ist, wenn er uns so zusammen erwischt?*, überlegte ich. *Diesmal wird er mich wirklich erwürgen.* Doch eigentlich glaubte ich es nicht. Ich wusste, dass hinter dem Lenkrad kein Mann gesessen hatte. Es war eine Frau – die Frau, die in dieser Angelegenheit die ganze Zeit die Fäden gezogen und die außer Harry alle an der Nase herumgeführt hatte.

Als sie die Scheinwerfer ausmachte und ausstieg, war ihr Gesicht in Dunkelheit getaucht. Eine Wolke verdeckte den Mond, nur ihr Umriss zeichnete sich vor dem immer noch glühenden Himmel ab. Sie blieb kurz neben dem Wagen stehen, ging zu meinem und bewegte sich mit langsamen, besonnenen Schritten darum herum, als untersuchte sie ihn auf Schäden. Sie bückte sich, um ins Fenster zu schauen, dann richtete sie sich auf und ging auf den Rasen und verschwand außer Sichtweite.

»Wo geht sie hin?«, flüsterte Anna.

»Ich weiß nicht. Ich kann …«

Ich hielt inne, als die Frau hinter dem Haus wieder auftauchte und zur Küchentür ging. Aus der Handtasche holte sie einen Schlüssel und schloss sie auf. Als sie hineinging, erwartete ich, dass sie Licht einschaltete, doch der Raum blieb dunkel. Wir hatten den Blick auf die Vorderseite des Hauses, doch solange kein Licht anging, nützte uns das nichts. Da tauchte der Mond hinter den Wolken auf. Er schien in den Wintergarten und warf ein wenig Licht ins Wohnzimmer. Es war leer, bis die Frau eine oder zwei Minuten später hineintrat. Sie ging durchs Zimmer und blieb genau an der Stelle stehen, wo Greene gestorben war.

Ich schaute kurz zu Anna – sie hatte die Lippen geöffnet, und der Morgenmantel war auseinandergerutscht und zeigte ihre Brüste –, bevor ich meine Aufmerksamkeit wieder auf die andere Frau richtete. Sie ging in die Küche, schaltete dort das Licht an und war jetzt zum ersten Mal deutlich zu sehen. Bei der Wechselsprechanlage an der Tür blieb sie stehen und drückte einen Knopf, wie Anna es gemacht hatte, als ich zum ersten Mal dort gewesen war. In dem Augenblick erfüllte ein elektronisches Knistern den Raum, und mir fiel ein, dass Anna mir erklärt hatte, das ganze Anwesen sei verkabelt.

»Dr. Cowper?«, sagte eine körperlose Stimme.

Wir fuhren zusammen, und Anna, kreidebleich vor Panik, sah mich an. Sie schüttelte den Kopf, beschwor mich, nicht zu antworten.

»Ich weiß, dass Sie da sind«, sagte die Stimme sachlich.

Anna sah mich wieder an, und ich zuckte die Achseln. Das Cottage konnte man nur durch die Haustür verlassen, direkt im Blickfeld unserer Peinigerin. An der Rückseite des Gebäudes lagen Teiche und Schilf, und ich konnte kaum gehen, geschweige denn aus einem Fenster klettern und schwimmen. Das einzige bisschen Privatheit, das uns noch geblieben war, war die Tatsache, dass Anna nicht vom Scheinwerferlicht erfasst worden war. Das konnte ich nicht opfern.

»Ja, Mrs Shapiro?«, sagte ich.

»Kommen Sie rüber«, sagte Nora.

28

Ich trat durch die Haustür des Gästehauses in die Nachtluft, die kühl über meine Haut strich, denn die letzte Wärme des Nachmittags war verschwunden. Ich ging den Weg hinunter, wo ich vor wenigen Stunden mit Anna gestanden hatte. Dann überquerte ich die schmale Straße zur Einfahrt der Shapiros. Der Mond stand jetzt voll am Himmel, und die Nacht war still: keine Sirenen, kein Stadtlärm, nichts als das Rauschen des Meeres. Als ich die Einfahrt hochging, hallte das Knirschen des Kieses unter meinen Schuhen durch die Nacht.

Wenn ich diesen Weg am hellen Tag mit dem Auto hochgefahren war, hatte ich mich ganz darauf konzentriert, die Steigung zu schaffen, und so war mir gar nicht aufgefallen, dass die überhängenden Bäume einen Tunnel bildeten, der das Haus bis zuletzt vor Blicken verbarg. Es war raffinierter, als mir in der Eile aufgefallen war. Ich schaute im Gehen hoch zum Haus, doch außer dem Licht konnte ich durch die Bäume nichts erkennen. Als ich um die letzte Biegung kam, standen vor mir zwei Autos: meines und Noras Range Rover.

Ich ging zu meinem Wagen und öffnete so leise wie möglich die Beifahrertür. Das Auto war nicht verschlossen, denn das war mir nicht wichtig erschienen, als ich gekommen war, doch jetzt lag die Sache anders. Nathan hatte mich draußen am Rollfeld wehrlos erwischt, doch jetzt brauchte ich etwas, um mich zu schützen. Ich beugte mich ins Wageninnere und öffnete das Handschuhfach, holte ein kleines Päckchen heraus und steckte es in die Tasche.

Die Küchentür gab nach, als ich dagegendrückte. Ich trat ein und sah, dass Noras Handtasche auf der Arbeitsfläche lag, die Tasche, aus der sie Harrys Waffe geholt hatte, als ich mit ihr im Wartezimmer der Notaufnahme gesessen hatte. Die Küche war aufgeräumt: Das Besteck war verstaut, die Teller gestapelt, der Staub von den Renovierungsarbeiten so gründlich von den Oberflächen der Küchenschränke gewischt, dass sicherlich nirgendwo Fingerabdrücke zu finden waren. Die Tür am hinteren Ende des Raums war nur angelehnt, und aus dem Wohnzimmer drang ein matter Lichtschein herein. Ich verharrte eine Sekunde und dachte an meine erste Begegnung mit Nora und Anna in dieser Küche. Nora hatte Anna den Arm um die Schulter gelegt, wie eine zwanglose Geste der Freundschaft, doch jetzt mutete sie mir anders an – als Zurschaustellung von Dominanz.

»Kommen Sie rein«, rief Nora von nebenan.

Ich trat an die Wechselsprechanlage und drückte einen Knopf, worauf ein rotes Licht aufglühte. Dann öffnete ich die Tür und ging durch ins Wohnzimmer. Der Raum war in weiches Mondlicht getaucht, und neben einem Lehnstuhl am hinteren Ende des Raums brannte eine Lampe. Dort, wo ich stand und den Raum überblickte, war es düster.

Nora saß knapp zehn Meter von mir entfernt, immer noch im Mantel, auf dem Sessel unter der Lampe, ihr Gesicht blass und reglos. In der rechten Hand hielt sie eine Waffe, die auf mich gerichtet war. Es war die Beretta, die sie aus dem Tresor geholt hatte. Ich hatte diese Waffe schon einmal gesehen und sogar in der Hand gehalten, doch ich hatte sie noch nie aus diesem Blickwinkel betrachtet. Hilflos starrte ich in das winzige Loch der Mündung, über der sich das Visier befand. Sie wies mit der Waffe wie mit einem kurzen Zauberstab auf das Sofa ihr gegenüber. Ich zögerte, doch ich konnte nichts tun. Gehorsam ging ich zum Sofa und setzte mich dahin, wo sie hinzeigte. Zwischen uns waren ungefähr drei Meter, etwas mehr Abstand als zwischen einem Psychiater und seinem Patienten. Sie sah mich an, und ich erwiderte ihren Blick. Es war keine Frage, wer hier Regie führte.

Aus der Nähe konnte ich erkennen, wie erschöpft sie war. Sie hatte noch keine Zuflucht zu Botox oder einem Skalpell genommen, und ihr Make-up erfüllte nicht mehr seinen Zweck. Alle Weichheit, die ich früher an ihr gesehen hatte, war verschwunden, zurückgeblieben war nur eine bedrohliche Leere.

»Sie brauchen keine Waffe, Mrs Shapiro«, sagte ich.

»Sagen Sie mir, was ich zu verlieren habe«, erwiderte sie, die Waffe weiter auf mich gerichtet. »Der Episcopal-Aufkleber auf Ihrem Auto hat mir verraten, dass ich Sie hier finden würde. Aber wo ist Anna? Die hübsche kleine Anna.«

So viel schrecklichen, toten Zynismus hatte ich in ihrer Stimme noch nie gehört. Von allen, die mich an der Nase herumgeführt hatten, war sie am geschicktesten gewesen. Die Frau vor mir war eine ganz andere als die, die ich zu kennen geglaubt hatte.

»Ich habe ihr gesagt, sie soll verschwinden. Sie ist irgendwo, wo es sicherer ist«, sagte ich und bemühte mich, das Zittern in meiner Stimme zu beherrschen.

»*Sie* haben es ihr gesagt?«, fragte sie spöttisch. »Früher hat sie ihre Anweisungen von mir entgegengenommen, aber wie ich sehe, haben die Dinge sich geändert.«

Sie machte mir Angst, doch mehr noch schmerzte ihr Verrat. Ich hatte ein paar Stunden gehabt, um mich daran zu gewöhnen, darüber hinwegzukommen würde sehr viel länger dauern. Warum hatte ich vom ersten Augenblick an so ein starkes Vertrauen in sie gesetzt? Sie hatte nicht viel tun müssen, um mich zu hintergehen, denn sie war meine Phantasie gewesen – die ruhige, hingebungsvolle Frau eines aggressiven, egoistischen Mannes. Ich war ihr zu Hilfe geeilt, ohne innezuhalten und ihre Geschichte zu hinterfragen.

In diesem Punkt hatte ich, wie ich jetzt wusste, versagt. Nicht

Harry hatte ich in der psychiatrischen Notaufnahme falsch eingeschätzt, sondern Nora. Sie konnte ihr Spielchen mit mir spielen, weil ich ihr unbedingt glauben wollte. Sie war zu der Mutter geworden, die ich immer noch vermisste, und ich war herbeigeeilt, um Vergeltung zu üben an dem Mann, der sie, wie ich geglaubt hatte, betrogen hatte. Mein Leben verbrachte ich damit, die Menschen aus den psychologischen Fallen zu befreien, in die sie gestürzt waren, doch sie hatte mich in die älteste Falle von allen gelockt.

»Als wir uns zum ersten Mal begegnet sind«, sagte ich, »wussten Sie da schon, was Sie tun würden? Ich habe Ihnen jedes Wort geglaubt.«

Nora lächelte matt, doch der leere Ausdruck in ihren Augen wich nicht.

»Ich habe Sie nicht angelogen. Ich habe ihn an diesem Nachmittag mit der Waffe gefunden. Da drin.« Sie zeigte auf die Wand, hinter der Harrys Arbeitszimmer lag. »Er wirkte so gehetzt, als hätte er alles verloren. Ich hatte Angst um ihn und nahm ihn in die Arme, und da brach er zusammen und erzählte mir von dieser *Frau.*«

Das letzte Wort sprach sie voller Abscheu aus, und dann hielt sie ein paar Sekunden inne, um die Erinnerung noch einmal hervorzuholen. Dann sprach sie mit leiser, ruhiger Stimme und ausdruckslosem Blick weiter. Das Reden war, wie mir aufging, eine Art Therapie, und ich versuchte sie zu ermutigen, indem ich wenig sagte und die Waffe gar nicht beachtete. Es lag eine gewisse Wiedergutmachung darin, meine Fertigkeiten, die sie so missbraucht hatte, dazu einzusetzen, sie daran zu hindern, mich zu erschießen.

»Sie waren sicher verletzt«, warf ich ein.

»Verletzt?«, fuhr sie geringschätzig auf. »*Sie* war mir doch völlig egal. Sie dachte, sie würde ihn kennen, aber er hatte sie schon vergessen. Greene war derjenige, der ihn mir gestohlen hat. Harry wollte sich umbringen, aber abgedrückt hat Greene. Ich hatte Harry gerade noch rechtzeitig gefunden. Wenn nicht, hätte Marcus ihn erledigt.«

»Wann haben Sie beschlossen, was Sie tun wollten?«

»Nachdem Sie ihn ins Krankenhaus eingewiesen hatten. Sie hatten ihm seine Kleider weggenommen, und er saß im Rollstuhl. Er war entblößt und gedemütigt worden. Als er so von mir weggerollt wurde, kochte ein unglaublicher Zorn in mir hoch. Nicht Harry hatte es verdient zu sterben, dachte ich, sondern der Mann, der ihm das angetan hatte.«

Ich erinnerte mich an die Szene, wenngleich ich sie aus einem ganz anderen Blickwinkel betrachtet hatte: im Flur der psychiatrischen Notaufnahme, Harry im Rollstuhl mit seiner Krankenakte auf dem Schoß; Pete O'Meara schob ihn schweigend zum Aufzug, und Nora blickte ihnen hinterher. Ich hatte geglaubt, sie würde nur traurig zusehen, voller Liebe für ihren kranken Mann, und hatte nicht geahnt, welche Phantasien in ihrem Kopf Gestalt annahmen.

Nora sah mich entschlossen und ruhig an. Sie war nicht – wie Harry es gewesen war – gefangen in Leidenschaft und Selbstmitleid, sie war durchaus eines Mordes fähig. Die Waffe fuhr durch die Luft, während sie sprach, pendelte sich jedoch wie magnetisch angezogen immer wieder auf mich ein.

»Vom Krankenhaus bin ich nach Hause gefahren und habe nachgedacht. Ich wusste, dass ich die Wahl hatte. Entweder überließ ich es Ihnen, und Sie würden ihm Pillen geben und mit ihm reden und ihn dazu bringen, die Niederlage einzugestehen, oder wir kämpften. Das war die einzige Möglichkeit, statt dieses Schattens von einem Menschen meinen Harry zurückzubekommen. Da ging mir auf, dass Sie ihm das perfekte Alibi geliefert hatten. Wenn wir uns beeilten, konnte er nicht des Mordes angeklagt werden.«

»Warum haben Sie ausgerechnet mich ausgesucht?« Ich erinnerte mich an den Augenblick, als ich am Montagmorgen ins Krankenhaus gekommen war und Jim Whitehead mir gesagt hatte, Harry weigere sich, sich von jemand anderem behandeln zu lassen. Jim war am Samstag im Episcopal gewesen, um nach Harry zu sehen, hatte er gesagt, doch die Shapiros hatten auf ihrer Privatsphäre bestanden. Jetzt wusste ich, warum.

»Sie waren nett in der Notaufnahme, und Sie waren jung. Whitehead war älter und hartnäckiger. Ich dachte, Sie wären … ich weiß nicht …«

»Leichter zu manipulieren?«, schlug ich vor.

»Oh, das klingt sehr unschön«, sagte sie, als spielte es noch eine Rolle, wie ich es formulierte. »Ich dachte einfach, Sie würden keine Fragen stellen. Und Sarah war so begierig darauf zu helfen.«

Das war sie auf alle Fälle, dachte ich. Im Nachhinein betrachtet, hatte Nora mich geschickt in einen Hinterhalt gelockt. Duncan und Harry hatten mich scheinbar gezwungen zu tun, was er wollte, doch eingefädelt hatte Nora die ganze Sache. Das Bild von ihr, wie sie in Harrys Zimmer auf York Ost auf dem Bett saß und wir über ihn diskutierten, stand mir wieder vor Augen – Mutter und Verführerin.

»Sie haben sich so viel Mühe gegeben, und er wollte trotzdem nicht tun, was Sie wollten. Wie ging es Ihnen dabei?«, fragte ich.

So eine rüde Frage hatte ich noch nie im Leben jemandem gestellt, doch ich war es satt, nach ihrer Regieanweisung zu spielen. Es lag eine seltsame Logik darin, Greene zu erschießen, um ihren Mann zu retten. Doch erschossen hatte sie ihn. Harrys Geständnis war eine Lüge gewesen.

»Das können Sie sich zugutehalten«, sagte Nora und betrachtete mich kalt. »Sie waren zu gut in Ihrem Job. Sie haben ihn am Strand zum Reden gebracht, und er hat Ihnen Sachen erzählt, die er besser für sich behalten hätte. Nachdem Sie weg waren, meinte er sogar, er überlege, ob er eine Therapie machen sollte.«

Sie lachte, als sei mein Beruf einfach lächerlich, und zum ersten Mal, seit ich sie kennengelernt hatte, hasste ich sie. Die ganze Freundlichkeit, die sie mir gegenüber an den Tag gelegt hatte – dass sie mich mit ihrem Jet nach London geflogen und sich nach meinem Vater erkundigt hatte –, war reines Kalkül gewesen. Sie hatte mich als Harrys Arzt nicht verlieren wollen, denn sie hatte mich für gefügig gehalten.

»Am Samstag hatte ich das Warten satt«, sagte sie. »Ich rief Felix an, und er kam zu mir in die Wohnung. Ich sagte, ich wüsste, was er Harry angetan hatte, und er wäre ein rückgratloser Feigling. Er meinte, er wolle es nach Möglichkeit wiedergutmachen, also habe ich ihm gesagt, was er tun soll.«

Das hat Felix also gemeint, dachte ich. Er war ins Meer gegangen und hatte sich ertränkt. War das die Tat eines Mannes, der seinen alten Freunden bei Rosenthal gegenüber bloß eine Bemerkung über Harrys Affäre fallen gelassen hatte? Das war sicher kein ausreichender Grund für einen Selbstmord. Felix war weit mehr in Greenes Tod verwickelt gewesen, als er zugegeben hatte, und er hatte gewusst, dass sein Verrat nach und nach ans Licht kommen würde. Nora hatte ihn seine Illoyalität gegenüber Harry teuer bezahlen lassen.

»Felix rief Marcus an und sagte ihm, er solle am Nachmittag Kontakt mit uns aufnehmen. Als er anrief, sagte ich, Harry wolle ihn später in East Hampton sehen. Harry war nicht gut drauf, er konnte nicht klar denken. Die Pillen hatten nicht geholfen, sie hatten es nur schlimmer gemacht. Er lag auf dem Bett und war abgrundtief deprimiert. Ich brachte ihn zum Wagen und fuhr mit ihm da raus. Felix blieb in der Wohnung. Konnte gut sein, dass wir ihn noch brauchten.

Als wir hinkamen, gab ich Harry die Beretta und sagte ihm, was er tun solle. Er war sehr krank, er zitterte und schwitzte. Er tat mir so leid. Ich ging ins Arbeitszimmer und wartete. Ich hörte das Ganze über die Wechselsprechanlage. Harry brachte

Greene hier rein. Er sagte, er wäre von Sagaponack zu Fuß gekommen. Es war ein wunderschöner Tag. Harry erklärte ihm, er wisse alles, was er getan hatte, und Greene lachte nur. ›Zu spät, Harry‹, erwiderte er.

Ich wartete darauf, dass Harry es tat, doch der stand völlig neben sich. Es war, als hätte Greene ihn mit einem Zauber belegt. Ich konnte nicht klar denken. Mein Hirn schien völlig überlastet, und ich konnte meine Atemzüge nicht hören. Ich hatte aus New York eine Waffe mitgebracht. Ich verließ das Arbeitszimmer und ging hinten ums Haus herum. Marcus stand mit dem Rücken zu mir. Ich kam durch den Wintergarten. Er bemerkte mich erst, als ich drin war.«

»Und da haben Sie ihn erschossen?«, fragte ich.

»Er drehte sich zu mir um. Als sein Blick auf die Waffe fiel, war er schockiert, als verstünde er es einfach nicht, daran erinnere ich mich gut. Dann lächelte er. Ich glaube, er dachte, ich könnte es nicht. Dumm. Harry hat mir die Waffe gekauft, aber etwas habe ich Ihnen nicht erzählt. Ich habe auf einem Schießstand gelernt, wie man damit umgeht.«

Als sie das sagte, schwang sie die Beretta mit beiden Händen hoch, eine über die andere um den Griff gelegt, und zeigte direkt auf mich. Ihre Arme verharrten kurz in Position, und mein Herz raste. Dann senkte sie sie wieder, die Demonstration war vorbei.

»Ich habe nichts gesagt, sondern habe ihm nur in die Brust geschossen. Er fiel um und lag zuckend am Boden. Sofort war alles voller Blut. Da wusste ich, dass er sterben würde.«

Ich dachte an das Foto, das Pagonis mir in Yaphank über den Tisch geschoben hatte – Greene lag in seinem Blut auf dem Teppich –, und betrachtete die Stelle am Fußboden, wo Anna mich hingeschoben hatte, um mich zu bestrafen. Ich hatte keine Ahnung gehabt, was sie damit eigentlich bezwecken wollte.

»Haben Sie nicht versucht, ihn zu retten?«

»Wieso das denn?«, fragte sie, als wäre ich schwer von Begriff. »Ich wollte, dass er für immer aus unserem Leben verschwindet. Ich wollte Harry wiederhaben.«

»Und haben Sie bekommen, was Sie wollten?«

Als sie daran dachte, sah sie zum ersten Mal glücklich aus. »Ja. Es war, als hätte der Schuss Harry aufgeweckt. Er übernahm die Führung. Ich stand nur da, schockiert über das, was ich getan hatte. Er nahm mir die Waffe ab und sagte: ›Du musst hier weg.‹ Er wischte meine Fingerabdrücke ab und feuerte noch einmal aus dem Fenster.«

Nora zeigte mit der Waffe in Richtung Meer, als wollte sie die Flugrichtung des Geschosses nachzeichnen. »Das hat Harry gerettet«, sagte sie. »Nicht die Pillen. Nicht das *Reden* darüber.«

Sie wiederholte es immer wieder – *Reden, Reden, Reden* –, und jedes Mal klang es verächtlicher. Ich überlegte, ob sie mich genauso hasste wie meinen Beruf und ob sie deswegen eine Waffe auf mich richtete. Ich hatte mich über die Regeln der Psychiatrie hinweggesetzt, aber ich war ihr auf die Spur gekommen, indem ich Fragen gestellt hatte. Fragen zu stellen hatte seinen Nutzen. Während ich ihr zuhörte, ging mir auf, dass Pagonis sich für einiges würde verantworten müssen. Sie hatte Nora beim Wort genommen und versucht, mich unter Druck zu setzen, um Harrys Verteidigung ins Wanken zu bringen. Die Fingerabdrücke auf der Waffe, die Schmauchspuren an Harrys Händen, der Anruf aus East Hampton in New York – sie war auf alles hereingefallen, was Nora inszeniert hatte, um sie von sich abzulenken. Ich mag naiv gewesen sein, aber sie hatte eine jämmerliche Vorstellung hingelegt.

»Ich habe Felix in New York angerufen und ihm gesagt, er soll herkommen«, fuhr sie fort. »Ich konnte ja nicht im Range Rover wegfahren. Harry musste damit hergefahren sein. Es gab nur eine Möglichkeit, hier wegzukommen. Zu Fuß.«

Ich nickte, denn ich wusste, wo sie hingegangen war. *Sieh*

dich um, hatte Anna mir zugerufen. Nora hatte Greene in dem Raum erschossen, in dem wir saßen, und es waren nur wenige Meter nach draußen zum Rasen, und dahinter lag die Treppe in die Düne und ihre private Wildnis. Eigentlich war der Strand öffentlich zugänglich, doch in Wirklichkeit war er das nicht. Kein Fremder konnte sich ohne ihre Zustimmung dort aufhalten. Greene war in einem Cottage mit perfekter Fluchtroute erschossen worden – wo Nora ihn hingelockt hatte.

»Ich ging den Strand runter, bis ich in die Nähe von Water Mill kam. Dort führt eine Straße bis zu den Dünen, und da habe ich auf Felix gewartet, dass er kommt und mich abholt. Er hatte in der Nähe ein Haus. Ich bin unter die Dusche gegangen, um mich zu säubern, und dann sind wir hierher zurückgefahren.«

Erschöpft hielt sie inne, und ich überlegte, was ich als Nächstes tun sollte. Das Reden hatte den Augenblick der Konfrontation aufgeschoben, doch bald musste sie entweder die Waffe weglegen oder Gebrauch von ihr machen – wir konnten diese Pattsituation nicht ewig in die Länge ziehen. Wenn ich mich mit einem potenziell gewalttätigen Patienten in so einer Situation fand, zog ich mich zurück, doch das war hier nicht möglich. Schließlich wurde ihr Blick ein wenig weicher, etwas von ihrer Härte schwand.

»Ich glaube, die sollten Sie mir geben, Mrs Shapiro.« Ich streckte die Hand aus und versuchte, möglichst nicht bedrohlich zu wirken.

Nora sah mich ausdruckslos an, als ich nach vorn griff. Ich kann mich immer noch an ihre Miene erinnern, an das Fehlen jeglicher Emotionen, bei dem, was als Nächstes geschah. Sie sagte überhaupt nichts. Sie feuerte die Automatik einfach nur ab. Es gab einen ohrenbetäubenden Knall, und ich habe einen Blitz aus der Mündung vor Augen, doch den habe ich mir vielleicht auch nur eingebildet. Ich taumelte vor Schock zurück, doch sie verharrte in derselben Position, die Waffe immer noch auf mich gerichtet. Aufwallendes Adrenalin ließ mich erbeben, doch nach ein paar Sekunden wurde mir klar, dass sie über meine Schulter geschossen hatte.

»Stehen Sie auf«, sagte sie, und ihre Stimme war genauso monoton wie ihr Gesicht ausdruckslos. In ihr war nichts, wo ich einhaken konnte – der Affekt der wahrlich Gefährlichen –, also tat ich, was sie sagte.

»Gehen Sie rückwärts. Sehen Sie mich weiter an«, befahl sie.

Als ich an die Stelle kam, wo Greene gestorben war, befahl sie mir, stehen zu bleiben. Sie war jetzt vier, fünf Meter weit weg – unmöglich, mich auf die Entfernung irgendwo in Sicherheit zu bringen, doch vermutlich nah genug für sie, um mich zu erschießen. Sie hatte Greene aus dieser Entfernung erschossen. Von jetzt an lief alles in Zeitlupe ab – vielleicht kam es mir aber auch nur so vor. Mir war, als bräuchte ich für jede Bewegung Ewigkeiten.

Dann sah ich hinter ihr etwas aufblitzen. Es war die Tür zum Wintergarten, die im Mondschein aufging, als Anna eintrat. Ich konnte den Blick nicht lange auf sie richten, ohne dass es auffiel, also schaute ich weiter auf Noras Gesicht und nahm den Schemen, der hinter ihr größer wurde wie ein Geist, nur verschwommen wahr. Im Raum war es totenstill. Ich wusste ja, dass Anna da war, doch ich hörte ihre Schritte nicht. Sie trat behutsam auf, und von dem lauten Schuss klingelten mir noch die Ohren – und Nora vermutlich auch. Es kam mir vor wie eine surreale Rekonstruktion der Geschichte, die Nora mir erzählt hatte, nur dass Anna von Nora unbemerkt in den Raum trat. Nora hob die linke Hand, um sie noch einmal um die rechte Hand an der Waffe zu legen.

»Tun Sie das nicht, Mrs Shapiro.« Ich versuchte, möglichst ruhig und nicht herausfordernd zu klingen. »Wir können das auch anders klären.«

»Das glaube ich Ihnen nicht«, erwiderte sie. Ihre Arme bewegten sich leicht und spannten sich an, als wollte sie jeden Augenblick schießen.

In dem Augenblick machte Anna sich hinter ihr bemerkbar. »Nora«, sagte sie, »legen Sie die Waffe weg.«

Sie sprach freundlich, doch ihre Stimme störte die Stille im Raum so grundlegend wie der Schuss, und Nora fuhr zusammen. Sie wirbelte mit der Waffe herum, und ich stürzte mich auf sie und griff dabei in meine Tasche.

Halb unbewusst hatte ich Angst, es wäre wie in meinem Traum, wo ich mit dem Fuß auf dem Holzboden ausrutschte, als ich versuchte, den kranken Harry zu erreichen, doch der Albtraum wurde nicht wahr. Mein Schuh fand Halt auf dem Boden, und ich lief, so schnell ich konnte. Todesangst und Adrenalin können Erstaunliches bewirken. In fünf langen Schritten war ich bei Nora, die rechte Hand in der Luft, darin eine Spritze mit Haldol und Ativan.

Als Nora meine Schritte hörte, wollte sie sich wieder zu mir umwenden, doch es war zu spät. Ich schlang ihr den Arm um den Hals, schlug auf ihren Arm, um die Waffe von Anna abzulenken, und stieß sie nach vorn. Im Fallen ließ ich die rechte Hand niedersausen und rammte ihr die Spritze in die gut durchblutete Gesäßmuskulatur. Die Waffe fiel ihr aus der Hand und rutschte über den Boden, als ich den Kolben niederdrückte. Die Medikamente setzten sie innerhalb von fünfzehn Sekunden schachmatt.

Ich rollte von ihr herunter. Sie war bewusstlos und lag bäuchlings auf dem Boden. Wir hatten gut eine Stunde, bevor sie wieder zu sich kam – ich hatte für alle Fälle die Dosis für einen erwachsenen Mann aufgezogen. Benommen hockte ich am Boden und nahm kaum etwas wahr, selbst Annas war ich mir nur halb bewusst. Sie schlang die Arme um mich, und ich fing vor Erleichterung an zu zittern.

»Bist du verletzt? Bist du verletzt?«, rief sie.

»Du bist eine absolute Idiotin«, sagte ich und nahm ihre Hand. »Du hättest sterben können. Was ist nur in dich gefahren?«

»Ich habe über die Wechselsprechanlage gehört, was sie gesagt hat. Sie wollte dich erschießen. Dann habe ich den Schuss gehört und bin losgelaufen. Ich wollte dich nicht verlieren.«

Ich drehte mich zu ihr und küsste sie, und wir blieben auf dem Boden neben der reglosen Nora hocken, bis wir uns einigermaßen beruhigt hatten. Dann stand ich auf und fischte die Karte mit Pagonis' Handynummer aus der Tasche. Von jetzt an würde ich nach den Regeln spielen.

Wir setzten uns aufs Sofa. Anna trug einen Overall, ein T-Shirt und weiße Socken, die grüne Flecken hatten vom Gras.

»Von Süden war sie *angreifbar*«, sagte ich und deutete mit einem Nicken auf Nora.

Anna stieß ein mattes Lachen aus und gab mir einen Klaps auf die Hand.

»Seit wann hast du es gewusst?«, fragte ich.

»Sie hat Margaret Greene besucht. Ich glaube, es hatte was mit dir zu tun. Das hat sie zumindest gesagt. Aber Nathan war da, und er hat ihr erzählt, dass er dich mit mir gesehen hat. Als sie zurückkam, war sie unglaublich schlecht gelaunt. So hatte ich sie noch nie erlebt. Sie sagte, ich müsste dich fallen lassen. Sonst würde es mir noch leidtun, wenn ich mich nicht von dir fernhielte.«

»Daran erinnere ich mich«, sagte ich und dachte daran, wie verändert Annas Verhalten gewesen war, als ich mich im Le Pain Quotidien mit ihr getroffen hatte.

»Sie hat mich hier rausgeschickt, quasi ins Exil, und da hatte ich viel Zeit zum Nachdenken. Ich fragte mich, ob ich Nora falsch eingeschätzt hatte – in dem Punkt, dass wir beste Freundinnen wären. Je länger ich grübelte, desto mehr Angst bekam ich. Mir ging auf, dass die ganze Geschichte einige Ungereimtheiten aufwies.«

Anna war nicht die Einzige, die Noras andere Seite kennengelernt hatte. Als ich mit Nathan auf der Lichtung gesessen hatte, hatte er sich daran erinnert, wie sie sich seine Eifersucht auf mich zunutze gemacht hatte. Nachdem ich ihr erzählt hatte, dass ich nicht länger zu Harry stehen würde, hatte sie Nathan noch einmal angerufen. *Er war wieder mit deiner Freundin zusammen, und er kommt mit einem Mord durch. Ohne deine Hilfe kann ich ihn nicht aufhalten*, hatte sie zu ihm gesagt. Er hatte sich leicht von ihr manipulieren lassen – voller Verzweiflung über den Tod seines Vaters und wütend auf mich. Er war nie stabil gewesen, das hatte Anna schon gesagt. Anna hatte sowohl Nora als auch ihrem Therapeuten erzählt, dass er mal unglaublich charmant und mal abgrundtief grausam sein konnte, genau wie sein toter Vater.

Nora hatte Nathan geschickt, um mich loszuwerden; sie hatte darauf gezählt, dass er so ausrastete, dass er mich in Fetzen reißen würde – wie Rebeccas Kleid. Doch Nathan war emotionaler als sein Vater und nicht so geschliffen. Es mangelte ihm an Konzentration. Er war hinter mir hergejagt, bevor er wusste, was er mit mir machen würde, wenn er mich kriegte. Statt mich mit einem Messer oder einer Schusswaffe zu verfolgen, wie sie gehofft hatte, hatte er die Hände benutzt. Nathans Fehler hatte sie nicht so ausbügeln können wie Harrys. So hatte ich überlebt.

Ich nahm Annas Hand. »Du Arme«, sagte ich.

»Dann hast du mich gerettet.«

»Du hast *mich* gerettet.«

Sie lehnte den Kopf an meine Schulter, und wir blieben noch fünf Minuten neben der reglosen Nora sitzen, bis wir Sirenen die schmale Straße hochkommen hörten und rote und blaue Blitze sich in den Scheiben des Wintergartens spiegelten.

29

Pagonis platzte als Erste zur Tür herein, Hodge dicht auf ihren Fersen. Sie hatte die Waffe gezogen, doch als sie uns zusammen auf dem Sofa sitzen sah, Nora reglos am Boden, steckte sie sie zurück in das Holster.

Die Tatsache, dass niemand auf sie schoss, schien sie nicht glücklicher zu machen. Mit finsterer Miene sah sie mich an. Sie ging zu Nora und bückte sich, um ihren Puls zu überprüfen, als würde sie der Geschichte, die ich ihr am Telefon erzählt hatte, nicht recht trauen. Schließlich rief sie ihre uniformierten Kollegen herein. Sie kamen mit einem ganzen Aufgebot: die örtliche Polizei, mehrere Sanitäter und weitere Beamte, die ich nicht zuordnen konnte.

Pagonis trat zu uns und richtete das Wort an mich, Anna behandelte sie wie Luft – als wäre sie ein Geist.

»Ziehen Sie ihm Tüten über die Hände«, sagte sie zu Hodge.

»Wie bitte?«, fragte ich empört.

»Hier ist geschossen worden, und eine Frau liegt am Boden. Ich will wissen, wer geschossen hat. Ich muss Sie auf Schmauchspuren untersuchen«, sagte sie.

»Vielleicht hätten Sie sie gleich beim ersten Mal auf Schmauchspuren untersuchen sollen. Damit hätten Sie uns allen sehr viel Ärger erspart«, versetzte ich und zeigte auf Nora.

Das saß. Trotz ihres ganzen Gepolters hatte sie Greenes Mörder von Anfang an übersehen, ja, sie hatte Nora nicht einmal einer Untersuchung unterzogen, als sie spät in der Nacht am Tatort angekommen war. Da der naheliegende Verdächtige bereits gestanden hatte, war das zwar nachvollziehbar, machte aber keinen guten Eindruck. Aus einer Kiste holte Hodge zwei Plastiktüten, streifte sie mir feierlich über die Hände und fixierte sie an den Handgelenken mit Klebeband. Anna streckte ihm schweigend die Hände hin, doch Hodge beachtete sie gar nicht.

»Sie hat auf mich geschossen. Die Kugel steckt wahrscheinlich da drüben in der Holzvertäfelung«, sagte ich. »Sie vergeuden Ihre Zeit.«

Pagonis seufzte schwer, als spürte sie das Gewicht sämtlicher Enttäuschungen und Irreführungen, die ihr während der Ermittlungen widerfahren waren. Allmählich dämmerte ihr wohl, dass die einzige Anklage, die sie gegen mich vorbringen konnte, die war, dass ich Greenes Mörderin niedergestreckt hatte. Die Sanitäter hatten Nora auf den Rücken gerollt und überprüften gerade ihre Reflexe und ihren Blutdruck.

»Ich habe sie mit einer intramuskulären Injektion kampfunfähig gemacht. Fünf Milligramm Haldol und zwei Milligramm Ativan. Die Spritze liegt da drüben«, rief ich ihnen zu und zeigte auf den Boden, wo ich sie fallen gelassen hatte.

»Okay, suchen wir uns ein Plätzchen, wo wir reden können«, sagte Pagonis. Sie nickte uns zu, womit sie Annas Anwesenheit zum ersten Mal zur Kenntnis nahm. »Mike, Sie fahren mit ihr ins Krankenhaus. Lassen Sie sie nicht entwischen.«

Sie zeigte auf Nora, die von den Sanitätern auf eine Fahrtrage gehoben wurde, um sie zum Krankenwagen zu rollen. Hodge bedachte mich mit einem letzten feindseligen Blick, bevor er ihr folgte. Anna und ich verließen mit Pagonis das Wohnzimmer. Wir sahen lächerlich aus, Anna in Socken und ich mit Plastiktüten über den Händen. Doch ich machte mir keine Sorgen. Nicht wir würden bei dieser Geschichte am Ende dumm dastehen. Als wir hinausgingen, traten Kriminaltechniker in weißen Overalls ein, bereit für die nächste Runde Abstriche und Proben.

Wir gingen in Noras Arbeitszimmer und setzten uns ans Fenster.

»Was zum Teufel geht hier ab?«, fragte Pagonis.

»Müssten Sie mir nicht meine Rechte vorlesen?«, erwiderte ich.

»Vergessen Sie es«, sagte sie müde. »Sie sind nicht verhaftet. Sie werden nicht verhaftet werden. Sie sind nur ein Zeuge. Okay?«

Ich hätte mich weigern sollen, mit ihr zu reden, und Joe anrufen sollen, doch ich machte mir keine großen Sorgen mehr, und ein bisschen tat sie mir auch leid. Also setzte ich ihr die ganze Geschichte auseinander, so gut ich konnte. Anna unterbrach mich hier und da, um unterstützend eine Bemerkung einzuwerfen. Je länger wir redeten, desto unglücklicher wurde Pagonis.

Es war ein winziges Detail gewesen, das mich darauf gebracht hatte, Noras Geschichte zu hinterfragen: ihr Anblick neben dem Range Rover auf dem Green-Wood-Friedhof. Es war der Wagen, in dem Anna mich nach New York gefahren hatte und den ich an jenem Sonntag in meinem Fitnessstudio in der Hubschrauberaufnahme auf Fox News gesehen hatte. Nora und Felix hatten mir erzählt, Harry sei an dem Samstag aus seiner Wohnung in New York verschwunden und nach East Hampton gefahren. Als ich endlich innehielt, um nachzudenken, ergab das einfach keinen Sinn. Harrys Leben hatte jahrelang aus einem Dienstwagen mit Chauffeur und einer Gulfstream mit eigenem Piloten bestanden. Selbst der alte Harry wäre nicht auf die Idee gekommen, sich selbst hinters Steuer zu setzen, um herzufahren. Für den Mann, den ich kennengelernt hatte, war das nicht infrage gekommen. Den Wagen konnte nur Nora gefahren haben.

Pagonis hatte der Range Rover nichts gesagt. Die Shapiros lebten in einer Welt mit so vielen Häusern, so vielen Autos, ja, sogar einem Jet, dass sie sich keine Gedanken über den Einsatz eines bestimmten Fahrzeugs gemacht hatte. Doch für jemanden, der Nora kannte, passte es nicht. Sie hatte sich vom Wohlstand nicht so infantilisieren lassen wie Harry: Sie kannte sich aus in der Welt.

»Oh, Mist«, sagte Pagonis schließlich. »Ich weiß gar nicht, wie wir das in Ordnung bringen sollen. Sie müssen eine Aussage machen. Doktor, ich verstehe Sie nicht. In der einen Minute wollen Sie uns überhaupt nichts über Shapiro sagen, in der nächsten attackieren Sie seine Frau.«

»Sie war nicht meine Patientin«, sagte ich.

Nachdem ich miterlebt hatte, wie Joes Vertrauen in meine Überlebenschancen immer weiter geschwunden war, genoss ich es, sein Gesicht zu sehen, als ich ihm am nächsten Tag erzählte, was ich gemacht hatte. Ich war um zwei Uhr mit Anna von Yaphank zurückgekommen, nachdem Pagonis uns endlich hatte ziehen lassen.

»Sie machen Witze, oder?«

»Nein, es stimmt.«

Wir saßen an einem sonnigen Vormittag in seinem Büro in Manhattan, durch die Fenster fiel das Licht, das sich an den Wolkenkratzern brach. Er hatte sich hinter seinem Schreibtisch niedergelassen, vor sich zwei juristische Bücher, und sah Fälle auf dem Computer nach. Er wirkte nicht mehr ganz so ungepflegt wie beim letzten Mal, sein Hemd war zugeknöpft und seine Haare ordentlich gekämmt. Vielleicht geriet er erst im Laufe des Tages in diesen leicht zerzausten Zustand, wenn die Launen des Rechts und die Wunderlichkeiten seiner Mandanten ihn zu sehr aufgeregt hatten. Sein Lächeln wurde mit jeder Sekunde breiter, während er auf den Bildschirm schaute, und als er sich mir zuwandte, um das Ganze noch einmal zusammenzufassen, war es ein ausgewachsenes Grinsen.

»Dann ist es vorbei«, sagte er. »Finito, aus und Ende.«

Aus dem Mund eines professionellen Pessimisten war das ein

überraschend kategorisches Urteil. Ich hatte mir schon gedacht, dass es gut für mich war, dass Harry Greene nicht erschossen hatte, aber ich war mir nicht sicher gewesen, ob meine Verantwortung sich nicht unterschiedslos auf Nora übertrug. Es stellte sich jedoch heraus, dass das, was ich über Nora zu Pagonis gesagt hatte, der entscheidende juristische Punkt war.

»Es gibt keinen schuldhaft verursachten Tod, jedenfalls nicht für das Episcopal, und damit auch keine ärztliche Verfehlung. Sie haben Mrs Shapiro nicht behandelt, und Sie haben sie nicht entlassen, somit waren Sie für das, was sie getan hat, nicht verantwortlich. Es hat nichts mit Ihnen zu tun.«

»Pagonis hat gesagt, sie wollten mich noch einmal vernehmen.«

Das tat Joe mit einer Handbewegung ab. »Klar, die Polizei will wissen, was genau passiert ist. Und darüber scheinen Sie ja sehr viel mehr zu wissen als die. Doch es wird keinen Zivilprozess geben, und Ihre Aussage vor der Grand Jury ist irrelevant. Die muss Baer in den Mülleimer schmeißen. Sie sind zu dem Schluss gekommen, dass es Shapiro so weit gut ging, dass Sie ihn entlassen konnten, und wissen Sie was? Sie hatten recht. Sie hätten in ihrer Gulfstream um die ganze Welt fliegen können, es spielt keine Rolle. Die widerrechtliche Tötung geht auf Mrs Shapiros Konto, darüber können Sie sich gern mit Mrs Greene streiten.«

Ich überließ Joe das Vergnügen, meinen Vater anzurufen und ihm von der neuesten Entwicklung zu berichten; nach allem, was ich ihm zugemutet hatte, hatte er sich das verdient. Während er sich am Telefon fröhlich mit ihm über rechtliche Feinheiten austauschte, über die sich die beiden köstlich amüsierten, saß ich mit meinem Kaffee und dem aufregenden Wissen, dass Anna mich begehrte, da und genoss die Aussicht über das Dickicht der Skyline von Manhattan, die nur den Giganten und Drahtziehern der Stadt gewährt wurde. Von hier aus kam man leicht in Versuchung zu glauben, man wäre zu allem fähig – treue Diener würden herbeispringen, um einem sämtliche Wünsche zu erfüllen. Das war Harrys Leben gewesen, bis es ihm geraubt worden war, und er hatte sich nicht mit dem Verlust abfinden können. Er brauchte Nora, damit sie sich um alles kümmerte.

In überschwänglicher Stimmung brachte Joe mich zum Aufzug und legte mir, während wir warteten, die Hand auf die Schulter.

»Kümmern Sie sich um Ihren Vater. Bis bald.«

»Eines Tages erzähle ich Ihnen die ganze Geschichte.«

Mit einem Funkeln in den Augen hielt er mir die Aufzugtüren auf. »Ben, als Ihr Anwalt will ich sie gar nicht wissen.«

»Kann ich Ihnen etwas zeigen?«, fragte Lauren.

Wir waren im Erdgeschoss ihres Hauses, und sie führte mich zu einem Tisch in der Ecke, auf dem ein kastanienbrauner Instrumentenkasten stand. Mit ihren langen Fingern schnappte sie die Schlösser auf und holte eine Geige heraus. Selbst wenn man nicht viel von Instrumenten verstand, sah man, dass sie kostbar war. Sie hatte eine verblichene goldene Patina, und als Lauren sie umdrehte, war auf der Rückseite ein gestreiftes Muster zu sehen, wie ein Tigerfell. Am Rand, wo beim Spielen das Kinn auflag, war die Politur abgerieben.

»Wunderschön«, sagte ich.

»Nicht wahr? Eine Guadagnini, 1773 gebaut. Ich hätte nie zu träumen gewagt, je eine solche Geige zu besitzen – ich habe sie vor zwei Jahren bei Sotheby's in London erstanden. Sie hat mich 340 000 Pfund gekostet.«

»Das ist sehr viel Geld.«

»Ja. Ich habe Geige spielen gelernt, als ich klein war, aber ich war nie gut genug, um daraus einen Beruf zu machen. Ich wurde Bankerin, und wissen Sie was? Das bedeutete, dass niemand mir die hier borgen musste. Ich konnte sie mir selbst kaufen. Das bedeutet Geld mir – diese Violine und dieses Haus. Mein Mann fand, in Staatsanleihen wäre das Geld besser angelegt.«

Sie lachte und streichelte das Instrument. Lauren schien den umgekehrten Persönlichkeitswandel durchgemacht zu haben wie Nora. Ihre Schärfe und ihre Vorsicht hatten sich gelöst, und hervorgekommen war eine Frau, die ich mir gut bei einem Nickerchen in Gabriels Sessel vorstellen konnte, ja, in einem anderen Leben womöglich sogar als gute Freundin. Als ich sie angerufen hatte, hatte sie mich eingeladen, sie zu besuchen, als wäre unsere letzte Begegnung vergessen. Sie machte Kaffee, und wir setzten uns unter den Holzapfelbaum in ihrem Hof.

»Eine Weile war ich mir bei Ihnen nicht sicher«, sagte ich. »Sie haben mich angelogen, als Sie sagten, Sie hätten Harry nicht gesehen. Sie waren in Riverhead. Sie hatten den Stempel auf der Hand.«

Ich zeigte mit dem Finger auf den Rücken meiner rechten Hand, um den Kreis anzudeuten, der auf ihrer Hand gewesen war, und sie schüttelte reumütig den Kopf.

»An dem Nachmittag konnte ich keinen klaren Gedanken fassen.«

»Sie haben mir gedroht, Lauren«, erwiderte ich freundlich.

»Es tut mir leid. Es sollte keine Drohung sein. Aber alles geriet aus den Fugen, und ich wusste nicht, was Sie im Schilde führten. Ich hatte eben erst von Harry erfahren, was Nathan Greene Ihnen angetan hatte. Sie haben die Regeln gebrochen, indem Sie zu mir nach Hause gekommen sind. Sie haben mir Angst gemacht.«

Über den Rahmen der Therapie hinauszugehen war wirkungsvoller gewesen, als ich damals gewusst hatte. Das hatte Henderson gesagt, als er in Washington meine Geschichte gehört hatte: *Wenn Sie mir die Formulierung verzeihen, Sie sind eine tickende Zeitbombe.*

»Ich hätte Ihr Vertrauen nicht missbraucht«, sagte ich. »Ich wusste, dass Sie sich zu mir in Behandlung begeben hatten, um sich zu schützen, aber ich habe einen Eid abgelegt. Ich hätte mich daran gehalten.«

»Sie sind ganz schön unter Druck geraten, was?« Lauren sah mich mitfühlend an. »Underwood ist ein wahres Ekel.«

»Was meinen Sie damit?« Ich hatte gedacht, ich wüsste alles, doch da schien es noch eine weitere Schicht an Verrat zu geben.

»Das wussten Sie gar nicht?«, entgegnete sie. »Er hat den Detectives verraten, dass Sie in Harrys Jet geflogen sind. Ich bin neulich Peter Freeman über den Weg gelaufen. Er ist ein anständiger Kerl. Er hat mir erzählt, er sei damals mitgeflogen, und hat gesagt, Underwood habe gelacht und gemeint, Sie hätten es verdient.«

Felix war genervt gewesen, als Underwood sich den Flug erschnorrt hatte, doch am Ende war ich derjenige gewesen, der gelitten hatte. Ich dachte an das widerliche Grinsen in Underwoods Gesicht, als er mich bei Seligman Brothers herumgeführt hatte.

»Himmel«, sagte ich, »der Typ ist wirklich das Letzte.«

»Für einen Bonus würde der seine eigene Großmutter verhökern«, meinte sie. »Er war auch derjenige, der Greene von mir erzählt hat. Ich war hinter die ganze Sache gekommen – die Elemente, Rosenthal, alles. Ich wollte es Harry gerade berichten, als Greene mich in die Falle lockte. Nicht nur, dass er mich erpresst hat, auch die Art, wie er es getan hat, wie er es genossen hat, mich zu demütigen.« Sie schauderte kurz. »Sie finden, Underwood ist das Letzte? Gegen Greene ist er ein Waisenkind.«

»Und Mr Shapiro?«

»Ich habe Harry geliebt. Ich habe Ihnen erzählt, es wäre nur eine Affäre gewesen, aber das war gelogen. Aber jetzt ist es vorbei. Ich habe ihn in East Hampton besucht. Anna hat mich hingefahren. Ich fühlte mich so schrecklich wegen der ganzen Sache – dass ich ihn enttäuscht hatte, um meine eigene Haut zu retten. Er meinte, es sei nicht meine Schuld.«

Ihre Stimme verlor sich, und sie schaute durch den Hof auf die verwitterte Backsteinmauer, auf die die Sonne einen Fleck malte.

»An dem Samstag, als Sie hier waren, hatte er mir endlich erlaubt, ihn in Riverhead zu besuchen. Er hat nur von ihr gesprochen, wie toll sie sei. Ich wusste ja, dass ich ihn verloren hatte, doch da wurde es mir so richtig klar. Das ist die Ironie der Geschichte. Ich wollte, dass sie sich trennen, und jetzt sind sie für den Rest ihres Lebens getrennt. Aber es ist zu spät.«

Es war gefühllos, so etwas zu sagen, doch mich schockierte nichts mehr. Nora hatte Greene erschossen, um Harry zurückzubekommen. Lauren war nicht gewalttätig, doch mitleidlos war sie auf ihre Art auch. Was für Fehler Harry auch immer hatte, bei Frauen hatte er den Dreh raus. Ich trank meinen Kaffee und blickte in die Äste des Baumes, in dessen Laub sich ein Roter Kardinal versteckte. Wenn die Natur die Nase durch den Beton und die Wolkenkratzer New Yorks streckte, war sie bizarr bunt und exotisch.

Nachdem wir fertig waren, begleitete sie mich zur Haustür, um mich zu verabschieden. Ich ließ sie auf ihrer kleinen Veranda zurück, wo sie die verstreuten Handzettel einsammelte.

Sarah Duncans Überlebensinstinkte konnte ich nur bewundern. Nicht ein einziges Mal blickte sie zurück. Die Vergangenheit war für sie ein fremdes Land, das zu besuchen sie angesichts seines gefährlichen Rufes nicht die Absicht hatte.

Als ich am nächsten Tag in ihr Büro schlenderte – immer noch in dem erhebenden Gefühl, geliebt zu werden und beruflich gerettet zu sein –, hatte die Nachricht sie schon erreicht, dass das Krankenhaus jeder rechtlichen Verantwortung im Fall Shapiro enthoben war und ein Mitglied ihres Verwaltungsrats in Yaphank unter Mordverdacht verhört wurde. Es war noch nicht in den Abendnachrichten gewesen, also herrschte für die, die von Nora wussten, die Ruhe vor dem Sturm, bevor der nächste Tumult ausbrach, und Duncan vergeudete keine Zeit. Sekunden nachdem ich einen Fuß ins Krankenhaus setzte, wurde ich zu ihr gerufen.

»Schockierende Nachrichten«, sagte sie, nachdem ich in rekordverdächtigen fünf Minuten in ihr Heiligtum gescheucht worden war. »Ich habe Nora als Freundin betrachtet.«

Sie wirkte nicht im Geringsten beunruhigt, und ihre leicht distanzierte Formulierung dessen, wie sie zu Nora stand, kam mir vor wie die erste in einer Reihe von weiteren Zurückstufungen. Diesmal hatte sie sich zu mir aufs Sofa gesetzt und eine Flasche Mineralwasser aufgetrieben. Plötzlich schienen sehr viele Menschen mir wieder mit Respekt zu begegnen.

»Erzählen Sie mir von sich«, sagte sie. »Wie geht es Ihnen? Sie sind sicher sehr erleichtert.«

»Erwarten Sie immer noch meine Kündigung?«

»Kündigung?«, erwiderte sie stirnrunzelnd. »Ich wüsste nicht, warum Sie kündigen sollten, Dr. Cowper. Sie sind ein geschätztes Mitglied unseres Teams. Wir setzen große Hoffnungen in Sie.«

Für das Episcopal war die Angelegenheit damit zu den Akten gelegt und vergessen. In den nächsten Monaten würde das Krankenhaus eine Möglichkeit finden, Noras und Harrys Namen von dem Pavillon und der Plakette über dem Franklin D. Roosevelt Drive zu entfernen. Ein Hedgefondsmanager, der mit Leerverkäufen von hypothekenbesicherten Wertpapieren Milliarden gemacht hatte, tauchte auf, und die Shapiros verschwanden in den geheimen Schlupfwinkeln der Krankenhausgeschichte.

Harry sah ich danach noch einmal, als Nora angeklagt wurde und sie ihn aus dem Riverhead Gefängnis entließen. Es war davon die Rede, ihn als Komplizen anzuklagen, doch dann hätte Baer Nora dazu bringen müssen, gegen ihn auszusagen. Das würde sie niemals freiwillig tun, und als Harrys Frau konnte man sie nicht dazu zwingen.

Inzwischen war es August geworden, der Sommer war über Long Island hereingebrochen und hatte alles zum Stillstand gebracht, Autos verstopften den Long Island Expressway und krochen die Route 27 hinunter. Durch East Hampton schob sich eine einzige lange Schlange von Urlaubern, und ich empfand einen leisen Groll, dass ich mich an einem Pick-up mit Surfbrettern vorbeiquetschen musste, der am Dorfteich hielt. *Ich bin hier, um einen Anwohner zu besuchen*, dachte ich. *Und was willst du hier?* Natürlich nicht irgendeinen Anwohner. Das Haus der Shapiros war zu einer Touristenattraktion geworden, und als ich das Ende der schmalen Straße erreichte, wurde ich von einem Wachmann empfangen, der sich nach meinem Anliegen erkundigte. Das Schild mit der Aufschrift PRIVATSTRASSE war größer als früher. Er winkte mich durch, und ich fuhr langsam die schmale Straße entlang und hielt Ausschau nach der Unebenheit im Belag, über die Noras Range Rover in jener Nacht geholpert war, als ihre Scheinwerfer mein Gesicht erfasst hatten.

Ein Mann mittleren Alters in einer Art Kochjacke öffnete mir auf mein Klopfen die Tür. Er betrachtete mich mit strenger Miene, als wäre es allzu familiär, durch die Küchentür zu kommen statt durch die Haustür, die ich noch nie benutzt hatte. Sobald ich ihm erklärt hatte, was ich wollte, wurde er ein wenig freundlicher und führte mich in Harrys Arbeitszimmer, wo der Exhäftling über einem Buch saß. Harry stand auf und reichte mir die Hand, setzte die Brille ab und legte sie auf den Schreibtisch.

»Kommen Sie, gehen wir spazieren«, schlug er vor.

Wir gingen durch den Wintergarten, der schon wieder umgestaltet worden war, und über den Rasen zu den Dünen. Harry war immer noch dünner als zu der Zeit, als ich ihn kennengelernt hatte, und in seinem Schritt lag ein gewisses Zögern. Behutsam nahm er die Stufen, als könnten sie unter seinen Füßen nachgeben.

»Sie haben neues Personal«, sagte ich im Plauderton.

»Thomas ist jetzt hier. Er führt das Haus. Das Mädchen musste gehen, nachdem … O ja, sie ist … Nora hat es mir erzählt«, sagte er.

Er grinste, als verstünde er es, was auch immer er von Anna hielt, von Mann zu Mann durchaus, dass ich mich in sie verliebt hatte. Es war das erste Mal, dass er überhaupt irgendwelches Interesse für mein Leben zeigte, und ich fand es liebenswert.

»Wie geht es Ihnen?«, fragte ich, als wir zum Strand kamen und am Meer entlanggingen.

»Mir geht's gut. Aber um Nora mache ich mir Sorgen.«

Bei der Erwähnung seiner Frau blieb ich stehen. Wir waren knapp zweihundert Meter durch den Sand nach Westen gegangen – denselben Weg, den Nora am Abend des Mordes eingeschlagen hatte und den auch Anna genommen hatte. In der Ferne sah ich eine einsame Gestalt zum Strand hinuntergehen. Der Wind wehte vom Meer, und Harry beschirmte die Augen mit der Hand und sah mich an.

»Ich werde mich nicht für das entschuldigen, was ich getan habe, Mr Shapiro, denn dann müsste ich lügen. Aber es tut mir leid, dass Sie von Ihrer Frau getrennt sind.«

»Sie hatten jedes Recht, sich zu wehren«, sagte er traurig.

Zwei Minuten lang gingen wir schweigend weiter, bevor Harry wieder das Wort ergriff.

»Sie wissen von Lauren, nicht wahr? Sie hat mich in Riverhead besucht, und ich habe ihr gesagt, wir könnten uns nicht mehr sehen. Ich mache ihr keinen Vorwurf, dass sie weggelaufen ist, aber Nora hat zu mir gehalten. Sie ist eine erstaunliche Frau, was?«

»Bemerkenswert«, erwiderte ich.

30

Im Gegensatz zu Duncan fiel es mir schwer, das, was passiert war, als Erfahrung abzuschreiben, als Vorfall, der den Charakter stärkt und an den man sich im Alter fröhlich erinnert und sich dabei über die eigene Einfalt wundert. Ich erwog, im Episcopal zu bleiben. Sobald Jim Whitehead seinen Friedenswillen bekundet hatte, wäre es leicht gewesen, doch ich konnte mich nicht dazu durchringen.

Die Vergangenheit bedeutet Psychiatern etwas – wir können sie nicht einfach abtun, wie Duncan es gern gesehen hätte. Ich war der Strafe entgangen, und mein Ruf war wiederhergestellt, trotzdem fühlte ich mich schuldig. Harry war mein Patient gewesen, und ich hatte ihn im Stich gelassen. Wenn ich ihn ein wenig länger dabehalten hätte, wäre Noras Plan nicht aufgegangen. Felix war mein Gefährte in der Not gewesen, ich hätte ihn retten sollen. Ich hatte keinen Spaß mehr an meinem Leben in New York, seit Harry in die psychiatrische Notaufnahme gekommen war, und daran würde sich auch nichts ändern.

Das Klima hier ist anders: feuchter, weicher und weniger dreist als in New York. Es hat seine Vorzüge, auch wenn sie subtil sind. Ich vermisse den klaren Himmel, die monsunartigen Regengüsse – sie sind so unverblümt wie die ganze Stadt. Ich habe meine Wohnung in der Nähe des Gramercy Park gegen ein Haus in Kew getauscht, ein Cottage neben dem Treidelpfad, versteckt neben einem Betonwall, der gebaut wurde, damit der Fluss nicht mehr über die Ufer tritt. »Früher wurde es oft ganz schön feucht«, erklärte mir ein alter Mann, der hier schon ewig lebt, als ich herzog. Manchmal höre ich nachts das Ächzen des Flusses auf seinem Weg zur Mündung.

Anna liebt es, und ich hoffe, das bleibt so. Ich habe ihr eine wasserdichte Jacke gekauft und Gummistiefel, um sie für englischen Schlamm und Regen zu wappnen, und sie sieht ganz süß darin aus, wenn sie am Flussufer entlangstapft. Eine verrückte Idee, so eine Beziehung anzufangen, aber niemand ist durch und durch vernünftig. Wenn dem so wäre, wäre ich arbeitslos. Sie war zweimal hier, und wir sind immer noch vorsichtig – wir möchten den Bogen nicht überspannen.

In London gibt es für einen Psychiater genug zu tun, wo alle in Berührung mit ihren Gefühlen kommen, die so lange versteckt gehalten wurden. Es gibt auch genauso viele Verrückte, auch wenn ich mich in diesem Krankenhaus noch nicht so eingewöhnt habe wie im Episcopal. Es gibt mehr Regeln, und die Plackerei ist größer. Es ist nicht leicht, die Privatpraxis mit der Stelle unter einen Hut zu bringen. Ich höre einen unausgesprochenen Anflug von Missbilligung, sehe die hochgezogenen Augenbrauen darüber, dass ich beides tue.

Am besten würde ich den staatlichen Gesundheitsdienst einfach vergessen und mich ganz meiner Privatpraxis widmen. In London gibt es genauso viele Finanzfachleute und Überflieger, die ihre Neurosen in beruflichen Erfolg verwandelt haben und jetzt gegen hohe Honorare darüber reden wollen, wie in New York. Doch etwas hält mich zurück. Vielleicht bleibe ich aus Idealismus dem Dienst an der Öffentlichkeit treu, aber wenn ich wollte, könnte ich mir das sicher ausreden. Tiefer als jeder Idealismus aber steckt Angst – die Angst, mich voll und ganz der Anziehungskraft des Geldes zu überlassen, mich den Grillen von Menschen auszuliefern, die reich genug sind, um sich mich leisten zu können.

Ich erinnere mich an Harrys Gesicht, als wir uns zum ersten Mal begegnet sind. Er hatte seinen Job verloren und alles, was er ihm bedeutet hatte – die Macht, die es ihm gab, andere zu kontrollieren, ohne überhaupt darüber nachdenken zu müssen. Ich frage mich, ob ich ihm hätte helfen können, wenn er sich in Therapie begeben hätte. Wahrscheinlich war es zu spät, denn seine Frau hatte ihre eigene Methode, mit Verlusten fertigzuwerden – indem sie sie mit Blut rächte. Nora hatte nie an meinen Beruf geglaubt, obwohl sie, als ich ihr über den Weg lief, erkannte, dass ich durchaus meinen Nutzen hatte. Ihr Heilmittel für Harrys Verlust war nicht, auf einem Stuhl zu sitzen und über seine Notlage zu reden, sondern den Mann niederzustrecken, der ihn hineingebracht hatte. Ich denke an die Verachtung in ihrer Stimme, wenn sie über Pillen und Therapien sprach, und dass sie auf verdrehte Art sogar recht hatte. Harry kam wirklich zu sich, als Nora Greene erschoss, der Schock riss ihn aus seiner Verzweiflung.

Immer noch präsent ist mir auch, wie sehr Harry sie liebte. Es war eine seltsame Bekräftigung der Ehe, dass der Tod die Liebe nicht schwächte, sondern stärkte. Es erinnert mich daran, was Gabriel mir vom Gebrochenes-Herz-Syndrom erzählt hat. Ehepaare sind auf eine Art und Weise miteinander verbunden, die ein Außenstehender nicht begreifen kann, so wie ich auch die Wall Street niemals verstehen werde.

Damit rede ich mich heraus, doch als er vor mir auf der Behandlungsliege hockte, zitternd vor Kälte und Verzweiflung, hätte ich erkennen müssen, dass mit ihm etwas nicht stimmte. Ich habe für ihn eine Ausnahme gemacht, und es war der schlimmste Fehler meines Lebens. Ich hoffe, das bleibt er auch. Überall und jeden Tag, den ich im Harold-L.-und-Nora-Shapiro-Pavillon über dem Franklin D. Roosevelt Drive gearbeitet habe, gab es Hinweise. Die Shapiros hatten für alles bezahlt: York East, Zwölf Süd, das Ölgemälde, das an die Wand der Notaufnahme geschraubt war.

Als es ihnen gelegen kam, hatten sie auch mich gekauft.

DANKSAGUNG

Dieses Buch ist reine Fiktion, aber viele Menschen haben mir dabei geholfen, es zu schreiben. Von der Wall Street: Jane Gladstone, Flavio Bartmann, Daniel Loeb, Boaz Weinstein und viele andere, die nicht erwähnt werden möchten. In East Hampton: Jilian Branam, Ina und Jeff Garten, Frank Newbold und Janine und Tomilson Hill. In Suffolk County: Jason Bassett, Bill Keahon, Sarita Kedia, Steven Wilutis und Lieutenant Charles L'Hommedieu und die Beamten der Riverhead-Strafanstalt. In der Welt der Psychiatrie: Don Tavakoli, Eli Greenberg, Jason Hershberger, Michael Walton, Michael Dulchin, Paul Appelbaum, Steven Hoge und Paul Linde. Bei NetJets: Richard Santulli und Mark Booth. Und sonst: Lionel Barber, John Ridding, Nick Denton, Chrystia Freeland, Emily Gould, Ruth Rogers, Frances Gapper, Paul Gapper, Louise Gapper, Maureen Tkacik, Dusan Knesevic, Philip Raible, Deborah Wolfe und das Brooklyn Writers' Space. David Kuhn und Gill Coleridge haben mich ermutigt, diesen Roman zu schreiben und auch fertigzustellen; durch Mark Tavani von Ballantine wurde das Ergebnis viel besser. Und ohne Rosie Dastgir, meine Frau und literarischen Gegenpart, und unsere Töchter Yasmin und Rachel wäre er undenkbar gewesen.